완전한
소유에
대하여

완전한 소유에 대하여

초판 1쇄 인쇄일 2015년 3월 24일
초판 1쇄 발행일 2015년 3월 27일

지은이 | 김정화
펴낸이 | 김기선
편집장 | 김은지

펴낸곳 | 와이엠북스(YMBOOKS)
출판등록 | 2012년 7월 17일 (제382-2012-000021호)
주소 | 서울시 도봉구 노해로 379, 1005호(창동, 대성빌딩)
전화 | 02)906-7768 / **팩스** | 02)906-7769
E-mail | ymbooks@nate.com

ISBN 979-11-322-1558-5 03810

값 9,000원

완전한 소유에 대하여

YMBOOKS ROMANCE STORY

김정화 지음

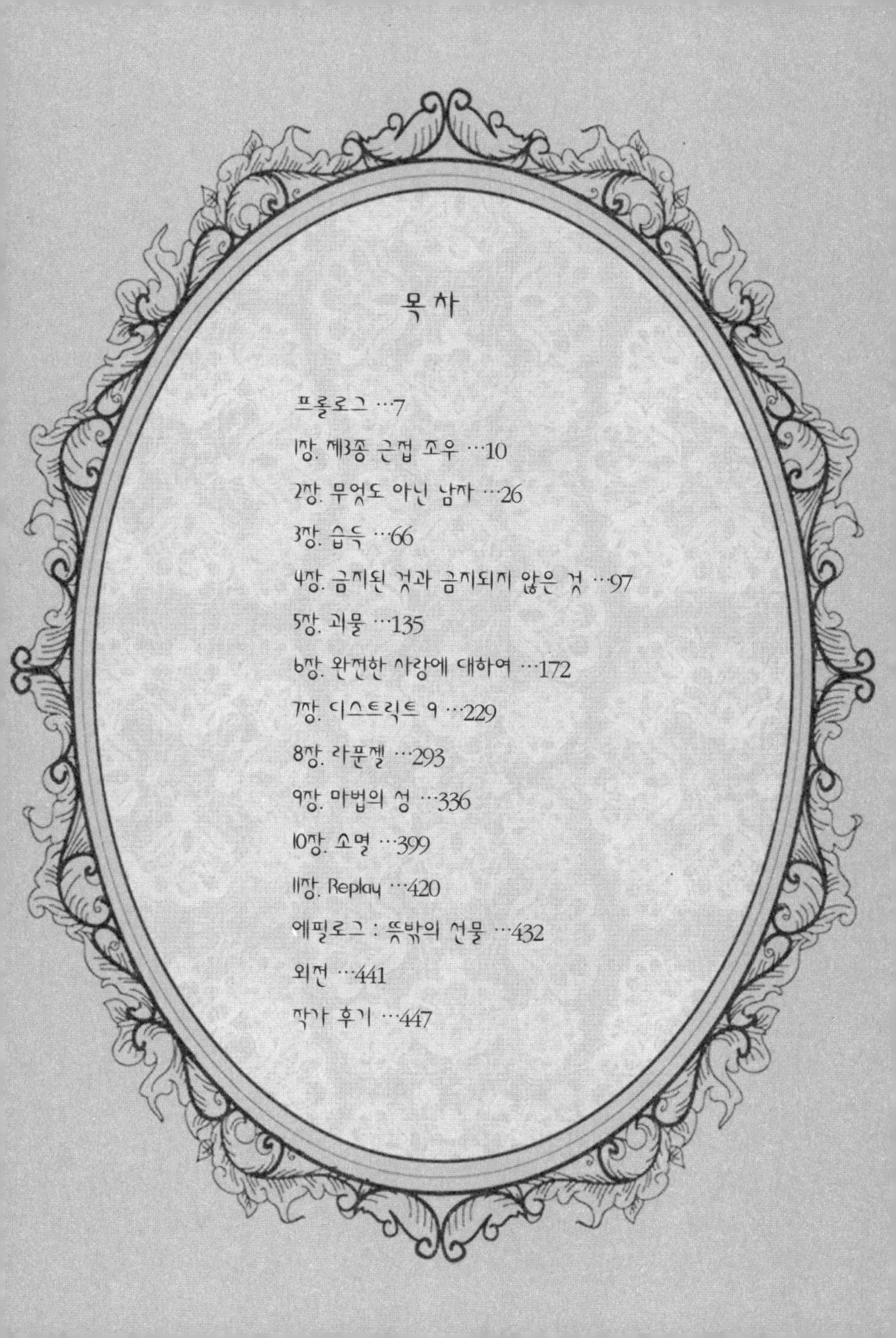

목 차

프롤로그

"늑대는 평생 처음 짝짓기를 한 상대를 잊지 못한대. 다른 동물들과는 달라. 늑대는 평생 일부일처제로 살아간대."

"동물에게도 그런 게 있어?"

"그럼. 그걸, 각인이라고 불러."

"각인?"

"그래, 각인. 그건 선택이 아니라 본능이야. 상대방을 선택해서 평생 바라보는 게 아니라, 오직 그 상대방 말고는 다른 존재는 눈에 들어오지도 않는 것."

"엄청나다……."

"왜, 안 믿어져?"

"어려운 말이니까……."

그의 얼굴을 가만히 바라보던 그녀가 작은 소리로 중얼거렸다.

각인.

그건 선택이 아니라고 했다. 그건 본능의 영역이어서, 내 선택과는 조금도 관계없는 일이라고. 그럼 늑대의 각인은 어떤 순간에 찾아오는 걸까. 늑대의 각인에 대한 각주에는 '짝짓기'라는 조건이 전제되어 있었다.

그런데 그들은 짝짓기를 한 이후에 상대방을 각인하게 되는 것일까, 아니면 그 이전에 눈이 마주친 순간부터 그가 평생을 함께할 상대임을 알아보게 되는 것일까.

"쉽게 설명해줄까."

"으응."

그녀가 그의 어깨에 스르르 머리를 기댔다. 처음 그가 그녀 앞에 나타났을 때는, 이렇게 그에게 무언가를 배우게 될 것이라고는 생각지 못했다.

그는 모든 것을 그녀로부터 배워왔기 때문에. 그의 모든 처음에는 그녀가 있었기 때문에.

그러나 그 습득의 끝에서, 이제 그는 그녀에게 사랑이라는 감정의 본질에 대해 설명하고 있다. 그는 정말이지 놀라운 존재였다.

"내가 처음 너를 만났을 때, 나는 너를 사랑하게 됐어."

"거짓말."

"거짓말 아니야. 물론 그때 나는, 사랑이 무얼 의미하는 건지 몰랐지."

"사랑이 뭔지도 모르는데, 어떻게 사랑하게 될 수가 있어?"

그의 입술이 그녀의 이마를 스치고 지나간다. 그 서늘한 감촉에 그녀는 스르르 눈을 감았다. 고요한 평화가 찾아온다. 그와 함께 있는 순간은 늘 완전한 만족감을 가져다주었다. 갇혀 있는 자들의 행복감, 고립의 기쁨. 이 아이러니한 단어의 조합을 타인들은 결코 이해하지 못할 것이다.

"그게 바로 각인이야. 무엇인지, 어떤 것인지, 어떻게 해야 하는지, 아무런 것도 모르는 상태에서도 그 사람을 바로 알아보는 것."

"네가 나에게 각인을 했다고?"

"그래. 나는 사랑이라는 감정을 알기도 전에 깨달았어. 내가 널 사랑한다는 걸."

그 기억은, 새카만 밤으로부터 시작한다.

온 세상을 찐득하게 뒤덮은 열대야의 시간으로부터.

1장. 제3종 근접 조우

그녀에게 무덥던 그 밤의 기억은, 절대 잊히지 않을 미지와의 조우와 같았다.

이상한 남자다.

술에 취했기 때문일까. 자꾸만 흔들리는 시야 안에 담긴 남자의 형상은 꽤나 기이하게 보였다. 그녀는 여러 번 눈을 깜빡여 흐릿한 초점을 맞추려 애썼다.

오늘은 그녀의 스물여섯 번째 생일이었다. 저녁 식사 약속이 있었지만, 엄마는 몸살에 걸렸다며 약속을 취소했다. 생일이 중요하다고 여기는 편은 아니었으나 아쉬운 마음이 드는 건 어쩔 수 없는 일이었다.

결국 그녀는 혼자서 술을 잔뜩 마셨다. 취한 김에 생일을 자축하기 위해 커다란 초콜릿 케이크도 구입했다. 집으로 돌아가는 길, 지독한 취기와 열대야가 그녀를 덮쳐왔다. 길목에 보이는 작은 놀이터, 잠시 벤치에 앉아 숨을 돌려야겠다고 생각한 그녀가 그 안으로 걸어 들어갔다.

그러나 벤치 위에는 이미 무엇인가가 있었다.

아니, 정확히 말하면 '누구'인가가.

평소 같았으면 늦은 밤 수상해 보이는 남자에게 관심 따위를 보이지는 않았을 것이다. 그녀의 성격은 오히려 매사에 방어적인 편이었다. 그러나 취기 때문이었을까. 두려움 같은 감정은 떠오르지 않았다. 그녀의 머릿속을 지배하는 생각은 하나뿐이었다. 벤치에 앉아 쉬고 싶다는 것, 그러려면 남자를 비키게 해야 한다는 것.

"저기요, 죄송한데요."

한 손에 케이크 상자를 어정쩡하게 든 채, 그녀는 긴 다리를 벤치 위에 뻗고 있는 남자에게 말했다.

"다리 좀 치워주세요."

남자는 아무런 대답이 없었다.

"저기요."

몇 발짝 다가간 그녀의 눈이 이상하다는 듯 남자의 몸을 훑었다. 그의 옷차림은 여름이라는 계절과는 지나치게 동떨어져 있었다. 한겨울에나 어울릴 법한 두꺼운 스웨터와, 최소 서너 사이즈는 커 보이는 헐렁한 바지. 게다가 발은 맨발이었다. 드러난 발이 가로등 불빛 아래 하얗게 빛났다.

갑자기 술이 확 깨는 기분이 들었다.

'노숙자……?'

그러나 노숙자라기에는, 그에게서는 아무런 냄새나 불결함의 흔적조차 찾을 수 없었다.

'설마…… 죽었나?'

일반적인 상황이었다면 겁을 먹었을 것이었다. 그러나 술기운 덕에 없던 용기가 솟아올랐다. 그녀가 손가락을 내밀어 남자의 어깨를 쿡 밀었다.

순간 그가 스르르 고개를 드는 바람에, 그녀는 놀란 나머지 손에 들고 있던 케이크 상자를 떨어뜨렸다. 바닥에 떨어진 상자의 입구가 툭 하고 양옆으로 벌어지며 커다란 초콜릿 케이크가 절반쯤 튀어나왔다. 그러나 케이크의 상태를 살피기도 전에 그녀는 입을 딱 벌리고 말았다. 오렌지색 가로등 불빛 아래 드러난 남자의 얼굴을 마주했기 때문이었다.

이십 대 정도인 듯한데 나이를 가늠하기는 힘들었다. 유난히 흰 피부에 배치가 대단히 잘된 조각 같은 이목구비를 가진 남자였다. 예상치 못한 아름다움을 마주친 느낌이랄까. 그녀가 눈을 깜빡였다. 남자의 눈빛에서 묘한 느낌을 받았기 때문이었다. 생각을 읽을 수 없는 눈빛, 조금은 인형의 눈 같기도 한……. 그렇지만 죽어 있는 눈빛은 또 아닌.

그는 노숙자 같지도, 집이 없는 사람 같지도 않았다. 비록 입고 있는 옷차림은 계절에 맞지 않는 이상한 것이었으나 그마저도 조금도 어색해 보이지 않았다. 아마 옷을 죄다 벗고 있었거나 누더기를 걸치고 있었다 해도 비슷한 느낌이었을 것이다.

무심하게 그녀의 얼굴을 스쳐 지나간 남자의 시선은 한곳만을 뚫어지게 보고 있었다. 바닥에 떨어져 모습을 슬쩍 드러내고 있는 거대한 초콜릿 케이크를.

"혹시…… 배고프세요?"

그녀가 물었으나, 남자는 여전히 대답하지 않았다. 그저 세상에서 가장 엄청난 것을 마주한 것 같은 표정으로 케이크를 보고 있을 뿐.

그녀가 케이크를 상자에서 꺼냈다. 다행스럽게도, 바닥에 떨어뜨린 통에 모양이 찌그러진 것 외에 케이크는 멀쩡했다.

"이거…… 먹을래요?"

그녀가 케이크 상자에 붙어 있던 플라스틱 포크를 남자에게 건넸다. 그가 조심스러운 손길로 포크를 손에 쥐었다. 그러나 남자는 여전히 아무런 대답조차 하지 않았다. 문득 그가 말을 하지 못하는 것일지도 모른다는 생각이 들었다. 그녀는 손을 입가에 가져다 대며 다시 한 번 말했다.

"드세요. 괜찮으니까."

남자의 시선이 천천히 손에 들고 있는 납작한 플라스틱 포크를 훑었다. 재차 그녀가 먹으라는 손짓을 해 보였다. 그는 조금 망설이는 듯 포크에 시선을 고정하고 있었다.

다음 순간, 그가 플라스틱 포크를 입안에 넣었다. 우두둑하는 소리가 나며 포크가 부러지는 작은 파열음이 들려왔다.

"뭐야, 뭐 하는 거예요!"

그녀의 말에도 아랑곳없이, 잘려진 포크를 깨물기라도 하는 듯 남자의 입에서는 투둑 하고 무언가 부서지는 소리가 났다.

"아니야! 아니야! 그거 먹는 거 아니라고!"

당황한 그녀의 만류에 남자가 미간을 찡그리며 퉤 하고 입에 들어 있던 것을 뱉어내었다. 멍한 표정으로 그 모습을 보던 그녀의 머릿속에 오래전에 배웠던 시(詩) 하나가 떠올랐다.

-산산이 부서진 포크여, 허공 중에 헤어진 포크여, 불러도 주인 없는 포크여, 부르다가 내가 죽을 플라스틱 포크여.

"그거 먹는 거 아니야!"

"아니야……?"

갑자기 그가 입을 열었다. 플라스틱 조각을 거칠게 뱉어내던 이상한 남자의 것이라고는 믿을 수 없을 만큼 청아하고 맑은 목소리였다. 순간 이상한 정적이 확 밀려들어 그녀 역시 덩달아 입을 다물었다.

남자의 목소리는…… 마치 다른 소리를 집어삼키기라도 하는 듯 기묘하다. 듣기 좋은 목소리였지만, 이런 종류의 소리는 들어본 적이 없었다. 잠시 말을 멈추었던 그녀가 앞에서 제 얼굴을 빤히 쳐다보고 있는 그의 얼굴을 보았다. 그사이 남자는 퉤, 하고 잘려진 포크의 마지막 조각을 뱉어냈다.

"그거 먹는 거 아니야……. 이거. 이거 먹으라고."

그녀가 여분의 포크에 케이크 한 조각을 찍어, 남자에게 건넸다. 남자의 반듯한 콧날이 냄새를 맡기라도 하는 듯 작게 움찔거렸다.

초콜릿 케이크를 입으로 가져간 남자의 입에서 부드러운 신음 소리가 새어 나왔다. 마치 태어나서 초콜릿을 처음 먹어보는 사람이 낼 법한 그런 황홀경에 다다른 희열에 찬 소리가. 남자의 눈이 지그시 감기며, 입술 끝이 완만한 곡선을 그리며 휘어졌다.

그리고 그 모습은…….

아름다웠다. 이 세상 사람이 아닌 것처럼.

그녀의 눈앞에서 거대한 초콜릿 케이크는 순식간에 자취를 감추었다. 케이크의 마지막 한 조각이 남자의 입안으로 사라졌다. 그때까지 그녀는 한순간도 눈을 떼지 못하고 그에게 시선을 고정하고 있었다.

무대 위를 비추는 스포트라이트 같은 가로등 불빛이 머리 위로 쏟아져 내렸다. 전등을 향해 돌진하는 작은 날벌레들의 소리만이 타닥타닥 들려오는 적막한 밤의 놀이터에서, 그녀는 내내 취해 있었다. 술에, 기묘한 여름밤 풍경에, 눈앞의 아름다운 남자에게.

그녀가 잠에서 깨어났을 때 가장 먼저 느낀 것은 추위였고, 그다음에 찾아온 것은 찌르는 듯 날카로운 두통이었다.

"추워……."

얇은 홑이불로 몸을 감싸며 그녀는 손으로 머리맡을 더듬었다. 몇 번의 헛손질 끝에 에어컨 리모컨이 손에 잡혔다. 곧 삐- 하는 소리와 함께 이마 위로 불어오던 싸늘한 바람이 멈췄다. 술김에 에어컨을 틀어놓은 채로 잠이 들었나 보다. 몸이 으슬으슬 떨렸다. 숙취에다, 개도 안 걸린다는 여름감기까지 보너스로 얻은 모양이었다.

어떻게 집까지 온 거지.

제일 먼저 떠오른 건 엄마에게서 걸려왔던 전화였다. 심한 감기에 걸린 듯 엄마의 목소리는 잔뜩 가라앉아 있었다. 몸살 때문에 약속을 취소해야겠다는 엄마의 통보를 받은 후에 혼자 선술집을 찾았던 것 역시 기억났다. 소주를 두 병쯤 마셨던가.

술집에서 나와서는 빵집에 들어가 초콜릿 케이크를 샀었다. 평소의 그녀라면 생일을 자축하겠다는 낯 간지러운 생각 따윈 하지 않았을 것이지만. 그리고…….

초콜릿 케이크의 남자.

느릿느릿 움직이던 기억 속 끊긴 필름이 우수수 하나로 이어졌다.

벤치 위에 죽은 사람처럼 늘어져 있던 이상한 남자. 가로등 불빛 아래 희한할 정도로 희어 보였던 그의 피부와, 그저 미남이라는 단어 하나로 표현하는 것이 미안할 지경이던 아름다운 얼굴. 침묵을 지키는 남자가 말을 하지 못한다고 생각했었지만, '아니야'라는 말을 꺼낼 때 들려왔던 그의 목소리는 놀랄 만큼 맑은 울림을 가지고 있었다.

그러나 무엇보다 기억에 남았던 것은, 초콜릿 케이크를 끊임없이 입안으로 밀어 넣던 그의 입에서 만족스럽다는 듯 새어 나오던 기묘한 소리였다. 고양이 소리 같기도 하고, 작은 짐승의 소리 같기도 한 그르렁거리는 낯선 소리.

찌르는 듯 날카로운 편두통이 밀려와 그녀는 인상을 찌푸렸다. 그가 초콜릿 케이크 한 판을 다 먹어치운 이후의 기억은 군데군데 가위질이 된 듯 끊겨 있었다. 멀뚱멀뚱 저를 쳐다보던 남자의 눈빛, 고요하던 밤의 놀이터, 희미하게 떠돌던 습한 기운…….

갑자기 그녀가 이불을 손으로 번쩍 들어 올리며 제 몸을 내려다보았다. 스치는 기억 어딘가에, 집 앞까지 따라온 남자의 모습이 분명하게 남아 있었기 때문이었다.

혹시, 설마?

술기운에 그와 밤을 보낸 것이 아닌가 싶은 생각이 들었으나 옷은 어제 입고 나갔던 그대로였다. 그러나 남자가 집 안에 있을지도 모른다는 타당한 의심은 여전히 사라지지 않았다. 마치 그가 눈앞에 서 있기라도 한 것처럼 그녀는 후다닥 침대에서 튀어 올랐다.

"계세요……?"

불안함 반, 뭐라 표현할 수 없는 감정 반으로 꺼낸 말이었다. 그러나 그녀의 목소리는 어느 쪽의 기대에도 부응하지 못한 채 허무하게 울려 퍼질 뿐이었다. 한 바퀴만 돌면 집 안의 모든 것이 눈에 들어오는 좁은 원룸 안, 어디에도 남자는 없었다.

다시금 찡하게 머리를 울리는 두통이 찾아왔다.

마치 행복한 꿈을 꾸는 것 같은 표정으로 초콜릿 케이크를 먹던 남자. 놀이터 벤치에 멀거니 앉아 넋을 잃은 표정으로 그를 보고 있던 자신의 모습.

케이크를 다 먹은 그의 시선은 내내 그녀에게 머물러 있었다. 그의 묘한 눈빛이 떠올랐다. 뚫어져라 그녀의 얼굴을 쳐다보던 그의 눈빛을 다시 떠올린 그녀가 몸을 흠칫 떨었다. 두려웠기 때문은 아니었다. 그건 어떤 의도나 감정을 가진 것 같은 눈빛은 아니었다. 단지 마치 사물을 보는 것 같은 눈빛이랄까. 그녀를 보는 남자의 눈빛은, 초콜릿 케이크를 바라볼 때의 눈빛과 비슷했다. 대단히 신기한 '물건'을 본다는 듯한.

몇 번 말을 걸어보았으나 그는 물끄러미 그녀를 응시할 뿐 더 이상 입조차 열지 않았다. 반응을 보이지 않던 로봇 같은 남자를 남겨두고 집으로 돌아오던 제 모습이 떠올랐다. 그녀는 집이 있는 4층까지 낑낑대며 올라온 후, 무심코 뒤를 돌아보았었다.

그리고 몇 걸음 뒤에 서 있는 남자를 발견했었다.

그녀가 후우 한숨을 내쉬었다. 기억은 거기까지였다. 갈증이 나, 그녀는 냉장고에서 생수병을 꺼내 벌컥벌컥 들이켰다.

꿈이라도 꾼 건가.

찬물로 세수를 하고 칫솔을 입에 물고 있는 사이 그녀의 머리는 조금 맑아졌다. 어젯밤 그녀는 술을 잔뜩 퍼마신 상태였다. 그러니 일부는 진실일 것이고, 일부는 술 탓에 과장되었을 것이며, 어떤 것은 거짓일 것이다.

엄마의 전화를 받은 것, 술에 잔뜩 취한 것, 초콜릿 케이크를 구입한 것까지는 분명히 진실이었다. 놀이터에서 이상한 남자를 본 것 역시 진실일 것이다. 그러나 그 남자가 평생 본 적 없는 미남이었다는 것은 아마도 술기운이 만들어낸 과장일 확률이 높았다. 또한 남자의 입안에서 산산이 분해되던 플라스틱 포크는, 정말이지…….

"술 좀 그만 마시자고!"

그녀가 냅다 소리를 질렀다. 큰 소리를 낸 탓에 머리로 피가 쏠렸는지 맹렬한 편두통이 찾아왔다. 울상이 된 그녀가 약이 있을 법한 화장대 서랍을 다급하게 열었다. 두통약이 필요했다.

소화제, 위장약, 비타민. 손에 잡히는 대로 약을 꺼내 이름을 확인하던 그녀가 중얼거렸다.

"아니야."

순간 그녀의 시간이 흐릿한 어젯밤의 놀이터로 되돌아갔다. 머릿속에 울리는 또렷한 그 목소리와 함께.

-아니야……?

서랍을 뒤지던 그녀의 손동작이 멈추며, 멍하니 기억속의 그 말을 따라 했다. 아니야.

난생처음 들었던, 귀를 울리는 아름다운 목소리. 설마 그것까지 환청이었을까? 성우나 가수의 목소리가 듣기 좋다, 혹은 예쁘다 하는 것과는 완전히 다른 느낌이었다. 듣는 순간 마음이 찡하고 울리는 것 같은, 왠지 벅차오르는 것 같은…… 그런 목소리.

"에휴……."

그녀가 길게 끄는 한숨을 내쉬었다. 대체 어제 무슨 일이 있었던 건지, 생각하면 할수록 머릿속은 정리되기는커녕 복잡해져만 갔다.

그녀가 싱크대 위에 아무렇게나 놓여 있던 열쇠와 지갑을 챙겨 들었다. 일단 두통약을 사러 나가볼 참이었다. 생각을 할 시간은 얼마든지 있었으니까.

집에 어떻게 돌아왔는지 기억조차 나지 않을 정도로 만취한 상태에서도 현관문을 잠그는 것은 잊지 않은 모양이었다. 잠금장치를 푼 그녀가 문을 밀어 열었다. 아니, 정확히는 열려고 했다.

문은 한 뼘 남짓 열리다가, 무엇인가에 걸린 듯 둔탁한 소리를 내며 멈췄다.

문 앞에 누군가 쓰레기봉투나 자전거 같은 것을 놓아둔 것일까?

"이렇게 매너가 없어서야."

투덜대며 그녀는 다시 문을 밀었다. 그러나 문은 꿈쩍도 하지 않았다.

"뭐야, 대체……."

안간힘을 쓰며 문을 조금 더 밀어낸 그녀가 열린 문틈 사이로 머리를 억지로 들이밀었다. 시선을 아래로 향한 순간, 문 앞을 막고 있던 '그것'의 정체가 눈앞에 드러났다.

'그것'은 쓰레기봉투도, 자전거도 아니었다.

문에 죽은 듯 기대어 있는 남자. 그의 두꺼운 스웨터, 크고 헐렁거리는 유행이 지난 바지, 긴 다리를 쭉 뻗은 자세……. 무척 낯이 익다. 드러난 흰 맨발 역시.

"어어……."

저도 모르게 그녀의 입에서 외마디 소리가 새어 나왔다.

놀이터에서 만났던 그 남자.

미동도 하지 않고 널브러져 있는 남자의 모습은 어제와 조금도 다르지 않았다. 분명히 그는 어제 처음 마주쳤을 때도 저런 모습이었다. 숨을 쉬고 있는 것인지조차 의심스러웠다. 그러나 역시나, 죽은 것은 아닐 것이다.

그렇다면 역시 같은 방법으로 깨우는 수밖에.

그녀가 손가락으로 남자의 어깨 부근을 쿡 찌르자, 그가 천천히 고개를 들었다.

"아, 안녕."

당황한 탓에 목소리가 떨리고 있었으나, 남자는 이번에도 여전히 대답하지 않았다. 크고, 깊고, 맑은 갈색 눈동자가 지그시 그녀의 얼굴을 올려다보았다. 창틈으로 들어오는 아침의 금빛 햇살이 그의 흰 얼굴 위에 반짝이는 가루처럼 부서져 내렸다. 그리고, 그는……

웃었다.

그가 웃었다. 그녀를 보며.

그의 입술 끝이 부드럽게 말려 올라갔다. 그녀는 처음 남자를 마주했을 때와 똑같이 입을 조금 벌린 채, 넋 나간 표정으로 그를 보고 있었다. 그런 그녀의 시선 안에서 그가 천천히 몸을 일으켜 세웠다.

어둑한 놀이터의 조명 아래서 보았던 밤의 남자와, 밝은 햇살이 비추는 복도에 서 있는 낮의 남자는 같으면서도 다른 사람이었다.

놀이터에서 아무렇게나 죽 뻗고 있던 긴 다리를 보고 예상했지만 그는 굉장히 키가 컸다. 190센티미터는 족히 될 법한 장신의 남자를 올려다보느라 그녀는 고개를 한껏 젖혀야만 했다.

복도에 난 창에서 들어오는 빛의 아지랑이가 그의 하얀 얼굴 위에 어른거렸다. 그의 피부는 어젯밤의 기억과 같이 여전히 희었다. 그러나 그건 단순히 하얗다는 말 하나로 정의할 수 있는 종류는 아니었다. 흔히 백지장 같다고 표현하는, 분칠한 듯 인위적인 흰색이 아닌 다른 느낌의 흰 빛. 그 위로 내리쬐는 아침의 햇빛은 무언가 이질적이었고 비현실적이었다. 곧 그녀의 머릿속에 그의 모습을 정확하게 표현해줄 법한 말이 떠올랐다.

아기의 피부 같은 흰 빛. 세상에 나온 지 얼마 되지 않아 갓 목욕을 마친 갓난아기의 것 같은 빛깔. 그의 피부는 햇빛 아래에는 단 한 번도 나가본 적 없는 것 같은 투명하고 말간 흰색이었다.

나이는…… 스물서넛쯤 되었을까? 그러나 어딘지 묘한 구석이 있는 얼굴이었다. 열여덟 살이라고 해도 고개를 끄덕일 것만 같고, 스물아홉 살이라고 해도 수긍할 수 있을 것 같은, 나이를 가늠할 수 없는 얼굴.

큰 키와, 뽀얀 피부와, 나이조차 알 수 없는 신비한 느낌의 얼굴. 그 모든 것에 정점을 찍듯 완벽한 조화를 이룬 깊은 갈색의 눈동자가 그녀를 보며 반짝였다. 말문이 턱 막히는 기분이 들었다. 그녀의 입술이 하릴없이 달싹였다.

"안녕."

결국 나온 말은 그뿐이었다. 갑자기 남자의 머리가 조금 기울어지며, 입술 새로 어젯밤 들었던 그 목소리가 새어 나왔다.

"안녕."

기억에 또렷하던 그 목소리. 깊고 맑은 울림이 있는 음성이었다. 사람의 말소리를 듣는 기분이라기보다, 누군가가 엄청난 공을 들여 만든 이름조차 모르는 악기 소리를 듣는 것 같은 느낌이랄까. 안- 녕. 짧디짧은 단 두 음절 안에도 울림이, 진동이, 운율이 있다. 귓가가 이상하게 간질간질해졌다.

"그, 그래. 안녕."

할 말을 찾지 못한 그녀가 다시 한 번 별 의미 없는 인사를 반복했다.

"안녕."

남자가 다시 한 번 웃었다.

"안녕."

그가 다시 한 번 말했다.

"안녕."

"지금 뭐 하는 거야?"

그는 마치 렉 걸린 컴퓨터 같았다. 그녀가 당황한 듯 남자를 올려다보았다. 그러나 그의 입에서는 다시 한 번 똑같은 소리가 흘러나왔다.

"안녕."

어제도 생각했던 것이지만, 정말로 이상한 남자였다. 목소리도, 하는 행동도, 말도, 어쩌면 존재 자체도…… 낯설다. 현실감이 느껴지지 않았다. 그리고 더 이해할 수 없는 것은, 저런 괴상한 것투성이인 남자에게 아무런 경계심이 들지 않는다는 사실이었다.

"나…… 약국 가던 길인데."

머뭇거리며 그녀가 말을 꺼내고 나서야, 그는 고장 난 라디오처럼 무한 재생되던 인사를 끝마쳤다.

"여긴 왜 있는 거야?"

남자의 갑작스런 등장의 이유를 묻던 그녀의 머릿속에 또 다른 생각 하나가 비집고 들어왔다. 어쩌면, 그는.

"설마 여기 밤새 있었어?"

그러나 그는 다시 입을 굳게 다물어버렸다. 시치미를 뚝 떼기라도 하는 것처럼.

어쩌면 자폐증이나 아스퍼거 증후군 같은 것을 앓고 있는 사람인지도 모른다. 저 시기에 맞지 않는 옷차림은, 어쩌면 길을 잃었기 때문이 아닐까? 초콜릿 케이크를 눈 깜짝할 새에 먹어치운 것 역시 길을 잃어 굶주린 까닭일지도 모른다는 생각이 들었다. 하지만 오랜 시간 밖에서 지냈다고 하기에 그는 지나치게 깔끔한 모습이었다. 옷이 낡았을 뿐, 당장 샤워라도 마친 듯 뽀송뽀송한 모습.

결국 그녀는 남자와의 대화를 포기했다. 멀뚱멀뚱 서 있는 그를 집 앞에 남겨둔 채, 그녀는 복도를 가로질러 계단을 향해 걸었다.

한기 탓에 소름이 등줄기를 타고 올라왔다. 아무래도 독한 감기를 앓을 모양이었다.

"지금 나 따라오는 거야?"

무심코 뒤를 돌아본 그녀가 당황한 표정으로 물었다. 딱 네 발자국쯤 뒤, 남자가 그녀의 뒤를 따르고 있었다.

계단 몇 개를 내려간 그녀가 다시 뒤를 돌아보았다. 여전히 네 계단 뒤에 서 있는 그가, 아니 그의 발이 보였다. 얼굴처럼, 신기할 만큼 뽀얗고 투명해 보이기까지 한 하얀 맨발이.

그녀의 기억 속, 조각나 있던 어젯밤의 마지막 장면이 떠올랐다.

남자는 어젯밤에도 저렇게 똑같은 모습으로 그녀를 따라왔었다. 정확히 네 발자국 차이로, 놀이터와 집을 연결하는 짧은 길을 지나, 4층 계단을 올라, 집 앞의 복도까지.

그녀가 현관문을 열고 들어가던 순간에도 그는 딱 그만큼의 간격을 두고 떨어져 있었다. 미동도 하지 않은 채. 철컹, 현관문이 닫힐 때, 문 틈새로 보이던 그의 눈빛.

그녀가 한숨을 내쉬었다. 30도를 오르내리는 한여름이었다. 두꺼운 스웨터에 당장 흘러내릴 것 같은 낡은 바지를 입고 맨발로 따라오는 남자. 그런 꼴을 한 사람을 뒤에 달고 밖에 나갈 수는 없는 일이었다.

밀려오는 두통에 인상을 찡그리며 그녀는 계단을 되짚어 올라갔다. 한 계단, 한 계단. 그녀와의 거리가 좁아질수록, 주춤거리며 남자는 조금 뒤로 물러났다.

집 앞까지 걷는 짧은 시간, 그녀는 뒤를 돌아보지 않았다. 돌아보지 않아도 알 수 있다. 그는 네 발자국 뒤에서 따라오고 있을 것이다.

찰칵 열쇠가 돌아가는 소리와 함께, 그녀의 집 현관문이 열렸다.

"와."

문밖에서 그녀를 빤히 들여다보는 남자가 보였다.

"들어오라고."

그녀가 어서 오라는 듯 손짓을 하고 나서야, 남자는 조심스레 발을 내디뎠다. 그녀의 집, 그녀만의 공간 안으로.

2장. 무엇도 아닌 남자

그는 한참을 두리번거렸다. 마치 집이라는 곳 자체를 처음 보는 사람처럼. 집 안에 있는 모든 물건들을 물끄러미 응시하고 살펴보는 그의 태도는 미술품을 감상하는 관람객 같았다.

신기한 것이라도 본 양, 식탁 위에 놓여 있는 전기 주전자를 한참이나 들여다보던 남자가 고개를 돌려 그녀를 보았다. 그가 집 안을 관찰하듯, 그녀 역시 남자의 그런 모습을 내내 쳐다보는 중이었다. 눈이 마주치는 바람에 그녀는 황급히 시선을 내리깔았다.

정말 이상한 사람.

침대 끄트머리에 불안한 자세로 앉아 있던 그녀의 곁으로 그가 부드러운 걸음으로 다가왔다. 그녀 바로 옆까지 온 남자가 침대 끝자락에 조심스레 걸터앉았다. 그녀와 똑같은 자세로.

지금 나를 따라 하는 건가?

한 뼘 정도의 사이를 두고 곁에 앉은 그의 존재가 낯설고 어색했다. 그녀는 짐짓 아무렇지 않다는 태도로 자리에서 일어났다. 싱크대 쪽으로 걸어가 물을 틀었던 건, 그저 그 순간의 어색함을 모면하기 위한 행동이었다.

수도꼭지에서 쏟아져 나오는 차가운 물줄기에 손을 씻던 그녀가 소스라치게 놀라며 한 걸음 뒤로 물러났다. 그새 따라온 남자가, 그녀의 손 위에 제 손을 가만히 얹었기 때문이었다.

그러나 그의 그런 행동보다 더 그녀를 당황시킨 건, 손이 스쳤을 때 받았던 느낌이었다.

차가움. 혹은 서늘함?

이미 충분히 찬물에 적셔진 손이었음에도, 그의 손이 와 닿는 순간 느꼈던 것은 그 이상의 낯선 싸늘함이었다. 살갗이 스친 부분뿐 아니라 팔목 언저리까지 순간적으로 온도가 내려가는 것 같은 기묘한 느낌. 살갗 위에 얼음이 닿은 것 같았다. 남자의 손이 떨어지자, 잠시 머물러 있던 찬 기운은 천천히 사그라졌다.

약간의 두려움이 일었지만, 곧 호기심이 그것을 이겼다. 묘한 목소리, 계절에 맞지 않는 옷, 관찰자와 같은 이상한 태도, 그리고 살갗이 닿았을 때 느꼈던 낮은 온도…….

"너, 누구야?"

아니, 이건 잘못된 질문 같다.

"너, 뭐야?"

그러나 남자에게서는 어떤 대답도 돌아오지 않았다. 그는 그저 그녀의 얼굴을 지그시 응시하고 있을 뿐이었다. 부담스럽지만, 그렇다고 불쾌한 시선으로 여겨지지도 않았다. 갈색 눈동자가 조금

가늘어진다. 그녀를 보는 그의 눈길은 신중하고 조심스러웠다.

저 사람은…… 이상해. 마치 낯선 생물 같아.

남자임에도 대단히 아름다운 외모를 하고 있지만, 인간미가 느껴지지 않는다. 인형이나 로봇처럼 무생물의 느낌은 아니었다. 눈을 마주 보고 있으면, 마치 길을 잃은 동물을 보는 것 같은 조금쯤 서글픈 기분이 드는 것이다.

"나는."

그녀가 떨리는 손가락을 들어 제 몸을 가리키며 말했다.

"은서."

한 번 더.

"나는."

손가락으로 가슴께를 가리키며.

"은서."

그녀의 손가락이, 이번에는 남자를 향했다.

"너는?"

그는 이 순간을 기다리고 있었던 것 같다. 굳게 닫혀 있던 그의 입술이 갑자기 벌어지며 처음 듣는 낯선 언어가 흘러나왔다.

언어, 그것은 분명히 언어였다. 한국어나 프랑스어나 독일어 같은 분명히 반복되는 패턴과 의미를 가지고 있는 언어. 그러나 한국어도, 프랑스어도, 독일어도 아니었다. 그녀는 본능적으로 알 수 있었다. 그것은 마치 낮게 그르릉거리는 짐승의 소리와 비슷한 울림을 가지고 있었다. 실제 고양이나 개가 내는 소리와는 완전히 달랐지만.

분명한 건, 그것이 인간의 언어가 아니라는 거였다.

"뭐라고?"

남자가 다시 한 번 낯선 언어로 자신의 이름을 말했다. 그러나 그녀에게 그 말은 그저 이렇게 들릴 뿐이었다.

"#%&#%&#%&#%&무아."

"다시, 다시 한 번만."

"#%&#%&#%&#%&무아."

알아듣기는커녕, 흉내조차 낼 수 없는 이상한 말.

"무아?"

알아들을 수 있는 말은 오직 그것 하나뿐이었으나, 의외로 그의 얼굴에는 기쁜 표정이 떠올랐다.

"무아."

그녀가 나지막하게 남자의 이름을 되뇌었다. 무아. 그게 그의 이름이었다.

그가 희고 긴 손가락을 들어 그녀를 가리켰다.

"은서."

그의 입에서 처음으로 나온, 그녀의 이름이었다. 은- 서. 그의 입술 사이로 흘러나오는 이름은 조금 낯설게 들렸다. 그녀의 이름이지만, 마치 처음 불리는 새로운 이름처럼.

"입어."

은서가 무아에게 내민 것은 티셔츠와 반바지였다.

서랍장 깊숙한 곳에서 찾아낸 오버사이즈의 티셔츠는 얼추 그에게도 맞을 법해 보였다. 언제 구입했는지 기억조차 남아 있지 않은 헐렁한 반바지 역시, 지금 무아가 입고 있는 헌옷 수거함에서 꺼내 온 듯 낡은 바지보다는 훨씬 나아 보일 것이 분명했다.

그녀가 내민 옷가지들을 엉겁결에 받아 든 무아가 이게 대체 무엇이냐는 표정으로 은서를 보았다. 그녀가 낮은 한숨을 내쉬었다.

“벗고.”

은서가 제 옷을 벗는 시늉을 해 보였다.

“입어.”

다시 옷을 입는 흉내.

다행히도 옷을 입고 벗는 것이 무엇인지는 알고 있는 모양이었다. 그녀의 말을 알아들었다는 듯, 고개를 조금 끄덕인 무아가 입고 있는 두꺼운 스웨터를 벗었다. 눈앞에 갑자기 드러난 벗은 상체를 본 은서가 황급히 몸을 돌렸다.

그리고, 다시 빙글- 그녀는 되돌아섰다.

그의 몸 위에, 무엇인가가 있다.

“이게…… 뭐야?”

저도 모르게, 그녀가 팔을 뻗어 무아의 가슴 아래에 손을 가져다 대었다.

갑자기 그의 입에서 특유의 낯선 언어가 튀어나왔다. 무아가 뒤로 한 발짝 물러났다. 이름을 말할 때와는 사뭇 다른 어조였다. 뜻을 알아들을 수는 없었다. 그러나 그것이 고통스러움을 표현한 말이라는 것은 충분히 알 수 있었다.

그러나 그 이상한 소리보다, 더 놀라운 것이 눈앞에 있었다.

상처. 아마도 그것은 상처일 것이다.

그것은 무아의 오른쪽 가슴부터 배까지, 상체의 거의 절반에 해당되는 부분을 차지하고 있었다. 무엇인가 세차게 할퀴고 지나간 것 같다. 마치 찢기기라도 한 듯 흉포한 흔적이 살갗 위에 적나라하게 자리를 잡고 있었다. 드러난 피부 위에 움푹 파인 상처는 깊고, 넓고, 길었다. 그러나 지나치게 넓은 상처의 부위보다 더 은서를 당황스럽게 한 것은, 그 드러난 상처 자국의 모양이었다.

저렇게 큰 부위에 상처를 입었다면 분명히 피를 흘렸을 것이다. 그것도 굉장히 많이. 다친 지 얼마 되지 않았다면 거뭇한 피딱지가 붙어 있을 것이고, 오래된 상처라고 해도 살갗에 남은 흔적은 검게 침착되어 본래의 피부색보다 어두운 빛을 띠기 마련이었다.

그러나 그의 몸에 자리 잡은 그것의 생김새는 완전히 달랐다. 그 표면은 마치 살덩이를 넓게 베어낸 듯, 혹은 음각을 새긴 듯 움푹 파여 있을 뿐이었다. 거무스레한 자국도, 피가 흐른 흔적도, 상처가 아물어가는 증거인 딱지도. 그 무엇도 없었다.

오히려 상처가 있는 부위는 무아의 창백한 피부보다 더 밝은 빛을 띠고 있었다. 넓은 상처의 위를 무엇인가가 엷게 뒤덮고 있다. 반투명한 우윳빛의 무엇인가가.

그것이 무엇인지 그녀는 상상조차 할 수 없었다. 사람의 피부라고는 믿기지 않는 기묘한 상처의 흔적. 그것은 상처라기보다는 사람의 몸이라는 구조물 위에 누군가 정성스럽게 새겨 넣은 조각과도 같아 보였다.

그리고 참 이상했지만, 아무튼 그건…….

아름답게 보였다.

그러나 또한 그것은, 분명히 그에게 고통을 주고 있었다. 손이 닿았을 때 무아의 입에서 무의식중에 튀어나왔던 소리로 알 수 있었다.

"아파?"

이질적인 모습에 시선을 떼지 못하던 그녀가 가까스로 물었다.

"거기……."

은서가 검지를 들어 무아의 배 부분을 가리켰다.

"아파?"

갑자기, 무아가 그녀의 손목을 잡았다.

그에게 잡힌 손목에 아까 느꼈던 차가운 기운이 느껴졌으나 은서는 손을 빼지 않았다. 신기하고, 신비롭고, 이상하고, 낯설다……. 외모, 언어, 그리고 피부에 남아 있는 기묘한 상처까지.

평범하지 않은 존재. 그가 누구인지, 혹은 무엇인지 궁금했다.

그가 은서의 손을 제 가슴 아래에 끌어다 놓았다. 긴장한 듯 목을 움츠리고 있던 그녀의 겁먹은 시선이 제 손을 좇았다. 손목에 느껴지는 서늘한 한기가 팔을 타고 올라오는 것이 느껴졌다. 손을 쭉 편 은서가 손바닥을 무아의 몸에 남아 있는 이상한 흉터에 가만히 갖다 대자, 그는 그녀의 손목에서 손을 떼었다.

뜨거워.

예상 밖의 감촉에 그녀가 놀란 듯 손을 움찔했다.

뜨거웠다. 사람의 체온, 적당하고 포근한 온기. 그런 따뜻함이 아니다. 델 듯이 뜨거웠다.

은서의 손가락이 무아의 살갗 위에서 꿈틀대며 움직였다. 머뭇거리며, 지극히 조심스럽게. 피부 위에 거침없이 죽죽 그어진 상처의 길을 따라 조금 움직이던 그녀의 손가락은 상처 부위가 아닌 그 옆으로 미끄러졌다.

차가워.

믿어지지 않아, 은서는 반대편 손마저 들어 무아의 몸 위에 얹었다. 오른손은 상처 위에, 왼손은 상처가 나지 않은 곳 위에.

오른쪽은 뜨겁고 왼쪽은 차갑다. 극단적인 냉기와 열기가 양손에서 오롯이 느껴졌다.

그녀가 멍한 표정으로 그를 올려다보았다. 무아는 부드럽게 미소 짓고 있었다. 마치 난 괜찮아, 라고 하는 듯이. 은서가 조심스럽게 손을 떼었다. 대체 이 느낌은 무엇일까.

여전히 궁금했지만, 바로 눈앞에 있는 벗은 무아의 몸을 보고 있는 것은 조금 쑥스러웠다.

"옷 입어. 얼른."

다시 한 번 옷을 벗고 입는 시늉을 해 보이자, 그가 알겠다는 듯 고개를 끄덕였다. 그의 손이 바지 허리춤에 가 닿는 것을 본 은서가 몸을 돌렸다.

"은서."

잠시 뒤돌아 있던 그녀가 이름을 부르는 소리에 몸을 돌렸다. 두꺼운 회색 스웨터와 낡고 헐렁한 카고 바지가 바닥에 떨어져 있었다. 검정색 티셔츠에 회색 트레이닝 반바지로 갈아입은 무아는 이전보다 한결 말쑥해진 모습이었다.

"말이 안 통하니까 정말 답답하다."

그녀의 입에서 무심코 튀어나온 말이었다.

"말이 안 통하니까 정말 답답하다."

"응?"

예상치 못한 무아의 목소리. 그러나 이내 은서는 깨달았다. 본인의 의사를 표현하는 것이 아닌, 그저 그녀의 말을 앵무새처럼 따라

하는 것뿐이라는 사실을.

그렇다 해도 여전히 신기한 일이었다. 그는 한국말을 전혀 모르는 것처럼 보였다. 어쩌면 외국인일는지도 모른다. 그럼에도 불구하고, 비록 그녀의 말을 녹음기처럼 되풀이할 뿐이라 해도 무아의 발음에는 조금의 이질감이나 어눌함이 느껴지지 않았다. 뜻을 모르고 하는 말임이 분명한데도 마치 평범한 이웃집 남자가 말하는 소리처럼 자연스러웠다. 다른 점이 있다면 그저 그 독특하고 깊은 울림이 있는 맑은 목소리뿐이었다.

외국인이 하는 말이라고는 생각할 수 없는, 태어나면서부터 한국어를 쓴 사람만이 가질 수 있을 법한 그의 말.

"저기요."

그녀의 눈이 휘둥그레졌다. 무아가 은서를 부르고 있었다.

"으응?"

"혹시…… 배고프세요?"

맥이 탁 풀리는 듯한 기분이 들어, 은서는 입을 벌린 채 그를 보았다. 말을 할 줄 모르는 것이 아니었구나. 어쩌면 이 남자는 그저 제 기분에 따라 입을 열었다 닫았다 마음대로 행동하고 있을 뿐인지도 모른다.

"어…… 조금. 너, 배고파?"

갑자기 무아의 입에서 술술 터져 나오는 말. 여전히 알 수 없는 기분에 사로잡힌 채, 그녀의 눈은 그를 향하고 있었다.

"먹을래요?"

"밥? 그, 그럼…… 같이 먹을래?"

"드세요. 괜찮으니까."

무엇에라도 홀린 것만 같았다. 조금 전까지 손짓 발짓으로 의사소통을 해야 했는데, 너무나 자연스러운 저 말투라니.

"말할 줄 알면서, 왜 그랬어?"

그녀의 말에 약간의 원망이 배어 있었다.

"한국말 못하는 줄 알았잖아."

투덜거리는 은서를 마주 보던 무아가 천천히 입을 열었다.

"뭐야, 뭐 하는 거예요!"

"응?"

"아니야! 아니야! 그거 먹는 거 아니라고!"

"지금 무슨……."

갑작스러운 상황에 당황한 표정을 짓던 그녀가 문득 떠오르는 기억에 말을 멈추었다.

놀이터. 초콜릿 케이크. 그리고 플라스틱 포크.

그가 하고 있는 말은 본인의 의사를 표현하는 것이 아니다. 그저 놀이터에서 은서가 했던 말을 기계처럼 줄줄 읊고 있을 뿐인 것이다.

"어떻게…… 그럴 수 있어?"

그러나 어찌 되었건 믿을 수 없는 일이었다. 전혀 모르는 언어를, 단 한 번 들은 것만으로 토씨 하나 틀리지 않고 줄줄 외워 말한다는 것은. 하지만 사실 눈앞의 무아라는 남자에 대한 모든 것은 이상하기 짝이 없었다. 오히려 평범한 구석이 있다면 그것이 더 놀라울 정도로.

그녀가 생각에 잠겨 있는 사이, 그는 새로운 흥밋거리를 발견한 모양이었다. TV 리모컨이 그 대상이었다. 지극히 조심스러운 손길로 올록볼록 튀어나온 작은 검은 버튼들을 눌러보는 그의 표정은 대단히 사려 깊고도 진지했다.

띠링, 하는 소리와 함께 TV 전원이 켜졌다. 은서와 무아, 둘만이 존재하던 적막한 공간에 갑자기 우렁찬 포효가 울려 퍼졌다.

TV 채널에선 '동물의 왕국' 류의 프로그램이 방영되고 있었다. 드넓은 아프리카의 평원, 맹수들이 으르렁대는 소리가 들려왔다. 거슬리는 소음에 무심코 TV를 끄려던 그녀가 행동을 멈췄다.

"재밌냐."

무아는 TV 화면에 완전히 매료되어 있었다. TV에서는 버팔로를 쫓는 용맹한 암사자 무리의 모습이 나오고 있었다. 여전히 무아는 세상에서 가장 경이로운 것을 본다는 듯한 표정이었다.

TV라는 걸 처음 보는 거 같다.

은서가 조금쯤 기막히다는 표정을 지었다. 이내 그녀의 표정이 살짝 일그러졌다. 무아에게 정신이 팔려, 사라진 줄 알았던 두통이 슬금슬금 다시 시작되고 있었다.

"나 잠깐 나갔다 와도 되지?"

그에게서는 여전히 아무런 대답도 돌아오지 않는다. 그저 투다닥 초원을 질주하는 버팔로의 발소리만이 좁은 원룸 안을 채우고 있을 뿐이었다.

살그머니 문을 열고 밖으로 나가던 그녀는 지금의 상황이 퍽 괴상하다는 생각을 했다. 그녀는 집주인이었고, 무아는 방문자였다. 처음 보는 남자를 집 안으로 들이는 것도, 낯선 남자만을 집 안에 둔 채 외출을 하는 것도, 또한 외출의 허락을 굳이 구하는 것도, 집에 돌아왔을 때 남자가 사라졌을까 봐 조금 걱정이 되는 것도. 모두가 다 이상하다. 26살 생일을 기점으로 이상하지 않은 것을 찾는 게 오히려 더 어려워진 것 같은 기분이었다.

집 밖은 여전히 후덥지근한 폭염 속이었다. 감기에 걸린 것을 감안해도 집 안에 있을 때는 조금도 더운 것을 느끼지 못했었다. 그녀의 드러난 팔위로 한여름의 햇볕이 맹렬하게 쏟아져 내렸다.

감기약과 두통약을 사들고 돌아온 은서가 집 문 앞에서 잠깐 멈칫했다. 뜨겁다 못해 따갑기까지 한 햇볕이 숙취로 질척한 머릿속을 바짝 말린 것 같은 기분. 이제야 정신이 드는 것 같았다. 문득 귀신에게라도 홀린 게 아닌가 싶은 생각이 들었다. 그녀가 자신 없는 표정으로 한 손에 들린 케이크 박스를 내려다보았다. 대체 무슨 생각으로 이런 걸 사들고 온 거지. 어쩌면 문이 열린 순간 맞닥뜨리게 될 것은, 난장판이 된 집 안의 모습일지도 모른다. 딱히 훔쳐갈 만한 게 있는 살림은 아니었지만.

결심이라도 한 듯, 은서가 문을 열었다.

고요하다. 그새 TV는 꺼져 있었다. 아무런 소리도 들리지 않았다. 그 어떤 작은 소음도.

무아는 침대 끝에 얌전히 앉아 있었다. 문으로 들어서는 그녀를 발견한 그가 활짝 웃었다. 마치 몇 년 만에 그리운 친구를 만난 것처럼.

"그들은 평생……."

"으응?"

그녀가 멈칫했다. 그러나 무아는 개의치 않고 말을 이었다.

"그들은 평생 오직 하나의 짝만을 바라보며 살아갑니다. 늑대는 본능적으로 일부일처제를 실천하며 살아가는 동물이죠. 늑대는 처음으로 짝짓기를 한 대상에게 일종의 각인을 합니다. 그들이 짝짓기를 할 때는…….”

“아, 알았어. 짜, 짝짓기, 짝짓기……. 동물의 왕국, 그런 거 좋아하는구나…….”

은서가 진정하라는 듯 두 손을 들어 보였다. 갑자기 그가 자리에서 벌떡 일어났다.

“왜, 왜…….”

무아의 눈동자에서 반짝반짝 빛이 나는 것 같다고 그녀는 생각했다. 곧 그의 얼굴에 세상에서 가장 행복한 사람 같은 환한 미소가 떠올랐다.

무아는 웃고 있었다. 은서를 향해…… 아니, 그녀의 손에 들린 초콜릿 케이크를 향해.

은서의 시선은 식탁 위를 오가는 무아의 손을 따라 규칙적으로 움직이고 있었다.

무아에게는 확실히 묘한 점이 있었다. 물론 처음 마주친 순간부터 모든 것이 그랬지만. 식탁 위에 놓인 초콜릿 케이크를 먹는 단순한 행동 속에도 눈을 뗄 수 없게 만드는 무엇인가가 있었다.

그의 희고 긴 손가락에 쥐어져 있는 날렵한 은색 포크가 케이크로 향한다. 포크를 옆으로 눕혀 부드러운 초콜릿 케이크를 작은 조각으로 잘라낸다. 정확하게 한 입 크기. 포크의 날로 잘려진 케이크의 조각을 찍어 올려 입으로 가져간다.

단순한 반복이었으나, 케이크를 자르고 입으로 가져갈 때까지의 무아의 행동에는 조금의 빈틈이 없었다. 자르고, 찍고, 입에 넣는 행동은 어찌 보면 기계적이라고 할 만큼 정확했다. 스톱워치 같은 것으로 시간을 재어본다면, 0.1초의 차이조차 존재하지 않을 것 같은 느낌이랄까.

그러나 그 절도 있는 식사 시간의 하이라이트는, 자르고 찍고 입으로 가져가는 것이 아닌 그 이후에 찾아왔다. 케이크 조각이 무아의 입속으로 사라지는 순간에.

코코아 빛의 포슬포슬한 케이크 시트 위에 켜켜이 쌓여 있는 눈처럼 새하얀 생크림과, 케이크의 맨 위를 두껍게 뒤덮고 있는 찐득한 초콜릿 크림. 그것을 입안으로 밀어 넣으며 무아는 조용히 눈을 감았다. 쉽사리 씹거나 삼키지 않았다. 눈을 지그시 감은 무아는 입안에서 스르르 녹아내리는 감촉을 단 하나도 놓치지 않겠다는 듯 잠시 동안 그저 가만히 있었다. 몇 초의 시간이 지나 부드럽게 녹아내린 초콜릿 크림이 입안에 아지랑이처럼 퍼져 나가며 흔적도 없이 사라진다. 그제야 그는 케이크를 무심히 씹어 꿀꺽 삼켰다. 그러고 나면, 다시 처음부터 시작.

자르고, 찍고, 입에 넣고, 음미한다.

어쩌면 저렇게 경건하게 음식을 맛볼 수 있을까. 그리고 어쩌면 저렇게 행복한 표정으로 음식을 먹을 수 있을까.

평소 은서는 빵이나 과자 같은 걸 별로 즐기지 않았다. 그럼에도 불구하고 지금 이 순간, 초콜릿 케이크는 세상에서 가장 진귀한 음식처럼 보였다. 그저 흔하디흔한 프랜차이즈 빵집에서 사온 평범한 초콜릿 케이크일 뿐이었다. 그러나 그것을 입안으로 밀어 넣는 무아를 보고 있자니 그녀로서는 한 번도 먹어보지 못한 엄청난 음식을 보고 있는 것 같은 착각이 밀려왔다.

입안 가득 침이 고인다. 배가 고팠다.

그의 모습을 보고 있자니 미치도록 허기가 밀려왔다. 먹고 싶다. 너무너무 먹고 싶었다.

어젯밤 찾았던 술집에서 안주 삼아 우동 몇 젓가락을 먹었을 뿐이라는 데 생각이 미쳤다. 배가 고프지 않다면 그게 오히려 이상한 일일 것이다. 결국 은서는 자리에서 일어났다. 다시 식탁으로 돌아온 그녀의 손에는 포크가 들려 있었다.

"나 한 입만 먹어도 돼?"

그녀가 물었으나, 그의 모든 신경은 오직 초콜릿 케이크에만 고정되어 있었다. 다시 한 번 케이크를 자르고, 찍고, 입에 넣고, 눈을 지그시 감는다. 그런 무아를 보니 다시금 침이 고였다. 은서가 케이크 조각을 향해 포크를 내밀었다.

쨍, 하는 소리와 함께 무아의 은빛 포크가 바람을 가르며 날아와 그녀의 포크를 막았다. 마치 기사가 명검을 휘두르는 것 같은 완벽하게 절도 있는 태도로. 뭉근한 힘 싸움은 오래가지 않았다. 은서의 포크가 주춤주춤 뒤로 물러났다.

"야!"

그녀의 입에서 황당한 외침이 흘러나왔으나, 무아와 눈이 마주치는 순간 은서는 입을 다물고 말았다. 그의 애틋한 눈빛은 너무나 간절하게 케이크의 소유권을 주장하고 있었다. 제발, 이건 내 거예요. 손대지 마세요. 나 혼자 먹을 거예요.

"안 먹어, 치사해서 안 먹어! 너 혼자 다 먹어라!"

투덜거리던 그녀는 결국 작은 냄비에 물을 올렸다. 찬장 구석에 처박혀 있던 컵라면을 꺼내어 뜯던 은서가 심통이 난 표정으로 무아를 흘낏 보았다. 무아는 다시금 초콜릿 케이크와 혼연일체가 되는 중이었다. 그 모습은 정말이지 행복해 보였다. 조금 토라졌던 그녀의 마음은 금세 누그러졌다. 얼마나 굶주렸으면.

"그렇게 맛있냐."

여전히 그는 대답을 하지 않았다. 무엇이든 사로잡히면 그것 하나 말고는 아무것도 보이지 않는 모양이었다. 물론, 어제 그가 해치웠던 거대한 초콜릿 케이크의 양을 돌이켜 보건대 굶주림을 걱정할 쪽은 무아보다는 은서였지만.

컵라면을 기다리는 3분간의 시간은 굉장히 길게 느껴졌다. 젓가락으로 컵라면의 면발을 휘휘 저은 그녀가 라면 국물 한 모금을 마셨다. 숙취 때문에 내내 울렁거리던 속이 조금이나마 가라앉는 느낌이 들었다. 다시 한 번 컵라면 용기를 입으로 가져가던 은서의 시선이 무아의 눈과 마주쳤다.

엄청나게 신기한 것을 본다는 듯, 그의 눈이 반짝 빛나고 있었다. 저런 눈빛을 은서는 이미 본 적이 있었다. 초콜릿 케이크를 보던 그의 눈에서.

"안 줄 거야."

애써 시선을 피하며, 그녀는 급하게 라면 한 젓가락을 들어 후루룩 입에 넣었다.

"안 준다고."

따끔한 무아의 시선이 느껴졌다. 갑자기 그가 무엇인가를 쓰윽 내밀었다.

초콜릿 케이크 한 조각.

"바꾸자고?"

무아가 팔을 뻗어 포크를 내밀었다. 은서의 입가까지. 어서 먹어, 라고 재촉하는 듯. 눈앞에서 흔들리는 초콜릿 케이크의 달콤한 향기가 그녀의 코로 밀려들었다.

결국 그녀가 졌다. 은서가 입을 벌려 무아가 내민 초콜릿 케이크를 입에 물었다. 입안에 남아 있던 컵라면의 매콤한 맛이 순식간에 사라지며, 눅진한 달콤함이 밀려왔다. 그의 표정처럼 세상에서 가장 황홀한 음식은 아니었지만 그래도 초콜릿 케이크는 굉장히 맛있었다. 머리가 띵할 정도로 진한 달콤함과 초콜릿 특유의 엷은 씁쓸함이 온 입안을 휘감았다.

달콤함과 쌉쌀함 중, 무아를 그토록 사로잡은 맛은 어떤 것이었을까.

"아, 미안."

잠시 생각에 잠겨 있던 은서가 그에게 시선을 돌렸다. 무아의 갈색 눈동자 가득 기대감이 떠올라 있었다.

그녀가 젓가락으로 라면 면발을 들어 올렸다. 후후 불어 열기를 식힌 라면을 조심스럽게 그의 입가로 가져간다. 마치 어미 새가 먹이를 가져다주기를 기다려온 아기 새처럼, 무아가 입을 벌려 라면을 받아먹었다. 순간 그의 표정이 묘하게 움찔하며 일그러졌다.

"왜 그래?"

무아가 인상을 잔뜩 찡그리는 것을 본 은서가 물었다. 마치 못 먹을 것을 먹은 사람처럼, 씹지도 뱉지도 못하고 안절부절못하던 그는 결국 라면을 꿀꺽 삼켰다. 무아의 잇새로 쓰읍, 하고 숨 들이마시는 소리가 났다.

아마도 라면이라는 음식은, 초콜릿 케이크에 열광하는 무아의 입맛에는 몹시 매운 모양이었다.

그녀가 급히 물을 꺼내 왔다.

"매워? 마셔. 얼른 물 마셔."

은서가 내민 생수병을 받아 든 무아가, 잠시 투명한 페트병 안에서 일렁이는 물을 응시했다. 곧이어 그가 생수병을 입가로 가져갔다. 꿀꺽꿀꺽, 물이 그의 목구멍으로 넘어가는 소리마저 경쾌하고 청량하다.

한 모금, 두 모금, 세 모금.

무아는 멈추지 않았다. 0.5리터의 생수병이 깨끗이 비워질 때까지. 한참이나 물을 들이켜던 그가 손을 들어 턱으로 흘러내리는 물방울을 닦아내었다. 그리고 다시 그는 식탁 앞에 앉았다. 정말로 케이크를 남김없이 먹어치울 생각인 모양이었다.

"며칠 굶은 사람 같네."

규칙적이고, 절도 있고, 우아하기까지 한. 케이크 위를 분주히 오가는 손놀림이 다시 시작된 것을 본 그녀가 중얼거렸다.

은서가 감기약 두 알을 입에 털어 넣었다.

허기가 사라졌기에 내내 부대끼던 속은 많이 나아졌다. 아까 먹은 진통제 덕분에 머리를 괴롭히던 두통도 점차 희미해지고 있었다. 문제는 으슬으슬하게 몸을 파고드는 한기였다. 긴팔 티셔츠를 겹쳐 입었음에도 자꾸만 몸이 떨리고 소름이 돋았다.

"무아."

은서의 목소리에, 신기한 듯 알람시계를 만지작거리고 있던 그가 뒤를 돌아보았다. 그녀가 TV 리모컨의 주황색 전원 버튼을 꾹 눌렀다. TV에서는 어린이용 프로그램이 방송되고 있었다.

브라운관에 펭귄과 비버와 공룡과 백곰이 흥겨운 노랫소리와 함께 등장했다. 무아의 시선은 이내 빨려 들어갈 듯 TV 안의 춤추는 동물 친구들에게 고정되었다.

TV에서 눈을 떼지 못하는 무아를 보던 은서가 몸을 웅크려 침대 위에 누웠다. 스스로도 납득하기 힘든 괴상한 만남에 대해 생각하던 사이, 감기약 탓인지 졸음이 밀려왔다. 귓가에 울리는 동물 친구들의 발랄한 노랫소리를 듣던 그녀의 눈꺼풀이 스르르 감겼다.

열이 올랐다. 온몸에 한기가 들어 추웠다. 은서의 입에서 끙끙 앓는 소리가 새어 나왔다. 잠에서 깨어나지 못한 채, 그녀는 턱 끝까지 이불을 끌어당겨 몸을 감쌌다. 그래도 추웠다. 잠결에도 몸이 덜덜 떨리는 것이 느껴졌다.

무엇인가 그녀의 곁에 다가왔다. 몸을 따뜻하게 덥혀주는 뜨거운 열기가.

여전히 눈을 뜨지 않은 채, 은서는 필사적으로 그 따뜻한 체온에 매달렸다. 귓가에 속삭이는 듯 낮은 목소리가 들려왔다. 작은 짐승의 소리처럼, 부드럽게 그르렁거리며 목을 울리는 소리. 그의 뜨거운 품 안에서, 은서의 몸의 떨림이 천천히 잦아들었다.

꿈과 현실의 경계가 모호했다. 알 수 없는 기분을 느끼며, 은서는 다시금 깊은 잠 속으로 빠져들었다.

어둡다. 블라인드 틈으로 푸르스름한 빛이 들어온다. 저녁일까. 어쩌면 이른 새벽일지도 모른다. 잠들어 있던 내내 열이 올라 지독한 추위에 시달렸던 것 같은

데, 지금은 추위도 열기도 아무것도 느껴지지 않는다. 그저 몽롱하다. 마치 무엇인가에 취한 것 같은 기분. 아프지는 않지만 몸에 조금도 힘이 들어가지 않는다. 스르르 몸 자체가 녹아내리는 것 같다. 누워 있는 것이 아니라 마치 붕 떠올라 천천히 제자리를 맴돌고 있는 것 같다.

"은서."

적막함을 파고드는 저 목소리. 은서, 라고 발음하는 남자의 목소리에서는 기묘한 울림이 느껴진다. 나는 저 목소리가 누구의 것인지 알고 있다. 무아. 어제 혹은 아침에, 내가 집으로 들였던 그 이상한……. 사람, 아니 사람인지조차 불확실한.

"은서."

그의 목소리가 다시 내 이름을 부른다. 아까와는 달리 목소리는 조금쯤 필사적이었다. 가까스로 고개를 조금 들었다.

그는 키가 컸다. 190센티미터 정도? 그렇지만 유난히 더 그는 커 보인다. 내가 알던 그가 아닌 것 같다…….

그의 머리는 천장 바로 아래에 있다. 그의 몸을 따라 시선을 떨어뜨렸다. 그의 발은…….

공중에 떠올라 있다. 허공에서, 무아의 발이 부드럽게 몇 번 움직인다. 마치 헤엄치듯, 유영하듯. 이 모든 장면은 슬로모션처럼 느릿하고 나른하기만 하다.

이상한 꿈이다, 라고 은서는 생각했다.

눈앞에서 서서히 공중으로 떠오르던 무아의 모습이 너무나 생생했다. 그러나 그는 침대 끄트머리에 걸터앉아 그녀를 바라보고 있었다. 몇 시간이나 잔 건지 불을 켜지 않은 방 안은 제법 어두웠다.

은서의 몸은 여름 이불로 잘 감싸여 있었다. 잠든 내내 지독하게 찾아와 몸을 떨게 했던 오한이 떠올랐다. 굉장히 심하게 앓았던 것 같은데, 지금 그녀의 몸은 완벽하게 멀쩡했다.

이불 속에서 은서가 손가락과 발가락을 가만가만 움직여보았다. 목을 살살 돌려보고, 몸에 움찔 힘을 주어보았다. 아팠던 흔적은 어디에도 남아 있지 않았다. 펄펄 끓었던 열도, 온몸을 떨게 했던 한기도 모두 사라졌다. 아무런 일도 없었던 것처럼.

"아파?"

"아니, 이제 괜찮아."

무아의 갈색 눈은 걱정스러운 듯 은서를 향하고 있었다. 불현듯 밀려드는 오한에 몸을 떨고 있을 때 곁에 다가왔던 뜨거운 체온이 기억났다. 아마도 무아였을 것이다. 하지만 그의 몸은 이상할 만치 차가웠었다. 아까 보았던 묘한 흉터는 불같이 뜨거웠지만 그 상처 같은 것이 있는 상체를 제외하고는 팔도, 어깨도, 손도 모두 싸늘했었다.

은서가 팔을 뻗어 그의 팔에 손을 가져다 댔다. 그의 몸은 차가울까, 뜨거울까.

차갑다.

처음 살갗이 닿았을 때처럼. 하지만 오한에 떨며 누워 있을 때 곁에 다가왔던 것이 그가 아니라면 달리 누구란 말인가.

"다행이야."

무아의 목소리가 들렸다.

"응, 고마워."

무심코 대답하던 은서가 그의 얼굴을 보았다. 곧 그녀의 얼굴에 믿을 수 없다는 듯 놀란 표정이 떠올랐다. 그녀가 이불을 휙 걷어 내고 자리에 일어나 앉았다.

"지금 나한테 말한 거야? 따라 한 거 아니고?"

갑자기 그가 몸을 당겨 은서의 코앞까지 다가왔다. 코끝이 닿을 듯 말 듯. 얼굴에 무아의 숨결이 느껴졌다. 그의 숨마저 조금 차갑다. 놀란 그녀가 조금 뒤로 물러났다.

"천천히."

"으응?"

"천천히……."

한 뼘이나 될까. 바짝 얼굴을 들이댄 무아의 말뜻을 그제야 은서는 깨달았다.

"천천히 말하라고?"

"말……. 천천히. 응."

은서가 멍한 표정으로 눈을 깜빡였다.

그런 그녀를 물끄러미 보고 있던 무아 역시 눈을 깜빡였다. 두 번. 부드러운 곡선을 그리며 위로 휘어진 그의 긴 속눈썹이 나긋나긋 춤추듯 움직였다.

"조금만 뒤로 가."

"응?"

은서가 손을 뻗어 무아의 몸을 살짝 밀어냈다. 그의 얼굴이 너무나 가까워, 굉장히 불편하고 어색한 기분이 들었기 때문이었다. 그는 그제야 상체를 똑바로 펴고 앉았다.

"그러니까 내 말은……. 어떻게 배운 거야?"

"배운 거야?"

아직 배우다, 는 말의 뜻은 모르는 모양이었다. 그런 무아를 보고 있던 은서가 손을 입가에 대고 움직였다. 입에서 나오는 말, 을 표현해보겠다는 듯이.

"어떻게 배운 거냐고. 말……."

"아."

그가 손가락을 쭉 뻗어 꺼져 있는 TV를 가리켰다.

"저거 몇 시간으로 지금, 말을 다 배웠다고?"

미심쩍은 듯한 그녀의 표정을 본 무아가 자못 심각한 표정을 지었다. 이내 그가 입을 열었다.

"안녕, 동물 친구들. 펭귄네 집에 야옹이가 놀러 왔어요. 오늘은 무슨 재미있는 놀이를 함께할까요? 어머, 야옹이가 무언가 선물을 들고 왔어요!"

무아의 모습을 보고 있던 은서의 입꼬리가 저도 모르게 경련이라도 나듯 실룩였다. 그의 모습이…… 굉장히 우스워 보였기 때문이었다. 그녀의 마음을 아는지 모르는지, 무아는 완전히 도취된 표정이었다. 어린이 채널에서 나오던 만화 영화의 대사를 통째로 외워버린 모양이었다. 참 신기하고 대단한 기억력이었다.

다음 순간, 무아가 노래를 부르기 시작했다.

"바라바라밤밤 헤이, 호! 우리 모두 신 나는 한글놀이 헤이, 호! 기역 니은 디귿 리을 모두 다 함께. 지금부터 재미있게 배워봅시다!"

"그, 그만! 그만해도 돼."

"가나다라마바사, 아자차카타파하, 어깨를 들썩들썩 춤을 추며 배워봅시다!"

"알았어. 알았어. 그만해도 돼."

"헤이, 호!"

무아의 얼굴에 환한 웃음이 떠올랐다. 굉장히 대단한 일을 해냈다는 듯, 그는 뿌듯한 표정이었다.

"엄마, 나 잘했어요?"

"난 네 엄마가 아니야!"

"아니야?"

무아는 '아니야'라는 말의 의미만은 정확히 알고 있는 것 같았다. 은서가 손으로 엑스 자를 그려 보였다.

"응. 엄마 아니야. 아니야! 나는 은서."

"그래. 은서."

다시 한 번, 무아가 몸을 앞으로 기울였다. 그의 얼굴이 다시금 그녀의 코앞까지 다가왔다. 이상한 기분이 들어 그녀의 팔에 작은 소름들이 돋아났다. 두려운 감정은 아니었다. 지금껏 미처 인식하지 못하던 사실을 갑자기 깨달았다고나 할까.

코앞 몇 센티미터 앞까지 다가와 있는 무아의 얼굴.

움찔, 하마터면 은서는 손을 뻗어 무아의 얼굴을 만질 뻔했다. 그의 생김새에는 어디에도 흠잡을 곳이 없었다. 그러나 지나치게 완벽해서 오히려 비현실적이고 이질적이었다. 그건 마치 의도적으로 만들어낸 것 같은, 그런 아름다움이었다.

그녀가 조금 뒤로 물러났다.

이상하고, 낯설고, 엉뚱하며, 신비롭기까지 한 그의 모습에 사로잡혀 잠시 잊었던 것이다. 무아가 어떤 존재인지는 알 수 없다. 그러나 분명한 것은 그가 남자라는 사실이었다. 미처 그 사실을 떠올리지 못했을 뿐이었다.

고작 열 평 정도 되는 좁은 공간 안. 그녀는 지금 누구인지조차 모르는 낯선 남자와 함께 있는 것이다.

"너, 누구니."

은서의 목소리는 조금 떨려 나왔다.

정말 알 수 없었다. 그가 어떤 존재인지.

그가 긴 손가락을 들어 은서의 볼에 가만히 가져다 대었다. 손가락 끝이 살짝 닿았을 뿐인데도 뺨 한가운데 금세 서늘한 볼우물이 파인다. 차가운 느낌이 볼을 중심으로 천천히 퍼져 나간다. 뺨을 지나 입술, 코, 그리고 눈가까지. 얇은 종이 위에 수채화 물감을 똑 떨어뜨린 것처럼. 스며든다, 미처 인식할 새도 없이.

"아니야."

"아니야?"

무슨 의미인지 잘 이해가 가지 않았다.

"뭐가 아니야?"

그의 손가락이 은서를 가리켰다가, 다시 자신을 향했다.

"아니야. 달라."

"달라?"

그녀의 반문에 그가 고개를 끄덕였다.

"은서, 무아, 달라."

그래, 무아의 말은 진실일 것이다. 그는 다른 존재, 어쩌면…….

인간이 아닌.

은서가 이불을 휙 걷어내며 침대에서 내려왔다. 벽에 걸린 시계는 8시를 가리키고 있었다. 잠깐 잤다고 생각했는데, 제법 긴 시간이 지난 모양이었다.

"나가자."

"나가?"

"응. 밖에 나가자."

무아와 함께 밖으로 나가야겠다는 생각이 든 것은, 첫째는 좁은 공간에 함께 있는 것이 불편했기 때문이었고, 둘째는 혹시나 하는 기대 때문이었다. 그 기대라 함은 밖에 나갔을 때 그를 찾는 다른 사람을 마주친다든가 하는 종류의 것이었다.

괴상한 생명체가 아니라 그저 길을 잃은 사람, 혹은 환자가 아닐까. 잠시 생각에 잠겨 있던 은서가 살짝 미간을 찌푸렸다. 체온이 차가워진다던가 하는 병이 있다는 얘기는 단 한 번도 들어본 적이 없었기 때문이었다.

-은서, 무아, 달라.

이상한 말이었다. 그러나 감히 인간이 아니리란 확신을 하기는 힘들었다. 얼굴이 굉장히 잘생기고, 체온이 차갑고, 몸에 기묘한 상처가 나 있고, 그 상처는 또 뜨겁고, 짐승같이 낯선 소리를 낸다고 해서 꼭 사람이 아니란 법은…….

그녀가 고개를 흔들었다. 생각을 하면 할수록 머릿속은 더욱 복잡해지기만 했다.

그녀가 문을 향해 손짓을 해 보였다.

"무아, 나가자."

은서가 발을 슬리퍼에 꿰어 넣는 것을 보고서야, 그는 그녀를 따라 현관문 쪽으로 왔다. 은서가 난감한 듯 그의 발을 보았다. 무아가 맨발로 여기까지 왔다는 사실을 깜빡 잊었던 것이다.

신발장 구석진 곳에서 삼색 슬리퍼 한 켤레를 꺼낸 은서가 눈대중으로 신발의 사이즈를 어림잡아보았다. 그녀에게는 제법 큰 사이즈였으니 대충 무아도 신을 수 있을 것만 같았다.

"신어."

"신어?"

"응. 이거. 신어."

멀뚱멀뚱 은서를 보고 있던 그가 그녀의 발을 내려다보았다. 무아는 그제야 조심스레 슬리퍼를 신었다.

계단을 향해 걷던 은서가 자꾸만 뒤로 처지는 무아를 돌아보았다. 그는 걸음걸이가 굉장히 불편한 듯, 발을 질질 끌며 걷는 모습이었다.

신발이라는 걸 처음 신어보는 사람 같아.

그러나 사람이라는 말이 맞는지조차 자신이 없었다.

"빨리 와."

은서가 무아에게 손짓을 해 보였다. 바닥에 쓸린 그의 슬리퍼가 철썩철썩 소리를 냈다.

엘리베이터가 없는 오래된 건물이었다. 4층에서 1층까지, 무수히 많은 계단을 내려온 무아의 걸음은 처음보다 한결 나아져 있었다. 그는 무엇이든지 적응이 참 빠른 모양이었다.

"이화원 부동산. 이결 회계사무소. 문복자 헤어클럽. 미로 스킨케어. 강산 PC방. 유하 슈퍼마켓."

걸음을 옮기던 은서가 입을 헤벌리고 그를 보았다. 무아는 눈에 띄는 간판이란 간판은 모두 소리 내어 읽으며 걷고 있었다.

"한글을 다 배운 거야?"

"응. 읽을 수 있어. 어린이 한글놀이."

가만히 두었다간, 다시 한 번 가나다라마바사 하며 율동과 함께 노래를 불러 재낄 것만 같았다. 그녀가 황급히 화제를 돌렸다.

"저기 갈 거야. 시원한 거 사줄게."

그녀가 손가락으로 멀리 앞에 보이는 커피숍을 가리켰다. 얼마나 걸었을까. 중얼중얼 간판의 이름들을 읊어대던 무아가 갑자기 조용해졌다.

"다 읽었어?"

무슨 일인가 싶어 은서가 무아의 얼굴을 올려다보았다. 그의 시선은 홀린 듯 앞에 고정되어 있었다. 그녀가 그의 눈길이 닿아 있는 앞을 보았다. 평범한 남녀 한 쌍이 손을 꼭 잡고 걸어가고 있을 뿐, 특별한 것은 아무것도 보이지 않았다.

그때, 갑자기 무아가 은서의 손을 잡았다.

손바닥에서부터 시작된 서늘한 기운은 스멀스멀 손목 근처에 다다르며 팔 전체로 퍼져 나갔다. 놀란 그녀가 발걸음을 멈췄다.

몇 년 전인가, 은서는 낡은 헤어드라이어를 사용하다 감전이 된 적이 있었다. 1초도 되지 않는 짧은 순간, 손끝에서 시작된 전류는 손목과 팔을 거쳐 어깨까지 거침없이 타고 올라왔었다. 전류가 온몸으로 퍼져 나가던 영 점 몇 초의 기억은 그녀의 뇌리에 선명하게 남아 있었다.

무아의 손을 잡는 것 역시 같은 느낌이었다. 물론 고통스럽지는 않았다. 체온보다 차가웠을 뿐 살을 에일 정도로 대단한 추위를 느끼는 것도 아니었다. 그러나 손바닥에서부터 서서히 퍼져 나가는 찬 기운은 낯설었다. 낯설기에 두려웠다.

은서가 손을 비틀어 그의 손안에서 빼냈다.

"손은 아무나 잡는 거 아니야."

"아니야?"

"저렇게 사랑하는 사람들끼리나 잡는 거야."

"사랑하는 사람?"

그의 물음에 은서가 앞에 걷고 있는 연인들을 손가락으로 가리켰다. 그것이 신호라도 된 듯, 손을 꼭 잡고 걷던 연인들 중 남자가 몸을 기울여 여자의 볼에 입을 맞췄다.

또 한 번, 갑자기 무아의 얼굴이 그녀의 얼굴 바로 옆까지 다가왔다. 화들짝 놀란 은서가 한 발짝 뒤로 물러나며 아슬아슬하게 그의 입술을 피했다.

"아니야."

"아니야?"

"응. 이런 건 사랑하는 사람들만 하는 거."

그는 자못 심각한 표정이었다.

"사랑하는 사람."

무아가 조그맣게 웅얼거리는 소리가 들렸다.

평소에도 자주 찾던 카페였음에도, 무언가 평소와 달랐다.

카페의 모습이 달라진 것은 아니었다. 그저 카페의 유리문을 밀어 열고 은서가 무아와 함께 안으로 들어갔을 때, 카페 안에 있던 사람들의 반응이 달라졌을 뿐.

드문드문 테이블을 차지하고 있던 사람들의 눈길이 무아를 향하고 있었다. 힐끔힐끔 보는 사람도, 대놓고 넋을 잃은 듯 보는 사람도 있었다. 확실한 것은 모두가 무아를 보고 있다는 사실이었다.

"아메리카노. 에스프레소. 카페라테. 카푸치노. 카페모카. 바닐라라테. 카라멜 마끼아또. 녹차라테. 민트모카. 레모네이드."

남들이 보든 말든, 그는 그저 메뉴판을 읽는 데 심취해 있을 뿐이었다. 그녀는 주문을 하기 위해 카운터로 다가갔다.

"아이스 아메리카노 하나랑, 아이스 초코 하나 주세요."

신용카드를 내밀었으나 카페 여주인에게서는 아무런 반응이 없었다. 은서가 낮게 한숨을 쉬었다. 젊은 카페 여주인의 시선이 메뉴판을 중얼거리고 있는 무아에게 고정되어 있었기 때문이었다.

"사장님."

"아, 예. 뭐 드릴까요?"

"아이스 아메리카노랑 아이스 초코요. 테이크아웃이구요."

"네, 8500원입니다."

계산을 마친 은서가 불편한 듯 주위를 둘러보았다. 여전히 무아에게 고정된 사람들의 시선과 노골적인 쑥덕거림. 그건 그녀에게는 정말이지 낯선 일이었다.

"연예인 아닐까?"

"원빈보다 더 잘생긴 것 같아."

카운터 근처에서 속닥거리는 여대생 또래의 여자들의 목소리는, 본인들의 의도와는 다르게 지나치게 잘 들렸다.

"여자 친군가?"

"에이, 설마. 생긴 게 완전 레벨이 다르잖아."

"그럼 물주? 스폰서?"

"그닥 돈 많아 보이지 않는데. 코디 아니야, 코디?"

은서가 쑥덕거리는 여자들에게 시선을 던지자 그들은 무안한 듯 이내 고개를 돌렸다. 기분이 좋지 않았다. 알 수 없는 묘한 승부욕이 샘솟는 느낌이었다.

왜 그랬는지는 모르겠다.

그녀가 무아에게 다가가 손을 잡았다. 다시 밀려드는 차가운 느낌. 그러나 기분 나쁘거나 소름이 돋는 그런 싸늘함이 아닌, 그저 더위에 시달리다 은행 안에 들어선 듯 온몸이 상쾌해지며 서늘해지는 그런 기묘한 느낌. 서서히 팔을 타고 올라오던 그것은 어느 순간 무뎌지며 사라져갔다. 마치 몸 안에서 무아의 냉기와 은서의 온기가 충돌하는 것처럼. 미지근하게 뭉뚱그려지면서 서서히 물들어가듯 익숙해진다. 그저 약간의 시원한 기운만이 은서의 몸 안을 떠돌고 있었다.

"야, 손잡았어. 대박."

귓가에 여대생들의 목소리가 들렸다. 유치한 승부욕. 그러나 기분은 나쁘지 않았다.

무아가 손을 내려다보더니, 환하게 웃었다.

"사랑하는 사람."

"그런 거 아니야."

"손님, 아메리카노랑 아이스 초코 나왔습니다."

투명한 테이크아웃 컵을 건네주던 카페 사장이 물었다.

"남자 친구예요? 진짜 잘생겼다."

그녀는 굳이 대답하지 않았다. 그저 쑥스러운 듯 슬쩍 웃었을 뿐.

"이건 뭐예요?"

카페 사장이 내미는 작은 상자를 받아 들며, 은서가 물었다.

"서비스예요. 초콜릿 케이크."

2년 가까이 하루걸러 한 번씩 드나들던 단골손님에게는 한 번도 주어지지 않았던 서비스였다. 무아를 위한 초콜릿 케이크. 물론 그는 정말 좋아할 것이다. 잘생긴 사람들이 살기에 참 편한 세상이라는 생각이 문득 들었다.

"마셔."

카페를 나온 은서가 무아에게 음료가 담긴 컵을 내밀었다.

투명한 테이크아웃 컵 안에 반쯤 채워진 얼음 위로, 불투명한 초콜릿색 액체가 일렁였다. 무아가 받아 든 컵을 눈가로 들어 올려 관찰하듯 살펴보았다.

"초콜릿, 너 좋아하잖아."

그러나 그는 대단히 신기한 물건이라도 마주친 듯 컵을 이리저리 조심스레 흔들며 보고 있을 뿐이었다. 아이스 아메리카노를 마시기 위해 빨대를 입으로 가져가는 은서를 본 무아가 신기한 듯 눈을 동그랗게 떴다.

그녀의 입가를 가만히 보고 있던 그가 행동을 흉내 내듯이 빨대를 입에 물었다. 무아의 컵에서 부글부글하는 거품이 끓어올랐다. 은서의 입에서 픽 하고 바람 빠지는 것 같은 웃음소리가 새어 나왔다.

"빨아들여야지, 숨을 내쉬면 어떡하냐."

그녀의 말을 이해했는지는 모르겠지만, 곧 그의 컵에 있던 액체가 빨대를 초콜릿색으로 물들이며 천천히 빨려 올라갔다. 차가운 느낌을 미처 예상치 못한 듯, 무아는 미간을 살짝 찌푸렸다. 꿀꺽, 그의 목으로 넘어가는 액체의 소리가 경쾌했다.

행복해 보인다고 은서는 생각했다.

그의 갈색 눈동자 안에, 마치 잔잔한 수면 위에 일어난 파동과도 같은 웃음의 물결이 일어났다. 눈에서 시작된 환한 웃음은 곧 얼굴 전체로 퍼져 나갔다. 무아의 온 얼굴이 웃고 있었다. 그는 정말로 행복해 보인다. 음료수 한 모금만으로 세상을 모두 다 얻은 듯이.

"맛있어?"

은서의 기분마저 덩달아 좋아졌다. 행복은 쉽게 전염되는 법이다.

한 모금, 두 모금, 세 모금.

꼴깍꼴깍 음료가 목으로 넘어가는 청량한 소리와 함께 순식간에 무아가 들고 있던 아이스 초코가 바닥을 드러내었다. 채 녹을 시간조차 없었던 각 얼음 사이에 맺힌 몇 방울의 물을 빨아들이는 소리가 요란하게 울렸다.

"완전 원샷이네."

은서가 중얼거렸다. 무아의 눈이 허망하게 얼음만이 남아 있는 빈 컵을 쳐다보았다. 그가 컵을 들어 올려 흔들었다. 얼음 조각들이 서로 부딪치는 둔탁한 소리가 들려왔다.

"이거라도 마실래?"

그녀가 아이스 아메리카노가 담긴 제 컵을 내밀었다. 그가 고개를 갸웃했다. 그녀가 무아의 입가에 빨대를 가져다 대었다.

"우웁."

우웁. 무아의 입에서 새어 나온 소리.

그는 라면을 먹었던 순간처럼 이러지도 저러지도 못하겠다는 듯 괴상한 표정을 짓고 있었다. 당장이라도 입안에 머금은 것을 뱉어낼 듯, 죽을상을 하고 있던 무아의 목에서 결국 꿀꺽 삼키는 소리가 났다. 세상을 다 얻은 듯 행복한 표정이던 무아의 얼굴은 이제 세상을 다 잃은 듯 슬퍼 보였다.

"초딩 입맛."

오만상을 찌푸리는 그에게 은서가 툭 던진 한마디.

"초딩?"

"그래, 초딩. 쓴 것도 못 먹고 매운 것도 못 먹고. 단것만 좋아하니까."

그녀의 말은 듣는 둥 마는 둥, 아메리카노를 마시는 은서를 보던 무아가 못 볼 것을 보았다는 듯 눈을 질끈 감았다. 은서의 입술 사이로 즐거운 듯 낮은 웃음소리가 새어 나왔다.

"여기 기억나지?"

단 하루밖에 지나지 않았는데 기억이 나지 않을 리가. 바보 같은 질문을 던진 것 같아 은서가 민망한 듯 웃었다.

어젯밤, 무아를 처음 만났던 곳.

캄캄한 밤의 풍경 속, 관상용 나무 덤불 사이로 모습을 숨긴 작은 놀이터의 모습이 보였다. 키 큰 가로등에서 쏟아지는 오렌지색 빛줄기가 사람 하나 없는 빈 공간을 가득 채우고 있었다. 가로등 불빛 사이로 떠다니는 작은 먼지들, 이름 모를 날벌레들마저 반짝

반짝 빛이 난다. 은서의 눈이 비어 있는 놀이터를 찬찬히 훑었다.

어젯밤에는 미처 보지 못했던 것들, 매일같이 앞을 지나다니면서도 한 번도 눈여겨보지 않았던 놀이터의 모습.

당장이라도 삐걱대는 소리를 내며 앞뒤로 흔들릴 것만 같은 그네와, 빨강 파랑 노랑 알록달록한 빛깔로 칠해져 있는 미끄럼틀, 군데군데 칠이 벗겨진 낮은 초록색 시소가 고즈넉하게 자리를 잡고 있었다. 금방이라도 미끄럼틀 근처의 모래 바닥에서 흙먼지가 뽀얗게 피어나 시야를 가릴 것만 같다. 흐릿한 기억과 같은 장막을 드리우며, 빛바랜 오래된 풍경 사진처럼 운치 있게.

"잠깐 앉자."

은서가 나무 벤치에 털썩 주저앉았다. 그런 그녀를 지켜보던 무아가 은서로부터 한 뼘 정도 떨어진 곁에 자리를 잡았다. 어젯밤처럼 그가 긴 다리를 앞으로 뻗었다.

무아를 처음 발견했던 곳. 마치 어딘가에서 뚝 떨어진 이상한 생명체처럼 그가 아무렇게나 몸을 늘어뜨린 채…….

어쩌면, 은서를 기다리고 있던 곳.

"여기서 뭐 하고 있었어?"

"여기서 뭐 하고 있었어?"

은서의 말을 따라 하며 무아가 고개를 돌려 그녀를 보았다.

왠지 쑥스러운 느낌. 은서의 시선이 무아를 피해 벤치 등받이의 어느 즈음에 멈추었다. 이내 그의 고개가 살짝 기울여지며 그녀의 눈앞으로 무아의 얼굴이 다가왔다. 피하지 말라는 듯이, 그의 눈이 은서의 눈을 지그시 응시했다.

"왜 그렇게 봐?"

술 많은 속눈썹이 깜빡였다. 무아의 맑은 갈색 눈동자는 마치 거울처럼 은서의 얼굴을 투영하고 있었다. 숨결이 닿을 듯 가까운 거리. 열대야로 후덥지근한 밤공기중이였으나, 그의 곁에 가까이 다가갈수록 계절은 점점 모호해져만 갔다. 더 이상 더위는 느껴지지 않았다.

너에게서 뿜어져 나오는 이 신기한 서늘함은 대체 무엇일까.

"넌 참 이상해."

바로 코앞에서 시선을 맞대고 있는 무아의 존재. 시선을 돌릴 때마다 그는 고개를 이리저리 갸웃하며 그녀를 놓아주지 않았다. 무아의 시선 속에서, 은서는 눈을 가만히 감았다.

하루. 단 하루 동안 보았을 뿐이야.

그럼에도 불구하고 무아의 존재는 마치 익숙한 그림자처럼 은서의 곁을 맴돌고 있었다.

외로움. 은서의 곁을 늘 맴돌았던 감정.

무아는, 어쩌면 그 틈을 비집고 들어온 것일지도.

기억하는 한, 은서는 언제나 혼자였다.

매 맞는 여자.

은서의 어린 시절, 동네 사람들은 그녀의 엄마를 그렇게 불렀다. '집'이라고 부르던 그곳에는 그녀의 생물학적인, 또한 법적인 가족들이 살고 있었지만 은서의 엄마와 아빠는 있지 않았다. 그저 매 맞는 아내와 알코올중독자인 남편이 있을 뿐. 시퍼런 멍 자국을 달고 사는 여자와 깨진 병조각 따위를 휘두르는 폭력적인 남자의 틈에서 어린 은서는 언제나 혼자였다.

그녀가 기억하는 한 엄마는 그 집에서 살던 시간 내내 폭력에 시달렸었다. 그럼에도 엄마는 그 집을 벗어나지 않았다. 은서는 여전히 그 이유를 알지 못한다. 어째서 좀 더 일찍 떠나지 않았을까. 왜 어린 은서와 함께 도망치지 않았을까. 그러나 쉽사리 던질 수 없는 질문이었다. 과거를 입에 올리는 것만으로도 끔찍하던 그 시절로 되돌아가는 것 같은 두려움이 밀려왔기 때문이었다.

아버지가 세상을 떠난 후에야 은서의 엄마는 지긋지긋하던 지옥에서 탈출했다. 얼마 지나지 않아 엄마는 새로운 동반자를 맞이했다. 새아버지는 친절하고, 사람 좋고, 자상한 분이었다. 새아버지와 그의 아들이 엄마의 새 가족이 되었다. 엄마는 완전하게 새로운 삶으로 환승하는 데 성공했다.

그러나 그것은 어디까지나 엄마의 이야기일 뿐, 은서는 그 아픈 '집'에서 탈출하지 못했다.

아무도 없는 방 한구석에서 몽당크레파스로 그림을 그리던 아이는 일러스트레이터라는 직업을 가져 자립했다. 그러나 환경이 달라졌다 해서 은서를 옭아매는 과거의 기억마저 사라지지는 않았다.

그녀는 어린 시절 그 지옥 안에서도 혼자였고, 엄마의 재혼으로 탄생된 새로운 가족 틈에서도 혼자였다. 엄마가 재혼한 이후 은서는 딱 한 달간 새로운 가족의 집에서 함께 살았다. 그러나 '가족'이라는 구성원이 존재하는 집은, 늘 그녀를 참을 수 없는 긴장 속으로 몰아넣었다. 결국 은서는 한 달 만에 독립을 선언했다.

독립을 함으로써 세상으로 나왔지만 그녀는 새로운 직업과 새로운 환경 안에서도 늘 겉돌았다. 남자들은 은서가 가진 특유의 쓸쓸한 분위기에 끌려 다가왔다. 그러나 그들은 오래 버티지 못했다.

그녀는 그저 곁에 있는 것을 허락했을 뿐 결코 마음의 자리까지 내주지는 않았기 때문이었다.

바다 한가운데 둥둥 떠 있는 작은 바위섬. 은서는 스스로가 섬 같다고 생각했다. 외로웠지만 또 그 외로움이 너무나 익숙했다. 누군가 조그만 배를 몰고 다가와주었으면 좋겠다고 생각하지만, 정작 배가 다가오면 두려운 듯 파도 속에 모습을 감춰버리고 마는 것이다.

"은서."

갑자기 이마께를 스치는 차가운 느낌에, 생각에 잠겨 있던 은서가 눈을 떴다. 무아의 손이 이마 위로 흘러내린 그녀의 머리카락을 쓸어 넘겨주는 중이었다.

"너는 가족 없어?"

"가족?"

무아가 반문했다. 무슨 의미인지 모른다는 듯.

난 차라리 네가 부러워. 나도 가족이라는 말의 뜻조차 몰랐으면 좋겠어.

마침 놀이터 근처를 지나는 단란한 일가족의 모습이 눈에 띄었다. 더위를 피해 밤 산책을 나선 듯 유모차를 끌고 있는 엄마와, 예닐곱 살 또래의 아이의 손을 붙잡고 걷는 아빠. 아이의 손에는 아이스크림이 들려 있었다. 그들은 모두 웃고 있었다. 평화로워 보인다. 그들은 행복해 보였다.

은서가 팔을 들어 그들을 가리켰다.

"엄마, 아빠. 무아는 없어?"

그녀의 손가락을 따라 시선을 옮긴 무아가 이해했다는 듯 고개를 작게 끄덕였다.

"없어."

"없어? 아무도?"

"없어. 엄마, 아빠."

"응……."

은서가 말끝을 흐리며 땅바닥으로 시선을 떨어뜨렸다. 가족이 있다면, 무아의 진짜 집을 찾아줄 수도 있으리라 생각했었는데.

그가 싫은 것은 아니었다. 낯설고 이상한 사람이었지만 무섭거나 불편하지도 않았다. 정체를 알 수 없는 그의 존재에 호기심이 일었다. 그가 누구인지 알고 싶었다.

그러나 하루를 함께 보내는 것과, 함께 사는 것은 완전히 다른 얘기일 것이다.

두렵다.

두려운 것은 무아의 존재가 아니었다. 정말 두려운 것은, 뾰족뾰족 튀어나와 호의를 베푸는 이들을 질리게 하고 상처 입히는 은서 자신의 마음이었다. 당장의 호기심, 혹은 동정심에 그를 집으로 들였다가 결국 무아를 상처 입히지 않을까. 그리고 저 역시 그의 존재를 견디지 못하게 되지 않을까.

"은서."

무아가 그녀의 이름을 불렀다. 그의 목소리가 갖고 있는 독특한 울림이 귓가를 간질였다. 그 어떤 저항도 받지 않는 듯 한없이 맑은 무아의 목소리. 그의 입 밖으로 나오는 소리를 들으면 왠지 주변마저 고요해지는 것만 같다.

"있어."

"뭐가 있어?"

그녀가 되물었다.

"무아는 엄마, 아빠, 없어."

그의 희고 긴 손가락이 은서를 가리켰다.

"무아는 있어, 은서."

땅바닥을 맴돌던 그녀의 시선이 무아에게로 향했다. 갑자기 무언가가 마음 깊은 곳을 진동시켰다. 뜨겁게 치밀어 올라 목 언저리에 머무른다. 다시 열이 나는 것 같다.

무아에겐 은서가 있어.

"가자."

은서가 무아의 손을 잡아끌었다. 손바닥 위를 떠도는 차가운 기운이 더 이상 낯설지 않았다.

"집에 가자."

은서는 언제나 혼자였다.

무아를 만나기 전까지는.

3장. 습득

김치찌개, 계란 프라이, 김. 식탁 위엔 단출하기 그지없는 저녁 식사가 차려져 있었다.

"나처럼 먹으면 돼."

은서가 밥 한 숟갈을 푹 떠서 김 위에 올린 후 입에 넣었다. 계란 프라이 한 조각을 떼어내 반찬 삼아 먹고, 찌개 국물을 떠서 한 입.

내내 그녀를 지켜보던 무아가 제법 능숙하게 김 위에 밥을 얹었다. 쓴 커피와 매운 라면에 대한 기억 때문인지, 입으로 밥을 가져가던 그는 조금쯤 긴장한 표정이었다. 은서 역시 그의 반응을 살피는 중이었다.

무아가 눈을 깜빡였다. 한 번, 두 번.

"괜찮아?"

은서의 물음에, 그가 고개를 끄덕였다. 무아가 계란 프라이 한 조각을 포크로 찍어 입으로 가져갔다. 음식이 제법 입맛에 맞는지, 한결 편안한 표정으로 숟가락을 바꿔 쥔 그가 김치찌개를 조심조심 떠올렸다. 흘릴 듯 말 듯, 아슬아슬하게 무아의 손에 쥐어진 숟가락이 입속으로 사라졌다.

무아가 인상을 찌푸렸다. 그의 미간 위에, 잘생긴 얼굴에 어울리지 않는 세로 주름이 생겨났다.

"역시 초딩 입맛."

픽 웃으며 중얼거리는 은서였다. 무아의 목에서 꿀꺽하며 삼키는 소리가 났다.

"아니야. 초딩 입맛."

불만스러운 목소리로 중얼거린 그의 숟가락이 다시 한 번 찌개가 담긴 냄비로 향했다. 후룩하고 국물 들이마시는 소리. 마치 사약이라도 들이마시는 듯, 무아는 제법 비장한 표정이었다.

"너 그러다가 입에서 불난다."

무아를 보던 그녀가 궁금하다는 듯 다시 물었다.

"근데 너 초딩이 무슨 뜻인지는 알아?"

"초딩 아니야."

시무룩하게 그가 중얼거렸다.

다음 순서는 계란 프라이, 그다음엔 찌개 한 숟갈. 김치찌개가 담긴 숟가락을 입으로 가져갈 때마다 조금씩 찌푸려지던 무아의 표정이 어느덧 평온해졌다. 식탁 위를 오가던 그의 손길이 점점 규칙적으로 변했다. 한 치의 오차도 없이, 초콜릿 케이크를 먹던 그 순간처럼.

은서가 난감한 표정으로 무아를 보았다. 계단을 오르내리며 땀을 흘린 데다, 저녁 식사 준비를 한답시고 불 앞에 서 있었던 탓에 샤워가 간절했다. 시선이 마주치자 그의 눈이 조금 커졌다. 마치 '왜?'라고 묻는 듯이.

"안 되겠다."

그녀가 침대에서 깡충 뛰어내렸다.

"나 씻을 거야. 들어오면 안 돼."

"씻을 거야?"

그러나 그 물음은 그저 은서의 말을 따라 하는 것일 뿐임을 그녀는 알고 있었다. 수건을 들고 욕실로 향하던 은서가 퍼뜩 무슨 생각이 났다는 듯 TV를 틀었다. 뉴스, 예능 프로그램, 요리 프로그램……. 리모컨을 눌러 채널을 바꿔대던 그녀의 손이 멈췄다. 브라운관 안에서는 일일 드라마가 한창이었다.

"무아, 저거 보고 있어."

은서가 굳이 말할 필요도 없이, 무아의 시선은 브라운관에 이미 고정되어 있었다. 드라마에 흠뻑 빠진 듯한 무아를 힐끗 본 은서가 욕실로 걸음을 옮겼다. TV에 정신이 팔려 있으니 호기심 때문에 욕실 문을 연다거나 하는 불상사는 없을 것이다.

달칵. 이 집에 이사 온 이래 욕실 문을 잠가보는 것은 처음이었다. 옷을 벗어 수건걸이에 걸어놓은 은서가 샤워기를 틀었다. 쏟아지는 냉수에 흠칫 놀란 그녀가 온도를 조절했다. 이내 수온은 미지근해졌다.

힘든 하루는 아니었다. 그러나 이상하고도 긴 하루였다.

무아라는 존재가 눈앞에 등장했을 때, 일이 이런 식으로 진행

되리라고는 생각조차 하지 못했다. 하루라는 시간 동안 무아는 이방인에서 방문자가 되었고 곧 방문자가 아닌 동거인이 되었다.

"잘한 짓일까."

머리 위로 쏟아지는 물줄기에 몸을 맡기고 있던 그녀가 중얼거렸다.

무아에겐 은서가 있어.

마음 깊은 곳에 웅크리고 있던 무엇인가를 툭 건드리는 말 한마디. 무아를 집으로 들이리란 결정은 지극히 충동적인 것이었다. 그러나 누군가와 함께 산다는 것은 은서에게 쉽지 않은 일이었다. 엄마, 새아빠, 의붓오빠. 가족이라 불리는 사람들 틈에서도 한 달 만에 도망치듯 뛰쳐나오지 않았던가.

당장 지금과 같이 샤워를 할 때 느끼는 작은 불편함 정도는 시작에 불과할 것이다. 한 사람이 살기에도 넓다는 생각은 들지 않았던 비좁은 원룸. 당연하게도, 무아라는 방문자가 함께하게 되자 집은 더욱 좁아졌다.

당장 무아가 잘 곳조차 마땅치 않았다. 게다가 그는 세상에 대해 아무것도 모르는 어린아이 같았다. 그에게는 밥을 먹는 것 같은 사소한 일마저 하나하나 가르쳐야 하는 것이다. 무아와의 삶은 동거라기보다는 훈육의 영역에 가까울 것이라는 불안한 생각이 은서의 뇌리를 스쳐 지나갔다.

책임지지도 못할 일을 벌인 게 아닐까.

샤워를 마치면 욕실 안에서 몸의 물기를 깨끗이 닦고, 옷을 싹 갖춰 입은 후에야 문을 열 수 있다. 그런 사소한 것조차 번거로운 일투성이였다.

"뭐 해?"

젖은 머리를 수건으로 둘둘 감아 올린 채 욕실에서 나온 은서가 물었다. 부엌 싱크대의 수도꼭지가 틀어져 있는 듯, 쏴 하는 물소리가 들렸다.

"무아, 거기서 뭐 해?"

그는 싱크대 앞에 서서 등을 보이고 있었다. 주변을 훑던 은서의 시선이 식탁 위에 머물렀다. 저녁 식사를 마친 후 설거지를 하지 않고 내버려두었던 식기들이 하나도 보이지 않았다. 무아의 등 뒤로 다가간 그녀의 얼굴에 당황한 표정이 떠올랐다. 식기 건조대 위에 놓인 물기가 반짝이는 그릇들이 보였기 때문이었다. 그릇들은 새것처럼 반질반질 깨끗하게 닦여 있었다.

싱크대 앞에서는 노란 고무장갑을 낀 무아의 설거지가 한창이었다. 뽀글뽀글 세제 거품이 퐁퐁 솟아올랐다. 그릇을 닦고 헹구고 정돈하는 그의 손놀림이 분주했다. 고무장갑이 그릇 위를 스치자 뽀드득하는 듣기 좋은 소리가 났다.

"허, 참."

말문이 막힌 듯 은서는 잠시 동안 멍하니 무아를 그저 보고만 있었다.

<여자가 돼서 감히 하늘같은 남편에게 설거지를 시켜?>

<어머니 그만하세요! 제가 하고 싶어서 한 겁니다! 이 사람도 좀 쉬어야 할 거 아녜요!>

TV에서 들려오는 소리에 은서가 브라운관으로 시선을 돌렸다. 아까 무아를 위해 틀어주었던 일일드라마의 한 장면이 눈에 들어왔다. 처절한 고부갈등의 현장, 아내를 보호하기 위한 남편의 눈물

겨운 투쟁이 화면 안에 펼쳐지는 중이었다.

빠른 것은, 말을 배우는 속도만이 아니구나.

"다 했다."

마지막으로 숟가락을 식기 통에 꽂아 넣은 무아의 한마디였다. 반짝반짝 윤이 나게 닦인 숟가락의 뒷면에 무아의 뿌듯한 표정이 비쳐지고 있었다.

"요즘 힘들지, 여보? 앞으로 내가 매일 해줄게."

"난 네 여보가 아니야!"

"아……. 아니구나."

그러나 호칭 따위는 조금도 중요하지 않았다. 고무장갑을 벗던 무아와 눈이 마주친 은서는 결국 웃음을 터뜨렸다. 샤워를 하는 내내 고민하던 문제들 중, 적어도 몇 가지는 쉽게 해결이 될 것 같다는 생각이 들었기 때문이었다.

"고마워. 잘했어."

진심이 담긴 인사였다. 그녀의 말을 알아들은 듯, 그의 얼굴에 미소가 떠올랐다.

"무아, 너도 좀 씻어야 할 것 같은데."

"씻어?"

은서는 씻는다는 말의 의미를 어떻게 가르쳐야 할지 굳이 고민하지 않았다. 무아에게 생존의 법칙을 가르칠 수 있는 방법은 아주 간단하고 쉬울 것이니까.

인터넷 검색 창에 '샤워 장면'을 입력하자, 곧 다양한 드라마에서 주인공들이 샤워하는 장면을 편집해놓은 동영상들이 검색되었다. 그중 남자 주인공이 나오는 것으로, 그리고 가급적 과도하게 허세를 부리거나 하는 장면들은 제외해야만 했다. 분노의 양치질을 한다든가, 지나치게 에로틱한 분위기를 풍기는 것은 곤란했으니까. 최대한 '목욕'이라는 제목에 충실한 동영상을 골라내는 데는 그리 오랜 시간이 걸리지 않았다.

"잘 봐. 여기 나오는 대로 따라 하면 돼."

은서가 새 수건을 무아에게 내밀었다. 수건을 받아 드는 무아의 시선은 컴퓨터 모니터 안에 고정되어 있었다. 달칵, 그가 욕실 안으로 사라지며 문이 닫히는 소리. 그녀는 조금쯤 묘한 표정을 짓고 자리에 서 있었다.

그는 정말 이상하다.

좋고 나쁘고의 문제가 아니었다. 무아를 둘러싼 모든 일들이 참 낯설었다. '무아'라는 존재 자체에 대한 의문, 그의 모든 행동들, 심지어는 무언가를 습득하는 방식까지도.

우웅, 하는 진동 소리에 잠깐 생각에 잠겨 있던 은서는 현실로 되돌아왔다. 식탁 위에 놓여 있던 휴대폰이 울리고 있었다.

"엄마."

[넌 엄마 몸 아픈 건 궁금하지도 않니?]

휴대폰 너머로 들려오는 엄마의 속사포 같은 음성에 그녀는 입술을 잘근 깨물었다. 어제 생일 약속을 취소하던 엄마의 목소리는 한참을 운 사람처럼 잔뜩 잠겨 있었다. 무아에게 정신이 팔려 있던 나머지, 엄마에게 안부전화를 하는 것을 깜빡했던 것이다.

"미안해, 엄마. 바쁜 일이 있어서 정신이 없었어. 아픈 건 괜찮아요? 내일 내가 엄마 쪽으로 갈까?"

엄마의 목소리는 그제야 조금 누그러들었다.

[바쁘다면 뭘 또 여기까지 와. 다음 주쯤에 지혁이 편으로 반찬이랑 좀 보낼 테니까 그런 줄이나 알아.]

"아……. 알았어, 엄마."

지혁은 은서의 엄마와 재혼한 상대방의 아들, 즉 새아버지의 아들이었다. 엄마가 재혼한 지도 이제 5년이 지났다. 꽤 오랜 기간이었지만, 은서는 여전히 새로운 가족의 존재에 잘 적응하지 못했다.

[연락 좀 자주 해, 이것아. 엄마가 왜 이러고 사는데……]

은서의 미간이 움찔했다.

왜 이러고 사는데. 어린 시절부터 그녀에게 입버릇처럼 하던 엄마의 말. 그 말은 조금쯤 책임전가의 성격을 띠고 있었다. 은서 너 아니었으면 나는 진즉에 지옥을 탈출했을 거야, 라는 식의.

그러나 이제 엄마의 삶은 달라졌다. 평온하고 평범한 중년의 삶을 살아가고 있으면서 왜 또 저런 말을 하는 걸까.

"무슨 일 있어, 엄마?"

[무슨 일이 있겠어? 딸년이라고 하나 있는 게 엄마한테 요만큼도 관심이 없으니까 그러지.]

"미안해요."

사실 왜 미안한 건지 그녀는 알지 못한다. 일단은 미안하다고 말하는 편이 낫다는 걸 오랜 경험으로 깨달았을 뿐. 은서의 아버지라는 괴물과 결혼했던 것도, 폭력에 시달리면서도 그 괴물의 성 안에 갇혀 있던 것도, 새아버지를 만나 재혼한 것도. 결국 모든 것은 엄마의 선택이었는데.

전화를 끊은 은서가 낮은 한숨을 쉬며 창문 너머 어딘가로 시선을 돌렸다. 젖은 머리카락에서 뚝뚝 떨어져 내리는 물방울이 그녀의 어깨 위로 흘러내려갔다. 간헐적으로, 차갑게, 방울방울. 은서의 어깨며 팔에 생겨난 물기 어린 좁은 길들은 굽이굽이 이내 서늘해졌다.

헤어드라이어에서 나오는 뜨거운 바람에 젖었던 긴 머리는 금세 말랐다. 잘 마른 긴 머리카락이 목덜미에 와 닿는 따뜻한 느낌이 좋았다. 시끄럽게 윙윙대던 드라이어의 소리가 사라진 방 안, 욕실 안에 틀어진 샤워기의 쏴 하는 물소리만이 들려왔다.

잠시 동안 무엇을 할 것인지 생각하던 은서가 서랍장 맨 아래에서 겨울 이불을 꺼냈다. 이불이라고는 달랑 2개뿐. 하나는 지금 침대 위에 흐트러진 채 놓여 있는 여름 이불이었고, 남은 것이라고는 두툼한 겨울 솜이불뿐이었다. 솜이불은 제법 두께가 있으니 부족하나마 매트리스를 대신해줄 수 있을 것이다.

그녀는 미처 생각지 못했던 또 다른 문제들을 떠올렸다. 사야 할 물건들이 많아졌다는 것.

제일 먼저 사야 할 것은 무아의 옷과 신발일 것이다. 식비가 2배, 혹은 그의 식욕을 미루어보건대 어쩌면 그 이상으로 들 것이고, 그 외에 자질구레한 지출 역시 늘어날 것이 불 보듯 뻔했다. 무아는 돈이 있을 것 같지도, 돈을 벌 능력이 있어 보이지도 않았다. 자못 심각한 표정을 짓고 있던 은서가 지난 몇 달간의 제 수입을 머릿속으로 어림잡아보았다. 연재물의 일러스트를 그려주는 대가로 받는 고정 수입은 많지 않았다. 가끔씩 들어오는 일러스트 의뢰들이 있었지만 언제 끊길지 모르는 불안정한 것들이었다. 혼자 생활하기에도 저축을 생각할 만큼 여유 있는 벌이는 아니었다. 한마디로, 통장 잔고는 그다지 넉넉하지 않았다.

독립을 한 이후로 엄마가 부정기적으로 보내오는 돈이 있긴 했다. 몇 년간 모였으니 이제 제법 목돈이 되어 있을 것이다. 그러나 은서에게 그것은 진짜 돈으로 느껴지지 않았다. 게임 안에 존재하지만 실제로 쓸 수는 없는 사이버 머니처럼, 통장 안에 무의미하게 나열된 숫자만 있을 뿐 실체는 없는 것 같달까.

그것은 돈이 아니라 엄마와의 끈이나 다름없었다. 새로운 남편, 새로운 자식, 새로운 집이 있는 새로운 세상으로 떠나버린 엄마가 보내오는 유일한 신호. '나는 아직 너를 잊지 않았단다.'라는 의미의. 그 돈에 손을 대고 싶지는 않았다. 엄마가 보내오는 마음을 밥을 먹거나 옷을 사는 데 써버릴 수는 없었다. 설령 그것이 진짜 마음이 아닌 죄책감이라고 해도.

"이럴 줄 몰랐던 거 아니잖아."

은서의 혼잣말이었다. 이렇게 되리란 걸 모르고 결정한 거 아니잖아. 그러니 불안해하고 걱정하는 것을 멈춰야만 한다. 처음 무아를 집으로 들인 것도, 함께 지내기로 결정한 것도 결국 모두 그녀 스스로의 선택이었다. 책임감을 가져야만 했다.

은서의 눈에 구석에 던져져 있는 옷가지가 보였다. 무아가 입고 왔던 두꺼운 회색 스웨터와 사이즈가 지나치게 큰 카고 바지. 그저 옷 자체가 낡고 몸에 맞지 않을 뿐 오래 갈아입지 않은 옷처럼 보이지는 않았다. 그러나 무더운 여름이라는 계절에도, 키 크고 호리호리한 무아의 체형에도 맞지 않는 옷이었다. 시간 날 때 의류 수거함에 넣으면 될 것이었다.

옷을 개던 은서가 불현듯 무슨 생각이라도 난 듯 바지의 주머니에 손을 넣었다. 혹시라도 무아가 누구인지, 어디서 왔는지를 알려주는 단서 같은 것이 나오지 않을까.

그런 게 있을 리 없다는 생각을 하면서도 머릿속으로 그렸던 것은, 신분증과 같이 그가 '사람'임을 증명해줄 무엇이었다. 그러나 그런 납작한 사각형의 물건은커녕 아무것도 손에 잡히지 않았다.

바지 주머니 안을 쓱 훑은 그녀의 손이 아무런 소득 없이 빠져나왔다. 바지를 접어 식탁 의자 위에 올려놓으려던 순간 무엇인가가 툭 하고 바닥에 떨어졌다.

은서의 눈이 무아의 바지 주머니에서 떨어진 물체를 좇았다.

돌, 혹은 유리구슬 같기도 한.

그것은 작았다. 엄지손톱보다 조금 큰 정도일까? 그녀가 손을 뻗어 바닥에 떨어진 물체를 주워 올렸다.

차갑다.

그것에 손가락 끝이 닿는 순간, 서늘한 냉기가 느껴졌다. 손끝에서 시작된 찬 기운은 곧 손가락을 지나 손바닥으로, 다시 손목으로까지 올라왔다.

익숙한 느낌. 무아의 몸을 만졌을 때와 완벽하게 똑같은.

그녀가 손바닥 위에 놓인 작은 물체를 신기하다는 듯 쳐다보았다. 모양 자체는 특별하지 않았다. 그저 산길 어디에나 널린 평범한 돌멩이와 다름없었다. 크기에 비해 조금 무겁다는 느낌이 들었을 뿐이었다.

은서의 눈길을 잡아끈 것은, 그것의 모양이 아닌 질감과 색깔이었다.

그것의 표면은 미묘한 색이 감도는 투명한 물질로 덮여 있었다.

반투명해서 안이 흐릿하게 비쳐 보였지만, 유리알을 보는 듯한 느낌과는 완전히 달랐다. 돌 조각의 표면에 일렁이는 빛은 구슬이나 보석에서 볼 수 있는 반짝임이라기보다 동물성의 느낌에 가까웠다. 마치 연체동물의 피부와 비슷한, 그러나 또 그렇게 흐물거리는 느낌 역시 아닌. 대체 그 오묘한 색을 무엇이라 표현해야 할까. 그녀의 머릿속에서 온갖 단어들이 어지럽게 떠오르다 사라지기를 반복했다. 무엇이라 표현하기 힘든 색감이 그 위에 떠돌고 있었다. 푸른색, 붉은색, 노란색 그 무엇에도 속하지 않은, 그림을 그리는 은서로서도 처음 보는 것 같은 낯선 색.

마치 물의 막이 덧씌워진 듯 손을 대면 찰랑일 듯 같은 느낌에, 그녀는 조심스럽게 손끝으로 물체의 표면을 건드려보았다. 그러나 기대와는 다르게 그것은 모양 그대로 돌처럼 딱딱할 뿐이었다.

갑자기 어깨 위에서 느껴지는 차가운 느낌에 은서가 고개를 돌렸다. 잠시 돌을 살펴보느라 넋을 잃고 있었던 모양이었다. 무아가 그녀의 어께에 손을 올린 채 서 있었다.

샤워를 마치고 나온 무아의 젖은 머리카락에서 물방울이 천천히 떨어져 내렸다. 그에게 보여주었던 드라마의 한 장면 덕일까, 그는 은서가 건네주었던 커다란 수건으로 허리 아래를 꽁꽁 싸매고 있었다. 그녀가 잠깐 동안 무아의 드러난 상체에 머무르던 시선을 황급히 돌렸다. 그의 몸에서 나는 향긋한 비누 냄새가 코끝을 간지럽혔다.

"무아, 이게 뭐야?"

은서가 손바닥 위에 놓인 작은 돌을 들어 보였다.

그녀만의 착각이었을까. 무아의 눈동자가 묘하게 일렁인다.

무아가 가만히 팔을 뻗어 펼쳐진 그녀의 손바닥 위에 제 손을 올려놓았다. 은서의 손, 정체 모를 작은 돌, 그 위에 겹쳐진 무아의 손. 돌에서 느껴지는 차가운 기운과 그의 살갗의 느낌은 구분이 가지 않을 정도로 완벽하게 똑같았다.

"소중한 거."

무아의 손이 그녀의 손바닥을, 아니 그 위에 놓인 작은 돌을 부드럽게 쓰다듬었다. 무아의 입에서 나지막한 소리가 새어 나왔다. 속삭이는 것 같기도 하고 어르며 달래는 것 같기도 한 소리. 은서와 대화할 때에 들려오던 맑고 깨끗한 소리와는 달랐다. 이상하고 낯선 언어, 마치 나직한 노래를 듣는 것만 같은 소리.

무아의 입에서 흘러나오는 소리를 듣고 있으면 이상한 기분이 들었다. 익숙했던 모든 것들이 낯설어지는 느낌이랄까. 은서가 하루의 대부분을 보내는 집이라는 작은 공간과 열기로 가득 찬 여름이라는 계절, 캄캄해진 창문 밖 풍경이 말해주는 늦은 밤이라는 시간. 모든 것의 의미가 불분명해졌다.

시간, 공간, 계절. 그 무엇도 분명하지 않은 세상. 무아만이 그녀의 곁에 서 있다.

무아가 한 걸음 그녀의 앞으로 다가왔다. 그의 머리카락에서 떨어진 차가운 물방울이 은서의 이마 위로 떨어졌다. 물방울이 그녀의 이마에서 콧대를 따라 흘러내리다 조금 벌어진 입술 위에 맺혔다.

"소중한 거."

은서의 손 위에 올려져 있던 그의 손이 떨어졌다. 그리고, 은서의 젖은 입술 위를 슥 스치고 지나가는 손길.

차갑다. 그리고, 뜨겁다.

이상하게 몸에서 열이 나는 것만 같았다. 제 몸이 뜨거워질수록 코앞에 있는 무아의 몸은 더 서늘하게 느껴졌다.

뚫어져라 저를 보고 있는 무아의 시선을 피하던 은서의 눈이 조금 커졌다. 그녀의 시선은 그의 벗은 몸 위에 머물러 있었다.

상처가…… 없다.

아니, 완전히 사라진 것은 아니었다. 그러나 그 흔적만이 남았을 뿐, 아까 보았던 깊고 넓은 자국은 더 이상 존재하지 않았다. 피부보다 더 희고, 창백하고, 핏기라고는 찾아볼 수 없던 상처 부위는 이제 흐릿하게 경계만이 구분될 뿐 원래의 피부와 큰 차이가 없어 보였다.

마치, 원래부터 아무것도 존재하지 않았던 것 같아.

꿈을 꾸고 있는 것 같은 기분이 들었다. 서늘한 그의 체온과는 정반대로 손을 대기 두려울 만큼 뜨거웠던 열기가 생각났다. 그녀가 희미하게 남아 있는 상처가 있었던 부위에 손을 가져다 대었다.

온기. 그저 평범한 사람의 피부 위에 지그시 손을 댄 것과 같은. 적당한 따뜻함.

그녀의 손끝이 그의 드러난 살갗 위로 천천히 움직였다. 흐릿해진 뜨거운 것의 기억을 더듬듯, 지극히 조심스럽게. 알 수 없는 언어로 이루어진 짧은 음절들이 들려온다. 그저 으음, 하는 소리처럼 느껴질 뿐인데도 그것은 마치 노래처럼 들린다.

그 울림과 함께, 무아의 물기 어린 촉촉한 머리카락이, 흰 살갗 위에 맺혀 있는 투명한 물방울들이, 이제는 사라져버린 이해할 수 없는 상처의 흔적이, 그리고 은서의 얼굴 위에 멈춰 있는 그의 부드러운 갈색 눈동자가.

은서에게 들어왔다. 그녀의 눈으로, 숨결로, 벌려진 입술 틈으로, 그리고 마음속으로.

무엇인가가 심장 속에서 기지개를 펴듯 나른하게 움직이는 것 같은 느낌 속에, 은서는 가만히 눈을 감았다. 무아의 곁에 가면 느껴지는 서늘한 공기의 파동이 물결처럼 일렁이며 그녀의 몸을 휘감았다. 천천히, 조금씩, 속삭이듯이.

꿈틀, 내밀한 신경 어딘가를 건드리는 것 같은 아주 미묘한 동요.

갑자기 눈을 뜬 그녀가 한 발짝 뒤로 물러났다. 이런 기분은…….

싫은 것은 아니지만, 두렵다.

한 걸음. 무아가 다가왔다.

한 걸음. 은서가 뒤로 물러났다.

"왜…… 그래?"

그의 표정이 낯설게 느껴졌다. 집 안에 들어온 후 무아의 시선은 내내 그녀를 향하고 있었다. 지금 역시 그러했지만, 눈빛은 확연히 달라져 있었다. 그는 무엇인가를 원하고 있다. 원하고, 갈망하고, 소유를 원하는 눈빛. 무아가 그녀를 향해 팔을 뻗었다.

"하지 마."

다시 한 걸음 뒤로 물러나며 은서가 말했다. 계속 뒷걸음질 치도록 만든 감정의 정체는 다름 아닌 경계심이었다.

하지 마. 갑자기 이렇게 다가오지 마.

"줘."

"응?"

"소중한 거. 줘."

"아……."

무아가 원하는 것은 그저 신기하게 생긴 돌일 뿐이라는 것을 깨닫자, 그녀는 갑자기 머쓱해졌다. 은서의 볼이 붉게 달아올랐다.

그녀의 손바닥 위에 놓인 돌 조각을 그가 집어 들었다. 표현하기 힘든 오묘한 빛깔을 내는 작은 돌. 그것을 보는 무아의 눈빛은…….

"무아, 지금 슬퍼?"

멍하니 돌을 내려다보고 있던 그가 고개를 들었다. 그는 슬프다는 말이 무엇을 뜻하는 것인지 모른다. 그러나 슬프다는 말의 의미를 모르는 무아의 표정은, 지금 너무나 슬프다. 말하지 않아도, 보는 것만으로 느껴지는 아득한 슬픔.

"슬퍼?"

무슨 뜻이냐는 듯, 무아가 은서의 말을 따라 했다.

마음으로 나누는 대화에는 분명한 한계가 있다. 슬픔이나 기쁨 같은 뚜렷한 감정들은 굳이 말을 하지 않아도 전달되지만 무엇 때문에 슬픈 것인지, 어떤 것이 정말 기쁜 것인지를 알 수는 없기 때문이었다. 무아와 은서가 나눌 수 있는 대화들은 짧고, 간결하고, 의미가 분명한 것들이었다. 그것은 사람들 사이의 대화라기보다는 그저 짐승들 사이에 존재하는 소통과 같았다. 언어라기보단 본능에 가까운.

"슬퍼?"

그가 다시 한 번 물었다. 은서가 대답하지 않자, 무아는 손에 들고 있던 작은 돌을 조심스레 식탁 위에 올려놓았다.

궁금하다.

저 조그만 돌은 무아에게 어떤 의미가 있는 물건일까. 왜 그것을 보면서 저런 표정을 지을까. 그리고 무엇보다, 그는 대체 어디에서 나타나서 이 집 안으로 걸어 들어오게 된 것일까.

"난 너랑…… 대화를 하고 싶어. 진짜 대화."

무아의 부드러운 시선이 그녀의 입술에 멈췄다.

"나는 듣고 싶어. 너의 이야기를, 무아의 이야기를."

"너의 이야기를, 무아의 이야기를."

은서가 하는 말, 그리고 이를 앵무새처럼 따라 하는 무아의 말. 똑같은 말이지만, 무아의 입에서 나온 순간 그 의미는 달라졌다. 너의 이야기, 무아의 이야기, 은서의 이야기. 그것을 나눌 수 있다면. 둘의 이야기, 우리의 이야기가 된다면.

방법은 무궁무진하다. 그는 무엇이든 빨리 배운다. 또한 누구도 예상치 못한 부분에서 배운다. 그것은 평범한 사람들은 절대 할 수 없는 방식이었다. 무아의 능력은, 천재적이라는 표현으로도 온전히 표현하기 힘든 종류의 것이었다.

은서는 드라마를 좋아했다. 우울할 때, 속상한 일이 있을 때, 불현듯 떠오르는 나쁜 기억들에서 벗어나고 싶을 때, 그리고 무엇보다 외로울 때. 그녀는 좋아하는 드라마를 다시 보는 것으로 마음을 달래곤 했다. 드라마 속 주인공들에게 감정을 싣고, 그들의 기쁨과 슬픔, 아픔과 행복을 함께 나누는 동안 외로움이라는 서글픈 녀석은 금세 꼬리를 감추고 사라져갔다.

컴퓨터 앞에 앉은 은서의 손이 딸깍딸깍 마우스 버튼을 클릭했다. 익숙한 BGM이 흘러나오며, 한동안 그녀를 울고 웃게 했던 배우들의 모습이 모니터 위에 떠올랐다. 그러나 지금 은서가 재생하려는 드라마들은 그녀 자신이 아닌 무아를 위한 것이었다.

무아는 할 수 있을 것이다. 그는 동물 친구들이 나오는 만화 영화를 잠깐 보는 것만으로 새로운 언어를 금방 깨우쳤고, 단 한 번 듣는 것만으로 말을 줄줄 외워 읊었다.

"자기 전까지 이거 봐."

은서는 지금, 무아에게 언어를 가르치려는 중이었다.

컴퓨터 모니터를 응시하는 무아의 표정이 새로웠다. 모니터 안에서 펼쳐지는 낯선 풍경에 완전히 마음을 빼앗긴 듯 진지한 눈빛. 세상을 대하는 그의 태도는 항상 그랬다. 은서에게는 아무렇지도 않은 지극히 평범한 일상도, 그저 주변에 흩어져 있을 뿐인 물건들도, 어디를 가도 뻔히 있을 법한 거리의 풍경들도. 무아는 어떤 것과 마주치든 항상 경이롭다는 듯 눈을 크게 뜨곤 한다. 세상에 반응하는 무아의 방식은 1년 내내 뜨거운 태양이 내리쬐는 열대 지방에서 살다가 처음으로 눈이라는 것을 보는 사람의 것과 비슷했다. 머뭇대며 손을 뻗어 만져보고, 그 차디찬 감촉에 화들짝 놀라 한 발짝 뒤로 물러섰다가 다시 호기심을 이기지 못하여 손을 내밀고 마는. 혀 위에 눈송이를 올려보고, 스르르 녹아 없어지는 그것에 다시 한 번 감탄하고, 끝내 머리 위가 새하얀 결정들로 뒤덮일 때까지 하염없이 눈을 맞는 그런 사람.

"너무 오래 보지 말고, 졸리면 여기서 자."

은서가 솜이불을 깔아놓은 바닥을 가리켰으나 그는 그저 모니터에 시선을 빼앗기고 있을 뿐이었다.

"불 끈다?"

그녀가 조명 스위치를 내렸다. 모니터에서 나오는 약간의 빛 외에 방 안은 곧 캄캄해졌다. 침대 헤드에 등을 기대앉은 은서가 역광을 받아 까만 그림자처럼 보이는 무아의 뒷모습을 보았다. 그저 대단히 잘생긴 남자의 모습이었지만, 그 안에 무엇이 들어 있을지에 대해서는 조금도 알 수 없었다. 그의 몸 위에 깊고 넓게 퍼져 있던 기묘한 모양의 상처가 떠올랐다. 존재했으나 순식간에 아물어 흐릿한 흔적만 남은 상처.

컴퓨터에서 흘러나오는 드라마 소리가 시끄러웠음에도 눈꺼풀이 스르르 감겼다. 잠에서 깨어나면 무아 역시 사라져버리지 않을까, 하는 생각이 문득 들었다.

그의 상처가 희미하게 사라졌듯이 그의 존재도 흔적도 없이 증발해버리지 않을까. 하루 동안 은서를 찾아왔던 미지의 방문자로, 깊고 넓고 움푹 파인 이상하고도 낯선 기억을 남긴 채. 그런 일이 생긴다면 얼마나 오랫동안 무아를 기억하게 될지 궁금해졌다. 하루 동안 일어났던 일이니까, 어쩌면 고작 반나절 정도? 그의 상처가 남아 있던 딱 그만큼의 짧은 시간이 지나면 그저 별일 다 있네, 하고 고개를 흔들며 꿈에서 깨어날지도 모른다.

어쩌면, 지금 이 순간마저 꿈일지도.

은서가 스르르 미끄러지듯 몸을 내려 침대에 누웠다. 은서의 호흡이 점차 규칙적으로 변해갔다.

눈을 떴을 때 무엇이 기다리고 있을지 두려웠다.

눈을 떴을 때 무엇이 기다리고 있을지 궁금했다.

"은서."

이름을 부르는 그 목소리는 여러 번 반복해서 들려왔다. 처음 목소리를 들었을 때 그녀는 자신이 꿈을 꾼다고 생각했다. 한 번, 두 번, 세 번. 은서, 은서, 은서.

"은서, 일어나."

그녀가 얼굴을 찡그리며 천천히 눈을 떴다. 몇 시나 되었을까. 어슴푸레 새벽이 밝아오는 중인 듯, 창밖은 짙푸른색을 띠고 있었다. 몸을 뒤척이던 은서의 입에서 낮은 비명이 튀어나왔다.

"아, 놀랐잖아."

무아. 그의 갈색 눈동자가 가까운 거리에서 그녀를 응시하고 있었다. 잠이 덜 깬 은서의 멍한 머릿속에 어제의 기억들이 빠른 속도로 자리를 잡았다. 그는 무아, 은서를 찾아온 정체불명의 남자. 그리고 이 작은 집은 언제까지가 될지는 모르지만 어쨌든 무아의 집이기도 하다. 놀랄 이유 따위는 아무것도 없었다.

"넌 왜 이런 데서 자냐?"

순식간에 잠이 달아난 듯, 그녀가 눈을 동그랗게 떴다.

무아가 말을 한다.

"지켜주고 싶게."

"뭐?"

"혹시 나 너 좋아하냐?"

은서의 입에서 허무한 한숨이 새어 나왔다. 그는 그저 은서의 말을 따라 했던 것처럼 드라마 등장인물의 대사를 읊고 있을 뿐이었다. 무아에게 너무 많은 것을 바랐던 모양이었다. 그래도 그라면 할 수 있을 줄 알았는데. 완벽하게는 아니더라도, 이런 앵무새 같은 흉내가 아닌 진짜 대화를 나눌 수 있을 것이라 기대했었는데.

"바보."

은서가 중얼거리며 이불을 머리끝까지 끌어 올렸다. 그러나 그는 멈출 생각이 없어 보였다.

"애기야, 가자."

"가긴 어딜 가. 나 더 잘 거야."

"이게 최선입니까? 확실해요?"

"대체 드라마 몇 편을 본 거야? 나 진짜 잘래. 그만해."

이불이 휙 젖혀졌다. 이불을 손에 쥔 무아는 뭐가 그리 재미있는지 장난스러운 미소를 띠고 있었다. 그가 정말 얄미웠다. 은서의 목소리에 제법 날이 서 있었다.

"너 진짜 초딩 같아! 이불 내놔."

"싫어."

그녀가 인상을 잔뜩 찌푸리며 자리에서 벌떡 일어났다. 그새 싫다는 말은 또 어디서 주워 들은 것인지. 차라리 드라마 같은 건 보여주지 말 걸 그랬다는 후회가 밀려왔다.

"정은서 씨는 언제부터 그렇게 예뻤나?"

"이상한 소리 좀 그만하고……."

당장이라도 발칵 화를 낼 듯 무아를 보던 그녀가 갑자기 하던 말을 멈췄다.

"지금 내 이름 불렀어?"

갑자기 무아가 웃었다. 그의 입에서, 너무나 즐겁다는 듯 맑은 웃음소리가 새어 나왔다.

"은서야."

심장이 쿵, 하고 내려앉는 소리. 침대에서 내려와 그를 올려다보던 은서의 입이 조금 벌어졌다.

"너……."

무아가 가만히 손을 들어, 제 심장이 있을 법한 부분을 가리켰다.

"내 안에 너 있다."

은서가 혼란스러운 표정으로 그를 보았다. 장난인지, 진심인지. 그저 남의 말을 따라 하는 것인지, 아니면 제 생각을 말하고 있는 것인지. 그 무엇도 알 수가 없다.

"장난치는 거야?"

그녀는 마치 울 듯한 표정이었다. 차라리 아무 말도 못 하던 무아가 나았다. 무엇이 진실이고 무엇이 거짓인지, 아무것도 알 수 없는 상황이 되어버린 것이다.

그가 한 발짝, 은서에게 다가오는가 싶더니 팔을 뻗어 그녀의 허리를 잡아당겼다. 무슨 일이 일어난 것인지 채 깨달을 새도 없이 무아는 은서의 몸을 감싸 안았다. 그의 팔 안에 갇히자 온몸에 서늘한 기운이 밀려들었다. 지나치게 차갑지도, 불쾌하지도 않았다. 그러나 혼란스럽다.

"저, 저기……."

목이 꽉 막힌 듯 말이 나오지 않았다. 이유를 알 수는 없었지만 심장은 당장이라고 튀어나갈 듯 쿵쾅거렸다.

"고마워, 은서."

무아의 목소리가 들려왔다. 그가 말을 할 때면 느껴지는 묘한 울림. 귓가에 속삭이듯 말하는 무아 덕에 그 느낌은 더욱 생생하고 그만큼 더 낯설었다.

"난…… 정말 모르겠어. 네가 어떤 사람인지."

은서가 중얼거렸다. 꿈을 꾸는 것 같았다. 그가 말을 한다는 사실도, 그의 품에 안겨 있다는 사실도. 그리고 그에게서 느껴지는 차가운 기운도.

"알게 될 거야."

무아가 대답하고 나서야 비로소 그녀는 확실히 깨달았다.

무아는 말을 배웠다.

이제 그의 이야기를 들을 수 있다. 은서는 곧 알게 될 것이다. 무아가 누구인지, 어디서 왔는지, 그 돌 조각은 그에게 어떤 의미가 있는 물건인지.

무언가 이상한 느낌에, 은서는 당황한 듯 무아를 올려다보았다.

그녀의 입에서 헉, 소리가 튀어나왔다. 그의 팔에서 벗어나 뒷걸음질 치던 은서가 침대 매트리스에 발이 걸려 그대로 주저앉았다.

솟구쳐 올라간다. 기괴한 그림자가 벽 위에 떠돈다. 은서의 확장된 동공이 거세게 흔들렸다.

무아의 몸이 서서히 공중에 떠오르고 있었다.

그의 몸은 바닥으로부터 한 뼘쯤 위로 떠올라 있었다. 디딜 데가 없어진 무아의 발끝이 조금 흔들렸다. 블라인드 틈새로 들어오는 희뿌연 빛이 그의 주변에 어른거렸다.

마치 시간이 정지한 듯, 그녀는 그저 멍하니 무아의 모습을 보고 있었다. 숨을 쉬는 것조차 잊은 채.

믿어지지 않는 광경이었다. 꿈을 꾸고 있는 것일까. 아니면 환영을 보는 것인지도 몰랐다. 그마저도 아니라면…….

은서가 떨리는 손으로 제 허벅지를 꼬집었다. 따끔한 아픔이 느껴진다. 무아의 발에 시선을 고정하고 있던 그녀가 천천히 고개를 들어 올렸다. 가만히 서 있기만 해도 껑충 키가 큰 그의 얼굴은, 이제 고개를 한껏 젖혀야 보일 만큼 높은 곳에 있었다.

너무나 비현실적이라 오히려 아무런 의심조차 들지 않았다.

무아가 공중에 떠 있다. 바람에 실려 공기 중에 떠다니는 나뭇잎이나 비닐봉지 같은 것처럼, 그의 몸에서는 조금의 무게감도 느껴지지 않았다. 거대한 수조 안에서 물결에 몸을 맡긴 채 유영하는 사람과도 같이 무아는 공기 중에 둥실 떠올라 있었다.

그가 다리를 어색하게 움직였다. 그러나 그것 역시 물속에서 움직이는 사람처럼 묘하게 느릿느릿해 보였다. 그는 바다를 부유하는 물체처럼 보였다. 물살에 따라 부드럽게 흔들리는 갈 곳을 잃은 부표처럼.

은서의 팔에서부터 목덜미까지, 순식간에 작은 소름들이 우수수 돋아났다. 이런 것은 상상조차 해본 적이 없었다. 놀라움, 두려움, 당황스러움과 혼란스러움. 수많은 감정들이 폭발하듯 머릿속을 뒤흔들었다.

"은서."

무아가 그녀의 이름을 부르고 나서야 은서는 불안한 눈빛으로 그를 마주 보았다.

"으음……."

그건 대답이라기보다는 끙 하고 앓는 소리에 가까운 것이었다. 머릿속을 휘저으며 아우성치는 수많은 질문들 중 말이 되어 나오는 것은 고작 하나뿐이었다. 으음, 하는. 말이라고는 할 수 없는 소리.

"은서, 나 좀 내려줘."

"……뭐?"

"나 좀 내려달라고."

그녀가 당황한 표정으로 무아를 올려다보았다.

그의 눈빛 역시 갈피를 잡지 못하겠다는 듯 흔들린다. 그의 눈에 떠올라 있는 것은 공포의 감정이었다. 지금 무아의 상태는 그 자신에게도 놀라운 일인 것이다.

"어, 어떡해야 돼?"

"몰라. 나 무서워."

그의 말투는 필사적이었다. 은서가 머뭇거리며 무아에게 다가서려던 순간이었다.

쿵.

갑자기 무아의 몸이 다시 바닥으로 내려왔다. 마치 몸에 와이어 같은 것을 매달고 떠올랐다가, 갑자기 그 줄이 끊어져 바닥으로 곤두박질친 사람처럼. 무방비 상태로 바닥으로 떨어진 무아가 비틀거리며 얼굴을 찡그렸다.

그의 몸이 바닥으로 떨어지는 순간 들렸던 쿵 하는 소리와 둔탁한 진동 덕에 은서 역시 현실로 되돌아왔다. 그녀가 훅 하고 숨을 내쉬었다. 심장이 두방망이질 친다. 등줄기에 식은땀이 흥건했다. 무슨 말을 해야 할지도, 어떤 행동을 해야 할지도 떠오르지 않았다. 머릿속이 그저 새하얘진 기분. 생각하는 방법조차 잊은 것만 같다.

그런 은서의 앞에서, 무아는 손이며 다리며 고개를 이리저리 움직여보고 있었다. 마치 점검이라도 하는 것 같았다. 제 몸이 제대로 붙어 있는지, 망가진 데는 없는지.

"아, 진짜 무서웠다."

그가 몸을 부르르 떨었다.

"……내가 더 무서웠어."

은서가 조그맣게 중얼거렸다. 무아가 공중에 떠올라 있었던 시간은 기껏해야 1분 남짓. 그러나 그 1분을 기점으로 많은 것들이 바뀐 것 같은 느낌이었다. 그와 눈이 마주치자 은서는 황급히 시선을 피했다.

어색하고 불편하며, 떨쳐버리고 싶은 기분.

그것은 일종의 두려움이었다.

인간이라면 혼자 힘으로 공중에 떠오를 수는 없다. 와이어, 특수효과, 컴퓨터그래픽 같은 것들의 도움 없이 인간이 그렇게 공중으로 붕 떠오를 수는 없는 것이다.

무아는 인간이 아니다.

막연히 짐작하고 있던 일이었으나, 막상 그것을 눈앞에서 맞닥뜨리자 공포심이 밀려왔다. 완전히 다른 생명체를 마주친 것에 대한 두려움. 존재조차 알지 못했던 새로운 종류의 피조물이 그녀 앞에 서 있다.

"어떻게…… 그렇게 할 수 있는 거야?"

은서가 기어들어가는 목소리로 물었다. 무아와 얼굴을 올려다보는 것마저도 용기가 필요했다.

조금 전까지, 만난 지 이틀밖에 되지 않았다고는 믿어지지 않을 만큼 그의 존재는 익숙하게 느껴졌었다. 그러나 그 일이 일어난 이후 그녀의 표정에는 경계심이 여실히 드러나 있었다.

무아를 보며 내내 생각했던 알 수 없는 남자, 라는 말.

그저 신기하고 알 수 없는 존재로서의 그는 엉뚱하고 귀여웠다. 왠지 돌보아주고 싶은 마음이 들었고, 호기심을 불러일으켰다. 그러나 그 '알 수 없는 존재'라는 말의 실체를 확인한 순간 찾아온 건 낯선 것에 대한 본능적인 거부감이었다. 똑같은 작은 원룸 안에 비슷한 거리를 유지하고 있을 뿐인데도, 손이 닿을 듯 가깝게 느껴졌던 마음의 거리는 순식간에 멀어졌다.

"나도 몰라."

툭 건드리면 끊어질 듯, 긴장으로 날이 잔뜩 서 있는 은서와는 달리 무아의 목소리는 지극히 태연했다.

"몰라. 무서워."

그런 무아를 잠자코 쳐다보고 있던 그녀가 갑자기 몸을 흠칫 떨었다. 그녀는 아무것도 모른다. 눈앞의 무아라는 남자가 어떤 존재인지. 공중으로 떠오르는 것 말고, 또 무엇이 남아 있을지.

"왜 그래?"

잔뜩 굳어 있는 은서의 표정을 보던 그가 한 걸음 다가왔다. 그녀가 허겁지겁 뒤로 물러나려다, 또 한 번 침대 매트리스에 다리가 걸려 그대로 주저앉았다.

무아의 얼굴에 정말 걱정된다는 듯 심각한 표정이 떠올랐다. 그가 그녀의 얼굴을 향해 손을 뻗었다.

"하지 마!"

가까이 다가오는 무아의 손을 은서가 휙 쳐냈다. 의도적인 행동은 아니었다. 본능적인 두려움 때문에 반사적으로 손이 먼저 움직였을 뿐.

그녀의 손이 매몰차게 치고 지나간 제 팔을 내려다보며 무아가 눈을 깜박였다. 그의 얼굴에 이해할 수 없다는 표정이 떠올랐다.

"미, 미안."

은서가 황급히 사과의 말을 꺼냈다. 그러나 무아는 고개를 들지 않았다. 불안한 듯, 그녀의 손이 치고 지나간 팔목 언저리를 보고 있을 뿐이었다.

"미안해, 일부러 그런 거 아니야."

사과는 진심이었지만 그녀는 무아에게 다가가지 못했다. 그가 천천히 고개를 들었다.

"내가 뭐 잘못했어?"

그의 목소리가 설핏 떨렸다. 자신이 없다는 듯, 웅얼거리는 목소리였다.

"아니…… 아니야. 그런 거 아니야."

"내가 나빠?"

입술을 달싹이던 은서가 말문이 막힌 듯 입을 다물었다. 스르르, 무아가 그녀에게서 몸을 돌렸다. 좁은 공간 안, 차곡차곡 보이지 않는 담장이 그들 사이로 솟아올랐다. 그들이 만난 이후 한 번도 느껴본 적 없었던 어색하고 무거운 침묵이 방 안에 내려앉았다.

무아는 그저 몸을 돌린 채 벽 어딘가 즈음을 바라보고 있을 뿐이었지만, 은서는 알 수 있었다. 그녀가 무아에게 상처를 입혔다는 것을.

사실 그에게는 잘못이 없었다. 나쁜 짓을 하지도, 그녀에게 해를 끼치지도 않았다. 무아의 몸이 공중으로 떠오른 것, 그것은 분명히 대단히 이상한 일이었다. 그러나 그렇다 해서 순식간에 그를 세차게 밀어낼 이유는 없는 것이다.

놀이터에서 초콜릿 케이크를 입속으로 밀어 넣던, 계절에 맞지 않는 두꺼운 스웨터를 입고 있던 무아. 은서를 위해 설거지를 해주던 무아. 밤새 말을 배워, 그것이 너무나 자랑스럽다는 듯 눈을 반짝이며 그녀를 깨우던 무아. 그리고 알 수 없는 이유로 공중에 떠오르던…… 무아까지. 그들은 모두 같은 사람이었다.

무아는 그저 무아일 뿐이다.

"미안해."

고개를 돌렸지만, 여전히 그는 시무룩한 표정이었다. 한 걸음, 그녀가 무아에게 다가갔다.

"정말 미안해."

은서가 손을 뻗어 그의 팔 위에 올려놓았다. 그새 제법 익숙해진 듯, 무아의 몸에서 느껴지는 차가움이 더 이상 낯설지 않았다. 기분 좋은 청량함은 은서의 손바닥에서 시작되어 서서히 팔꿈치까지 올라왔다.

"네가 잘못한 거 아니고, 나쁜 것도 아니야."

무아는 마음이 다 풀리지 않은 모양이었다. 은서를 보는 그의 눈빛에는 여전히 서운함이 잔뜩 배어 있었다.

"그런 건 처음 보는 거니까……. 낯설어서. 놀라서 그런 거야."

"나도 놀랐단 말이야."

조금 누그러진 목소리였다. 그는 정말로 억울하다는 표정이었다.

아까의 광경이 다시 떠올랐다. 아무런 예고도 없이, 스르르 솟구치던 무아의 모습이.

"그러니까…… 너, 공중으로 떠올랐잖아."
"나도 왜 그러는지 몰라."
"그냥, 갑자기 그렇게 된 거야?"
그가 고개를 끄덕였다.
"무서웠어. 진짜."
무아 역시 모른다. 대체 무슨 일이 일어난 것인지, 어떻게 해서 공중으로 떠오르게 된 것인지.
은서가 제 몸을 내려다보았다. 만약 평소처럼 그림을 그리다가, 혹은 커피를 사러 나가다가 둥실 공중으로 떠오르게 된다면? 이유도 모르는 채. 그런 모습을 보고 사람들이 두려워하거나 손가락질한다면 그녀 역시 상처받을 것이다.
무아가 이상한 것이 아니라, 이 세상이 이상한 것일지도 몰라. 처음부터 남과는 다른 존재였던 그에게 일반의 잣대를 들이대는 은서 자신이 이상한 것이다.
"알았어. 나도 놀라서 그런 거니까, 기분 풀어."
"뭘 풀어?"
"기분 풀라는 말이야."
무아가 모르겠다는 듯 알쏭달쏭한 표정을 지었다. 하룻밤 새 섭렵한 드라마 덕에 그의 어휘 구사력은 놀라울 만큼 발전했지만, 역시나 모든 단어를 배우려면 시간이 필요한 모양이었다.
"다시는 안 그럴게."
공중으로 떠오른다 해서, 남들보다 빨리 언어를 습득한다고 해서, 몸에서 차가운 기운이 뿜어져 나온다고 해서.
무아가 무아인 것은 변하지 않는다.

은서에게 그의 존재는 여전히 미스터리 그 자체나 다름없었다. 그에게 물어볼 것들이 참 많았다. 무아 스스로도 알지 못하는 것에 대해 묻느라 시간을 허비하느니, 그가 잘 알고 있을 것들에 대해 질문하는 편이 훨씬 현명할 것이다.

"너…… 정체가 뭐야?"

그것이 그녀의 첫 번째 질문이었다.

4장. 금지된 것과 금지되지 않은 것

"정체?"

무아는 은서의 질문의 의미를 이해하지 못하는 듯 보였다.

"응, 그러니까…… 너랑 나는 다르다고 했잖아."

어제 무아가 했던 말을 그녀는 똑똑히 기억하고 있었다. 분명히 손가락으로 은서와 저를 번갈아 가리키며 둘은 다르다고 말했던 것이다.

"응, 달라. 은서랑 무아는."

"어떻게 달라?"

그의 존재가 무엇이냐에 대한 대답. 무아가 입을 열기도 전에 그녀의 심장은 벌써부터 요동쳤다.

다른 존재. 미지의 생명체. 새로운 종.

은서가 떠올린 몇 개의 단어들이었다. 그의 대답을 기다리는 몇 초의 시간 동안 머릿속에서는 상상의 나래가 펼쳐졌다. 슈퍼 히어로라든가, 외계 생명체라든가, 혹은 신과 같은 존재일지도 몰랐다. 어쨌거나 그가 공중으로 떠오르는 것을 조금 전에 목격했으니까.

"넌 여자고 난 남자잖아."

"뭐?"

기대했던 것과는 달라도 너무 다른 대답이었다. 무엇을 기대하고 있었는지는 은서 스스로도 설명하기 힘들었지만, 어쩐지 산통이 깨진 것 같은 기분이 들었다.

"그런 거 말고."

"음."

무언가를 생각하는 듯 그가 눈을 가늘게 떴다. 그녀의 얼굴에 머물러 있던 무아의 시선이 서서히 아래로 내려갔다. 턱을 지나, 목으로, 그 아래로, 천천히.

"너는 불룩하고……."

"뭐, 뭐가 불룩하다는 거야?"

은서가 그의 시선이 멈춰 있는, 목과 배 사이의 어디 즈음을 황급히 손으로 가렸다. 물론 이미 티셔츠를 입고 있었지만.

"너……. 혹시 뭐, 투시를 한다든가……."

"투시?"

그녀가 제가 입은 티셔츠를 머뭇대며 가리켰다.

"그러니까, 이 안이 보인다든가."

"안 보여."

무아의 대답을 듣고 나서야 은서는 어정쩡하게 가슴을 가리고 있던 손을 내려놓았다. 엉뚱한 이야기에 시간을 허비하고 있다는 생각이 들었다.

“어디서 태어났는데?”

“태어나?”

“응. 원래부터 지금처럼 크진 않았을 거 아냐. 아기 시절이 있을 거라고.”

“난 원래부터 이랬어.”

“말도 안 돼.”

은서가 믿기지 않는다는 듯 그를 보았다. 무아에 대해 알고 싶은 것들이 정말 많았는데, 그의 말문이 트였다고 해서 달라진 것은 별로 없었다. 대화를 하면 할수록 궁금증은 해소되기는커녕 오히려 늘어만 갔다.

“놀이터에는 왜 있었어?”

“놀이터?”

“우리가 처음 만났던 곳 말이야. 미끄럼틀도 있고, 그네도 있고.”

“미끄럼틀은 뭐야?”

그녀가 답답하다는 듯 한숨을 쉬었다.

“관두자.”

“뭘 관둬?”

“아니야. 됐어.”

의사소통이 가능할 정도로 언어를 습득했지만, 아마도 그것은 드라마에 나오는 단어들에 국한된 것인 모양이었다. 어떤 것이든 말을 꺼내면 그에 대한 질문이 되돌아왔고, 그 질문에 답을 하는 순간 또 다른 질문이 꼬리를 물었다. 무아와 막힘없이 대화를 하려면 아무래도 기다림이 필요할 듯싶었다. 미끄럼틀부터 투시에 이르기까지, 그가 배워야 할 단어들은 무수히도 많을 것이다.

"좀 더 배우면, 그때 꼭 얘기해줘."

그녀가 무아를 올려다보며 힘주어 말했다. 언제가 될지 모르지만 그렇게 긴 기다림을 필요로 하지는 않을 것이다. 그가 말을 배우는 속도는 은서로서는 상상조차 불가능할 정도로 빨랐으니까.

"궁금해. 네가 어디서 왔는지."

"아, 어디서 왔냐고?"

"으응."

무아는 이제야 알아들었다는 표정이었다.

그를 처음 보았을 때부터 한시도 머리에서 떠나지 않았던 궁금증. 은서의 얼굴에 기대감이 잔뜩 떠올랐다. 어떤 이야기를 듣게 될까.

무아의 입에서 '그 말'이 흘러나왔다.

낯선 언어. 그녀로서는 들어본 적도, 흉내 낼 수도 없는 말.

"나…… 못 알아듣겠어."

은서가 난감하다는 표정으로 그를 보았다.

"그게 네 언어라는 건 알겠는데, 도저히 알아들을 수가 없어."

"나도 마찬가지야."

"응?"

"나도 은서가 하는 말, 잘 못 알아듣겠어. 나도 너와 얘기하고 싶어."

갑자기 무엇인가에 머리를 맞은 듯, 은서가 멍한 표정을 지었다.

그래, 무아 역시 그랬을 것이다. 똑같이 답답하고, 똑같이 궁금했을 것이다. 그녀가 내뱉는 말들이 어떤 의미인지, 무엇을 가리키는 것인지 그 역시 알고 싶었을 거였다.

무아는 은서를 위해 밤새 컴퓨터 앞에 앉아 말하는 법을 배웠다. 그는 충분히 노력하고 있었다. 그런 그를 이해하기 위해 제가 할 수 있는 것은 무엇일까. 생각에 잠긴 은서의 미간 위에 작은 세로주름이 생겨났다.

"들려줘."

처음 무아를 집에 들였던 그 순간처럼, 침대 끄트머리에 걸터앉으며 그녀가 말했다.

"어디서 왔는지, 너는 어떤 존재인지, 말해줘."

"나도 그러고 싶지만…… 아직 어려워."

은서가 고개를 살며시 저었다. 무아는 이미 많은 것들을 했다. 그녀 역시 무엇인가를 하고 싶었다. 무아를 위해서.

"네 언어로 말해줘. 이해하기 힘들어도, 들을게. 듣고 싶어."

"내 언어로?"

"응, 네가 하는…… 그 말로."

"아……."

그런 은서를 보며, 무아가 천천히 몸을 낮추어 바닥에 앉았다. 한참 차이 나던 그들의 눈높이가 수평을 이루며 제법 비슷해졌다. 그의 부드러운 갈색 눈동자가 그녀의 얼굴 가까이 다가왔다.

"그곳의 이름은."

무아의 입술이 조금 벌어지며, 이질적이고 기묘한 소리가 새어 나왔다. 소리 자체가 어떠한 음률을 가지고 있는 듯 귓가에 울려 퍼진다. 그 소리는, 그의 언어는 마치…….

공기 중을 부드럽게 헤엄치는 물고기 같다.

무슨 뜻인지 알 수는 없었지만, 그의 말을 듣고 있는 것만으로도 은서는 일종의 경이로운 느낌에 빠져들었다.

무아의 언어는 주문 같았고, 노래 같았고, 기도 같았다.

그의 목소리가 가지고 있는 특유의 울림. 그것은 그녀가 처음 듣는 생소한 음절들과 만나, 그들이 마주 보고 있는 공간의 공기를 건드리며 진동했다. 하나의 문장이 끝날 때마다 잠깐 동안의 고요함이 생겨났다. 그리고 그 고요함은 다시 무아가 입을 열어 말을 시작하는 순간 낯선 언어 속으로 스르르 녹아들어갔다. 그의 낮고 부드러운 목소리가 공간 안을 가득 채웠다. 조밀하게, 조금의 틈도 없이. 그의 소리는 귀를 통해 들려지는 것 같지 않았다. 마치 머릿속으로 서서히 밀려 들어오는 것만 같았다.

무아의 언어를 듣는 것은 굉장히 특별하고도 신비로운 체험이었다. 말소리가 분명히 들리고 있음에도, 세상에서 가장 적막한 어느 곳인가에 와 있는 것 같은 기분이 들었다.

날이 밝기 시작한 창밖에서 들려오는 새 소리와 움직이는 차 소리, 같은 건물의 주변 방들로부터 들려오는 물소리와 작은 소음들. 그 어떤 것도 그들이 함께 있는 방 안으로 들어오지 못했다. 무아와 은서의 공간, 신비로운 언어가 떠도는 공간에 존재하는 것은 오직 그들뿐이었다.

단 한마디도 알아들을 수 없었으나 은서는 그의 말에 귀를 기울였다. 비록 이해할 수 없는 언어였지만 말을 듣는 데는 어떠한 노력도 필요하지 않았다. 무아의 말 하나하나가 마치 생명을 가진 듯 공기 중을 떠돌다, 은서의 안으로 미끄러지듯 들어왔다. 귓속이,

머릿속이, 심장이 간질간질한 것 같은 느낌이 들었다. 그녀가 가만히 눈을 감았다. 그의 목소리, 부드럽게 밀려드는 그의 언어, 그리고 무아의 존재는.

정말 아름답다.

무아가 모든 이야기를 끝마치고 몇 초의 시간이 지나자 거짓말처럼 주변의 소음들이 방 안으로 밀어닥치기 시작했다. 건물 밖 차도에서 들리는 경적 소리와 옆 호에서 조그맣게 들려오는 TV 소리, 출근하는 누군가가 또각또각 계단을 내려가는 구두 굽 소리까지. 단 한 번도 거슬려 했던 적 없는 일상적인 소음들이 갑자기 난폭하게 귓속을 파고들었다. 눈을 감고 있던 은서가 얼굴을 찡그리며 손을 귓가에 가져갔다.

더 듣고 싶어, 너의 목소리.

“내가 살던 곳은 빛에 둘러싸여 있어. 거기에 어둠은 존재하지 않아.”

무아가 다시 입을 열었다. 그의 언어가 아닌 은서의 언어. 아까만큼은 아니었지만, 바깥의 소음은 한 발짝 물러서듯 조금 잦아들었다.

“그곳은 계속 움직이고 있어.”

“거기에는 누가 살아?”

그가 손가락을 들어 은서를 가리켰다. 희고 긴 그의 손가락이 다시 방향을 바꾸어 자신에게로 향했다.

“너와 나 같은…… 사람들.”

은서와 같은 사람들. 무아와 같은 사람들. 다른 것 같지만, 결국 같은 사람들.

"그 사람들은 모두 너같이 생겼어?"

궁금했다. 가만히 서 있는 것만으로 사람들이 친절을 베풀게 하고, 눈을 뗄 수 없게 만드는 무아의 외모. 어딘지 알 수 없는, 그가 살던 '그곳'에 사는 사람들은 어떤 모습을 하고 있을까. 그들 모두 무아처럼 빼어나게 아름다울까.

"아니. 나랑은 조금 달라."

그가 작게 고개를 흔들었다.

"어떻게 다른데?"

"으음……."

무아가 잠시 생각하는 듯 눈을 감았다.

"나처럼 잘생긴 사람은 없었어."

"으응."

은서의 입에서 으응, 하는 애매한 소리가 새어 나왔다. 대답이라고는 할 수 없는, 마지못해 수긍하는 것 같은 소리.

제 입으로 자신을 잘생겼다고 표현하는 남자를 지금껏 만난 적이 있던가. 굉장히 자신만만하고 뻔뻔하기까지 한 발언. 그럼에도 쉽사리 그 말에 대한 의사표현을 할 수가 없었던 건, 그가 정말로, 대단히, 놀라울 정도로 잘생겼기 때문이었다.

아니라고 부정하려니 양심의 가책이 느껴졌다. 무아의 생김새는……. 뭐랄까, 인류공통의 기준에 부합하게 설계된 얼굴이라고 표현할 법한 지극히 객관적인 미(美)를 가지고 있었기 때문이었다. 그렇다고 그 말을 그대로 수긍하자니 어딘지 모르게 심사가 뒤틀리는 것만 같았다. 나르시시즘에 빠진 사람을 볼 때 느껴지는 오묘한 불쾌감이랄까. 갑자기 그가 조금 얄미워졌다.

그러나 그녀와는 달리, 앞에 서 있는 무아는 그저 무심한 표정으로 그런 은서를 보고 있을 뿐이었다.

"잘생겼다고, 누가 그래?"

"전부 다."

"……그렇구나."

혹 떼려다 혹 붙인 것 같은 기분. 어딘지 알 수 없는 무아가 온 '그곳'에서도 그의 외모는 대단한 것이었나 보다. 더 이상 반박의 의지가 사라진 은서가 새삼스럽게 그의 얼굴을 쳐다보았다. 그녀와 눈이 마주치자 무아가 환하게 입 끝을 끌어 올리며 웃어 보였다.

저렇게 뚜렷한 이목구비를 가진 사람이 웃으면 조금쯤은 속이 느끼해질 법도 한데. 무아의 웃는 모습에는 0.1%의 니글거림도, 능글맞음도 존재하지 않았다. 느끼하기는커녕 성인 남자의 것이라고는 믿어지지 않을 정도로 해맑고 상큼하기만 한 웃음이었다. 그의 정갈하고 숱 많은 눈썹 결이 비스듬한 사선을 그리며 꿈틀거렸다. 그 아래 위치한 맑은 갈색 눈동자 안, 맑은 황금빛 파도가 즐겁다는 듯 일렁였다.

은서가 무심코 마른침을 삼켰다. 그녀가 인정하고 말고 할 문제가 아니었다. 어쩌면, 한계에 다다른 아름다운 것을 보고 있는 기분이 들었다.

멍하니 무아를 보고 있던 그녀의 머릿속에 어디에선가 들었던 우스갯소리가 생각났다. 미남들이 널리다 못해 발에 챈다는 나라 이탈리아에 대한 이야기였다. 강동원이 밭 갈고 원빈이 소매치기하고, 유승호가 구걸한다는 전설의 나라. 그러나 무아라면 트레비

분수 앞에 거적때기 같은 것을 입고 앉아 있어도 모두의 시선을 사로잡을 수 있을 것이 분명했다.

마치 뭔가에 홀리는 것 같은 기분이 들어 은서는 황급히 그에게서 시선을 돌렸다. 함께 살기로 결정한 이상 이런 무아의 외모에도 결국 익숙해져야만 하는 것이다. 그리고 무엇보다 무아는 그냥 룸메이트나 다름없는 존재이니까. 그런 심플한 관계에 가장 큰 위협이 되는 것은 바로 불필요한 감정과 경탄일 것이다.

"나 씻고 올게. 나가자, 무아."

"나가자고?"

"응. 밥도 먹고, 옷도 사고, 네 물건도 사고. 나 먼저 씻을 테니 잠깐 기다려."

그녀가 빨래 건조대에 걸린 수건을 챙겨 들었다.

"나도 씻을래. 같이 씻어."

"뭐?"

"같이 씻자고."

당장이라도 옷을 훌렁 벗어버릴 듯, 무아가 티셔츠를 양손으로 부여잡는 것이 보였다. 은서가 황급히 그의 손목을 붙잡았다.

"아, 안 돼."

"왜 안 돼?"

"그, 그건. 그건 금지된 일이야!"

그가 이상하다는 듯 미간을 찌푸렸다. 잠깐 동안 골똘히 생각하던 무아가 입을 열었다.

"하지만 밤에 봤는데……."

"뭐, 뭘 봤다는 건데?"

"저거 말이야."

무아가 손가락으로 TV를 가리켰다.

"밤에 저기서 나오던데. 그거 보니까 남자랑 여자랑 같이 씻고, 같이 누워서……."

"대, 대체 뭘 본 거야!"

심야 성인 채널이라도 본 건가. 은서의 얼굴이 순식간에 새빨개졌다. 아, 이 남자에게 성교육까지 시켜야 하는 것일까.

갑자기 무아가 허리를 숙였다. 그리고 그다음 그의 얼굴이 은서의 코앞까지 다가왔다. 그녀는 무슨 일이 일어나려는 것인지 예상조차 하지 못했다.

무아의 입술이 은서의 입술 위에 살며시 내려앉았다.

서늘한 감촉. 폭신하고, 매끈하고, 촉촉하고, 부드럽다.

그녀가 미처 눈치채지 못할 만큼 순식간에 일어난 일이었다. 무아의 입술이 은서의 입술 위에 포개진 시간은 몇 초간에 지나지 않았다. 그러나 그 순간의 느낌은 지나칠 정도로 생생했다. 입술을 순식간에 냉각시키는 찬 기운. 마치 미남의 국가, 강동원이 밭 맨다는 나라, 이탈리아에서 판다는 젤라또 아이스크림 같다. 그의 입술은 지극히 신중하고 조심스럽게 잠시 머물러 있다가 떨어졌다.

"이것도 금지된 거야?"

눈을 크게 뜬 채, 퍼뜩 이해가 가지 않는다는 표정을 짓던 그녀의 입이 놀라움에 살짝 벌어졌다.

무아의 숨결이 코앞에서 느껴졌다. 그의 숨결마저 조금 차갑다. 은서의 볼이 붉게 달아오르며 뜨거운 열기가 훅 올라왔다. 심장이 쿵쿵 소리를 내며 뛰었다. 그의 입술은 분명히 차가웠었다. 피부

위에 얼음을 댄 것처럼, 스르르 녹아버리며 촉촉한 물기만을 남기는 찬 얼음 조각 같았는데. 이상하게도 마치 불에 덴 듯 입술로 열기가 몰려왔다.

잠시 동안 숨을 쉬는 것마저 잊었던 은서가 푸, 하고 가쁜 숨을 뱉어내었다. 그러나 무아의 태도에는 조금의 변화도 없었다. 그저 눈을 깜빡이며 그녀의 얼굴을 가만히 응시하고 있을 뿐이다.

그는, 그저 관찰하고 있을 뿐이다.

무아에게 입맞춤이나 포옹이나 스킨십 같은 것들은 단순한 호기심에 지나지 않을지도 모른다. 그저 처음 보는 장난감을 이리저리 훑어보고 쥐어보는 아이처럼.

키스에 포함되어 있는 다양한 의미들. 사랑, 애정, 욕망, 욕구. 무아에게는 그 어떤 것도 찾아볼 수 없었다. 그는 그저 새로운 것을 시도하길 원하고, 경험하길 바랄 뿐인 것이다. 어떤 것이 용납되고 어떤 것이 허용되지 않는지, 그에게 그런 개념이란 존재하지 않았다. 마치 첫 걸음마를 내디딘 어린아이같이. 무아에게는 세상의 모든 것들이 궁금증의 대상일 것이었다.

모든 것이 처음인 그에게, 금기라는 것은 없다.

그리고 이제 그것을 가르치는 것이 그녀의 할 일인지도.

“이것도 하면 안 돼?”

“으응.”

가까스로 은서가 입을 열었다. 그녀가 손등으로 아무것도 남지 않은 입술 위를 쓱 닦아내었다. 그저 갑작스런 키스로 인해 당황한 몸의 반응일 뿐이야. 이건 그냥, 작은 사고일 뿐이다.

“안 돼. 이것도 금지야.”

갑자기 그가 은서의 손을 잡았다.

"이건, 이것도 안 돼?"

"이건……."

그녀가 무엇인가를 생각하듯 미간을 찌푸렸다. 은서를 보고 있던 무아 역시 그녀의 흉내라도 내듯 똑같이 심각한 표정을 지었다.

"손을 잡는 것까지는 괜찮아. 그렇지만 몸의 다른 부위에 손을 대는 건 안 돼. 뭐, 항상 안 되는 건 아니지만. 아무튼."

그녀가 제 입술에 손가락 하나를 대 보였다.

"입술을 대는 건 안 돼. 옷을 벗은 상태에서 돌아다니는 것도 안 돼. 나와 둘이 있을 때나 다른 사람이 있을 때는 항상 옷을 입고 있어야 해."

무아는 저항 없이 고개를 끄덕였다. 은서의 말 하나하나가 그의 머릿속에 마치 데이터가 저장되듯 축적되고 있을 것이다. 그는 한 번 배운 것은 절대 잊어버리지 않는다.

"그런데, 왜 안 돼?"

"그건."

말문이 막힌 듯, 그녀가 입을 다물었다. 금지될 일들은 앞으로도 산더미같이 많을 것이다. 어떤 식으로 무아에게 그 이유를 설명해야 할까.

"그런 건, 사랑하는 사람들끼리만 하는 거니까."

그가 골똘히 생각하는 듯 눈을 깜빡였다.

"사랑하는 게 뭔데?"

"으응……."

무엇이라 말을 해야 하는 걸까.

“그 사람이 좋고, 생각하면 떨리고, 자꾸만 신경 쓰이고.”

그는 무척이나 진지한 표정으로 은서의 말에 귀를 기울이고 있었다.

“자꾸만 보고 싶고, 눈앞에 없으면 불안하고…….”

무아가 고개를 끄덕였다. 마치 모두 이해했다는 듯이. ‘사랑’이라는 단어의 의미가 어떤 것인지, 자신은 너무나 잘 알고 있다는 것 같은 표정으로.

“은서야.”

“응?”

그가 허리를 조금 굽혀 은서의 귓가에 속삭였다.

“사랑해.”

사랑해.

참 듣기 좋은 말이다. 그러나 은서에게는 조금쯤 두려운 말이기도 했다.

은서의 머릿속에 까마득한 어느 밤의 기억이 떠올랐다. 스물한 살, 혹은 스물둘? 갓 집을 떠나 독립해 눈코 뜰 새 없이 살던 암담하던 시절의 일이었다. 처음 사귀었던 남자 친구가, 술에 취한 어느 밤 그녀에게 했던 말.

사랑해.

은서가 타인에게 ‘사랑해’라는 말을 들은 것은 그때가 처음이었다. 그때의 남자 친구에 대한 기억은 이제 은서에게 거의 남아 있지 않았다. 이름마저 아득한 과거 속에 가라앉아 가물거렸다. 그러나 선선한 바람이 불던 밤, 술 취한 어눌한 발음으로 들려오던 ‘사- 랑-해’라는 문장의 기억만은 여전히 또렷하게 남아 있었다.

그 말을 처음 들었을 때, 그녀는 심장이 터져 나가는 줄 알았다. 아버지도, 엄마도, 친구도, 선생님도, 그 누구도 그때까지 은서에게 해주지 않았던 말. 그 포괄적이고도 거대한 감정을 표현하는 세 음절의 대상이 다름 아닌 은서 자신이라는 것을 깨달았을 때의 들끓어 오르던 열정. 그건 마치 중독과도 같았다. 그리고 그녀는 무섭도록 그 말에 집착했다.

-사랑해.

은서는 매 순간 그 말이 듣고 싶었다. 단 한 번도 타인에게 진심 어린 애정을 받아보지 못한 채, 마치 구석에 내몰린 것처럼 살던 시절이었다. 은서는 남자 친구에게 하루에도 수십 번씩 그 말을 들려달라고 졸랐다. 어린아이가 떼를 쓰듯이. 그러나 곧 투정은 집착이 되었고, 집착은 나날이 광포해졌다. 정말 사랑을 하는 것인지, 혹은 그저 사랑한다는 말을 듣고 싶어서 감정을 속이는 것인지조차 불분명했다. 결국 당시의 남자 친구는 도망쳐버렸다. 지쳤다며, 완전히 질려버렸다며.

사랑한다는 말의 끝에 남은 것은, 그 말 탓에 버려져 혼자 남은 그녀뿐이었다.

그 이후로 은서는 그 말이 두려워졌다. 어쩌면 처음부터 그녀에게 허락되지 않았을 말. 다정한 부모, 정상적인 가정, 훤칠한 키, 천재적인 두뇌 같은 것을 은서가 가질 수 없었듯이. 태생적으로 은서의 인생에 존재하지 않았듯이.

"사랑해."

무아의 낮은 목소리가 다시금 귓가를 간지럽혔다. 대답을 바라는 듯, 그의 갈색 눈동자에 어린 따뜻한 빛 안에 일종의 기대 같은 것이 담뿍 담겨 있었다.

"하지 마."

그녀가 의도했던 것보다 말투는 더 무뚝뚝하게 나왔다. 무아의 표정이 금세 시무룩해졌다.

"네가 좋단 말이야."

"좋아하는 거랑, 사랑하는 건 완전히 다른 거야."

"어떻게 다른데?"

어떻게 다를까. 은서가 무의식적으로 어깨를 으쓱해 보였다. 그녀라고 알 턱이 없었으니까.

그녀의 곁을 스쳐 지나갔던 남자들. 그들이 머물렀던 기간은 기껏 한두 달, 길어야 반년 정도였다. 함께 있으면 덜 외로웠다. 몸도, 마음도. 그러나 그뿐이었다.

관심을 받고 사랑받는다는 기분이 좋았을 뿐, 그녀는 그 누구도 사랑해본 적이 없었다.

사랑이 무엇인지, 은서 역시 모른다.

"사랑은 누가 알려줘서 알 수 있는 게 아니래."

"그럼 어떻게 알아?"

"글쎄."

은서 역시 그 답이 궁금했다.

"그냥, 저절로 알게 되는 거야. 이게 사랑이구나, 하고."

"나도 그렇게 될까?"

정말로 궁금하다는 표정으로 묻는 무아를 보던 그녀의 입가에 씁쓸한 미소가 머물렀다. 누가 그걸 확신할 수 있을까. 26살이 된 은서 역시 그 답을 아직 알지 못했다.

"그래. 그렇게 될 거야."

정말로, 나 역시 그렇게 되었으면 좋겠어.

그녀의 대답이 만족스러운 듯, 무아가 고개를 천천히 끄덕였다.

바지 주머니 속에 들어 있던 휴대폰의 진동이 생각에 잠겨 있던 은서를 현실로 데려왔다. 휴대폰 액정 위에 점멸하는 '지혁'이라는 이름을 본 그녀의 표정이 미묘하게 경직되었다.

오빠. 그러나 친오빠가 아닌 의붓오빠. 가족. 그러나 진짜 가족이 아닌 부모의 편의를 위해 이루어진 가족. 가까운, 그렇지만 친밀하게 지내기에는 여전히 어색하고 서툰 관계. 가끔 안부 전화가 걸려왔고, 때로 얼굴을 보기도 했지만 사실 여전히 지혁은 그녀에게 조금 불편한 사람이었다.

"응, 오빠."

[은서야, 어머니가 반찬 가져다주라고 하시는데. 다음 주에 언제 시간 괜찮아?]

"아무 때나요. 특별한 일 없어요."

[그럼 토요일 저녁에 갈까?]

"네, 토요일에 봐요."

휴대폰 너머, 지혁은 잠시 동안 말이 없었다. 전화가 끊어졌나 싶어 그녀가 휴대폰 화면을 확인하려던 찰나였다.

[이제 존댓말은 그만 쓸 때도 된 것 같은데.]

"그런가…… 요? 습관이 잘 안 들어서."

[앞으로는 좀 편해지자.]

"으응."

전화를 끊은 은서는 까만 사각형 속에 잠겨드는 지혁의 이름을 응시하고 있었다. 성인이 된 이후에 만들어지는 가족관계란, 대표적으로 부부관계가 있을 것이다. 그러나 결혼이라는 것은 어디까지나 개인의 선택이었다. 지혁과 남매라는 가족관계를 맺게 된 것은 그녀의 선택과는 관계없는 일이었다. 조금의 결정권도 가지지 못했는데, 심지어 편해지려고까지 노력해야 하다니.

"미운 표정."

그새 무아는 그녀의 코앞까지 다가와 있었다. 그와 눈이 마주친 은서가, 경직되어 있던 미간에 힘을 풀었다.

"나 씻고 올게."

욕실 문을 열던 은서가 무아를 돌아보며 말했다.

"욕실에 다른 사람이 있을 때 들어가는 것도 금지. 알았지?"

"알았어. 그것도 금지."

적어도 무아를 집으로 들인 것은 그녀의 선택이었다. 그리고 노력 따위 하지 않아도, 그와의 관계에서 특별한 불편함은 느낄 수 없다. 적어도 지금까지는.

이른 오전부터 기세를 부리는 햇볕이 따가웠다. 장마가 유난히 늦어, 세상을 녹이기라도 할 듯 더위는 맹위를 떨치고 있었다. 아스팔트에서 솟아오르는 열기에 샌들 바닥이 길에 쩍쩍 들러붙었다.

그녀가 신기한 듯 주변을 두리번거리고 있는 무아를 힐끗 보았다. 그는 땀은커녕 더위조차 느끼지 않는 모양이었다. 그의 얼굴은 마치 파우더라도 팡팡 두드린 듯 뽀송뽀송해 보였다. 한 발짝 뗄 때마다 숨이 턱 끝까지 차오르는 은서와는 달리 그는 세상

구경을 하는 데 온 정신을 쏟고 있었다. 무아는 마냥 즐거워 보였다.

"저건 신호등이야."

"신호등?"

"응, 신호등. 저게 빨간색일 때는 절대 건너는 거 금지야."

"빨간색일 때는 건너는 거 금지. 알았어."

평일 오전인 탓인지 차도마저 텅 비어 있었다. 시각장애인을 위한 신호음이 들려오며 신호등이 초록불로 바뀌었다. 그제야 승용차 두어 대가 횡단보도 앞 정지선에 멈추어 섰다.

"초록불일 때는 건너도 괜찮아. 그래도 주변을 잘 살펴봐야 돼."

은서가 횡단보도를 향해 발걸음을 떼었다. 두어 발짝 걷던 그녀가 뒤를 돌아보았다.

"빨리 와. 뭐 해?"

무아의 표정이 이상해 보였다. 그는 무언가를 두려워하는 것 같은, 잔뜩 긴장한 표정이었다.

"빨리 와. 신호 바뀐단 말이야."

그러나 그는 꿈쩍도 하지 않았다. 은서를 보고 난감한 듯한 표정을 짓고 있을 뿐이었다. 결국 은서는 그에게 되돌아갔다. 그의 손목을 잡아끌었으나, 무아는 꿈쩍도 하지 않았다.

"왜 그래, 어디 아파?"

"나, 무서워."

그사이 신호등은 빨간불로 바뀌었다. 그녀가 답답한 표정으로 무아를 보았다.

"뭐가 무서워?"

"저거……."

그가 손으로 가리킨 것은 차도를 오가고 있는 차들이었다.

"차가 무서워?"

갑자기 무아가 티셔츠를 가슴 위로 끌어 올렸다. 예상치 못한 그의 행동에, 신호를 기다리며 서 있던 사람 몇이 깜짝 놀란 듯 한 걸음 뒤로 물러났다.

"아팠어."

"아……."

그의 상체를 뒤덮고 있던 상처.

크고, 넓고, 깊었던 상처의 원인을 깨달은 은서의 입에서 격앙된 소리가 새어 나왔다.

은서가 무아의 티셔츠 자락을 끌어 내렸다. 잠깐 사이 무아의 몸 위에 희미하게 남아 있는 흔적들이 보였다. 이제는 거의 자취를 감춰버린, 하지만 은서의 기억에는 또렷하게 남아 있는 상처.

아팠을 것이다. 무서웠을 것이다.

다시 신호등에 초록 불빛이 들어왔다. '안전'을 뜻하는, 그러나 실제로는 그 무엇도 보장해주지 못하는 눈부신 녹색이.

"눈 감아."

"응?"

"눈 감으면 무서운 건 안 보이잖아."

그녀가 무아의 손을 잡았다. 희고 길쭉한 무아의 손가락 사이사이로 은서의 작은 손가락들이 파고들었다.

"눈 감고 따라와. 손잡고 있으니까. 무서워할 필요 없어."

"무서워할 필요 없어."

스스로에게 말하듯, 그녀의 말을 그대로 따라 한 그가 눈을 감았다. 겹쳐진 무아의 손에 힘이 들어갔다.

삐리리릭 하는 보행자 신호에 맞추어 그녀는 천천히 걸었다. 횡단보도의 중간 즈음, 은서는 고개를 돌려 무아의 얼굴을 보았다. 그의 얼굴에 평화로운 표정이 떠올라 있었다. 눈을 가만히 감은 채, 한 걸음 한 걸음, 세상을 향해 발을 내딛는다.

그는 나를 완벽하게 믿고 있어.

"이제 눈 떠도 돼."

그녀의 말에 무아가 반짝 눈을 떴다. 그가 주위를 둘러보았다. 안도하는 표정, 정말이지 다행이라는 표정.

갑자기 무아가 은서를 꽉 끌어안았다.

"야, 왜……."

"네가 있어서 좋아."

길을 지나던 사람들의 따가운 시선이 느껴졌다. 그녀는 지금 사람들이 오가는 길 한복판에서, 존재만으로도 눈에 확 띄는 남자의 품 안에 안겨 있는 중이었다. 평소의 은서라면 상상조차 못했을 법한 일. 그러나 무아의 말을 듣는 순간 생각이 조금 달라졌다.

그를 실망시키고 싶지 않아. 그의 무조건적인 믿음에 상처를 주고 싶지 않다.

"이것도 금지야?"

무아가 물었다.

"아니. 이건 금지 아니야."

이글이글 끓던 한여름의 무더위가 은서에게서 멀리 도망쳐갔다. 그의 차가운 체온이 뜨겁던 온도를 순식간에 식혀주었다. 에어컨 같은 것은 조금도 필요치 않다. 무아의 품에 안겨 있는 동안은.

쇼핑몰 안은 시원하다 못해 추웠다. 폭염이 내리쬐는 바깥과는 완전히 분리된 세상. 그 안에 발을 들이자마자, 서늘하게 밀어닥친 에어컨의 냉기가 몸에 밴 열기를 씻어내주었다.

별천지에라도 온 듯, 무아의 눈이 휘둥그레졌다. 그의 시선이 빼곡하게 걸려 있는 화려한 원색의 여름옷들과 반짝이는 장신구들 사이를 정신없이 오갔다. 살짝 벌어진 무아의 입술 사이로 끊임없이 작은 감탄사들이 새어 나왔다.

"빨리 좀 걸어."

넋을 놓은 듯 자꾸만 걸음을 멈추던 무아는, 이번에는 마네킹과 악수하느라 시간을 허비하고 있었다. 그녀가 무아의 팔을 잡아끌었다. 쇼핑몰 안에 발을 들이자마자 따라붙는 사람들의 시선이 영 불편했다. 물론 그 시선은 그녀를 향한 것은 아니었다. 사람들의 시선을 빼앗은 것은 은서가 아닌, 그녀 곁에 서서 촌뜨기처럼 주변을 연신 두리번거리고 있는 무아의 존재였다.

"왜?"

"사람들이 너 자꾸 쳐다본단 말이야."

그녀의 말을 들은 무아가 주변을 둘러보았다. 유니폼을 입은 직원들과 물건을 사러 온 듯 보이는 여자들, 연예인이라도 본 듯한 표정으로 속닥거리며 그의 얼굴을 감상하던 사람들이 황급히 시선을 돌렸다. 20대 초반으로 보이는 여자 둘이 발을 구르며 꺄악

대는 소리가 들렸다. '아아, 눈 마주쳤어!'라며.

"내가 잘생겨서 그래. 어쩔 수 없어."

"네, 네. 어련하시겠어요."

표정 하나 변하지 않고 툭 던지듯 말하는 무아를 보던 그녀가 질렸다는 듯 고개를 흔들었다.

"너, 바지 사이즈가 어떻게 돼?"

"바지 사이즈?"

알 턱이 없지. 바보 같은 질문이었다. 은서가 손을 들어 직원을 불렀다. 흘깃흘깃 무아를 쳐다보던 여직원이 한달음에 달려왔다. 우사인 볼트가 저렇게 빠를까 싶은 속도였다.

"무엇을 도와드릴까요, 고객님?"

손을 들어 부른 사람은 은서인데, 직원은 손을 곱게 모아 쥐고 선 무아를 보며 한없이 높은 톤으로 말하고 있었다. 은서 쪽으로는 시선조차 주지 않았다. 과도하게 끌어 올려진 직원의 입 끝에 당장이라도 경련이 일 것만 같았다. 투명인간이 된 기분이란 게 이런 건가.

"애 사이즈를 몰라서요. 상의랑 바지랑, 대충 몇 정도 입으면 될 것 같아요?"

직원이 무아를 위아래로 훑어보았다. 떨떠름한 은서와는 다르게, 무아는 굉장히 기분이 좋은 모양이었다. 직원과 눈이 마주치자 그가 씨익 웃었다. 무방비 상태로 공격을 받은 직원의 입에서 아, 하는 신음 -정말로 그렇게 들렸다- 소리가 새어 나왔다. 얼굴을 붉히던 직원이 주머니에서 줄자를 꺼내 들며 말했다.

"사이즈를 재보시는 게 정확하실 것 같으세요, 고객님."

문법에 맞지 않는 극존칭 어법을 구사하며, 줄자를 양손에 들고 황홀한 듯 무아에게 한 걸음 다가가는 직원의 모습이 보였다. 아주 짧은 고민 끝에 은서는 그녀의 손에 들린 줄자를 낚아챘다.

"제가 잴게요."

막 입에 넣으려던 아이스크림을 통째로 바닥에 떨어뜨린 어린아이 같은 표정. 직원의 얼굴에 떠오른 표정이 꼭 그러했다. 그리고 그 아이스크림을 우악스럽게 치고 지나간 못된 어른은 바로 은서일 것이다.

"무아, 팔 좀 올려봐."

직원의 눈길을 애써 피하며, 은서가 무아의 몸에 팔을 둘렀다.

허리 사이즈 30인치, 가슴둘레 100cm.

"고마워요."

줄자를 건네주었으나, 직원은 자리를 비킬 마음이 없어 보였다.

"뭐, 생각하시는 스타일이라도 있으세요? 남자분께 잘 어울리시는 걸로 추천해드릴까요? 아, 그리고 혹시 남자분, 연예인……?"

은서가 한숨을 내쉬었다. 그녀의 기분을 아는지 모르는지, 무아는 뭐가 그리 좋은지 계속 싱그러운 미소를 날리는 중이었다. 남성복 매장을 오가던 죄 없는 여성 고객 여럿이 그의 미소 한 방에 힘없이 함락되어 쓰러져갔다.

이게 다 무아 때문이다. 무아의 저 지나치게 잘생긴 얼굴 때문이다.

"생각하는 스타일 없고요, 추천 안 해주셔도 되고요. 남자분은 연예인이 아니고 그냥 놀고먹는 백수예요."

심드렁하게 대꾸한 후, 주위를 둘러보던 그녀의 눈에 선글라스

판매대가 보였다. 은서가 판매대로 성큼성큼 다가갔다.

"너 이거 써."

그녀가 무아에게 선글라스를 내밀었다. 렌즈가 최대한 큰 것으로. 얼굴의 절반 정도는 확실히 가려줄 만한 것이었다. 그 누가 못생긴 얼굴이 무기라고 했던가. 은서의 입장에서는 무아의 잘생긴 얼굴이야말로 엄청난 살상 무기나 다름없었다. 바로 눈앞에서, 선글라스를 신기한 듯 만지작거리는 무아를 보던 판매 직원 하나가 또 그 공격 앞에 힘없이 쓰러졌다.

"앞이 안 보여."

"익숙해지면 괜찮아. 그리고 무아야."

그녀가 무아의 팔을 잡아끌며 말했다.

"집 밖에서 선글라스 벗는 거 금지야."

반팔 티셔츠 네 벌, 청바지 한 벌과 면바지 한 벌, 집에서 입을 수 있는 편한 반바지 두 벌과 속옷들. 무아의 손에 들린 쇼핑백은 점점 늘어만 갔다.

계산을 하던 은서가 무아를 흘깃 보았다. 그는 은서가 새로 사준 옷으로 갈아입은 상태였다. 서랍 깊숙한 곳에서 꺼냈던 그녀의 옷 대신, 깨끗한 흰 티셔츠와 청바지 차림.

어떤 옷을 입어도, 심지어 헌옷 수거함에서 꺼내온 것 같은 옷을 입고 있었을 때조차 무아는 조금도 추리해 보이지 않았었다. '패션의 완성은 얼굴'이라는 말의 의미를 무아 덕에 새삼 깨달았다고나 할까. 그러나 말끔한 새 옷으로 갈아입으니, 이번에는 옷이 날개라는 말 또한 실감 났다.

선글라스로 얼굴의 절반을 가리고 있어도, 처음 입어보는 청바지가 불편한지 다리를 어색하게 구부리고 있어도, 세상 구경 처음 하는 촌뜨기처럼 끊임없이 주위를 두리번거리고 있어도. 무아는 반짝반짝 빛났다. 잡지 속 화보의 한 장면에서 뚜벅뚜벅 걸어 나온 것처럼.

비현실적으로까지 보이는 그의 모습을 홀린 듯 바라보던 은서를 현실로 돌아오게 한 건 무아의 발이었다.

꽉 끼다 못해 뒤꿈치가 살짝 튀어나온 삼색 슬리퍼를 신고 있는 무아의 발. 그것은 완벽한 그림 위에 떨어진 시커먼 먹물자국같이 몹시 거슬리는 장면이었다.

"가자, 무아."

"나, 배고파."

"신발만 얼른 사고, 밥 사줄게."

그녀 역시 슬슬 배가 고파오는 참이었다. 스포츠용품 브랜드의 매장을 찾아 걸음을 옮기는 은서의 뒤로 묵직한 쇼핑백을 잔뜩 든 무아가 따라왔다.

"이거 한번 신어볼래?"

입구 쪽에 진열되어 있던 흰색 운동화를 집어 든 그녀가 물었으나, 그에게서는 아무런 대답도 들려오지 않았다.

"무아?"

은서가 매장 안을 둘러보았다. 그의 모습은 아무 데도 보이지 않았다. 그녀가 황급히 매장 밖으로 뛰어나갔다.

"안 따라오고 거기서 뭐 해."

바로 옆에 위치한 다른 브랜드의 매장 앞에 서 있는 그를 발견한 은서가 안도의 한숨을 내쉬었다. 잠깐 사이였지만, 혹시나 무아를 잃어버린 것이 아닌가 싶은 생각이 들었었다.

"무아, 뭘 그렇게 보고 있어?"

그는 매장의 안쪽을 멍하니 쳐다보고 있었다. 마치 무엇에라도 홀린 것 같은 표정으로, 한곳만을 뚫어져라 보고 있었다.

"뭐, 맘에 드는 거라도 있어?"

무아 곁으로 다가간 은서가 그의 시선이 닿아 있는 곳을 유심히 살펴보았다. 유리벽 안에는 운동화와 트레이닝복, 가방 등이 진열되어 있었다.

"은서야."

"응?"

"나 저런 거 처음 봐."

그녀가 미심쩍은 표정으로 무아를 보았다. 그에게 처음이 아닌 것이 있을까.

"뭐 때문에 그래?"

무아는 마치 꿈이라도 꾸는 듯한 표정이었다. 그는 눈은 아까부터 한 방향만을 넋을 잃은 듯 보고 있었다. 그녀의 눈이 무아의 시선을 따라 천천히 움직였다.

신상품 운동화, 화려한 프린트가 들어간 트레이닝복, 브랜드의 로고가 크게 들어간 쇼퍼백. 다양한 신상품들을 무심히 지나쳐, 그녀의 시선 역시 무아가 보고 있는 '그것' 위에 멈췄다.

진열장의 한 면 전체를 커다란 사진이 뒤덮고 있었다. 이번 시즌 브랜드의 새로운 모델이 된 유명 배우의 사진. 사진 속에서는 강동원이 촉촉한 눈길로 은서를, 그리고 무아를 쳐다보는 중이었다.

"은서야, 은서야."

강동원을 멍하니 쳐다보던 무아가 말했다.

"어떻게 저럴 수 있지? 저 사람, 나만큼 잘생겼어."

"아오, 야……."

그는 정말이지 놀란 표정이었다. 망연자실한 무아의 표정에, 은서가 하려던 말을 멈추고 입을 다물었다. 은서가 기가 막힌다는 듯 어깨를 으쓱하며 무아의 팔을 휙 잡아끌었다. 그녀에게 질질 끌려가던 무아가 반대편에 놓인 광고판을 보고 또다시 충격에 휩싸인 표정을 지었다. 광고판 속, 커피 음료를 손에 든 원빈이 무아를 보며 환하게 웃고 있었다.

운동화와 슬리퍼를 구입하는 것을 마지막으로 그를 위한 쇼핑은 끝이 났다. 쇼핑몰 안에 있는 패스트푸드점으로 향한 그녀는 햄버거와 콜라, 감자튀김이 담긴 쟁반을 들고 돌아왔다. 이게 무엇이냐는 듯 눈을 동그랗게 뜨고 음식들을 내려다보던 무아가 코를 움찔거렸다. 그녀가 포장을 벗긴 햄버거를 내밀었다.

"먹어."

"나 이거 벗어도 돼?"

은서가 고개를 끄덕이자, 선글라스를 벗어 든 그의 얼굴에 이제야 살 것 같다는 듯 편안한 표정이 떠올랐다.

잠시 망설이던 무아는, 은서가 햄버거를 크게 한 입 깨무는 것을 보고 난 후에야 햄버거를 베어 물었다. 잠깐 멈칫, 맛을 음미하듯 그가 천천히 눈을 감았다. 무아의 입술 사이로 만족감에 찬 나른한 소리가 들려왔다.

빵과 고기와 약간의 채소의 조합일 뿐이다. 은서가 먹고 있는 햄버거와 똑같은. 그저 평범한 음식들일 뿐인데, 무아의 손과 입안에만 들어가면 엄청난 요리처럼 느껴지는 이유가 궁금해졌다.

"그렇게 맛있냐."

그는 대답조차 하지 않았다. 무성의하게 고개를 두어 번 끄덕여 보였을 뿐. 눈 깜짝할 새에 햄버거 하나를 해치워버린 무아가 감자튀김을 향해 손을 뻗었다. 길쭉한 감자튀김을 입안에 넣은 그의 얼굴에 행복한 미소가 떠올랐다. 그의 손이 감자튀김을 향해 쉼 없이 움직이기 시작했다.

어차피 은서도 뻔히 알고 있는 맛일 것이다. 짭짤하면서도 고소하고 따뜻하며 폭신하겠지. 감자튀김이란 어차피 그런 거다. 감자를 기름에 튀기고 소금을 뿌린 후 케첩에 찍어 먹는 것이 전부인, 칼로리 폭탄인 데다 몸 안의 콜레스테롤 수치를 팍팍 올려주는 음식. 그럼에도 불구하고 무아의 입안으로 사라지는 노란 감자튀김은 정말이지 유혹적이었다. 그를 멍하니 보던 은서가 감자튀김 하나를 집어 입에 넣었다. 그새 식어버린 감자튀김은 딱딱했다. 그러나 여전히 무아는 세상에서 가장 맛있는 음식을 먹는 것처럼 황홀한 표정으로 감자튀김을 음미하는 중이었다.

"목 안 메이냐, 초딩아."

"초딩이라고 부르지 마."

감자튀김 덕분에 볼이 잔뜩 부푼 채로, 그는 굉장히 불만스럽다는 듯 입을 내밀고 있었다. 그녀가 픽, 웃음을 지었다. 그런 무아의 표정이 제법 귀여웠다.

"하긴 넌 초등학교 안 다녔을 테니까 초딩은 아닐 거고. 학교가 뭔지는 알아?"

"알아."

차갑게 굳은 감자튀김을 입에 물고 있던 은서가 무아를 빤히 쳐다보았다.

"뭘 아는데?"

"다 똑같은 옷 입은 애들이 서로 좋아하는 곳. 그게 학교잖아."

그 정도는 나도 알아, 라고 하는 듯한 그의 자신만만한 말투 앞에 할 말이 없어진 그녀가 질렸다는 듯 고개를 흔들었다.

"넌 드라마를 너무 많이 봤어."

은서가 한숨을 내쉬며 중얼거렸다. 앞으로 무아에게는 지극히 현실적인 내용의 드라마만을 보여줘야 할 것 같다. 재벌 2세가 등장하거나, 폭력성이 강하거나, 얼토당토않은 판타지 드라마 같은 종류는 피해야지.

"무아, 너는 대체 그동안 뭐 먹고 살았어?"

초콜릿 케이크도, 찌개와 밥도, 햄버거도, 감자튀김도. 모든 것을 처음 접하는 것 같은 그의 태도를 보면 대체 그동안 무엇을 먹고 산 것인지 가늠조차 되지가 않았다. 먹어치우는 속도와 양으로 미루어 보건대 이슬만 먹고 산 것도 아닐 테고.

"밥 먹고 살았어."

"밥? 쌀밥?"

무아가 고개를 저었다.

"밥은 밥인데…… 작아. 이렇게."

그가 잘려진 조그만 감자튀김 조각을 들어 보였다. 손톱만 한 크기. 아마도 그것은.

"알약…… 같은 건가 보네."
"나는 그것도 많이 먹는 편이었어."
"흐음……."
그가 누구인지, 어디서 온 것인지는 아직도 갈피를 잡을 수 없었다. 무심하게 꺼내는 무아의 이야기들 속에서 떨어져 나오는 작은 단서들로 그저 상상할 수 있을 뿐.
"그럼 그때 그 돌은 뭐였어?"
"돌?"
"소중한 거, 라고 네가 부르던 그거."
"아, 그건……."
뭐라 말을 꺼내려던 무아의 표정이 삽시간에 딱딱하게 굳어졌다. 눈이 커지며, 갑자기 그가 자리에서 벌떡 일어났다.
"왜, 왜 그래?"
"그거!"
무아의 입에서 또다시 튀어나온 것은, 그의 언어였다. 이상하고 독특한 울림이 있는 낯선 말. 그러나 의미를 알 수 없는 이질적인 음절들은 굉장히 조급하고 또한 거칠었다. 갑자기 무아가 새 옷이 잔뜩 들어 있는 쇼핑백을 뒤엎기 시작했다.
"무아! 무슨 일인데 그래?"
"없어졌어. 내 거. 소중한 거."
한적하던 패스트푸드점 안은 순식간에 전쟁터로 돌변했다. 쇼핑백을 뒤집어 안에 들어 있는 물건들을 바닥으로 쏟아내는 무아의 손길은 정말 큰일이라도 난 듯 다급했고 거침없었다.
"찾아야 돼. 소중한 거야."

그의 목소리가 가느다랗게 떨리고 있었다.

찾아야 한다.

그것이 무엇인지, 어디에 쓰는 것인지, 어떤 의미가 있는지. 그녀로서는 아무것도 알 수 없었다. 그러나 찾아야만 한다. 무아에게 그것은 말로 표현할 수 없을 만큼 소중한 것임이 분명했다.

"천천히, 천천히 해. 찾을 수 있어."

은서가 필사적으로 기억을 떠올리려 애쓰며 그를 다독였다. 그녀가 처음이자 마지막으로 그 돌을 보았던 것은 어젯밤의 일이었다. 무아가 샤워를 하는 사이, 그의 바지 주머니 안에서 바닥으로 떨어진 정체 모를 물체. 그것을 손에 올려놓고 가만히 바라보던 은서에게 그가 다가왔었다. 소중한 거 줘, 라는 말과 함께. 무아는 그것을 식탁 위에 올려놓았고, 옷을 입은 후에는…….

주머니에 넣었었다.

"너 입고 있던 바지!"

그녀가 쇼핑백 속에서 무아가 입고 있던 바지를 끄집어내었다. 은서가 바지를 거꾸로 들고 탈탈 터는 순간, 무엇인가가 바닥에 굴러 떨어졌다.

툭, 하는 둔탁한 작은 울림. 데굴데굴 몇 바퀴를 굴러간 희미하게 빛나는 작은 돌 같은 물체는 무아의 발에 부딪히고 나서야 멈췄다. 그가 황급히 돌을 주워 들었다.

제가 입고 다니던 바지 주머니 안에 들어 있는 것도 모르고 이 난리를 피웠단 말인가. 은서는 그제야 주변의 따가운 시선을 의식했다. 다들 무슨 일이냐는 듯 호기심을 잔뜩 담은 표정으로 무아와 그녀를 보고 있었다.

"아오! 내가 이럴 줄 알았어. 거기다 넣어놨으면서 너 진짜……."

말을 채 끝내지 못하고, 그녀가 입을 벌린 채 말을 멈추었다. 무아를 바라보는 은서의 표정에 짙은 당황스러움이 떠올랐다.

그는 울고 있었다.

무아의 감은 눈에서 눈물이 뚝뚝 떨어지고 있었다. 그의 눈가에 글썽이며 맺혀 있던 눈물들이 이내 후두둑 떨어져 내렸다. 눈물방울들은 금세 하나로 뭉쳐져, 무아의 흰 볼 위로 가느다란 물줄기가 되어 흘러내렸다.

"왜 울어. 찾았잖아, 응?"

그녀가 황급히 무아의 앞에 쪼그리고 앉았다. 그의 눈에서 떨어진 눈물이 바닥에 어지럽게 흐트러져 있는 새 옷들 위로 뚝뚝 떨어지고 있었다.

"잃어버린 줄 알았어."

무아가 천천히 눈을 떴다. 그의 갈색 눈동자 안에 미처 쏟아지지 못한 눈물이 잔뜩 고여 있다, 주르르 흘러내렸다.

"정말로 잃어버린 줄 알았어."

무아가 손에 쥐고 있던 작은 돌을 가만히 제 가슴께에 가져다 대었다. 그 모습을 지켜보는 그녀의 표정은 어딘지 모르게 착잡해 보였다.

말하지 않아도 느껴져. 그것이 얼마나 네게 소중한 것인지.

"찾았으니 된 거야. 그만 울어."

무아가 고개를 끄덕이며 팔을 들어 눈물을 쓱 닦아내었다. 잠깐 손에 쥔 돌을 내려다보던 그가 바지주머니에 조심스레 그것을 집어넣었다.

"잃어버리지 않게 잘 챙겨. 이거 마시고."

폭포수처럼 쏟아지던 눈물은 멈췄으나, 무아의 뺨에는 아직도 눈물 자국이 선명했다. 은서가 일회용 컵에 담긴 콜라를 내밀었다. 빨대를 입에 문 그가 콜라를 한 모금 빨아들였다.

"우욱."

갑자기, 예상치 못하게, 일말의 예고도 없이, 무아의 입에서 콜라가 뿜어져 나왔다. 입속에 들어갔던 콜라는 액체 상태가 아닌 거무죽죽한 거품 상태가 되어 은서의 얼굴을 향해 돌진했다.

"아악!"

바닥에 쭈그려 앉은 채, 그의 입에서 분출된 콜라 거품을 온 얼굴에 그대로 뒤집어쓴 그녀가 중심을 잃고 그대로 바닥에 엉덩방아를 찧었다.

"야, 너 진짜……."

"이거 뭐야. 입안이 따가워."

기가 막힌다. 코도 막힌다. 아니, 코가 막히는 건 무아가 입으로 내뿜은 콜라 거품 때문일 수도.

"빨리 쇼핑백에 도로 넣어. 집에 가게."

"화났어?"

바닥에 널브러진 옷들은 쇼핑백 안에 챙겨 넣던 그가 은서의 눈치를 살피며 물었다.

"진짜 내가 살다 살다 너 때문에 별 희한한 꼴을 다 당한다."

"진짜 입안이 막 따갑고 아팠단 말이야."

"그렇다고 그걸 내 얼굴에 뱉을 필요는 없잖아. 너 앞으로 콜라도 금지야."

"콜라도 금지. 알았어……."

자리를 정리한 그녀가 무아의 손을 잡아끌었다. 빨리 이곳을 벗어나고 싶었다. 소동을 일으킨 이후로, 주변에 있던 사람들의 시선은 끊임없이 그와 은서를 따라다니는 중이었다. 동물원 원숭이가 된 것 같은 기분에 은서는 귀까지 새빨개졌다. 고개를 푹 숙인 채, 은서는 경보라도 하듯 종종걸음으로 패스트푸드점을 벗어났다.

한참을 걸어 벤치에 앉은 후에야 그녀는 안도의 한숨을 내쉬었다.

"돌, 잘 챙겼지?"

그 작은 돌멩이 때문에 시작된 일이었다. 그에게 소중하다는 그것. 잃어버렸다는 생각만으로도 눈물을 펑펑 쏟아낼 만큼 간절하고 귀중한 것.

"응."

은서와 무아의 대화가 끊긴 시점에 하고 있던 이야기 역시 그 돌에 대한 것이었다. 무엇이기에, 어디서 온 물건이기에 그렇게 소중히 여기는 것일까.

"그 돌…… 대체 뭔데 그렇게 울기까지 했어?"

"소중한 거니까."

"왜 소중한 건데?"

무아의 표정이 미묘하게 달라졌다. 무슨 생각을 하는 것일까. 그의 갈색 눈동자가 잠시 어딘지 알 수 없는 먼 곳을 보았다. 꿈을 꾸고 있는 것 같은, 묘한 느낌이 드는 무아의 눈빛. 그의 눈동자가 흔들리고 있었다.

"소중한 사람이 줬어."

"소중한 사람?"

"응. 정말 소중한 사람."

그가 말하는 소중한 사람이란 대체 누굴까. 은서는 문득 궁금해졌다. 사랑했던 사람일까. 그에 대해 아는 것이 거의 없으니, 도대체 누구를 말하는 것인지 짐작조차 가지 않았다.

"그 사람……."

잠시 망설이던 그녀가 결심한 듯 물었다. 왜 그것이 궁금한지조차 알 수는 없었지만.

"여자야?"

그의 입가에 묘한 미소가 떠올랐다.

그러나 조금도 행복해 보이지 않아. 무아는 슬픈 얼굴을 하고 있었다.

"응."

"그렇구나."

무미건조한 대답이 은서의 입에서 거의 반사적으로 튀어나왔다. 잠깐 동안의 어색한 침묵이 무아와 그녀 사이를 떠돌았다. 세상을 다 잃은 듯 눈물을 쏟아내던 그의 모습이 다시금 스쳐 지나갔다.

어떤 여자일까. 그렇게 소중하다는 사람. 무아를 이렇게 슬프게 만드는 사람은.

"은서."

"응?"

"너한테는 소중한 사람, 없어?"

뜻밖의 질문. 그러나 그녀에게는 일말의 고민거리조차 되지 않는 질문이었다.
"없어."
은서가 자리에서 일어났다. 콜라가 튀는 바람에 딱딱해진 머리카락이 바삭거리는 소리를 내며 볼에 달라붙었다.
"나 집에 가서 얼른 씻어야겠다."
은서가 빠른 걸음으로 바깥을 향해 걷기 시작했다. 갑작스레 성큼성큼 걸어가는 그녀의 뒷모습을 쳐다보던 무아가 황급히 쇼핑백들을 집어 들었다.
쇼핑몰을 벗어나자 곧 후끈한 열기가 온몸을 뒤덮었다. 뒤조차 돌아보지 않고 걷던 은서가 갑자기 걸음을 멈추며 뒤를 돌아보았다.
무아는…… 잘 따라오고 있는 걸까.
"나 여기 있어."
네 발짝 뒤에 그가 서 있다. 훤칠한 키, 군데군데 점점이 콜라 얼룩이 묻은 흰색 티셔츠 위로 드러난 하얀 얼굴 위에는 그새 선글라스가 씌워져 있었다.
"잘 따라가고 있어. 걱정하지 마."
"걱정한 적 없어."
그녀의 목소리는 무미건조했다. 알 수 없는 이상한 기분. 들키고 싶지 않은 묘한 감정.
정말 두려운 것은, 은서가 걱정하는 것은.
무아가 소중한 사람, 소중한 여자의 존재를 말하는 순간 이유 없이 덜컥 내려앉았던 그녀의 마음이었다.
신호등이 초록색으로 바뀌었다. 무아가 팔을 뻗어 은서의 손을 잡았다. 뜨거운 한낮의 열기 속에, 그의 서늘한 기운이 금세 팔꿈치 위까지 솟구쳐 올라왔다.

"나 눈 감았어."

"그래."

은서가 횡단보도를 향해 걸음을 내딛기 시작했다. 무아의 길고 차가운 손가락들이 그녀의 손가락 사이로 파고들었다.

"은서야."

"왜?"

"소중한 사람이야, 너."

무엇인가 대답을 하려고 했으나, 말은 밖으로 나오지 않고 입안에서만 맴돌았다.

잠깐의 시간 사이에 흰색 페인트가 죽죽 그어진 횡단보도가 시야에서 사라졌다. 더 이상 그를 두렵게 하는 차들은 존재하지 않았다. 그러나 은서는 계속 걸었다. 무아의 손을 잡은 채, 무엇인가를 두려워하는 그를 위로하며.

소중한 사람이라고는 가져본 적 없는, 누군가의 소중한 사람이 되어본 적 없는 은서 역시 무아에게 위로받는 중이었다.

5장. 괴물

집으로 돌아온 은서는 에어컨 리모컨의 전원 버튼을 누름과 동시에 침대 위에 대자로 드러누웠다. 쇼핑몰 안을 몇 시간이나 돌아다닌 데다, 한여름의 뙤약볕을 고스란히 맞으며 걸어온 탓에 손 하나 까딱하기 귀찮을 정도로 피곤했다.

"어디 아파?"

"아니. 피곤해서 그래."

무심코 무아에게 시선을 돌린 은서가 한숨을 내쉬었다. 점점이 얼룩이 진 그의 흰 티셔츠와, 콜라를 뒤집어쓴 탓에 스프레이라도 잔뜩 뿌린 듯 딱딱해진 제 머리카락의 상태를 깨달았기 때문이었다. 느릿느릿, 마지못한 듯 자리에서 일어난 그녀가 무아가 들고 온 쇼핑백 안의 옷들을 꺼내 침대 위에 헤집어놓았다. 죄다 콜라 얼룩이 튀어 있었다.

"이걸로 갈아입고 그 옷 벗어서 줘. 빨아야겠다."

그나마 얼룩이 눈에 띄지 않는 진한 색 반바지와 티셔츠를 건네며 그녀가 말했다. 두 손으로 티셔츠를 끌어 올리는 무아를 보고 시선을 돌리던 은서가 갑자기 생각난 것이 있다는 듯 말했다.

"무아야, 그거……."

그녀가 보고 있는 것은 무아의 상체에 난 상처 자국이었다. 이제는 가까이서 보아야 알 수 있을 만큼 희미해진 자국. 그의 말대로라면, 그 상처는 교통사고로 인해 생긴 것이었다.

은서의 머릿속에는 처음 보았을 때의 상처의 모습이 여전히 뚜렷하게 남아 있었다. 가슴부터 골반 부분까지 이어져 있던 끔찍한 상처. 그러나 그 위를 덮고 있던 신비한 반투명한 피부 -같아 보이는 물질- 는 이상하게도 아름다워 보였었다.

"어쩌다 그렇게 된 거야?"

질문이 상처에 대한 것이라는 것을 깨닫자 사고의 기억이 떠오른 듯, 그가 얼굴을 조금 찡그렸다.

"걷고 있는데 갑자기 그거……. 차. 큰 차가 내 위로 지나갔어."

은서가 저도 모르게 인상을 쓰며 무아의 손을 잡았다. 생각보다 큰 사고였던가 보다. 어쩌면 처음 마주쳤을 때의 무아는 굉장히 고통스러운 상황에 놓여 있었던 건지도 모르겠다.

"지금도 아파?"

그녀의 물음에 무아가 고개를 저었다.

"아니. 안 아파."

"응……."

그녀가 불현듯 손을 뻗어 무아의 상처가 있던 배 부분을 살짝 쓰다듬었다. 처음 상처에 손을 대었을 때 느껴졌던 열기는 남아 있지 않았다. 손끝에 서늘한 기운이 감돌았다.

"바지도 벗어. 다 세탁해야 돼."

은서가 엉거주춤 돌아앉으며 말했다. 빳빳한 청바지 원단이 서로 스치는 건조한 소리가 들려왔다. 무아의 손이 침대 위에 티셔츠와 청바지를 올려놓았다.

"나 빨래 돌리고 씻을 거야. 그동안 컴퓨터 하고 있어."

그의 새 옷들을 팔 안 가득 끌어안으며 은서가 말했다. 달칵 욕실 문이 닫히는 뒤로, 무아가 컴퓨터를 부팅하는 소리가 들려왔다.

낡은 세탁기가 덜컹대는 소리가 들려왔다. 몸에 감겨드는 옷을 벗고 샤워기를 틀자, 땀으로 끈끈해진 몸을 적시는 미지근한 물의 감촉. 은서는 수온을 조금 더 낮추었다. 곧 시원함과 차가움 중간즈음의 온도의 물이 머리 위로 쏟아져 내렸다. 얼굴 위로 뿌려지는 찬 기운 안에서 그녀는 스르르 눈을 감았다.

쿵쿵, 하는 소리. 욕실 문을 두드리는 소리가 들려왔다.

"왜?"

한 손으로는 거품이 잔뜩 얹힌 머리카락을 잡은 채, 샤워기를 끈 은서가 물었다. 그러나 대답은 돌아오지 않았다. 왠지 다급하게 느껴지는 문 두드리는 소리만 반복되어 들려왔을 뿐이었다.

"나 머리 감는단 말이야. 왜?"

무언가 웅얼거리는 듯한 그의 목소리가 들려왔다. 그러나 문이 가로막고 있는 탓에 소리는 명확하지 않았다.

"기다려, 잠깐만."

머리를 재빨리 씻어낸 그녀가 수건으로 대충 몸의 물기를 닦아 냈다. 물기가 깨끗하게 닦이지 않아 옷이 살갗에 달라붙었다. 물이 뚝뚝 떨어지는 머리를 수건으로 감싸며 그녀는 욕실 문을 열었다.

"무아, 왜 그래?"

문밖에 우뚝 서 있는 그의 표정이 심상치 않았다. 당장 울 것 같아 보이기도 하고, 무엇에 놀란 것인지 혼이 빠진 것 같기도 한 표정. 그는 떨고 있는 것처럼 보였다.

"은서야, 나 무서워."

"뭐가?"

무아의 눈빛이 불안하게 흔들렸다. 주춤거리던 그가 팔을 들어 컴퓨터 모니터를 가리켰다.

"뭐, 무서운 거 봤어?"

인터넷 서핑을 하다 공포영화라도 본 건가.

컴퓨터 모니터 화면에는 재생이 끝난 듯한 동영상 하나가 떠올라 있었다. 별것도 아닐 일 때문에 샤워도 채 마치지 못하고 뛰어나온 꼴이 된 것 같아 은근히 부아가 치밀었다. 동거인을 구한 게 아니라 아이를 입양한 것 같은 기분이었다. 그 아이가 허우대 멀쩡한 성인 남자라는 게 문제였지만.

"이게 뭔데 무섭다고……."

컴퓨터 의자에 털썩 앉으며 동영상의 플레이 버튼을 클릭하던 은서는 채 말을 끝내지 못했다. 그녀의 시선은 모니터 속 동영상에 고정되어 있었다.

휴대폰 카메라로 찍은 듯 입자가 거친 화면이 재생되는 중이었다. 화면은 어지러이 흔들렸다. 동영상의 화질은 좋지 않았으나,

주변 풍경들을 식별하지 못할 정도는 아니었다.

드문드문 서 있는 가로등이 뿜어내는 오렌지색 조명에 비추어진 캄캄한 밤의 한적한 도로. 지방의 어디 즈음인 듯, 도로 주변에 펼쳐진 논밭이 흐릿하게 보였다. 그 길 위에 검정색 SUV 차량 한 대가 서 있었다. 어두운 밤보다 더 까맣고 묵직한 느낌의 차.

꿈틀. 차 뒤 도로에서 무엇인가가 움직였다.

다급하게 차에서 내리는 운전자의 얼굴은 역광을 받아 보이지 않았다. 대충 중년 정도로 보일 뿐, 그저 어디서나 흔히 보는 동네 아저씨 같은 느낌. 운전자가 머뭇거리며 차 뒤를 향해 갔다.

동영상 화면이 위아래로 세차게 흔들리며, 어딘가 숨어서 동영상을 찍고 있는 듯한 사람의 목소리인 것 같은 헉, 하는 소리가 들려왔다. 동시에 운전자가 낮은 비명을 토해내며 주춤주춤 뒤로 물러났다.

바닥에 널브러진 무엇인가가 꿈틀대며 모습을 드러내었다. 노이즈가 심한 캄캄한 어둠에 갇힌 동영상 속, 유난히 창백해 보이는 그 '무엇'의 얼굴을 본 은서가 급히 숨을 들이마셨다. 너무나, 너무나 잘 알고 있는 얼굴이었기 때문이었다.

무아.

바닥에 쓰러진 채, 고통스러운 듯 경련하고 있는 무아의 모습이 그녀의 눈 안으로 쏟아져 들어왔다. 무아의 머리, 무아의 팔, 무아의 다리, 무아의 몸 전체가 격렬하게 몸부림치고 있었다.

고통. 상상도 할 수 없는 고통으로 가득 찬 음침한 기록. 비포장 도로 위에, 마치 고깃덩어리처럼 늘어진 무아의 몸을 찢어발길 듯 휘몰아치는 고통의 순간이 사각의 모니터 안에서 고스란히 재생되고 있었다. 갑자기 숨이 턱 막히는 기분이 들었으나 차마 시선을 돌릴 수가 없었다. 은서의 눈에서 눈물이 주룩 흘러내렸다. 그러나 그녀는 여전히 모니터 속 무아를 보고 있었다.

컴퓨터 옆에 놓인 작은 스피커에서 들려오는 사람의 것 같지 않은 소리가 좁은 방 안을 가득 채웠다. 숨이 끊기기 직전의 상처 입은 짐승이 내는 것 같은, 헐떡거리며 그르렁대는 기묘하고도 처절한 소리가 끊임없이 들려왔다.

그것이 무슨 소리인지 은서는 너무나 잘 알고 있었다. 무아의 언어. 인간의 것이 아닌, 무아의 언어로 내지르는 고통으로 가득 찬 신음 소리. 그의 울부짖음은 그녀의 마음을 관통하고 귀를 꽉 채워 막아버리고 있었다. 그것은 경험하지 못한 사람은 상상조차 할 수 없는 소리- 극한의 고통에 처한 짐승의 소리처럼 들렸다.

거친 화면 속, 우왕좌왕하던 운전자가 차를 향해 뛰어가는 것이 보였다. 순식간에 부웅 하는 굉음과 함께 차가 떠나갔다.

차가 떠나버린 도로 위에는 고통으로 몸부림치는 무아만이 남았다. 화면 속에 남은 것은 날갯짓이라도 하듯 허무하게 바닥에서 움직이는 무아의 팔과 떨리는 몸뚱이뿐이었다. 죽어가는 그의 살갗이 땅을 스치는 소름 끼치는 소리가 들려왔다. 스윽스윽, 마치 영원히 끊이지 않을 듯. 어쩌면 저런 것이 죽음의 소리일까.

재생이 끝나며, 동영상 화면이 정지되었다.

은서가 멀거니 제 손을 내려다보았다. 컴퓨터 키보드 위에 아무렇게나 놓여 있는 손이 덜덜 떨리고 있었다. 가까스로 고개를 돌려 무아를 보았다. 눈물로 흐려진 눈 속에, 역시나 울 듯한 표정을 짓고 있는 그의 모습이 보였다.

은서가 의자에서 일어났다. 다리가 후들거려, 그에게로 가는 두 발자국마저 풀썩 무릎이 꺾일 것만 같다.

"무아……."

그녀가 무아를 껴안았다. 조금 전에 본 동영상 안에서 몸부림치던 그의 모습이 여전히 생생했다.

그는 이제 아프지 않다고 말했다. 은서의 몸과 맞닿은 무아의 몸은 살아 있었다. 역설적이지만, 차가웠기에 살아 있었다. 그럼에도 불구하고 그녀의 마음은 조금도 나아지지 않았다. 미칠 듯 슬프고, 미칠 듯 두려웠다. 그가 느꼈을 고통이, 뼈들이 조각나고 살갗이 갈기갈기 찢어지는 그 고통의 크기가 은서의 몸과 마음마저 휘저어 망가뜨리는 것 같았다.

"아팠지. 정말 아팠지……."

정말 고통스러운 것은 무아였을 텐데, 그 앞에서 충격으로 울먹이는 제 자신이 한심하게 느껴졌다. 그러나 은서의 눈물은 쉽게 멈추지 않았다.

"아팠어. 무서웠고. 지금도 무서워."

그녀가 무아의 등을 좀 더 가까이 잡아당겼다. 그를 위로하고 싶다. 그러나 마치 제가 위로받고 있는 느낌이 드는 것은 무슨 이유일까.

"다 지나간 일이야. 무서워하지 않아도 돼. 지난 일이니까."

은서의 머리를 감싸고 있던 수건이 툭 소리를 내며 바닥으로 떨어졌다. 그가 은서의 젖은 머리카락에 얼굴을 묻으며 고개를 끄덕였다. 물기가 남은 두피에 차가운 숨결이 느껴졌다.

"이제 다 괜찮아……."

중얼거리던 그녀가 불안한 표정으로 모니터를 흘깃 보았다. 엄청난 수의 사람들이 이용하는 소셜 네트워크에 올라온 무아의 사고 영상. 입으로는 괜찮다고 말하는 중이었지만, 마음 한구석에 왠지 모를 두려움이 밀려왔다.

<게시자 : 양주에서 촬영한 동영상임. 졸음이 와서 갓길에 차를 세우고 잠깐 누워 있었음. 차가 급정거하는 굉음이 들려서 잠에서 깨어났는데 이미 저런 상황이었음. 뺑소니인 걸 확인하자마자 119에 신고함. 그런데 갑자기 일어나더니 길 저편으로 걸어가는 거야. 아무렇지도 않은 것처럼. 정말 멀쩡하게. 완전 소름……. 따라갔는데 흔적도 없이 사라졌어. 덕분에 119분들한테 장난전화 아니냐고 욕먹고. 억울해서 동영상 보여드리니까 그제야 수긍하시더라. 출동하신 분들이 근처를 샅샅이 뒤졌는데 결국 못 찾았다고 함. 진짜 오싹한 경험이었음. 더 무서운 게 뭔지 알아? 저 남자, 피도 한 방울 안 흘렸다는 거.>

모니터를 들여다보던 은서가 멍하니 눈을 깜빡였다. 무아의 사고 영상 밑에는 동영상을 올린 작성자가 남긴 글이 덧붙여져 있었다. 그러나 그의 글 안에서 무아에 대한 걱정은 찾을 수 없다. 그저 한여름 밤의 섬뜩한 체험을 과시하는 듯한, 신기하지? 신기하지? 라며 되묻는 것 같은…….

동영상의 조회 수는 이미 수천을 넘어서고 있었고, 사람들이 남긴 댓글 수도 이미 수백 개에 육박했다.

<말도 안 돼. 저런 사고를 당하고서 감쪽같이 사라졌다고?>

<조작 아니야? 저 정도 사고를 당했으면 설령 일어났더라도 몇 발짝 못 걷고 픽 쓰러지는 게 정상이야.>

<게시자 말이 진짜라면 저건 사람이 아니고 괴물이다.>

은서가 질끈 눈을 감았다. 동영상은 정지된 상태로 멈추어져 있었지만, 고통에 몸부림치는 무아의 모습이 눈앞에 끊임없이 재생되는 것만 같았다.

사람들은 타인의 고통에 둔감하다. 그러나 그 고통이 발생하는 상황에는 무한한 호기심을 가진다. 무아의 동영상에 몰려든 사람들 역시 그러했다. 그가 당한 사고 자체에 대해 집중하는 사람들은 극소수였다. 대부분의 사람들이 궁금해하는 것은 영상 속 남자의 생사 여부가 아니었다. 영상에 찍히지 않은 뒷이야기, 엄청난 상처를 입었을 것임이 분명한 남자가 과연 어떻게 살아서 자취를 감추었느냐에 대한 것. 인터넷 창 안은 마치 영화에서나 나올 법한 이야기에 대한 호기심으로 가득 차 있었다.

괴물.

그것이 그들이 무아를 부르는 이름이었다.

"내가 괴물이야?"

그의 목소리는 천진난만하기 그지없었다. 무어라고 대답해야만 할까. 은서는 선뜻 대답하지 못했다.

온몸이 번질거리는 점액질에 뒤덮인 거대하고 흉포한 생명체. 악취를 내뿜고, 눈에 보이는 것들을 먹어치우며, 재앙을 불러오는 끔찍한 생물. 사람들이 알지 못하는 영역에 존재하는 낯설고도 흉측한 존재.

어쩌면 '괴물'이라는 단어 속에 숨어 있는 수많은 부정적인 의미들은, 그것이 정말 나쁜 것이기 때문이 아닐지도 모른다. 알 수 없는 것이라서, 낯선 것이라서, 익숙하지 않아서. 미지의 존재이기 때문에 무조건 나쁜 것이리라 믿어버린 것일지도.

"사람들은 자기가 잘 모르는 걸 보면 그렇게 말해."

"나쁜 말 아니야?"

"아니야."

그녀의 목소리는 단호했다. 무아는 조금도 나쁘지 않다. 나쁜 것은 무아를 치고 도망친 운전자다. 겁먹은 방관자가 되어 고통 받는 그의 모습을 카메라에 담고, 마치 무용담처럼 그것을 남들에게 공개하며 과시하는 사람이다. 무아의 사고 영상을 보며 피해자인 그를 순식간에 괴물로 둔갑시켜버린 수많은 사람들이다.

"그냥 너는 조금 다른 사람일 뿐이야. 신기하고, 특이하고……. 조금도 나쁘지 않아."

무아는 그제야 수긍한다는 듯 고개를 조금 끄덕였다. 그녀가 손을 뻗었다. 무아의 탄탄한 가슴에서 시작해 평평한 배 위를 지나, 단단한 뼈가 느껴지는 치골 위로 은서의 손끝이 천천히 움직였다. 조심스럽게 어루만지듯, 이제 거의 보이지 않을 만큼 흐릿해진 옷 아래의 희미한 흉터마저 치유되기를 바라는 듯이.

"아프지 않아?"

"안 아파."

그의 손목과 팔꿈치, 작은 홈이 파여 있는 어깨뼈와 목 아래 그림자를 드리우고 있는 쇄골. 그녀의 손끝이 조심스럽게 무아의 살

갖을 따라 움직이는 동안, 그의 시선 역시 은서의 손가락을 따라 느릿느릿 움직였다.

"여기도? 움직일 때 아프지 않아?"

"응. 안 아파."

그럼 된 것이다.

무아가 어떤 존재인지, 그가 가진 엄청난 회복력이 무엇에서 기인하는 것인지에 대한 호기심은 이후의 문제였다. 그가 아프지 않고 완벽하게 회복했다면 그것으로 된 거였다.

바닥에 떨어진 수건을 주우려 허리를 숙였을 때, 무아의 손이 은서의 뺨 언저리를 스쳤다. 눈꼬리에 맺혀 있던 눈물방울이 그의 차가운 손가락에 씻겨 사라졌다.

"내가 아픈 게 싫어?"

"그럼 네가 아픈데, 좋겠어?"

"왜 싫어?"

"그거야……."

갑자기 말문이 막히는 기분이 든 그녀가 말을 채 끝맺지 못하고 입을 다물었다.

왜 싫을까?

이유는 수없이 많았다.

일단 은서는 타인이 아파하는 것을 보고 기뻐하거나, 혹은 아무렇지 않아 할 만큼 감정이 메마른 사람은 아니었으니까. 하다못해 눈곱 낀 길고양이들을 보는 것만으로도 때로 한참 자리를 뜰 수 없을 정도로 마음이 아려오곤 했다. 하물며 상처 입은 대상이 사람일 때는 더욱더 그랬다.

아니, 그랬던가?

기억조차 떠올리기 싫은 어린 시절. 술에 취한 아버지는 손에 잡히는 것이 무엇이든 그것을 휘둘러대었다. 때로 누런 장판 위에는 소주병이 펑 소리와 함께 산산이 부서지며 초록 파랑 가루로 흩어져 내렸다. 초라한 밥상이 엎어지며 벽이며 방바닥에 온갖 음식물들이 튀어 지워지지 않는 자국으로 남았다.

숟가락, 책, 컵 같은 평범한 일상의 물건들은 아버지의 손에 쥐어지는 순간 흉기가 되어 가족의 삶을 파괴했다. 굳이 칼이나 가위 같은 날카로운 물건만이 공포의 대상이 아니었다. 술 취한 아버지의 손에 쥐어져 있으면 그것은 종이 한 장이라도 칼이었고 총이었다. 그리고 그 폭력의 희생자는 늘 은서의 어머니였다.

어린 은서는 울었다. 어머니를 구하고 싶었다. 그러나 할 수 없었다. 그녀가 할 수 있었던 건 폭력이 행해지는 집을 뛰쳐나와 대문밖에 고개를 파묻고 웅크리고 앉아 있는 것뿐이었다.

점점 그녀는 집에서 일어나는 소음과 폭력에 길들여졌다. 더 이상 울지 않았고, 두려움도 예전처럼 크지 않았다. 그저 자리를 쓱 피하고 마는 것, 집을 벗어나 문밖에서 폭풍이 지나가기만을 기다리는 것. 그렇게 은서는 폭력으로부터, 가정으로부터, 가족으로부터 스스로를 분리했다.

엄마에게 다가가 물었던 적이 있었나? 아파? 아프지 않아? 하고.

아마도, 없었을 것이다. 그럴 수가 없었을 것이다.

"그냥 싫어. 누구라도, 아픈 거 싫어."

그녀의 대답은 간결했으나, 무아의 표정은 어딘가 불만족스러워 보였다.

"나 말고 다른 사람이 아픈 것도 그렇게 싫어? 울 만큼?"

무아의 시선이 유난히 따가웠다. 고집스럽게, 집요하게. 그는 은서의 눈에서 시선을 거두지 않고 있었다.

누구라도 아픈 것은 싫다. 늘 무력하게 도망만 치던 어린 제 모습이 떠올라서 더 싫다. 그렇지만 그 대상이 무아라면…… 왜냐고 묻는다면, 당장 내놓을 답은 없었지만.

더 싫었다.

"그런 게 뭐 중요하냐. 그냥 아프지 않으면 되지."

무아는 곰곰이 무엇인가를 생각하는 듯 미간을 살짝 찌푸리고 있었다. 그런 그의 시선을 무심하게 넘기며 은서가 고개를 돌렸다.

"컴퓨터나 해. 저런 거 보지 말구. 백과사전 같은 거 검색해서 하나하나 보면……."

무심코 키보드의 F5 키를 건드린 그녀의 시선이 모니터에 잠시 멈췄다. 무아의 동영상 화면이 새로고침 되며, 화면에는 새로운 문장이 떠올라 있었다.

<이용에 부적절한 게시물이므로 삭제 처리되었습니다.>

잠시 화면을 쳐다보고 있던 은서가 황급히 인터넷 브라우저를 닫았다. 잘된 일이다. 저런 끔찍한 상태에 처해 있는 그의 모습이 계속 떠돌아다니는 것보다는. 사람들은 다른 흥밋거리를 찾아낼 것이고, 그들이 괴물이라 부르던 무아의 존재는 쉬이 잊힐 것이다.

"나 작업해야 돼. 주스 마시면서 컴퓨터 하고 있어."

"작업? 어디 가?"

냉장고 옆까지 졸졸 따라오는 그의 태도가 평소와는 조금 다르게 느껴졌다. 어차피 좁아터진 공간 안에 함께 있으면서, 왜 이리 집요하게 따라다니는 거지.

"아니, 아무 데도 안 가. 아, 무아……. 조금만 비켜봐. 컵 꺼내야 된단……."

아슬아슬하게 그녀의 손끝을 스친 유리컵이 바닥으로 떨어지며 요란한 파열음이 들렸다.

"무아! 그거 만지지 마!"

은서가 채 말릴 새도 없이, 그가 박살이 난 유리컵의 조각을 손에 쥐었다.

유리 조각의 예리한 끝이 무아의 엄지와 검지 사이에 스윽 파고들었다. 순식간에 그의 손 위에 길게 갈라진 상처가 생겨났다. 살점이 벌어지고, 찢겨지고, 깊숙이 베인 상처가.

"무, 무아……."

은서가 눈을 질끈 감았다.

일러스트레이터인 은서의 그림에 가장 두드러지는 특징은 절대로 빨간색을 사용하지 않는다는 것이었다. 심지어 피를 그려야 할 때에도 은서는 붉은색을 쓰지 않았다. 담당자에게 욕을 먹거나 불만을 사거나, 혹은 일거리를 잃게 되는 한이 있어도. 일러스트레이터인 그녀는 역설적이게도 색(色)에 대한 혐오를 가지고 있었다.

가장 두려운 것이 무엇이냐고 묻는다면, 그녀는 일순간도 망설이지 않고 대답할 것이다.

피.

은서는 병적으로 피를 두려워했다. 온 얼굴에 피를 흘리며 바닥에 널브러져 있던 엄마를 보았던 그 밤 이후로.

세상에서 가장 두려워하는 것, 이제 그녀는 무아의 손 위에 왈칵 솟아오를 붉은 피를 곧 보게 될 것이다. 상상만으로도 숨통이 조이는 것 같았다. 은서의 손발이 덜덜 떨리기 시작했다.

이러면 안 돼. 무아가 다쳤어.

그녀가 깊은 숨을 토해내며 눈을 떴다. 호흡은 이미 가빠졌다. 그저 피가 날 것이라는 생각만으로도 눈앞이 하얘지며 머리가 핑핑 도는 듯 어지러웠다. 그러나 그를 저렇게 내버려둘 수는 없었다. 은서가 용기를 내어 시선을 아래로 떨궜다.

"무아……."

피는 없었다. 산산조각 난 투명한 유리 조각의 잔해들만이 섬뜩하게 반짝일 뿐, 어디에도 시뻘건 핏자국은 보이지 않았다. 이상했다. 은서의 시선은 제가 가장 두려워하는 그것을 찾기 위해 정신없이 바닥을 훑었다. 그러나 핏자국의 흔적조차 찾을 수 없었다.

툭, 하는 소리와 함께 무아의 손에 쥐어졌던 유리 파편이 바닥으로 떨어졌다.

"손, 손 괜찮아?"

그녀가 무아의 손목을 쥐었다. 그는 미간을 잔뜩 찡그리고 있었다. 말하지 않아도 알 수 있다. 그는 지금 고통을 느끼고 있는 것이다.

족히 2센티미터 이상 깊숙이 베인 듯, 무아의 엄지와 검지 사이에 뭐라 형언할 수 없을 만큼 지독한 상처가 나 있었다.

지독한, 아니, 이상한?

무언가가 기묘했다. 굉장히 깊은 상처였음에도 신기할 정도로 징그럽지도, 흉측하지도 않았다. 상처 부위는 깨끗했다. 마치 플라스틱의 단면을 칼로 잘라낸 듯이. 피 한 방울 보이지 않았다.

그때, 무엇인가가 은서의 손 위로 주룩 흘러내렸다. 차가웠다. 무아의 몸에 닿을 때마다 느껴지던 냉기 이상으로 추울 정도로 차가웠다. 흠칫 몸을 떨던 그녀의 눈이 휘둥그레졌다.

"이게……."

은서의 몸이 움찔했다.

그것은 얼핏 물처럼 보였다. 투명한 액체. 무아의 상처에서 흘러나온 차가운 액체가 그녀의 손을 적시며 바닥으로 흘러내렸다.

"아…… 아파……."

그의 입에서 신음과 같은 앓는 소리가 새어 나왔다. 멍하니 무아의 손에서 흘러내리는 그것을 바라보고 있던 은서가 그제야 정신을 차린 듯 고개를 들었다.

"이리 와. 일단, 일단 좀 앉아봐. 유, 유리 안 밟게! 조심해……."

조심조심 그를 침대에 데려다 앉힌 그녀가 한 손으로 제 머리카락을 마구 흐트러트렸다. 무슨 말을 하고 있는 것인지조차 알 수 없을 만큼 정신이 혼미했다.

무아는 다쳤다. 굉장히 크게 다쳤다. 깊이 베인 상처를 직접 눈으로 보았고, 손에 파고든 유리 조각도 이미 확인했으니 그건 틀림없는 사실이었다. 그러나 무아는 피를 흘리지 않았다. 시뻘건 피가 흥건한 것을 보았다면 졸도해버렸을지도 모르는 것이니, 은서에게는 어쩌면 다행스런 일일지도 모른다. 그러나 지금의 상황은 도무지 이해가 가지 않았다.

무아는 피를 흘리지 않았고……. 손에서는 차가운 맑은 액체가.

"피……. 너, 피 흘리는 거구나."

그녀의 눈에 눈물이 가득 고였다. 답은 하나뿐이다. 무아의 손에서 흐르고 있는 저 맑은 액체는 다름 아닌 피였다. 그의 사고 장면이 담긴 동영상에 쓰여 있던 촬영자의 말이 떠올랐다. 그렇게 큰 사고를 당하고도, 그가 피 한 방울 흘리지 않았다는.

"어, 어떻게 해야 돼? 어떻게 해야 되지?"

무아에게 묻는 것인지, 스스로에게 묻는 것인지조차 알 수 없었다.

"병원, 병원 갈까?"

말도 안 되는 소리를 지껄이는 제가 정말 바보같이 느껴졌다. '투명한 피가 흐르는 미지의 생명체를 데려왔어요, 치료해주세요.'라고 할 수는 없는 노릇이었다. 은서의 눈에 고여 있던 눈물이 주룩 흘러내렸다.

"좀 봐. 아직 피 많이 나?"

침대에 걸터앉은 무아의 앞에 무릎을 꿇고 앉던 그녀의 표정이 순간 기묘해졌다.

"손이……."

"잠깐만."

무아가 조용히 중얼거렸다.

"잠깐만 그냥 있어."

그가 다치지 않은 반대편 손으로 은서의 머리를 부드럽게 끌어당겼다. 바닥에 엉거주춤하게 무릎을 꿇은 채, 그녀는 무아의 무릎쯤에 머리를 기댄 어정쩡한 자세로 무아의 손을 넋 놓고 바라보고 있었다.

피였음이 분명한 투명한 액체는 더 이상 흐르지 않았다. 그러나 사라진 것 역시 아니었다. 물처럼 주룩 흘러내리던 그의 피는, 응고라도 된 듯 진득한 질감으로 바뀌어 깊게 베인 상처 위를 뒤덮고 있었다. 은서는 저것을 이미 본 적이 있었다. 무아의 상체에 남아 있던 커다란 흉터 위에서.

반투명한 느낌의, 피부라기보다는 차라리 실리콘이나 젤리같이 보였던 물질. 그것은 깊숙이 벌어진 무아의 손에 난 상처 위를 빼곡하게 감싸고 있었다. 손가락이 잘리는 것이 아닌가 싶을 정도로 깊었던 상처가 서서히 달라붙는다. 느릿느릿하지만 분명히 육안으로 알아볼 수 있는 속도로, 흉터는 점점 줄어들고 있었다.

그의 몸은, 재생되고 있다.

"아……."

무아의 입에서 깊은 숨이 새어 나왔다. 은서의 목에 닿아 있던 그의 다치지 않은 손이 천천히 그녀의 머리를 쓰다듬었다.

"괘, 괜찮은 거야?"

"괘, 괜찮은 거야."

울먹이던 그녀가 고개를 들었다. 무아가 은서를 내려다보며 빙그레 웃고 있었다.

"또 운다."

"정말 괜찮아?"

그가 고개를 끄덕이며, 다친 손을 은서의 눈앞에 펼쳐 보였다.

하얀 손가락이 길쭉하게 뻗어 있는 정갈한 손. 그 손의 엄지와 검지 사이를 가로질러 나 있는 굵은 선 하나가 보였다. 고작 몇 분

전까지만 해도 피 -비록 피처럼 보이지는 않았다 해도- 가 줄줄 흐르던 손이라고는 도무지 믿을 수 없었다. 상처는 분명히 존재했지만 그 부위는 믿어지지 않을 정도로 깨끗했다. 사람의 피부에 상처가 난 것이 아니라, 접착제 같은 것으로 보수한 인형이나 마네킹의 몸을 보는 것 같다.

상처 위를 덮고 있는 말랑말랑해 보이는 반투명한 막 위에 알 수 없는 묘한 색채가 떠올랐다. 피부와 같은 밝은 복숭아 빛이지만, 은빛 같기도, 금빛 같기도 하고, 분홍빛 같기도 한……. 은서는 분명히 이와 같은 오묘한 색상을 본 적이 있었다. 무아가 그토록 소중하게 여기던, 어떤 여자에게 받았다고 했던 그 작은 돌 위에 맴도는 색채가 꼭 이러했었다.

"정말…… 안 아파?"

"조금. 아주 조금 아파."

"만져봐도…… 돼?"

무아가 그러라는 듯 고개를 끄덕였다. 그녀가 조심스럽게 손을 내밀었다. 망설이듯, 어루만지듯. 손가락 끝의 지문에 닿을 듯 말 듯 하게, 은서의 손이 말캉해 보이는 상처 위에 놓여졌다.

"뜨겁다……."

이미 겪어 알고 있으면서, 그녀는 손가락을 옆으로 옮겼다. 차갑다.

무아의 몸은 늘 차갑지만 상처 부위는 불과 같이 뜨겁다. 그것은 무아의 몸이 스스로를 치유할 때 나타나는 현상이라는 확신이 들었다.

그가 반대쪽 손으로 은서의 볼을 쓱 문질렀다. 뺨에 머물러 있던 눈물방울들이 그의 손에 씻겨 사라졌다.

"내가 아프면, 은서가 울어."

"아픈 거 싫으니까."

"무아가 아픈 게 싫으니까?"

'무아'라는 말에 강한 악센트가 들어가 있었다.

"그래. 네가 아픈 거 싫어."

싫다. 그가 아픈 것, 상처받는 것, 다치는 것.

전부 다 싫다.

갑자기 무아가 앉아 있던 자세 그대로 침대 위에 픽 고꾸라졌다. 베개에 머리를 묻은 채 그는 은서를 보며 웃었다.

"나 잘 거야."

"그, 그래. 자. 나는 유리도 치워야 하고 작업도……."

몸을 일으키려는데, 갑자기 무아가 그녀의 손을 잡았다.

"여기 있으면 안 돼?"

"여기?"

그가 한 뼘 뒤로 물러나며 비어 있는 침대를 가리켰다.

"같이 누우라고?"

"응."

무아가 고개를 크게 끄덕였다. 눈을 동그랗게 뜬 채, 은서를 간절히 올려다보며. 그런 그의 모습에 그녀는 저도 모르게 웃었다.

"무슨, 내가 어디 가냐. 고개만 돌리면 보이는데. 그리고 나 오늘 해야 할 일이……."

"아……."

그의 미간 위에 가느다란 세로주름들이 생겨났다. 무아가 인상을 찡그렸다.
“왜? 아파?”
말이 끝나기가 무섭게, 그가 고개를 끄덕였다.
“안 아프다더니, 왜 갑자기 그래.”
“몰라……. 아파……. 잠깐만, 잠깐만 여기로 와봐…….”
그녀가 기가 막힌다는 듯 픽 웃었다. 무아가 새로운 것을 습득했음을 깨달은 것이다.
‘꾀병’이라는 것을.
“못산다, 내가.”
마지못한 표정으로, 그녀는 무아의 곁에 몸을 웅크리고 누웠다. 잠시 그의 입 끝이 포물선을 그리며 올라가는 것을 은서는 놓치지 않았다.
“나 잠들 때까지 있어야 돼.”
“그래.”
그가 스르르 눈을 감았다. 작은 싱글 침대 위, 틈 없는 사이. 서로의 숨결마저 고스란히 전해지는 거리.
무아의 얼굴을 가만히 보고 있던 그녀가 팔을 뻗어 얇은 여름 이불을 끌어당겨 그의 몸 위에 덮었다. 그가 살며시 실눈을 떴다.
“가면 안 돼.”
“안 가.”
은서는 그의 곁에 있을 생각이었다. 그녀가 아플 때 무아가 그의 체온으로 은서의 몸을 덥혀주었듯이. 뜻을 알 수 없는 낯선 속삭임과 함께 열에 들떴던 그녀의 곁을 지켜주었듯이.
긴장이 풀어진 듯 그녀 역시 몸이 노곤해지며 잠이 밀려왔다.

은서의 호흡이 규칙적으로 변했을 무렵, 가만히 눈을 뜬 무아가 그녀를 품에 당겨 안았다. 무아의 입술이 그녀의 부드러운 볼 위에 짧게 머물렀다. 은서는 심연처럼 깊은 잠에 빠져 있었다.

은서가 천천히 눈을 떴다. 언제나처럼 창문 틈으로 들어오는 늦은 아침의 햇살 한 줄기가 그녀의 왼쪽 얼굴 위에 내리깔렸다. 눈을 살짝 찡그리며 고개를 돌리던 은서는 이내 그사이 익숙해진 또 하나의 존재를 발견했다.

"잘 잤어?"

바닥에 앉아 침대 가장자리에 턱을 괸 채, 그녀를 지그시 바라보고 있는 무아의 갈색 눈동자를 마주한 은서가 느릿느릿 고개를 끄덕였다.

"손은?"

은서의 질문에 그가 손을 쓱 앞으로 내밀었다. 흐릿하게 남아 있는 상처의 흔적뿐. 무아의 손은 말끔하게 원래의 모습처럼 돌아와 있었다.

"이제 안 아파?"

"응."

그가 손을 활짝 펴 보였다. 무아의 얼굴은 웃고 있었다. 나는 정말로 괜찮아, 아무렇지도 않아, 라고 하는 듯이.

이끌리듯이, 그녀가 갑자기 손을 뻗어 무아의 손 위에 포갰다. 유리 조각에 찢어졌던 부위에 남은 미미한 온기만이 어제의 참사에 대해 기억하고 있다. 마치 아무 일도 없었던 것만 같다.

그의 팔에 움찔 힘이 들어가며, 손을 잡아당겨 누워 있던 은서의 몸을 일으켜 세웠다. 그녀의 입가에 즐거운 듯 엷은 미소가 어렸다. 늘 이런 방식으로 아침을 맞았던 것처럼, 서로에게 이미 오래전부터 익숙해져 있던 사람들처럼.

그렇게 또 다른 하루가 시작되었다.

그들의 일상은 좁은 원룸 안에서 평소처럼 흘러갔다. 그녀는 화구들을 잔뜩 꺼내놓고 식탁 위에서 일러스트 작업을 하는 중이었고, 무아는 건너편 식탁 의자 위에 앉아 그런 은서를 물끄러미 바라보고 있었다. 가끔 무아는 지루한 듯 몸을 움찔거렸다. 은서가 그의 앞에 놓아준 몇 권의 책들을 읽는 중간에도 그의 시선은 주기적으로 그녀의 얼굴 언저리에 머물렀다.

문자 메시지를 받고 나서야 은서는 지혁과 만나기로 약속을 했다는 것을 깨달았다. 출발했으니 한 시간 안에 도착할 것이라는 문자 메시지를 멀거니 쳐다보던 그녀가 당황한 표정으로 무아를 보았다.

그와 동거 중이라는 사실을 지혁이 알아서는 곤란했다. 지혁을 통해 엄마에게라도 무아의 이야기가 흘러가는 날에는 분명 골치 아픈 일이 생길 것이다.

은서의 엄마는 굉장히 예민한 성격이었다. 사실을 알게 된다면 엄마는 그녀와 무아의 평화로운 삶을 들쑤셔놓을 것이다. 어차피 아직 조금은 껄끄러운 관계인 지혁에게 입단속을 부탁하느니 차라리 처음부터 무아의 존재를 철저히 숨기는 편이 나았다.

"빨리 나가자."

그녀가 무아의 손을 잡아끌었다. 지혁이 집에 다녀가는 잠깐의 시간 동안 그를 잠시 커피숍에 데려다놓을 생각이었다.

"무아, 괜찮겠어?"

"응. 괜찮아."

"미안해……."

"뭐가?"

"그냥."

꼭 엄마 같다. 어쩔 수 없는 일로 젖먹이를 어린이집 같은 곳에 맡기고 죄책감을 느끼는 초보 엄마.

무아와 함께 들어오는 은서를 보고 카페 여주인이 반갑게 알은 척을 했다. 아이스 초코 두 잔을 모두 무아의 앞에 밀어주고, 카페에 있던 패션 잡지 하나를 건네준 은서는 왠지 쉽게 떨어지지 않는 발걸음을 떼었다. 뒤를 돌아보자 그가 씩 웃으며 손을 흔들었다. 나는 괜찮아, 걱정 마, 라고 말하는 듯이.

지혁은 약속 시간을 정확히 지켰다. 1분의 오차도 없이 정각 6시가 되는 순간 벨이 울렸다.

"오랜만이다, 은서."

"으응……. 오랜만. 오빠."

약간의 거리감, 그리고 묘한 불안감을 동시에 느끼며 은서는 지혁을 맞이했다. 지혁이 신발을 벗고 좁은 집 안으로 들어오는 동안 그녀는 눈치를 보듯 흘낏흘낏 주변을 살폈다. 혹시라도 남자가 살고 있다는 흔적이 집 안에 남아 있을까 봐, 지혁에게 불필요한 변명을 해야 할 일이 생길까 봐.

완벽한 타인이었지만 어느 순간 가장 내밀한 '가족'이라는 영역 안에 속하게 된 사람. 가족이라는 것이 그렇게 가까운 사이라는 건, 은서의 기준이 아닌 일반적인 사회적 기준이었지만.

지혁은 은서에게 그런 사람이었다. 타인이면서 동시에 가족인 사람, 불편하지만 동시에 고마움을 느끼는 사람. 은서의 엄마에게 그가 얼마나 살갑고 친근하게 대해주고 있는지 그녀는 잘 알고 있었다. 지혁은 친자식인 그녀보다 훨씬 더 자식으로서의 몫을 잘해주고 있었다.

"김치는 아직 덜 익었다고 하시더라. 망고는 실온에 두고 좀 더 익으면 먹어."

"무거웠을 텐데."

"별로. 우리 몇 달 만에 보는 거지? 잘 지내고 있는 거야?"

그는 늘 낯설다.

엄마가 재혼하게 되었을 때, 처음으로 인사를 나누는 자리에서조차 지혁은 지금과 똑같은 방식으로 은서를 대했었다. 마치 친남매 사이라도 되는 듯이. 그는 굉장히 긴 시간 알아온 사이라도 되는 것처럼 은서에게 이런저런 말을 툭툭 던지곤 했다.

5년. 지혁을 처음 본 뒤로 5년의 시간이 지났다. 그러나 그녀는 여전히 그를 마주할 때면 처음 그를 만났던 날처럼 어색한 기분에 사로잡혔다. 그 묘한 경계심의 원천이 지혁의 '친밀함'이라는 아이러니한 사실을 그는 알고 있을까.

"잘 지내죠?"

"또 존댓말."

지혁의 지적에, 은서가 머쓱한 듯 엷게 웃었다.

"나야 늘 똑같지. 은서 너는?"

"잘…… 지내. 특별한 일 없어. 일도 꾸준히 하고 있고."

"살이 좀 빠진 것 같은데. 얼굴이 해쓱해. 머리도 많이 길었고."

그녀가 새삼스러운 눈길로 지혁의 얼굴을 바라보았다.

그사이 살이 빠졌던가? 지혁을 마지막으로 보았을 때 머리 길이가 어느 정도였는지, 은서로서는 기억조차 나지 않는 이야기였다.

그녀는 사실 지혁의 얼굴조차 완벽히 기억하지 못했다. 조금쯤 날카로워 보이는 차가운 인상. 어려서는 수영을 했었다고 했나. 그 덕인지 어깨가 떡 벌어진 균형 잡힌 체형에 큰 키.

그러나 그게 전부였다. 가끔 엄마와의 통화에서 지혁의 이야기가 나올 때 반사적으로 떠오르는 그의 모습은, 그런 흐릿한 실루엣이 다였다. 막상 얼굴을 코앞에서 보게 되는 지금 같은 상황이 아니고서는 그의 이목구비 자체도 뚜렷이 기억하지 못하는 것이다.

그러나 지혁은 그렇지 않다. 너무나 상세하게 은서에 대해 알고 있어서, 오히려 이상스럽기까지 하다.

"오, 오빠. 주스 드실래요, 아니 주스 줄까?"

한참 동안이나 멍한 표정으로 지혁의 얼굴을 들여다보고 있었다는 사실을 깨달은 그녀가 황급히 입을 열었다.

"아니야. 바로 가봐야 돼. 겸사겸사 친구랑 근처에서 약속 잡았거든."

시계를 흘낏 본 은서가 내심 다행이라는 생각을 하며 고개를 끄덕였다. 무아를 카페에 혼자 둔 지 이제 한 시간 남짓이었다.

"아, 은서 너도 같이 갈래? 오랜만에 만났는데 같이 저녁이라도."

"아, 아니. 오빠, 나 작업이 밀려서……."

은서가 과장된 손짓으로 테이블 위에 놓여 있는 화구들을 가리켰다. 물론 일이 급하다는 것은 완전한 거짓말이었다.

"할 수 없지. 그럼 다음에 밥 먹자. 맛있는 거 사줄게."

"으응."

자리에서 일어서던 지혁이 손에 들고 있던 작은 쇼핑백을 은서에게 내밀었다.

"늦었다. 생일 선물."

"오빠, 뭐, 이런 걸……."

"오빠니까."

갑자기 지혁의 손이 그녀의 정수리께를 쓰윽, 쓰다듬었다. 예상치 못한 접촉에 은서가 놀란 듯 숨을 들이켰다.

"고마워."

대답 대신 지혁은 싱긋 웃음만을 던질 뿐이었다.

"간다. 또 봐."

천천히, 원룸의 두꺼운 철문이 닫히는 것을 은서는 바라보고 있었다. 지혁의 행동이 불쾌하진 않았다. 그는 늘 그렇게 친밀하게 다가오곤 했으니까. 그러나 묘한 느낌에 사로잡혀 크게 당황했던 건, 행동 자체 때문이라기보다는 그 손의 느낌 때문이었다.

따뜻해서. 머리 위를 스치고 지나가는 그의 손에서 전해지는 온기 때문에.

문득, 은서는 무아의 존재를 떠올렸다. 그의 차가운 체온을. 고작 한 시간 남짓 떨어져 있을 뿐인데도 벌써부터 그리워지는 건 무슨 이유일까.

열쇠며 지갑을 챙겨 든 그녀가 무아가 기다리는 카페를 향해 걸음을 옮겼다. 걸음은 어쩐지 자꾸만 조급해졌다.

없다.

테이블이라고는 대여섯 개가 전부인 작은 카페. 그녀가 한 바퀴 몸을 빙 돌려보았다. 혹시나 보이지 않는 사각지대라도 있는 것이 아닐까. 그러나 그는 보이지 않았다.

무아가 없다.

스피커에서는 느슨한 템포의 팝 음악이 흘러나오고, 카페 특유의 눅진한 커피 향이 떠도는 공간. 그곳의 분위기는 굉장히 정적이었다. 평온한 사람들, 평온한 음악, 평온한 향기 속에 오직 은서 하나만이 눈을 부릅뜬 채 불안한 표정으로 주변을 두리번거리고 있었다. 무아가 앉았던 테이블 위는 티끌 하나 없이 깨끗했다. 애당초 누구도 다녀가지 않은 것처럼.

"남자 친구분 찾으세요?"

카페 여주인의 목소리가 들리자마자 그녀는 반사적으로 고개를 세차게 끄덕였다. 당황한 나머지 무아의 행방을 찾을 수 있는 가장 빠른 방법을 잊고 있었던 것이다.

"네, 네. 어디 갔는지 아세요?"

"어디 가셨는지까지는 잘……."

"언제, 언제 나갔어요?"

카페 여주인이 기억을 되짚는 듯 고개를 조금 갸우뚱했다.

"글쎄요, 한 20분 전? 어떤 여자분이랑 나갔어요."

"에?"

여자요?

라고, 말하려고 했던 것 같다. 그러나 벌어진 은서의 입술 사이로는 어떤 말도 나오지 않았다. 무언가 성대를 콱 누르기라도 한 듯 외마디 소리 비슷한 이상한 말밖에는.

"어디로……."

다시 한 번 물으려던 그녀가 말꼬리를 흐렸다. 이미 여주인은 모른다고 했으니까.

남은 방법은 하나뿐이었다. 스스로 찾아 나서는 수밖에.

어디로 가야 무아를 찾을 수 있을까. 카페를 나서 거리로 한 발을 내디딘 은서의 걸음이 그대로 멈췄다.

오른쪽, 평범한 어느 주말 저녁의 풍경. 새로 오픈한 것인지 입구에 풍선 아치가 세워져 있는 휴대폰 매장, 행인들에게 호객 행위를 하고 있는 젊은 남자.

왼쪽, 여느 때와 다를 바 없는 여름 저녁의 거리. 무거운 마트 비닐봉지를 들고 아이들을 재촉하며 걷는 여자. 부웅, 소리를 내며 골목으로 커브를 트는 배달 오토바이.

없다. 어디에도 보이지 않는다.

오른쪽, 왼쪽. 대단히 심플한 단 두 가지 경우의 수를 놓고 은서는 한참이나 갈팡질팡했다. 오른쪽 혹은 왼쪽. 절반의 확률. 대체 그 절반의 어디쯤에서 무아를 찾을 수 있을까.

망설이던 그녀가 왼쪽을 향해 걷기 시작했다. 약국, 부동산, 편의점. 함께 걸을 때마다 무아가 끊임없이 읽어대던 익숙한 이름의 간판들 사이, 은서는 끊임없이 주변을 두리번거리고 있었다. 한 블록, 두 블록. 상점들도, 행인들도 사라진 주택가로 접어든 은서의 시선은 간절하게 단 하나만을 찾고 있었다. 무아. 무아.

그러나 그의 모습은 어디에도 보이지 않았다.

혹시 집으로 돌아간 게 아닐까. 문득 떠오르는 생각에, 은서는 몸을 돌려 반대편을 향해 달리기 시작했다. 느릿느릿한 여름의 해마저 서서히 사라지고 푸른 어둠이 몰려드는 거리. 여전히 한여름의 열기는 끈끈하게 살갗에 달라붙었지만 이상하게 한기가 드는 것처럼 소름이 돋아났다.

대체 어쩌자고 낯선 사람을 따라간 걸까. 누군지 알지도 못하는 사람을, 낯선 여자를.

집을 향해 달려가던 은서가 헛발질을 하며 자리에 멈춰 섰다. 삐끗한 발목에서 순식간에 시큰한 아픔이 밀려왔다. 그러나 훅 치밀어 오르는 날카로운 고통보다 더 아팠던 건, 잠시간 밀려드는 잊고 있던 사실이었다.

그는, 나를 만났을 때도 똑같았어.

전혀 모르는 사람을, 처음 보는 여자를, 아무런 관계도 없던 나를.

그는 일말의 경계심조차 보이지 않고 따라왔었다.

그녀가 바닥에 무너지듯 주저앉았다. 슬리퍼 위로 그새 퉁퉁 부어오른 발목이 보였다. 그러나 사실 발목의 아픔 따위는 잘 느껴지지 않았다. 느껴지는 것은 어떤 단어로도 설명할 수 없는 굉장히 낯선 감정이었다.

슬프다. 그러나 무아와 자신 사이에는 어떠한 접점도 존재하지 않음을 알기에, 슬프다는 사실마저 이상하게 느껴졌다. 두렵다. 그를 다시 보지 못할 것 같은 불길한 기분이 들었다. 그러나 그런 두려움을 가질 만한 자격이 있는 것인지조차 알 수 없었다.

은서가 천천히 자리에서 일어섰다.

"무아."

웅얼대듯 튀어나오는 그의 이름. 다시 한 번, 은서는 그의 이름을 불렀다. 무아.

눈물이 솟구쳤다. 슬퍼하는 것도 이상하고, 두려워하는 것도 이상하다. 그렇지만 그냥 눈물이 났다.

집에 가면 그가 있을까.

하지만 어떠한 '기대'라는 것 자체를 할 수 없는 사이. 그와는 아무 사이도 아니니까. 그저 잠시 머물렀던 방문객, 이방인, 혹은 환영일지도 모르는…….

눈에 띄게 느려진 걸음으로 은서는 집을 향해 걷기 시작했다. 부어오른 발목에서 간헐적으로 찌르는 듯한 통증이 밀려왔다. 한 발 한 발. 조금씩 집으로 다가갈수록 조금씩 기대는 커져간다. 그리고 조금씩 두려움도 커져갔다.

눈앞에 처음 그를 마주쳤던 놀이터의 풍경이 펼쳐졌다. 미끄럼틀 아래 모래 위에 가라앉은 어둠을 환히 밝히는 오렌지색 가로등을 보자, 무아를 처음 만났던 그날의 기억이 생생하게 떠올랐다.

놀이터를 지나치던 은서가 문득 걸음을 멈췄다.

어둑한 공간을 순식간에 밝히는 하얀 빛. 거대한 공기방울이 터지는 것처럼 경쾌하게 펑펑 울려 퍼지는 낯선 소음.

소리를 향해 고개를 돌린 순간, 너무나 환해서 오히려 깜깜한 눈부신 빛이 연달아 점멸했다. 흰 빛무리가 은서의 눈으로 날카롭게 파고들었다. 강한 빛을 눈앞에서 마주한 탓에, 그녀의 시야에는 검고 붉고 푸른 작은 점들이 둥둥 떠다니고 있었다. 은서가 눈을 찌푸렸다. 다시 한 번, 펑 소리와 함께 빛이 번뜩였다.

"무아!"

쏟아지는 빛의 향연 가운데에서 은서가 발견한 것은 그토록 찾아 헤매던 무아였다. 잔뜩 부어오른 발목이 아픈 줄도 모르고 그녀는 무아를 향해 달려갔다.

"은서."

아무렇지 않게 웃는 그를 보니 왠지 다리에 힘이 쭉 빠지는 것만 같아, 은서는 가까스로 몸을 지탱했다.

"너……."

그녀가 무아의 건너편에 서 있는 여자를 향해 고개를 돌리는 순간, 다시 한 번 새하얀 빛이 주변을 환하게 밝혔다. 눈앞에 온갖 빛의 조각들이 마구 떠다니는 것 같았다. 은서가 눈을 찡그렸다.

"아, 죄송해요. 표정이 너무 좋아서."

"누구세요?"

얼굴을 잔뜩 찌푸린 채, 그녀가 앞에 서 있는 여자에게 물었다. 카메라 플래시 때문에 머리마저 지끈거리는 것 같았다. 은서의 목소리를 듣고 나서야 여자는 카메라를 눈에서 떼었다.

"여자 친구 되세요?"

"누구시냐고요."

은서의 말투에는 잔뜩 날이 서 있었다. 눈앞에 둥둥 떠다니던 플래시의 편린들이 서서히 사라져, 이제야 서 있는 여자를 똑바로 볼 수 있었다.

"카페에서 우연히 남자 친구분을 봤는데, 도저히 안 찍고 그냥 갈 수가 없어서. 남자분 얼굴, 굉장해요. 놀라울 정도로. 혹시 외국 사람이거나 한국말 잘 못해요? 말을 거의 안 하던데. 아, 내 정신 좀 봐. 저는 포토그래퍼예요. 주로 커머셜이나 패션지 작업해요. 모델이 너무 완벽해서 소개도 깜빡……."

"사진, 지워요."

두서없이 떠드는 여자의 말을 뚝 잘라버리며, 은서는 여자를 똑바로 쳐다보았다. 서른 중반, 혹은 후반? 화장기 없는 여자의 얼굴에 당황하는 기색이 떠올랐다.

"저기, 원한다면 당장이라도 메인 모델로 나설 수 있어요. 어떤 브랜드라도, 어떤 잡지라도."

"지우라고요."

여자의 표정이 낭패라는 듯 일그러졌다. 여자가 은서 옆에 서서 우물쭈물하고 있는 무아를 쳐다보았다. 그 눈빛을 본 순간 은서는 깨달았다. 여자는 절대 순순히 물러나지 않을 것이다.

"보호자 아니잖아요. 남자분이 오케이한 거라고."

"보호자예요. 안 지울 거예요?"

"하, 참."

난감하다는 표정으로 은서를 보고 있던 여자가 무아에게 시선을 돌렸다.

"거기, 말 좀 해봐요. 돈 벌 수 있다고. 그쪽 정도 페이스면, 당장 수억 원짜리 계약도 따낼 수 있다고."

"돈?"

내내 은서와 여자 사이에 오가는 팽팽한 신경전을 바라만 보고 있던 무아가 입을 열었다.

"그래요, 돈. 진짜 많이 벌 수 있다고. 당장이라도 에이전시 소개

해줄게요. 지금, 지금이라도."

"사진 지우라고!"

은서가 갑자기 소리를 질렀다. 여자가 질렸다는 듯 입을 다물었다.

"경찰 불러야 지울래요? 초상권 침해한 거잖아요. 당장 지워요. 모델 같은 거 안 하니까, 돈 필요 없으니까."

"남자분 생각도 같아요? 뭐야, 엄마도 아니고. 대체 왜 이렇게 빡빡하게 굴어요."

여자의 말투가 갑자기 간절해졌다.

"정말로 진짜 아까워서 그래. 나, 유명한 사람이에요. 괜한 말로 사람 홀리는 사짜 아니라고. 그쪽이야말로 잘 알고 있을 거 아니에요. 저런 얼굴이 어디 있어. 저런 아까운 모델을 대체……."

"무아, 사진 지우라고 해."

더 이상 여자의 말을 듣지 않겠다는 듯, 은서가 무아를 향해 몸을 돌렸다.

"화났어?"

"너한테 화난 거 아니야. 빨리 집에 가자. 사진 지우라고 해."

"사진, 지워요."

적막한 놀이터 안, 무아의 목소리가 나지막하게 울렸다. 여자의 깊은 한숨 소리가 들렸다.

"꼭 이렇게까지 해야 돼요?"

"은서가 싫어하니까……."

순간 은서는 왠지 눈물이 날 것 같았다. 은서가 카메라를 들고 멍하니 서 있는 여자를 바라보았다. 여자 역시, 눈물이라도 흘릴 것 같은 표정이었다.

"빨리요."

여자 곁으로 다가간 은서가 재촉하듯 말했다. 여자의 손이 느릿느릿, 정말로 세상에서 가장 끔찍한 짓이라도 한다는 듯, 천천히 사진을 지워 나갔다.

"다 지웠어요. 혹시 마음 변하면 꼭 연락 줘요. 아까……."

"무아, 가자."

은서가 무아의 손을 잡았다. 언제나처럼 손을 타고 서늘한 그의 기운이 밀려들었다.

익숙한데, 정말 이제 완벽하게 익숙해졌는데.

익숙한 걸 잃을까 봐, 익숙한 것이 익숙하지 않은 것이 되어버릴까 봐. 그게 얼마나 두려웠는지 모른다.

여자는 여전히 아쉬움으로 가득 찬 표정을 짓고 그들을 바라보고 있을 것이다. 아픈 오른발을 질질 끌면서도 은서는 점점 빨리 걸었다.

"다쳤어?"

놀이터를 벗어나 좁은 골목길에 접어들었을 무렵, 갑자기 걸음을 멈춘 무아가 은서 앞에 쪼그려 앉았다.

"다쳤어. 너 찾다가."

"아파?"

무아의 두 손이 은서의 발목을 감쌌다. 잔뜩 부어올라 뜨거워진 살갗 위에 녹아들 듯 차가운 느낌이 퍼져 나갔다. 갑자기 다리에 힘이 풀리는 것 같은 기분이 들어, 은서 역시 바닥에 주저앉았다.

"아파. 너 때문에. 너 찾다가 다쳐서 진짜 아프다고."

"아프지 마."

바로 귀 옆에서 들리는 간절한 무아의 목소리. 마치 귓불 주변에 작은 솜털들이 둥둥 떠다니는 것처럼 귀를 간질이는 목소리.

"잘못했어, 아프지 마."

"얼마나 오래 찾아다녔는지 알아? 너 대체 무슨 생각으로 아무나 보고 덜컥 따라가냐고. 너 그러다가……."

말을 차마 끝내지 못한 그녀의 뺨을 타고 눈물이 흘러내렸다. 무아는 여전히 두 손으로 은서의 발목을 감싸고 있었다. 퉁퉁 부어올랐던 발목은 그새 많이 가라앉았다. 차가운 그의 온도에 취하기라도 한 듯, 더 이상 통증은 느껴지지 않았다.

"잘못했어."

하지만, 그건 잘못이 아닐지도 몰라.

무아가 평범한 사람이었다면, 그저 대단히 잘생긴 보통의 인간이었다면 아무런 잘못도 아닐 일. 잘못했다는 말조차 어울리지 않는 일.

무아는 그저 묵묵히 은서의 발목을 살펴보는 데 열중하고 있을 뿐이다. 그녀의 고통을 덜어주기 위해서. 순수한 선의에 의해서.

그러나 무아는 그의 존재 자체 때문에, 그 선의 때문에 스스로가 아프게 될 수도 있다는 걸 알고 있을까.

뺨을 타고 흘러내리다 턱 끝에 멈춰 있던 눈물방울이 툭, 하고 무아의 손등 위로 떨어졌다.

"울지 마, 은서야. 잘못했어. 울지 마."

그가 손을 올려 은서의 뺨을 쓰다듬었다. 한참을 돌아다닌 탓에 열에 달아올라 있던 얼굴마저 그의 손안에서 금세 서늘해졌다. 그러나 눈물은 쉽게 멈추지 않았다.

"네가 잘못한 거 아니야."

"응. 나, 잘못한 거 아니야. 그래도 울지 마."

훌쩍이던 그녀가 자리에서 일어섰다. 발목도, 마음도.

이제 아프지 않다.

"가자."

은서가 무아의 손을 잡았다. 타박타박 걸어가는 느린 걸음을 따라, 그들을 둘러싼 더운 여름밤의 온도 역시 조금쯤 낮아졌다.

"또 아무나 따라가고 그러면 다시는 안 찾을 거야."

"알았어. 안 갈게."

"정말 안 가는 거다?"

그녀가 무아의 얼굴을 흘낏 올려다보았다.

"안 가. 난 은서 두고 아무 데도 안 가."

무아가 은서의 손을 꼭 붙잡았다. 차가운 것뿐만 아니라 이상하게 간질간질한 느낌이 들어, 그녀는 손가락을 자꾸만 꿈지럭거렸다.

6장. 완전한 사랑에 대하여

그들의 시간은 빠르게 흘러갔다.

폭염이 끝나는가 싶더니 장마가 시작되었다. 은서가 무아라는 생명체와 낯선 동거를 시작한 지도 한 달째에 접어들었다.

온 세상이 물에 잠길 듯 장맛비가 쏟아지는 사이, 무아는 거의 완벽에 가까울 정도로 언어를 마스터했다. 원한다면 어떤 정보든 찾아낼 수 있는 인터넷이라는 공간이 그의 학교가 되었다.

그러나 그에게는 치명적인 단점이 있었으니, 그것은 지식들을 받아들이기만 할 뿐 걸러내는 정화 기능이 없다는 것이었다. 한동안 무아는 마치 필터링이 되지 않는 고장 난 라디오 같았다. 혹은, 인터넷에 중독된 중2병 환자 같기도 하고.

"무아, 라면 좀 끓여봐."

"즐."

"너 그런 말 쓰지 말라고 했지?"
"네, 다음 지적질."
"무아 너, 한 번만 더 그런 소리 해봐. 진짜 재미없을 줄 알아!"
"너야말로 진짜 노잼."
인터넷 유행어와 표준어를 구별하게 된 이후, 무아가 빠져든 것은 다름 아닌 사극 드라마였다. 이 역시 은서에게는 대단히 고달픈 시간이었다.
"미역국 어때? 맛있지?"
"마마, 맛은 있사온데 국이 좀 짠듯하옵니다."
"뭐가 짜? 소금도 별로 안 넣었는데. 그리고 그 마마라는 말 좀 안 쓰면 안 될까?"
"아니 되옵니다, 마마! 짠맛이 났는데, 어찌 짠맛이 나냐 하시면, 그냥 짜서 짜다고 했을 뿐이온데……."
한 달을 지내는 동안 은서는 매일 아침 눈을 뜰 때마다 오늘은 무아가 어떤 모습으로 저를 놀라게 할지, 혹은 황당하게 할 것인지를 생각했다. 그의 상태는 깨끗한 흰 종이 같았다. 특히 가장 큰 문제가 되었던 것은, 모든 것을 처음 접하는 무아가 그만큼 중독에 취약하다는 사실이었다.
컴퓨터 앞에 앉아 있는 시간이 길었던 그에게 처음 찾아왔던 문제는 다름 아닌 게임 중독이었다. 우연히 게임 사이트에 접속한 이후, 무아는 꼬박 며칠 밤을 새워가며 사이버 머니를 불리는 데 몰두했다.
"오예, 쓰리 고!"
깊은 잠에 빠져 있던 한밤중, 그의 외마디 소리에 깨어나는 것이 한두 번이 아니었다. 평민으로 고스톱의 세계에 발을 디딘 무아는, 중수와 고수를 거쳐 지존을 지나 결국 신이라는 영광의 자리까지 올라섰다. 그러나 모든 도박의 끝이 그러하듯 무리한 배팅이 화근이 되었다. 결국 한순간에 올인의 나락으로 떨어지는 것으로 그의 고스톱 중독은 끝을 맺었다.

고스톱 중독에서 -자의와는 별개로- 벗어난 후, 무아의 중독에 취약한 방어막을 뚫고 들어온 것은 전투를 반복하는 롤플레잉 게임이었다. 단 3일 만에 그는 최고레벨에 도달하는 기염을 토했다. 그러나 무아의 롤플레잉 게임 중독은 예상치 못한 이유로 갑작스럽게 끝을 맺었다. 은서의 휴대폰으로 몰래 게임 아이템을 구입하려던 정황이 포착된 것이다. 집을 나갈지, 게임을 그만둘지 둘 중 하나를 선택하라고 윽박지르는 은서 앞에서 무아는 어쩔 수 없이 생존의 길을 택했다.

<'정은서빠돌이' 캐릭터를 정말로 삭제하시겠습니까?>

'예'를 누르는 무아의 눈가는 촉촉이 젖어 있었다.

그러나 모든 것은 적응의 과정이었던 듯, 결국 무아 역시 제자리로 돌아왔다.

은서의 삶에 있어 한 달이란 있는 듯 없는 듯 흘러가는 짧은 시간에 지나지 않았다. 그러나 그에게 있어 한 달은 굉장히 많은 것을 할 수 있는 시간이었다.

완벽한 의사소통을 가능케 하는 언어, 일상생활에서의 예의와 규칙, 주변 사물들의 명칭과 사용법, 은서의 집 안에서 살아가는데 꼭 필요한 다양한 것들까지. 이 모든 것을 그는 한 달 만에 습득했다. 한 가지에 지나치게 몰두하다가는 중독에 이르기 쉽다는 것을 깨달은 무아는, 이제 충동을 제어하는 법마저 알고 있었다.

그러나 무아에게는 도저히 제어되지 않는 중독이 하나 남아 있었으니, 그것은 다름 아닌 은서를 향한 집착이었다.

"어디 가?"

책상 앞에 앉아 있던 그녀가 의자에서 엉덩이를 떼기가 무섭게 그의 목소리가 날아들었다.

"물 마시러."

은서가 냉장고에서 물을 꺼내고, 싱크대 위에 놓인 컵을 집어 들어 물을 따르고, 다시 냉장고에 물병을 넣는 순간까지 그는 졸졸 뒤를 따라다녔다. 그러나 은서를 향한 그의 중독은 고스톱이나 롤플레잉 게임에 대한 중독과는 완전히 다른 양상을 보이고 있었다.

무아에게는 밥을 먹고, 자고, 씻고, TV를 보고, 인터넷을 하는 이런 평범한 일상의 영역과 은서의 영역이 확실하게 구분되어 있었다. 밥과 잠 같은 것들은 생존이 달린 문제였으나, 그것 역시 그녀보다 우선이 될 수는 없었다. 무아에게 있어 은서는 세상 모든 것들 위에 존재하는 성역이었다. 어떤 일이 생긴다 해도, 절대 깨지지 않을 성역.

지루하게 계속되던 장마가 소강상태에 접어들었다. 오랜만에 날이 갠 늦여름 밤이었다.

은서와 무아의 손에는 식료품으로 가득 찬 흰색 비닐봉투가 들려 있었다. 일러스트 작업에 대한 보수가 들어와, 그들은 오랜만에 함께 장을 보고 난 후 집으로 돌아가는 길이었다.

은서와 무아는 각자의 손에 아이스크림을 하나씩 들고 있었다. 은서는 커피 맛, 무아는 초콜릿 맛. 한 달이 지나는 새 그는 다양한 음식을 접했고 또 대부분의 음식에 만족했으나, 두 가지에 대한 취향만은 결코 변하지 않았다. 초콜릿을 광적으로 좋아하고, 설탕이 들지 않은 커피에 질색하는 것.

"잠깐 앉았다 가자."

놀이터를 지나던 은서가 걸음을 멈췄다. 문득 잠시 앉고 싶다는 생각이 들었다. 그들이 처음 만났던, 그 놀이터의 벤치에.

"너, 밖에 나오는 거 진짜 오랜만 아니야?"

말을 꺼내놓고 나니 머쓱한 생각이 들었다. 그녀 역시 다르지 않았다. 장마가 계속되는 내내 그녀와 무아는 집 밖으로 거의 나오지 않았다. 냉장고가 텅 비어갈 때가 되어서야 대단한 원정이라도 떠나듯 들뜬 표정으로 마트나 동네 슈퍼를 찾는 것이다.

"기억난다."

갑작스런 무아의 말이었다.

"뭐가?"

"여기서 너를 만난 거."

은서의 얼굴에 옅은 미소가 떠올랐다.

그동안 은서는 무아의 과거에 대해 묻는 것을 의식적으로 피하고 있었다. 그는 새로운 세상에 적응 중이기 때문이었다. 그가 완벽하게 언어를 익히고 생활하는 법을 배울 때까지 과거를 캐내는 것은 하지 않으리라 은서는 다짐했었다.

무아는 인간이 아니다. 그것은 인정하지 않을 수 없는 명백한 사실이었다.

단 한 번이었지만 그의 몸은 스르르 공중으로 떠올랐었다. 붉은 색이 아닌 투명한 피가 흐르며 몸에 난 상처를 스스로 재생하는 존재. 무아가 근본적으로 대체 '무엇'에 속하는 존재인가에 대한 물음은 늘 그녀의 마음 한구석에 자리 잡고 있었다.

그리고 어쩌면, 이제 그때가 온 것일는지도.

"네가 살던 곳에 대해서 얘기해줘."

"내가 살던 곳……."

무아의 시선이 그녀의 얼굴 위에 짧게 머물렀다.

"은서야, 정말로 뭐라고 표현해야 할지를 잘 모르겠어."

"무아 네가 예전에 그랬었잖아. 그곳은 아무 소리도 들리지 않는 조용한 곳이고, 또 계속 움직이고 있다고."

"그래, 맞아. 그런데…… 거기가 어떤 곳이냐고 묻는다면 난 정말 뭐라고 대답해야 할지를 모르겠어."

"그래……."

그녀가 아쉬운 표정으로 고개를 끄덕였다. 무아 본인이 설명할 수 없다는데 더 이상 보챌 수는 없다.

"과거에 대해서 물어보는 게 싫어서 그런 거면 말해줘. 다시는 묻지 않을게."

"싫다기보다는……."

갑자기 무엇인가를 곰곰이 생각하는 듯, 입을 다문 그는 잠시 동안 말이 없었다. 커피 맛 아이스크림의 마지막 한 입이 입안에서 스르르 녹아 사라졌다. 아릿한 냉기가 입안에 감돌았다.

"얼마 전에 인터넷에서 섬에 대한 다큐멘터리를 봤어."

"섬?"

그녀가 되물었다. 섬이라…….

"거기는 섬 같아. 완전히 고립되어 있어. 아무 소리도 들리지 않을 만큼 고요해."

여전히 수수께끼 같은 이야기.

"모두가 그곳에 머물러 있지만, 그 안의 모두는 영원히 머무르지 못해."

그의 말은 마치 은유나 상징처럼 들렸다.

"나 역시 다시 돌아갈 수 없을 거야. 이미 그곳을 떠나왔으니까."

"그랬구나……."

그의 목소리는 담담했지만 왠지 쓸쓸하게 느껴지기도 했다. 괜한 걸 물어본 것 같아 은서는 왠지 미안한 마음이 들었다.

그때, 무엇인가 차가운 것이 그녀의 이마 위로 투둑 떨어졌다.

"비 온다."

후다닥 자리에서 일어난 그녀가 무아의 손을 잡아끌었다. 잠깐 사이 빗방울이 굵어지고 있었다.

"비 엄청 쏟아질 거 같아. 빨리 일어나."

그는 여전히 무언가 골똘히 생각하는 표정이었다. 그사이 빗줄기는 옷을 적실 정도로 완연하게 거세졌다.

"은서야, 나한테……."

"일단 집에 가서 얘기해. 뭐 해."

그녀가 걸음을 떼려는 순간, 무아의 손이 은서의 팔을 붙잡았다. 쏟아지는 빗방울 속, 그의 손에서 느껴지는 서늘한 감촉은 오늘따라 더 차갑게 느껴졌다.

"무아, 왜……."

그녀가 채 말을 끝내기도 전에, 무아가 은서의 몸을 끌어안았다.

낯선 행동은 아니었다. 사소한 기쁜 일에도 그는 종종 은서를 껴안고는 했다. 그것은 무아가 기쁨을 표현하는 방식이었다. 그러나 지금의 이 포옹은 다르다. 언제나처럼 장난스럽게 몸을 꿈틀대 빠져나갈 수도 있지만, 섣불리 그럴 수 없는 묘한 감정의 파동이 그에게서 느껴진다.

"나한테 과거라는 건 없어. 은서 너를 만난 순간부터 모든 게 시작됐어. 그게 내 과거의 전부야."

폭우.

살갗이 아플 정도로 거센 빗줄기가 은서의 머리와 얼굴과 어깨와 팔 위로 쏟아져 내린다.

나는 그만한 자격이 있는 사람일까.

무아라는 존재의 시작을 함께할 자격. 그의 처음, 그리고 그 이후의 모든 순간들을 함께할 자격.

비록 표현은 하지 않았지만, 무아는 어쩌면…….

"은서, 나 네가 정말 좋아."

귀를 찢을 듯 울려 퍼지는 빗소리가 순식간에 귓가에서 멀어져 갔다. 마치 세상과 차단된 듯, 투명한 막이 쳐진 듯.

"사랑하는 거 같아."

잘 들린다. 무아와 은서, 둘만이 존재하는 세상 속에 있는 것처럼.

둘의 이야기가 처음 시작된 작은 놀이터에서, 그렇게 사랑이라는 감정 역시 시작되었다.

쿠궁, 하는 요란한 천둥소리를 뒤로한 그들은 가까스로 원룸 건물 안에 당도했다. 짧은 소나기라고 여겼던 비는 쉽사리 그칠 것 같지 않았다. 놀이터를 지나 집으로 오는 동안 무아와 은서의 온몸은 수영이라도 한 듯 푹 젖었다. 그녀가 제 옆에서 부산하게 물기를 털어내고 있는 무아를 흘깃 보았다.

사랑하는 거 같아.

불확실한 말. 그러나 그 말을 입 밖으로 내는 그의 태도에는 조금의 망설임도 존재하지 않았다.

사랑해가 아닌, 사랑하는 거 같아. 어떻게 보면 그는 가장 정직하고 솔직한 방법으로 마음을 표현한 것인지도 모른다.

무아는 세상에 대해 하나하나 차근차근 배워가고 있었다. 이제 그의 배움의 영역은, 눈에 분명히 보이는 사물들에서 보이지 않는 감정들로 확대된 것일까.

무아를 만난 지 얼마 되지 않았을 때, 이미 그는 기습적으로 은서에게 사랑해, 라고 고백한 적이 있었다. 그때 은서는 그 말을 그냥 웃어넘겼다. 세상에 대해 아무것도 모르는 무아가 약간의 호감과 친밀함을 사랑과 혼동한 것이라고 여겼다.

그러나 불확실성 따위는 존재하지 않는 꽉 찬 세 글자- 사랑해, 라는 확신에 찬 말보다 오히려 사랑하는 것 같다는 확신 없는 말이 더 진심처럼 느껴지는 이유는 무얼까.

그리고 그 말을 듣는 순간 왜 심장은 튀어나갈 듯 가슴속에서 요동쳤을까.

"그냥 둬."

무아가 은서의 손에 들린 비닐봉투를 잡아당기고 있었다. 이미 제 손에 무거운 것들을 잔뜩 들었으면서도.

"안 무거워. 너 이미 많이 들었잖아."

"그래도 줘. 내가 들을래."

그가 대수롭지 않다는 듯 그녀의 비닐봉투를 빼앗아 들고 계단을 오르기 시작했다. 무아 몫의 봉투에 들어 있던 쌀 한 포대만 해도 5킬로그램이 넘었다. 역시나 혼자 감당하기에는 과한 무게였던 듯 그의 걸음은 눈에 띄게 느려졌다. 비에 젖어 몸에 달라붙은 흰색 반팔 소매 아래로, 평소에는 잘 보이지 않는 팔 근육들이 잔뜩 튀어나와 있었다. 무아가 계단을 밟아 올라갈 때마다 고무창으로 된 슬리퍼 바닥에서 찍찍 빗물이 배어 나왔다.

"하여간에 고집은."

괜스레 툴툴대보았지만 은서도 싫지 않은 기분이었다. 앞장서 올라가던 무아가 뒤를 돌아보았다.

"원래 이런 건 남자가 드는 거야."

"뭐?"

그녀가 푸훗 하고 웃음을 터뜨렸다. 저런 소리는 대체 어디서 배운 건지. 드라마 중독의 바람직한 케이스라고 해야 하나.

"은서 네가 힘든 거 싫단 말이야."

그렇지만, 나도 네가 힘든 건 싫단 말이야. 튀어나오려던 말을 입안으로 삼키며, 은서는 가벼운 발걸음으로 계단을 뛰어 올라갔다.

비닐봉투 안에 들어 있던 식료품 역시 몽땅 젖어 있었다. 무아가 샤워를 하는 사이, 사온 것들의 물기들을 닦아내던 은서가 화들짝 놀란 표정을 지으며 방 안으로 뛰어 들어갔다.

벗어놓은 반바지 뒷주머니에서 휴대폰을 꺼내 든 그녀는 금세 울상이 되었다. 이미 물에 잔뜩 젖은 휴대폰 화면은 새까만 상태로 요지부동이었다. 휴대폰의 존재를 깜빡 잊고 빗속에 그리 오래도록 서 있었으니 당연한 일이었다. 교체한 지 서너 달이 채 되지 않은 최신형 스마트폰이라 할부금도 잔뜩 남았는데. 그녀가 깊은 한숨을 내쉬었다.

"왜 그래?"

수건으로 머리를 툭툭 털며 욕실에서 나오던 무아가 망연자실한 표정으로 서 있는 그녀에게 물었다. 은서가 휴대폰을 들어 보였다.

"사망했도다."

"왜?"

"물 들어가서."

문득 그가 조금, 아주 조금 원망스러웠다. 그들은 24시간 내내 붙어 있었다. 그런데 왜 하필 밖에 나갔을 때 사랑 고백을 한 것인지. 그것도 비가 쏟아지는 타이밍을 기다리기라도 한 듯이.

"내가 고쳐줄까?"

"고치긴 뭘 어떻게 고쳐. 그냥 떨어뜨리거나 한 것도 아니고……. AS센터 가져가도 별 방법 없을걸."

"이리 줘봐."

은서가 미심쩍은 표정을 지으며 휴대폰을 무아에게 건넸다. 이마에 주름까지 잡아가며 휴대폰을 이리저리 살펴보는 그의 표정은 꽤나 심각해 보였다.

혹시…… 무슨 마법이라도 부리려는 건가?

순식간에 회복되던 무아의 상처가 생각났다. 그것처럼 고장 난 물건 역시 금세 복구되는 게 아닐까?

상황이 궁색해지니 별 희한한 생각이 다 드는 모양이었다. 고개를 저으며, 은서는 수건을 집어 들고 욕실로 들어갔다. 세찬 물줄기 속에 몸을 맡기자 망가진 휴대폰에 대한 걱정은 슬그머니 뒤로 밀려났다. 그녀는 쏟아지는 폭우 속에서 사랑을 고백하던 무아의 목소리를 떠올리는 중이었다.

지극히 단순한 질문 하나.

무아가 좋아?

"좋지."

싫지 않다. 아니, 오히려 둘 중 하나를 고르라면, 선뜻 좋다고 말하는 편을 선택할 것이다. 한 달이라는 시간을 함께 보내면서 정이 들은 탓도 있겠지만 굳이 그런 핑계를 대지 않아도 무아는 특별한 존재였다. 처음 보았던 순간부터 이상하게 마음이 끌렸었다. 덜컥 집으로까지 데리고 오게 된 것도 다 그런 이상한 끌림 때문이었고.

그럼, 사랑하는 건가?

"아니."

거품이 잔뜩 일어난 샤워 스펀지를 문지르던 은서가 잠깐 행동을 정지했다.

"……가 아니고. 몰라."

모르겠다.

그녀가 경험했던 사랑의 기억들에는 하나같이 어딘가 빈 구석이 있었다. 집착을 사랑이라 착각했던 적도 있었고, 외로울 때 그저 옆에 있었다는 이유로 사랑한다고 믿기도 했었다. 그녀가 겪어

왔던 사랑은 죄다 불완전한 모습을 하고 있었다. 순간의 열정이 지나가면 순식간에 사그라지는 그런 종류의 사랑……. 아니, 사랑이라고 부르기조차 애매한 감정. 아이러니한 일이었지만, 사랑이라고 불렀던 관계가 종지부를 찍을 때마다 은서는 그것이 진짜 사랑이 아님을 새록새록 깨달았었다. 진짜라면, 함께하는 순간뿐 아니라 끝난 후에도 사랑이어야만 하는 것일 테니까.

그러니까 그녀 역시 무아의 상태와 크게 다르지 않은 것이다. 사랑이라는 게 뭘 말하는 건지, 어떤 건지 모르기는 무아나 은서나 매한가지였다.

사랑하는 거 같아.

무아의 고백은 대단히 현명한 것이었다는 생각이 들었다.

그리고 은서도 어쩌면…… 그런 것 같기도.

"뭐 해?"

샤워를 마치고 나온 그녀가 침대 위에 앉아 있는 무아에게 물었다.

은서마저 그 존재를 잊고 있었던 드라이버며 작은 공구들은 어디서 찾아낸 건지, 휴대폰 안의 조그만 부품들까지 죄다 해부되어 침대 위에 놓여 있었다. 그녀가 기가 막힌다는 표정을 지었다.

"이런다고 이게 살아나?"

"기다려보라니까. 다 됐어."

그의 분주한 손놀림에 어지러이 널려 있던 작은 부품들이 제자리를 찾아갔다.

"봐봐. 이제 켜진다?"

무아가 자신만만한 표정으로 휴대폰의 전원 버튼을 꾹 눌렀다. 은서는 채 의심을 지우지 못한 얼굴로 그의 손에 들린 휴대폰을 들여다보았다. 어쩌면 마법처럼 휴대폰이 말짱해질는지도 모르는 일이었다.

"아이 씨, 왜 안 되지?"

그럼 그렇지. 마법 따위는 일어나지 않았다.

휴대폰에서는 아무런 반응도 돌아오지 않았다. 어차피 버린 물건이라고 생각하고 있었기에 특별히 아쉬운 마음은 들지 않았다. 그저 무아가 어떤 기적을 만들어내는 게 아닌가, 언어 말고 다른 부분에 재능을 가지고 있는 게 아닌가 하는 기대를 품었을 뿐.

"애당초 될 거라는 생각을 한 게 더 신기해."

투덜대며 휴대폰의 전원 버튼을 다다다다 눌러대고 있는 무아를 보던 은서가 갑자기 궁금한 듯 눈을 빛냈다.

"무아 너 혹시, 다른 능력 같은 거 없어?"

"무슨 능력?"

"공중에 뜨기도 하고, 흉터 생겨도 금방 아물고 그랬잖아. 뭐, 힘이 특별히 세다든가 그런 거 없어?"

"공중에 뜨고 싶어서 뜬 거 아니거든. 그게 얼마나 무서운 건지 알아?"

확실히 그날 이후 두 번 다시 그가 공중으로 솟아오른다든가 하는 일은 없었다. 무아의 말처럼 그건 자의와는 전혀 관계없는 일이었던 것 같다.

"그럼 힘이 세거나……. 아니다. 됐다."

쌀 5킬로그램, 바나나 한 송이, 양파 네다섯 개, 라면 한 묶음. 그게 아마도 무아가 들 수 있는 최대치의 무게일 것이다. 식료품들을 들고 계단을 오르던 무아의 팔이 바들바들 떨리는 것을 이미 보지 않았던가.

"나 힘 세. 네 물건도 전부 들어줬잖아."

"누가 약하다고 했어? 난 막 초인적인 힘, 그런 거 말한 거야. 한 손으로 사람도 들고……."

"나도 힘세다니까!"

예상치 못한 일이었다. 갑자기 그가 벌떡 일어나더니 은서를 번쩍 들어 올렸다……. 아니, 정확히 말하면 그녀를 들어 올리려고 했다. 한쪽 손으로는 그녀의 목뒤를 받치고, 다른 팔은 무릎 뒤에 넣어서. 마치 신혼여행을 떠나 호텔방으로 들어가는 사람들처럼. 대체 어느 드라마에서 본 건지 가늠조차 가지 않았다.

"야!"

그녀가 꽥 소리를 지름과 동시에, 무아의 몸이 휘청하더니 침대 위로 은서를 내동댕이쳤다.

"아, 뭐가 이렇게 무거워?"

"뭐? 무겁긴 뭐가 무겁다는 거야?"

"무거워, 너. 완전 무거워. 도저히 못 들겠어."

발끈한 은서가 그를 노려보았다. 무아의 무심한 표정이 더욱 그녀를 좌절시켰다. 장난기가 발동한 표정도 아니었고, 웃자고 농담을 하는 것도 아님이 분명한 표정. 무아는 그저 순수한 진실만을 말하고 있었다.

"말로는 사랑하네 마네 하면서, 미운 소리만 골라서 하고."

"무겁다는 게 미운 소리야?"

멀뚱멀뚱 되묻는 무아 덕분에 그녀의 기분은 더 나빠졌다. 생각해보니 바지 입을 때 허리가 좀 꽉 끼었던 것 같기도 하고.

"무거우면 어때. 은서 너 정말 예뻐."

"퍽이나 예뻐 보이기도 하겠다. 원빈 강동원 제외하고는 너보다 잘생긴 사람 없다며?"

"연예인이랑은 달라. 은서 너는 그냥 예뻐. 가만히 있어도 예쁘고, 화내도 예쁘고, 자는 것도 예쁘고."

"너 휴대폰 때문에 아부 떠는 거지?"

괜히 툭 내뱉어보았지만 그녀의 목소리는 한결 가라앉아 있었다. 못생겼다는 소리보다는 훨씬 듣기 좋은 말이었으니까. 아무래도 무아의 미(美)에 대한 기준은, 남녀 성별에 따라 확고한 차이가 있는 모양이었다.

"그런 거 아니야!"

갑자기 그가 침대 위에 철퍽 앉으며, 은서의 눈앞 10센티미터까지 다가왔다.

"은서 너는 정말 예뻐. 너무 예뻐서……. 잠깐이라도 못 보면……. 예뻐서……."

그녀가 멀거니 코앞에서 중얼거리는 무아를 보았다. 꿈을 꾸는 것 같다. 다 큰 남자가, 지금 뭐 하는 짓…….

"아, 알았어……. 그, 그렇다고 울 필요까진."

"정말 예쁘고 정말 사랑하는데, 너는 내 마음도 몰라주고."

"알았어. 알았다고. 일단 진정 좀 해봐."

그가 손을 들어 눈에 고인 눈물을 쓱 닦아내었다.

"정말 예쁘다고."

무아가 울먹이며 중얼거렸다.

캄캄한 어둠 속. 은서는 가만히 눈을 떴다. 눈물바람을 하는 무아를 달래느라 기운이 빠져, 침대에 누워 있다가 잠이 들었던 것 같다.

고요하다. 아무런 소리도, 빛도 없다. 아직 한밤중인 듯 창밖은 마냥 어두웠다. 고개를 들며 꿈틀대던 은서의 몸에 서늘한 감촉이 와 닿았다.

언제 침대 위로 올라왔지.

함께 살게 된 직후, 그녀는 무아의 편안한 잠자리를 위해 바닥에 까는 접이식 매트리스를 구입했었다. 딱딱한 방바닥 대신에 조금이나마 푹신하게 잠들 수 있도록. 그러나 그는 늘 이런 식이었다. 은서가 잠들 때까지는 얌전히 바닥에 있거나 컴퓨터 앞에 앉아 있었다. 그러나 일단 그녀가 깊은 잠 속에 빠지고 나면, 살금살금 도둑고양이처럼 좁아터진 침대 위에 올라와 은서의 옆에 몸을 누이는 것이다.

어둑어둑한 방 안에서도 무아의 존재감은 뚜렷하게 느껴진다. 그녀 쪽으로 몸을 돌린 채, 반쯤 베게에 파묻혀 있는 그의 옆얼굴이 희끄무레하게 빛났다. 유난히 하얀 피부. 잠들기 전, 우는 무아를 달래느라 진땀을 뺐던 기억이 다시금 떠오르자 은서의 입술 사이로 낮은 한숨 비슷한 것이 새어 나왔다.

이상해.

외형적으로 거의 완벽에 가까운 무아. 만일 이렇게 기묘한 관계가 아닌 타인으로 그를 지나쳤더라면 은서 역시 고개를 쭉 빼고 그를 보았을 것이다. 눈을 떼지 못하게 하는 아름다움이 무아에게 존재했다. 일반적인 기준으로 생각해보았을 때 저런 외모를 가진 남자라면, 그녀처럼 평범한 여자는 거들떠보지도 않았을 것이다.

그러나 무아는 은서에게 완전히 집착하고 있었다. 사랑한다고, 정말정말 예쁘다고, 그런데 왜 너는 마음을 몰라주냐고. 눈물을 뚝뚝 흘리던 그의 모습이 생생하게 되살아났다. 무아는 은서의 뒤를 졸졸 따라다니고, 일거수일투족을 함께하려 하고, 모든 순간을 공유하고 싶어 했으며, 어디든 같이 가기를 원했다. 깨어 있는 동안에도, 그리고 잠이라는 무의식의 세계에 빠져 있는 순간조차.

그녀가 아는 한, 현재 무아의 삶에 존재하는 사람은 오직 은서 자신뿐이었다. 가족도, 친구도, 그는 그 어떤 사람에 대해서도 말하지 않았다. 단 한 번 그가 소중하게 간직하고 있는 돌을 준 사람이 어떤 여자였다고 말했을 뿐이었다. 무아의 입을 통해 들었던, 그와 어떠한 관계를 맺고 있던 유일한 존재. 돌을 주었다는 여자.

무아는 그때도 그랬을까.

은서에게 그러하듯이, 절대적인 사랑에 빠져 숭배에 가까운 집착을 보이며 그 여자의 곁을 지켰을까. 그녀가 지금 무아에게 단 하나뿐인 열정의 대상이듯, 그 여자 역시 그에게 그런 존재였을까.

그런 생각을 하니 왠지 서글퍼진다.

과거 따위는 존재하지 않는다는 남자. 그녀를 만난 순간 모든 것이 시작되었다고 말했던 무아. 무엇도 알 수 없는 그의 과거 속에 살아 있는 유일한 여자의 존재를 생각하니 갑작스레 슬퍼졌다.

만약 새로운 세상으로 나가면, 이 좁디좁은 열 평 남짓한 원룸의 문을 열고 바깥을 향해 걸어 나간다면. 그리하여 무아의 세상에 은서뿐이 아닌 또 다른 다양한 종류의 사람들이 촘촘하게 들어선다면. 예를 들자면, 놀이터에서 그의 사진을 열광적으로 찍어대던 여자 같은 사람들이.

그때는 은서 역시 지나간 과거의 유일한 사람이 되어버릴지도 모른다. 그런 날이 오면 무아의 저 가지런한 입술 새에서 흘러나오는 그녀의 이름 역시 똑같아지겠지. 어쩌면 그는 이렇게 말할지도 모른다.

어떤 여자가……. 내 삶에 잠시 있었어.

알 수 없는 폭풍 같은 감정들이 몰려오는 것 같았다. 그녀 스스로도 쉽게 이해가 가지 않았다. 잃어버리는 것에 익숙하다고 생각했었는데. 엄마를 잃는 것, 집을 잃는 것, 연애라는 것을 하던 대상들을 떠나보내는 것.

갑자기 무아가 스르르 눈을 떴다. 갓 잠에서 깬 어리둥절한 표정이 그의 깊은 눈동자 안에 떠올랐다. 그러나 은서와 눈이 마주친 순간, 잠이 채 달아나지 않은 그의 얼굴 위로 느릿느릿 나른한 웃음이 번져갔다.

가지런히 얼굴 옆에 모아져 있던 그의 팔이 슬금슬금 은서의 허리 위로 올라왔다. 드러난 팔 위에 닿는 무아의 몸은 차갑고 시원하다. 살갗에서부터 시작된 기분 좋은 청량감이 꿈틀대며 몸을 타고 번져갔다.

그의 얼굴이 눈앞으로 다가왔을 때, 망설임과 두려움 같은 감정들이 잠시 그녀를 멈칫하게 만들었다.

그의 사랑 고백은 늘 일방적이었다. 그에게 은서는 성역이었고, 숭배의 대상이었으며, 오직 하나뿐인 존재였지만 반대로 그녀에게 무아는 그런 거창한 존재는 아니었다. 오히려 거창하다는 표현보다는 지극히 이상하고, 낯설고, 기이한……. 그런 관계의 연장선상에 있는 사람. 심지어 사람조차 아닌 것 같은, 그런 존재.

무아에게 그녀가 유일하게 감정을 소통하는 대상이었다면, 은서에게 그는 그저 기묘한 동거인에 지나지 않았다. 아직까지는.

물러설까.

지금이라도 늦지 않았어.

하지만 달리 생각해보면 그녀의 처지 역시 지금 무아의 상황과 조금도 다르지 않았다. 은서의 곁에는 아무도 없었다. 가족도, 친구도, 연인도.

오직 무아밖에는.

……라고, 그녀가 생각하는 순간 그의 입술이 은서의 입술 위에 살며시 포개졌다.

말랑말랑하고 축축한 여린 살의 감촉이 입안을 침범해왔을 때, 혀끝에서 시작된 그 차가운 기운에 그녀는 흠칫 몸을 떨었다.

마치 작은 얼음 조각이 입안에 들어와 있는 듯, 그렇지만 조금도 단단하거나 날카롭지 않은. 그저 한없이 부드럽고 말캉하면서도 서늘하게 밀어닥치는, 상상조차 해보지 않았던 그런 느낌이 입안을 조심조심 쓰다듬고, 간질이고, 감싸 안는다.

은서는 물러날 듯 보였다. 그러나 절대 물러나지 않았다. 도망쳐야 한다는 강박과 이대로 멈추고 싶지 않다는 열정의 파도가 그녀의 머릿속에서, 심장 속에서 거칠게 충돌했다. 그녀의 열린 입술 사이로 흘러나오는 뜨거운 숨결과 무아의 차가운 호흡이 캄캄한 방, 비좁은 싱글 침대 위에 뒤섞였다.

이제 되돌릴 수 없다. 다시는, 평범한 듯 평범하지 않은 이상한 동거인의 관계로 후퇴할 수는 없을지도 모른다.

뜨거웠고, 차가웠고, 서툴렀고, 능숙했고, 낯설었지만 또한 익숙한 것 같았던 숨과 숨이 겹쳐지는 지점에서 그들은 정지했다. 다가왔다, 멀어진다. 그의 냉기 어린 찬 입술이 은서의 따뜻한 살갗을 어루만지듯 천천히 스쳐 지나간다. 그리고 다시 돌아온다. 영원히 멈추지 않을 듯, 무한하게 반복될 것처럼.

"무아 너……."

숨이 차오르는 것도, 열병을 앓듯 몸이 뜨거워진 것도, 가슴속 깊은 곳에서 무언가가 끊임없이 폭발하듯 들썩이는 것도 모두 그녀만의 사정인 것 같았다. 무아는 초연했다. 그에게서는 호흡의 변화도, 체온의 변화도, 은서가 느끼고 있는 감정의 오르내림도, 그 무엇도 느껴지지 않았다. 무언가 억울한 기분이 들었다. 그녀 혼자서만 잔뜩 들뜬 것 같다.

"……이런 거, 어디서 배웠어?"

"아무 데서도 안 배웠어."

무아의 팔이 은서의 몸을 가만히 끌어당겼다. 굉장히 조심스럽지만, 또 한편으로는 대단히 빈틈없는 동작이었다. 그 무엇도 무아의 팔 안에 갇혀 있는 그녀에게 감히 침범할 수 없을 것 같았다. 그의 팔이 이렇게 굳건하고 강하다는 것을 이전에는 미처 몰랐었다.

"거짓말."

조그만 소리로 불만스러운 듯 중얼거리는데, 그의 얼굴이 다시 은서의 코앞으로 다가왔다.

"지금 배우는 중이야. 은서 너한테."

무엇인가 대답하려는 듯 그녀가 입을 열었지만 그 말들은 금세 무아의 입술 사이로 삼켜졌다. 입안에 퍼지는 싸늘한 기운. 다시금 그녀는 온몸에 힘이 빠져나간 듯 몽롱해졌다. 낯설고도 황홀한 감촉에 집중하던 그녀는 팔을 뻗어 무아의 등을 감싸 안았다. 그의 뜨거운 체온이 느껴지는 순간.

뜨거운.

"너…… 몸이 뜨거워."

믿을 수 없다는 듯 은서가 중얼거렸다.

"네가 너무 예뻐서, 네가 너무 좋아서 그래."

깊은 바닥으로 가라앉는 듯 낮게 갈라진 무아의 목소리가 들려왔다. 얇은 여름 홑이불이 그들의 몸을 스치는 소리, 끝나지 않은 열대야의 더운 공기, 냉기와 열기 사이를 위태롭게 줄타기하듯 오가는 무아의 몸. 도무지 알 수 없는 온갖 것들이 대치하는 기묘한 어둠 속에서 은서는 가만히 눈을 감았다.

햇살. 널따란 창 위에 드리워진 블라인드 틈새로 들어오는 빛줄기가 갓 잠에서 깨어난 은서의 얼굴 위로 어른거렸다. 가느다랗게 뜬 그녀의 눈 안으로 빛이 쏟아져 들어왔다.

어느 틈엔가 익숙해진 그의 팔이 뒤에서 스륵 은서의 몸을 당겨 안는다. 뒷목덜미를 간질이는 서늘한 숨결에 작은 소름들이 우수수 돋아났다. 잠에서 완전히 깨어나지 못한 나른한 머릿속에 지난밤의 일들이 물밀듯 밀어닥쳤다. 캄캄하던 밤의 기억. 오직 둘만이 존재하는 것 같았던 세상. 입안에서 스르르 얼음처럼 녹아내리며 달콤한 것을 남기던 무아의 입술. 조금 잠긴 것 같던 그의 낮은 목소리.

사랑해, 은서야.

하지만 조금…… 어색하고, 부끄럽다. 그가 맞은편이 아닌 등 뒤에 있다는 것이 다행스럽게 느껴졌다.

처음 마주쳤을 때 느꼈던 묘한 감정. 한 달을 한집안에서 생활하면서 사소하게 투덕거리며 부대껴온 시간들. 호기심의 대상이었다가, 매일 곁에 있는 익숙한 존재가 되었던 무아와 은서의 관계는 이제 새로운 국면에 접어들고 있었다. 간밤의 입맞춤이 그들의 관계를 얼마나 다른 것으로 바꾸었는지 그녀는 다시금 깨달았다.

그렇지만 싫지는 않다. 아니, 싫은 게 아니고…… 좋아. 좋았어, 이미 이전부터.

"우유빛깔 정은서."

"아, 제발 좀."

그녀가 한숨을 쉬면서 침대에서 일어났다. 어디로 튈 줄 모르는 무아라는 생명체는 은서가 밤의 기억을 되새기며 아련한 감상에 젖는 것조차 허용하지 않았다.

"어디 가, 가지 마아아아앙."

"무아 너, 혓바닥 잘라버린다."

"정말 자를 거야?"

침대에서 벌떡 일어난 그가 성큼 은서에게 다가왔다. 맨 처음, 그들의 거리는 1미터 남짓이었다. 그러나 무아와 은서 사이의 거리는 하루하루가 지날수록 한 발짝씩 좁아졌다. 이제 그들 사이에 공간 같은 것은 존재하지 않는다. 그들은 살갗을 맞댈 만큼 틈 없이 가까워졌다.

은서가 늘어진 블라인드 줄을 바짝 잡아당기자, 커다란 창문 사이로 빛이 쏟아지며 방 안 역시 빛에 파묻혔다. 창문을 통해 들어오는 눈부신 오전의 햇빛 사이로 작은 먼지들이 떠다닌다. 일렁이며, 물속을 부유하듯, 나른하게 춤을 추듯. 그렇게 무아도 은서에게 다가왔다. 어딘지 알 수 없는 먼 곳에서부터, 조금씩 가까이.

"예쁘다, 정은서."

빛. 밤을 몰아내는 찬란한 빛. 그 눈부신 빛 속에 서 있는 무아를 마주 보던 그녀가 처음으로 망설임 없이 고개를 끄덕였다.

예쁘다. 그의 눈에 비치는 은서의 모습이 예쁘다. 예쁠 것이다. 그녀의 눈에 비친 무아의 모습도 처음부터 늘 아름다웠으니까.

그의 입술이 또다시 다가왔다. 1센티미터 남짓, 무아와 은서의 사이. 그리고 그녀는 어젯밤을 기준으로 달라진 그 달콤한 관계를 인정하기로 했다. 그녀의 입술이 부드러운 곡선을 그리던 순간이었다.

벨소리가 울렸다. 한 번, 두 번. 은서가 제 앞에 바짝 붙어 서 있는 그의 몸을 조금 밀어냈다.

"올 사람이 없는데……."

그녀가 당황한 듯 중얼거렸다. 누군가 이 비좁은 원룸의 벨을 누르는 것은 매우 드문 일이었다.

머뭇대는 사이, 벨은 한 번 더 울렸다. 인터폰은 고장 난 지 오래였기 때문에 은서는 별생각 없이 문을 열었다. 가끔 들르는 건물 관리인일 것이라고 생각했기 때문이었다.

그리고 다시, 닫았다.

"은서야, 문 열어. 아니, 전화를 아침부터 하루 종일 했는데 집에 있으면서 왜 안 받니, 대체."

"어, 엄마……."

"뭐 해? 문 안 열고."

"엄마, 자, 잠깐만……."

"빨리 열어. 엄마 더워 죽겠다."

잔뜩 구겨진 표정의 은서가 고개를 돌려 무아를 보았다. 무슨 일이냐는 듯 갈색 눈을 반짝이고 있는 그의 얼굴을. 행복해 보이는 무아와는 달리 그녀의 얼굴은 삽시간에 흙빛이 되어 있었다. 우유 빛깔이라면, 커피우유 빛깔이랄까.

"저기 무아야, 엄마가 오셨는데……."

"은서야! 뭐 해?"

결국 결심한 듯, 그녀는 현관문을 열었다.

더위에 지친 듯 상기된 엄마의 얼굴. 아마도 은서의 표정이 평소와는 달랐던 모양이었다. 그녀를 찬찬히 보는 엄마의 표정에 설핏 의아함이 스쳤다.

"무슨 일 있어? 은서……."

엄마의 시선이 뒤편에 어정쩡하게 서 있는 무아에게 향하는 것을 본 은서가 눈을 질끈 감았다.

은서와 엄마의 사이에는 분명한 선 같은 것이 존재했다.

선. 초등학교 때, 분필로 책상 위에 한 줄을 찍 그어놓고, '너 여기 넘어오면 죽을 줄 알아' 하는. 그런 종류의 선. 물론 모녀간이었기에 넘어가면 죽인다는 식의 과격한 금기가 있는 것은 아니었다. 그건 다분히 심리적인 방어막이었다. 지옥처럼 끔찍했던 유년. 그 공포의 직접적인 피해자였던 은서의 엄마. 그러나 아이러닉하게도 엄마는 은서가 사는 지옥을 만들어낸 당사자이기도 했다. 떠나려고 하지 않았던 사람. 도망치지 않은 채, 어린 딸마저 지옥에 붙들어놓은 사람.

악마처럼 군림하던 아버지가 돌아가신 후, 은서의 엄마는 새로운 남자를 만나 남자의 가족들과 새로운 삶을 꾸렸다. 그리고 은서는 혼자 남겨지는 것을 선택했다.

그 이후, 그녀와 엄마의 삶은 철저히 분리되었다. 엄마는 엄마의 삶을 살았고, 은서는 은서의 삶을 살았다. 엄마는 행복해 보였고, 은서는 외로웠지만 적어도 지옥에서는 벗어난 상태였다. 과거를 입에 올리지 않고, 서로가 불편함을 감내할 만큼 애틋한 모녀 사이는 아니었다는 사실을 애써 외면한 관계. 그 두 가지 합의에 의해 생겨난 선을 지금껏 은서와 엄마는 넘지 않았었다.

그녀의 집에 와 있는 낯선 남자의 존재. 엄마에게 그것은 어느 선 너머에 있는 것일까.

"누구……?"

"아, 엄마. 친구야. 무아라고……."

엄마는 이번에도 선을 넘지 않을까. 그래줄까.

"안녕하세요, 어머님."

갑자기 무아가 90도 각도로 허리를 꾸벅 숙였다.

"은서 친구예요. 처음 뵙겠습니다."

"으응, 그래요?"

"네, 어머님. 무거우시죠? 이리 주세요."

무아가 은서의 엄마에게 성큼 다가가더니 무거운 비닐봉지를 받아 들었다. 은서를 위해 이것저것 마트에서 장을 봐오신 모양이었다.

“더우시죠? 에어컨 켜드릴게요.”

“고마워요. 친구가 참…… 싹싹하네.”

무아는 마치 제가 주인이라도 되는 듯, 분주히 집 안을 오가며 엄마와 대화를 나누는 중이었다.

더운데 오시느라 고생하셨어요. 에어컨이 나오니 금방 시원해질 거예요. 시원한 음료수라도 드릴까요? 주스랑 사이다 어떤 걸로 드시겠어요? 얼음 넣을까요?

은서는 눈앞의 상황을 멍하니 보고 있었다. 이 집에서 이방인은 무아도, 엄마도 아닌 집주인인 그녀 같다. 아니 그보다, 무아는 어디서 저런 걸 배운 거지?

“마침 일이 있어서 근처에 왔다가 들렀어. 왜 전화는 안 받은 거야?”

“아…… 휴대폰이 비에 젖어서 고장 났어, 엄마.”

“그럼 얼른 고치든가 사든가 했어야지. 무슨 일 생긴 줄 알고 걱정돼서 여기까지 왔잖아. 잠깐 밖에서 볼 생각이었는데.”

“응……. 오늘 고치러 갈 생각이었어. 별일 없이 그냥 들른 거야?”

엄마가 고개를 끄덕였다. 은서가 조금 불편한 듯 곁눈질로 무아를 보았다. 그는 침대 맨 끄트머리에 얌전히 앉아 있었다. 마치 없는 사람이라도 되는 양. 허리를 꼿꼿이 세우고 단정하게 두 손을 무릎위에 올린 채로.

“엄마, 요 앞에 커피숍 갈까? 저기, 쟤가 내 친군데…… 지금 딱히 갈 데가…….”

“아, 실례했습니다. 잠깐 딴생각을 하느라. 어머님 오셨으니 이만 가보겠습니다."

갑자기 자리에서 벌떡 일어나는 그를 본 은서가 몸을 움찔했다. 무아는 지금껏 단 한 번도 혼자 밖에 나갔던 적이 없었던 것이다.

"오래 얘기할 것도 아니고. 괜찮아요, 학생."

"아닙니다, 어머님. 따님이랑 말씀 나누세요."

꾸벅 인사해 보이며 문을 향하는 무아와 은서의 눈이 마주쳤다. 그녀가 조용히 입모양으로 어디가, 라고 물었지만 그는 그저 어깨를 으쓱해 보일 뿐이었다. 무아가 현관문을 열고 밖으로 나가려던 찰나였다.

"그러지 말고 여기 좀 앉아봐요. 할 얘기도 좀 있고."

"엄마, 무슨 얘기?"

다시 철컹 하고 무거운 현관문이 닫히는 소리가 났다. 은서가 당황한 듯 엄마의 얼굴을 쳐다보았다. 그사이 무아는 은서 곁에 단정하게 무릎을 꿇고 앉았다.

"둘, 무슨 사이예요?"

들려온 엄마의 첫마디에 은서가 인상을 찌푸렸다. 모든 엄마들은 왜, 이렇게 누군가 던져준 대본 같은 말로 대화를 시작하려 하는 걸까.

"사랑하는 사이인데요."

무아의 말을 들은 은서가 경악에 찬 표정으로 그를 쳐다보았다.

"뭐라고요?"

대답이 너무 직설적인 탓에 어쩌면 답을 예감했을 엄마 역시 놀란 듯 되물었다.

선을 넘은 건 엄마도, 은서도 아니었다. 무아가, 가뿐히, 너무나 당연한 일이라는 듯 그 선을 성큼 넘어왔을 뿐.

"은서와 결혼하고 싶습니다, 어머님."

무아의 선언 이후, 5초 정도 되는 짧은 침묵이 그들 사이에 내려앉았다. 엄마도, 은서도 말문이 막힌 상태였다. 오직 무아만이 평온한 모습이었다.

"결혼이라고 했어요?"

엄마가 다시 한 번 확인이라도 하듯 물었다. 입을 헤벌리고 있던 은서가 그제야 당황한 듯 손사래를 쳤다.

"엄마, 아, 아니야. 정말 아니야. 무, 무아 너, 지금 대체 혼자 무슨 소리를……."

"은서랑……."

"그, 그러는 거 아니야. 제발, 아니야. 무아."

또다시 무슨 말을 꺼낼 것인지 두려운 나머지 은서는 그의 말을 뚝 끊어버렸다. 제가 얼마나 엄청난 소리를 한 것인지 꿈에도 모른다는 듯, 그는 만족스러운 표정이었다. 은서가 깊은 한숨을 내쉬었다. 무아는 드라마를 너무 많이 봤다. TV고 컴퓨터고 모두 내다 버리기라도 해야겠다는 생각이 들었다.

"나이가 어려 보이는데, 직업이 뭐예요?"

"어, 엄마. 그런 거 아니야. 얘랑 나랑, 진짜 그런 거 아니에요."

"너한테 묻는 거 아니야."

은서가 초조한 듯 아랫입술을 깨물었다. 엄마는 지금 참고 있다. 이해할 수 없는 이 상황을, 무아가 갑작스럽게 집어 던진 폭탄을. 그의 입을 통해서 예상치 못한 무엇인가가 또 터져 나온다면, 애써 태연을 가장하고 있는 엄마의 예민한 신경은 뚝 끊어져버리고 말

것이다.
"직업이 뭐예요?"
"직업은 없습니다."
"그럼 학생인가?"
"학생 아닌데요."
은서가 깊은 숨을 내쉬었다. 여기까지다. 더 이상은 정말이지 곤란한 일이다.
"엄마, 내가 설명할게. 정말로 그런 사이 아니야. 결혼이니 뭐니, 그런 말 나올 만한 사이 아니라고."
그러나 엄마는 그녀 쪽은 쳐다보지도 않았다.
"직장도 없고, 공부하는 것도 아니고. 우리 은서, 어떻게 먹여 살리려고 그래요? 부모님은 뭐 하세요?"
"엄마!"
은서의 말이 튀어나옴과 동시에 무아 역시 입을 열었다.
"부모님 안 계신데요. 그리고 은서는 제가 먹여 살리지 않아도 잘 먹고 잘 살고 있어요."
아아, 정말 이게 꿈이었으면 좋겠다.
엄마의 표정은 싸늘하게 굳어 있었다.
"무아, 제발. 나 엄마랑 얘기 좀 할게."
은서가 간절한 목소리로 그의 팔을 잡아끌었다.
"엄마, 얘가 외국, 외국에서 와서 그래. 그냥 친구야, 친구."
"그냥 친구인데 결혼하겠다는 소리를 해?"
은서가 짧게 한숨을 쉬었다. 이런 상황에서 거짓말을 하는 건 아무런 도움이 되지 않는다.

“남자 친구, 맞아.”

남자 친구.

은서는 지금까지 단 한 번도 무아를 그렇게 불러본 적이 없었다. 아니, 생각해본 적도 없었다. 동거인이라는 뚜렷한 경계를 가지고 있던 그들의 관계는 어젯밤 이미 선을 넘었지만, 그렇다고 해서 '남자 친구'라고 그를 부르는 것은 너무나 낯설게 느껴졌다, 무아는 그냥 무아일 뿐이었다. 그들의 사이가 달라졌다 해서 애인이나 남자 친구 같은 호칭 속에 그를 가둘 수는 없는 것이다.

그러나 그건 은서와 무아 둘만의 이야기였다. 은서를 향한 그의 무조건적인 숭배와 집착. 그녀는 그것이 싫지 않았다. 아니, 이미 완전하게 익숙해져버렸다. 그저 스킨십의 단계가 전진했을 뿐 사실 그들은 함께 살기 시작했던 순간부터 그런 미묘한 감정의 끈으로 연결되어 있었다.

그러나 그들 사이에 존재하는 기묘한 교감을 타인에게 설명할 수는 없는 일이었다. 그가 어떤 존재인지, 어떻게 만났는지, 어떤 단계를 거쳐 그들이 관계를 진전시켜왔는지. 그것을 설명하는 것도 이해시키는 것도 불가능했다. 사랑이라는 감정이 생기기까지의 모든 과정은 생략되고, 남는 것은 단 하나 그들의 관계를 정립하는 한 단어뿐인 것이다.

남자 친구, 혹은 애인.

그것 외에, 타인에게 그들의 관계를 표현할 수 있는 말이 없다는 사실이 은서를 좌절시켰다. 그러나 역시나 할 수 있는 말은 그것뿐이었다.

“부모도 없고, 직장도 없고.”

"엄마!"
"보아하니 널 먹여 살린다거나 하는 개념도 없는 애 같고."
"무아가 듣잖아요. 나가서 얘기해, 이게 무슨……."
"은서 너, 애 먹여 살리는 것 아냐? 너한테 얹혀사는 거 맞지?"
"그런 거……."
아니야, 라고 말하려던 은서가 입을 다물었다.
어떤 식으로 말해도 엄마는 이해하지 못한다. 그저 눈에 보이는 것만으로 모든 것을 판단할 뿐이다. 엄마에게 무아는 그런 존재일 수밖에 없는 것이다. 고아에, 백수에, 딸에게 빌붙어 얹혀사는 존재. 그리고 냉정하게 따져보았을 때 그것은 틀리지 않은 말이었다.
"사정이 있어서 그래요."
"다 좋다고 쳐. 생활비는 내니?"
"내요. 생활비……."
거짓말이었으나 이렇게라도 말할 수밖에 없었다. 그러나 엄마는 믿지 않는 표정이었다. 은서가 무아를 흘낏 쳐다보았다. 그는 미동 없이 없는 존재처럼 앉아 있었다.
무엇을 보고 있니.
"저기 학생. 아니, 뭐라고 불러야 할지 모르겠는데."
엄마의 목소리에 무아가 고개를 들었다.
"나는 은서 엄마로서 둘이 이러고 사는 거, 용납할 수 없어요. 그러니 학생이 나가줬음 좋겠어."
"엄마!"
그녀 자신도 모르게 목소리는 크게 나왔다.
"내보내라고. 엄마 말 안 들려?"

머릿속에 떠오르는 수많은 생각들을 정리하느라 말은 좀처럼 나오지 않았다. 은서가 천천히 숨을 고르듯 내뱉었다. 흥분을 가라앉히기 위함이었으나 심장은 미친 듯이 쿵쿵 뛰었다.

"세상에 말이 되는 얘기야? 다 큰 딸이 웬 남자새끼랑 동거하는 것도 기가 찰 노릇인데, 거기에 물주 노릇까지 하고 있다는 게?"

"그런 거 아니라고! 사람 옆에 두고 이게 무슨 짓이에요?"

"들으라고 하는 소리야. 알았어요, 학생?"

엄마가 재촉하듯 무아를 다그쳤다. 그가 천천히 고개를 떨어뜨렸다.

"저는 은서랑 같이 있을 거예요."

무아가 기어들어가는 소리로 중얼거렸다.

불공평하다.

엄마가 재혼 상대자라며 처음 보는 낯선 아저씨를 데리고 왔을 때 은서는 아무런 말도 하지 않았다. 가타부타 말할 자격이 없다고 생각했기 때문이었다. 엄마에게는 엄마의 인생이 있었으니까.

"내가 너 이러라고 그 고생하며 키운 줄 알아?"

은서가 떨리는 손을 맞잡았다.

엄마에게만 고통이 아니었다. 그건 그녀에게도 씻을 수 없는 지옥이었다. 어쩌면 엄마가 말하는 '고생'이란 걸 엄마가 일찍 포기했다면, 그녀의 어린 시절은 조금이나마 행복할 수 있었을지도 모른다.

"그렇게 못 해요."

"뭐?"

엄마의 눈이 사납게 치켜 올라갔다. 이런 경험은 은서에게도 역시 굉장히 낯선 것이었다. 엄마는 그녀의 삶에 잘 개입하지 않았다. 대학을 중퇴할 때도, 프리랜서 일러스트레이터라는 불안정한 직업을 선택했을 때도, 엄마와 새아빠의 집을 떠나올 때도. 평생을 그렇게 살아온 은서에게 지금의 힐난과 강요는 조금쯤 당황스럽기까지 했다.

"이건 내 인생이야, 엄마."

"뭐?"

"엄마는 이해 못 해요. 이해하려고 들지도 않을 거고. 엄마가 생각하는 것처럼 나한테 뭔가를 뜯어가려는 이상한 사람 아니고, 아까 얘기한 것처럼 결혼이니 뭐니 하는 생각도 없어요. 그냥 사정이 있어서 잠시 같이 있는 것뿐이에요."

은서와 무아 둘이 함께하는 공간 속에서는 그의 어떤 것도 문제가 되지 않았다. 공중에 떠오른다거나, 피가 물처럼 투명하다거나, 눈에 보이는 모든 것을 외워버리고 습득한다는 것도. 또한 무아가 보통의 인간이 아니라는 것과, 주민등록증과 같은 신분을 증명할 어떠한 것도 가지고 있지 않다는 것 역시. 그건 그저 은서만 이해하고 받아들이면 되는 문제였다.

그러나 타인이 개입하는 순간 이야기는 달라졌다. 그녀가 알고 있고, 느끼고 있는 무아에 대한 것들을 누군가에게 설명하는 것은 불가능한 일이었다.

"너 왜 이러고 살아? 엄마가 모를 줄 알아? 어릴 때부터 친구라고는 하나도 없고, 남이랑 어울릴 줄도 모르고. 이제는 거지같은 남자애나 먹여 살리고."

아득한 머릿속 어딘가에 툭 무엇인가가 끊어지는 소리가 들린 것 같다.

은서는 어릴 때부터 친구가 없었다. 어린 은서는 비밀스러운 아이였다. 누군가에게 먼저 다가간 적 없었고, 설령 친구가 다가오더라도 받아들일 수 없었다.

두려웠기 때문에. 그녀의 잘못이 아닌 문제로 비난받을까 봐. 동정받을까 봐.

"엄마, 이런 사람이었어?"

무슨 소리냐는 듯 엄마가 그녀를 바라보았다.

"그래요. 내 옆엔 아무도 없어요. 태어난 이후로 지금까지, 평생. 친구만 없었던 것 같아? 정말로 그렇게 생각해요? 내게 없는 게, 그냥 친구 한 가지인 것 같아요?"

친구만 없었던 것이 아니다. 은서의 인생에는 누군가 소중한 사람이 존재한 적이 없었다. 어린 시절 그 끔찍하던 집에 살던 엄마와 아빠. 그들은 가족이라기보다는 유령 같은 존재들이었다. 미칠 만큼 도망치고 싶었지만 도저히 빠져나갈 수 없는 그런 감옥 같은 공간 속에서 어린 그녀의 목을 죄던 유령들.

은서는 혼자였다. 어린 시절에도, 성인이 된 이후에도.

"내 옆에 있어준 건 오직 무아뿐이야. 그러니까, 나가세요."

망설이지 않는 걸음으로 은서는 현관문을 열었다.

"은서 너, 엄마한테 지금 뭐 하는 짓이야?"

"엄마는 엄마의 인생을 사세요. 나는 내 인생을 살고 있어요. 잘 살고 있다고요."

"대체 뭐가 잘 산다는 거야!"

"뭘 바라는 거예요? 평범한 모녀 사이? 따뜻하고 화목한 집에서 자라난 사람들처럼, 그렇게요?"

무엇인가 말을 꺼내려던 엄마의 입이 굳게 닫혔다.

은서는 이내 깨달았다. 선을 넘어갔다는 것을.

그건, 그녀와 엄마 사이의 불문율이나 다름없었다. 과거를 입 밖에 올리지 않는 것. 그저 아무런 일이 없었던 것처럼 표면적으로나마 평범한 삶을 살아온 사람들처럼 구는 것. 그러나 앞으로는 절대 그렇게 할 수 없을 것이다.

천천히 두꺼운 철문이 닫힌다. 엄마는 저 문밖으로 걸어 나갔고, 은서는 굳게 닫힌 문 안에 남았다. 엄마는 당신이 이상적이라고 생각하는 세상으로 떠나갔고, 은서는 자신과 무아의 세상 안에 남았다. 입을 꾹 다물고 세상을 반쪽으로 뚝 잘라낸 듯 경계가 되어 버티고 서 있는 묵직한 현관문을 바라보고 있을 때, 무아의 기척이 느껴졌다.

"나 때문인 거지?"

"아니야."

은서가 고개를 저었다. 무아 때문이 아니다. 그건 그저 몸 안에 한번 침투하면 어쩌면 죽을 때까지 사라지지 않을 바이러스 같은 거였다. 그 기억은 존재하지 않는 듯 숨죽이고 있지만 영원히 사라지지 않는다. 마치 면역력이 떨어지기라도 하면 기다렸다는 듯이 몸 안을 헤집고 돌아다니는 나쁜 병균처럼 말이다. 낫지 않은, 결코 낫지 않을 상처. 그건 100퍼센트 은서의 문제였다. 무아와는 조금도 관계없는.

"잘못했어."

"네 잘못 아니야."

"그런데 왜 울어?"

"안 울어."

말을 하는 순간, 눈물이 후두둑 떨어져 내려 그녀의 뺨을 적셨다. 사실 은서가 느끼는 감정은 슬픔 같은 건 아니었다. 오히려 그건 무기력함에 가까웠다. 곪아 터져 피가 철철 흐르는 상처가 아팠지만, 제 힘으로는 절대로 봉합할 수 없다는 것을 알기에 느끼는 무력함. 평생 이 아픈 상처를 짊어지고 가야 함을 새록새록 깨달아서 느끼는 마음의 고통.

"이거 봐, 울잖아."

"너 때문에 우는 거 아니야. 엄마 때문에 속상해서 그냥 눈물이 나는 것뿐이야."

"엄마는 너랑 함께 있지 않잖아."

무아의 손이 눈물로 얼룩진 그녀의 뺨을 부드럽게 닦아냈다.

"네 곁에 있는 건 나잖아. 함께 있지 않은 사람 때문에 울지 마."

어린아이 같은 단순한 논리였지만 어쩌면 그의 말이 맞을지도 모른다. 이미 은서와 엄마의 관계는 오래전에 분리되어 있었다. 성인이 된 지금은 물론이거니와 보호와 관심이 필요했던 유년시절에도, 늘.

-저는 은서랑 같이 있을 거예요.

아까 무아가 했던 말이 문득 떠올랐다.

불확실한 관계. 너무나 갑작스럽게 그녀의 삶 속에 들어왔기에, 무엇 하나 미래에 대해서는 장담할 수 없었던 그들의 관계.

"무아 너도 언젠가는 내 옆에서 사라질지도 모르잖아."

"안 그래."

그의 대답은 명확하고도 단호했다. 어떤 이유도, 타당성도 부여할 수 없지만 그의 말투에 배어 있는 짙은 확신은 그걸 의심할 수 없게 만들었다.

"나는 절대로 네 곁을 떠나지 않아. 나는 너를 사랑하니까."

갑자기 무아가 그녀의 어깨를 잡아당겨 품에 안았다. 그녀의 몸은 금세 무아의 넓은 품 안에 갇혔다. 서늘하다. 그렇지만 이상하게 포근한, 살갗에 느껴지는 물리적인 온도와는 관계없는 따뜻함이 밀려왔다. 은서가 천천히 눈을 감았다.

마음 붙일 곳 하나 없이 외로움으로 점철된 삶. 태어나서 단 한 순간도 누군가 곁에 있다는 안도감을 가질 수 없었던 나날들. 남들이 당연하게 받아들이는 사소한 것들마저 부러워해야 했던 결핍으로 가득 찬 시간이었다.

그 틈을 비집고 그가 들어왔다.

이미 어젯밤 반복된 포옹과 키스를 통해 그들은 좀 더 내밀하게 가까워졌지만, 지금의 접촉은 완전히 다른 성질의 것이었다. 그건 위로였다. 그저 팔을 뻗어 등과 어깨를 단단히 감싸고, 아무 말 없이 끌어안고 있을 뿐이었지만 그건 백 마디 말보다 더 따뜻한 위안이었다. 곁에 있는 그가 완전히 은서를 사랑하고 있다는 사실. 그리고 그녀 역시…….

"사랑해."

은서의 입에서 처음 그 말이 나온 순간, 그녀를 감싸고 있던 무아의 팔에 조금 더 힘이 들어갔다. 그의 손이 천천히 그녀의 뒤통수를 어루만진다. 긴 머리카락이 그의 손가락 틈으로 차르르 미끄러지며 흩날렸다.

"나도, 나도 정말 사랑해."

그의 목소리가 부드럽게 진동하는 것이 느껴졌다. 마치 그들 주변의 공기를 밀어내는 것처럼 묘한 진공을 만드는 무아의 낮은 목소리. 평소에는 그저 깨끗하고 음색 좋은 목소리일 뿐인 듯 느껴지지만, 그의 언어를 말할 때나 진지한 이야기를 할 때면 문득문득 튀어나오는 그 음성. 그의 입에서 나온 '사랑해'라는 말은 귀를 통해 들리는 평범한 소리와 같지 않았다. 단어 하나하나가 조각조각 분해되어 주변을 헤엄치는 것만 같다. 낱말들이 하나로 합쳐지면서, 그 아름다운 말의 실체는 은서의 마음속에 하나의 감정이 되어 밀려들었다.

사랑.

은서의 사랑과 무아의 사랑은 다른 모습을 하고 있었다. 그러나 그들은 그 순간 사랑이라는 말의 의미를 완벽하게 이해했다.

무아가 그녀의 몸을 힘껏 끌어안았다. 숨이 막혀왔지만 조금도 싫지 않았고, 벗어나고 싶지 않았다. 은서가 늘 일방적으로 쏟아지던 그의 사랑을 인정하고 그것을 받아들인 순간, 무아가 그녀가 느끼는 감정들을 감싸 안으며 공유하는 순간. 그들은 완전히 서로를 사랑하고 있었다.

"나 두고 가지 마, 무아."

그것은 은서 인생 최초의 간절하고도 내밀한 고백이었다.

나 두고 가지 마. 너 없이 살아가고 싶지 않아. 다시 외로운 삶으로 돌아가고 싶지 않아.

"아무 데도 안 가. 늘 네 곁에 있을 거야."

무아의 두 손이 그녀의 볼 위에 얹혔다. 품 안에 안겨 있는 그녀의 얼굴을 조심스레 떼어낸다. 눈물로 얼룩진 외로운 삶의 가운데 오도카니 서 있던 그녀의 얼굴을 들어 올려 그 눈을 가만히 바라본다. 시선을 맞추고, 눈동자 안에 은서를 가두고 고개를 끄덕였다.

"약속할게. 절대로 널 떠나지 않아."

무아의 입술이 천천히 미끄러졌다. 이마 위에서 콧날을 지나 눈꺼풀 위에 입을 맞춘다. 눈물이 말라붙어 끈적해진 뺨 위에 입술을 가져다 대었다. 그녀가 다시는 울지 않았으면 좋겠다. 다시는 외롭지 않았으면 좋겠다.

내가 그녀를 사랑하듯이, 그녀 역시 나를 완전히 사랑했으면 좋겠다. 그녀를 처음 만났던 순간이 떠오른다. 캄캄한 어둠 속에서, 그녀가 나를 찾아왔던 그 밤이.

우리의 종족은 늘 공간 속을 떠돌고 있었다. 사람들의 언어로 말한다면 그 공간을 '우주'라고 부를 수 있을 것이다. 그러나 단어 하나로 표현할 수 있는 평면적인 의미는 아니었다.

몇 겹의 우주. 수많은 공간들.

내가 태어나기도 전, 우리가 살아가던 곳은 완전히 소멸했다. 이후로 우리는 방랑하는 삶을 살았다. 빛 속을 끊임없이 떠다녔고, 때로 아무도 존재하지 않는 불모지를 발견할 때마다 정착을 꿈꾸곤 했다. 그러나 결국 어디에서도 삶의 터전을 일굴 수는 없었다.

종족은 나를 '마지막 아이'라고 부른다. 너무나 오랜 시간 방랑하며 살아왔기에 우리의 에너지는 마지막을 향해 치닫고 있었다. 나는 종족에서 태어난 최후의 아이, 생을 허락받은 유일한 존재였다. 우리의 종족은 이미 기나긴 시간을 살아왔기에 그들의 소멸을 인정하고 받아들이고자 했다. 그러나 마지막 아이인 나에게는 선택권이 주어졌다. 함께 소멸할 것인지, 새로운 삶을 찾아 방랑을 끝낼 것인지. 그 방랑의 끝에서 내가 어떻게 될지는 누구도 확신할 수 없었다. 소멸할 수도 있었고, 적응해서 살아남을 수도 있었다. 그리고 어쩌면 완전히 새로운 삶을 부여받을 수도 있었다.

나는 소멸하고 싶지 않았다. 사방이 꽉 막힌 새하얀 공간. 나는 보이는 것이라고는 온통 흰색 벽뿐인 작은 섬 같은 곳에서 태어났다. 마지막을 준비하는 존재들은 유령처럼 공간 속을 떠돌았다. 나의 종족이었지만, 그들과 함께 사라지느니 불확실한 미래라도 새로운 것을 경험하고 싶었다. 그렇게 나는 종족을 떠나왔다.

나는 처음 보는 낯선 곳에 혼자 남았다. 에너지는 완전히 바닥나, 소멸이 다가오고 있었다. 차라리 종족과 함께 마지막을 맞이하는 편이 훨씬 좋았으리라 생각할 만큼 상황은 절망적이었다. 마지막 아이. 이상한 아이. 종족과 다른 아이……. 그렇게 불리던 나였지만, 적어도 혼자서 소멸을 맞이하고 싶지는 않았다.

종족과 함께 살아갈 때는 무엇인지 존재조차 몰랐던 감정. 외로웠다. 정말로 외로웠다.

오렌지색 불빛이 비추는 텅 빈 공간. 여기가 어딘지 모르겠다. 아니, 그런 건 중요하지 않았다.

나는 쓸쓸하게 죽어가고 있었기 때문에.

"저기요, 죄송한데요."

무슨 소리가 들리는 것 같았다.

"다리 좀 치워주세요."

인간의 말소리. 무슨 뜻인지 알아들을 수는 없지만, 바로 내 옆에서 누군가가 말하고 있었다.

"저기요."

가까스로 고개를 들었다. 눈앞에 서 있는 것은 굉장히 아름다운 사람이었다. 아니, 그녀가 아름답다는 건 나중에야 깨달았다. 그 순간 나는 소멸에 직면해 있었으니까. 모든 에너지가 바닥나 숨조차 쉬기가 힘든 상황이었다.

그녀가 바닥에 무언가를 떨어뜨렸다. 우리 종족의 에너지원과는 완전히 다른 것이지만, 나는 그것이 먹을 수 있는 것이라는 걸 알았다. 또한 그것이 소멸을 앞둔 내 삶을 구원할 수 있으리란 것 역시.

그렇게 나는 은서를 처음 만났다.

그리고 곧 그녀를 통해 새로운 감정을 깨달았다. 우리의 종족에게는 존재하지 않았던 감정. 아무도 느껴본 적 없는 감정.

내가 죽음 직전에 처음으로 '외로움'이라는 감정의 의미를 깨달은 것처럼, 나는 '사랑'이라는 단어의 뜻을 배우기도 전에 먼저 깨달았다.

내가 그녀를 사랑하고 있다는 것을.

"사랑해."

그의 목소리가 귓가에 들려온다. 왜 좀 더 일찍 알지 못했을까. 무아가 그녀에게 집착하는 것 이상으로 은서 역시 그에게 기대고 있었다는 것을. 잃어버릴까 봐 두려워하고 있었다는 것을.

사랑하고 있었다는 것을.

그들이 늘 함께하던 원룸 안의 공기는 평소와 조금쯤 달라져 있었다. 마치 뚜껑을 꽉 닫은 유리병 속에 들어와 있는 것 같은 묘한 공간감. 진공 상태에 빠진 것처럼, 오직 둘 외에는 그 무엇도 침범할 수 없는 결계가 쳐진 것 같았다. 무아와 은서가 함께하는 세상에 개입할 수 없는 것은 오직 타인뿐만은 아니었다. 외부의 그 무엇도 들어오지 못한다. 빛도, 소리도, 둘 사이를 방해하는 그 어떤 생각의 파편들도.

무아의 몸은 뜨겁다. 늘 차가웠기에, 그의 몸에서 느껴지는 열기는 더욱더 뜨겁게 느껴진다. 마치 파충류, 혹은 변온동물이라 불리는 존재 같다. 몸에 와 닿은 그의 살갗이 뜨겁다. 그러나 그의 차가움이 섬뜩한 것이 아니듯 그의 열기 역시 끈끈하게 달라붙는 종류의 것은 아니었다.

입술이 부드럽게 맞닿으며, 손으로 서로의 몸을 끌어안으며, 서로의 숨을 들이마시며, 완전하게 밀착되어 있는 몸 위로 심장박동이 느껴진다. 그의 손이 얇은 티셔츠 틈으로 들어와 등 위에 놓였을 때 은서는 잠시 숨을 멈췄다. 내내 감고 있던 눈을 떠, 그녀는 무아의 갈색 눈을 바라보았다.

"사랑하고 싶어."

무아의 입술이 조그맣게 움직였다. 그가 알고 있는 사랑의 행위란 대체 어떤 것일까. 키스하고, 서로의 몸을 열망하고, 끝내 소유하는……. 보통의 연인들이 사랑을 확인하는 과정을 그는 어떻게 알고 있을까. 정말 그게 무엇인지 알고 있기는 한 걸까?

"그게 뭔지 알아?"

은서가 물었다. 나지막하게 잠긴 목소리. 나른하고 촉촉한 숨이 입술 틈으로 새어 나온다. 무아의 손이 천천히 그녀의 등을 쓸어내렸다. 손끝의 감촉이 너무나 생생하게 와 닿아 은서는 몸을 움찔거렸다.

"알아. 너랑 사랑하고 싶어. 너를 갖고 싶어."

무아는 진심을 말하고 있다. 그의 눈동자는 은서의 얼굴 위에 오래도록 머물렀다. 허락을, 혹은 동의를 구하는 것처럼. 그녀는 그의 눈 안에 드러난 짙은 열망, 혹은 욕망을 감지하고선 조금 머뭇거렸다.

그건 대단히 신비롭고도 이상한 경험이었다. 지금껏 은서가 보아온 어떤 사람과도 다른 무아의 눈에서, 가장 인간적이고도 세속적인 욕망을 발견한다는 것.

그의 손은 신중하게 그녀의 몸 위로 움직였다. 그의 손이 닿는 곳마다 찌릿찌릿한 소용돌이가 생겨나는 것 같았다. 행동은 아마도 학습에 의한 것일지도 모른다. 그러나 열에 들뜬 듯 보이는 무아의 표정과 눈빛은 습득과는 아무런 관계없는 종류의 것이었다.

"정말로?"

조금의 망설임이 들었던 건 그를 사랑하지 않아서가 아니었다. 그가 다른 존재였기 때문에, 그와 사랑을 나눈다는 것이 어떤 의미가 될지 은서 자신으로서도 알 수 없었기 때문에.

"진심으로."

그녀가 천천히 눈을 감으며 고개를 끄덕였다. 이것은 허락이 아닌 동의다. 그녀의 눈동자 안에도 분명히 열망이라고 불릴 만한 짙은 감정이 떠올라 있었을 것이다.

심호흡을 하며, 은서는 천천히 팔을 들어 올렸다. 티셔츠가 바닥에 떨어지는 작은 소리가 공간 속에 울려 퍼진다. 그녀가 손을 뻗어 벽에 붙어 있는 전등 스위치를 눌렀다. 블라인드가 쳐진 방 안, 이른 오전이라는 시간에 허락될 수 있는 최대치의 어스름이 그들의 공간을 물들인다. 먹물처럼 흐릿한 회색빛 어둠 속에서 보이는 것은 많지 않았다. 그러나 나른하게 움직이는 몸과 희끄무레하게 빛나는 무아의 드러난 피부, 서로를 애타게 응시하는 열에 들뜬 눈빛은 충분히 알아볼 수 있었다.

"사랑해."

그의 목소리는 기도하는 사람의 것처럼 경건하고 간절하다. 무아의 말이 진심임을, 그가 오직 은서 하나만을 위해 살아갈 것임을 확신할 수 있는 목소리. 그저 그의 말을 듣는 것만으로도 깨닫게 된다. 마음을 관통해 폭우처럼 쏟아져 내리는 그의 열정의 크기를.

사랑의 크기를.

은서가 천천히 두 눈을 감았다. 희미하게 보이던 그의 모습이 눈꺼풀 안에 검게 파묻혔다. 무아와 살갗을 맞대고 있는 것은 곧 또 다른 종류의 열망을 불러들였다.

"나도 사랑해, 무아."

두렵지 않다. 오직 혼자서 세상에 떠밀리며 살아온 은서에게, 단 하나의 도피처와도 같았던 비좁은 집. 이곳을 찾아왔던 낯선 방문자, 무아를 처음 만났던 순간이 어슴푸레하게 떠올랐다. 그가 처음 드러난 맨발로 집 안에 걸음을 들이던 기억. 은서 하나만이 살고 있었으나 그저 빈 공간이나 다름없던 허름한 안식처에 그가 들어와서…….

방문자에서, 동거인이 되고, 우리가 되고. 이제는 그녀의 삶이 된다는 게, 그렇게 끝끝내 하나가 된다는 게.

조금도 두렵지 않아. 나 역시 너를 원해.

서로를 완전히 소유하는 사이가 되기를 원해.

무아가 은서를 원하는 순간, 은서가 무아를 원하는 순간. 그들의 아련한 깊은 숨소리가 고요한 공간 속에 천천히 내리깔렸다. 얇은 여름 홑이불이 부딪치며 사각사각 소리가 났다. 비좁은 침대가 삐걱대는 소리가 들려온다. 그들의 입술이 서로의 몸 위를 떠돌며 남기는 찰싹이는 축축한 마찰음이 밀폐된 방 안에 떠돈다. 조금씩 거칠어지는 숨결은 공기를 습하게 만들었다.

세상 속에 받아들여질 수 없었던 이질적인 존재를, 세상 속에 섞일 수 없었던 외로운 존재가 받아들이는 소리.

평생 혼자였던 길 잃은 작은 동물이 고립된 삶에 마침표를 찍는 소리가 들린다.

"아……."

무아가 은서의 몸 위로 아득한 숨을 토해내며 가라앉았다. 그녀의 입술 사이로 흐느끼듯 길게 늘어지는 신음이 흘러나왔다. 뜨거운 체온, 그 단단한 몸 위에 팔을 휘감으며 둘은 함께 알 수 없는 세상의 바닥으로 침몰했다.

"사랑해……."

그러나 그건 너무나 달콤한 침몰이었다. 너무나 달아서 입안이 얼얼할 만큼, 오직 그 단맛 하나 말고는 모든 것이 까맣게 잊혀져 버릴 만큼.

한참이나 숨을 고르고 있던 무아가 은서의 뺨을 쓰다듬었다. 세상에서 가장 소중한 것을 소유했다는 듯이.

그녀가 천천히 눈꺼풀을 들어 올렸다. 눈이 마주친 순간, 예기치 못하게 은서의 눈꼬리를 타고 눈물이 흘러내렸다. 그러나 그건 슬픔의 눈물은 아니었다. 안도감, 행복감, 그리고 기나긴 표류 끝에 처음으로 느끼는 감정에 대한 반응.

사랑받고 있다는, 사랑하고 있다는.

"내 거."

무아가 나지막하게 속삭였다.

서로의 체온이 섞이며 지금껏 경험하지 못한 노곤한 행복감이 밀려들었다. 몇 시간 사이에 그녀의 마음 틈새로 쏟아져 나와 가파른 곡선을 그렸던 다양한 종류의 감정들 탓인지, 혹은 온몸을 휘감았던 열정의 시간 탓인지 잠이 쏟아졌다.

"이리 와."

무아의 팔이 은서의 몸을 끌어당겼다. 그의 품 안으로 파고드는 것이 조금도 어색하거나 낯설지 않았다.

"차가워진다."

은서가 중얼거렸다. 맨살에 와 닿는 그의 몸은 빠르게 식어가고 있었다. 꼭 맞닿아 있는 몸의 어느 부분인가는 아직 뜨겁고, 어느 부분인가는 차갑다.

그녀는 차가운 그를, 뜨거운 그를 사랑한다.

은서가 가만히 눈을 감았다. 무아의 목 언저리에 닿을락 말락 하게 입술이 스쳤다. 그의 품에 안긴 채, 나른한 오후의 새끼고양이처럼 몸을 웅크린 채 은서는 잠이 들었다. 몸을 점령했던 감각들 역시 잦아들며 고요하게 잠들었다.

은서가 잠에서 깨어났을 때 방 안은 한 치 앞도 보이지 않는 캄캄한 어둠 속에 잠겨 있었다. 몸을 일으키려고 조금 뒤척이는 순간, 무아의 몸이 드러난 어깨에 와 닿았다.

낮에 그들을 점령했던 격렬한 감정들이 떠올라 은서는 일어나려던 것을 포기하고 다시 침대에 몸을 뉘었다. 굉장히 갑작스러웠고, 예상치 못했으며, 조금은 서툴고 어색했던.

그렇지만 너무나, 너무나 좋아서 미칠 것 같았던.

깜깜한 방 안에서는 바로 곁에 딱 붙어 있는 무아의 모습조차 보이지 않았다. 그러나 은서는 손을 뻗었다. 손가락 하나를 그의 팔 위에 올려놓고 천천히 쓸어 올린다. 손가락 끝 지문의 둔덕마저 울퉁불퉁하게 느껴질 만큼 그의 팔은 매끌매끌하다. 그는 평온한 잠을 자고 있는 것 같았다. 몸에서는 청량한 찬 기운이 느껴지고, 낮은 숨소리가 규칙적으로 들려왔다.

대체 너는 어떤 존재일까.

처음부터 무아는 달랐다. 그는 평범하지 않았다. 정확히 표현하자면, 인간과는 다른 특징을 가지고 있었다. 그중 가장 두드러지게 다른 것은 그의 신체 자체였다. 그러나 감정의 영역으로 들어서면 무아는 보통의 사람과 다르지 않았다. 아니, 다르긴 달랐지만……. 그건 오히려 다르다기보다는 특별한 것이라고 표현하는 것이 맞을 것이다.

사람과 사람의 사이. 사랑이라는 감정 앞에 무조건적으로 무장해제 된다는 건 사실 쉽지 않은 일이었다. 이 사람을 믿을 수 있을까, 나를 배신하지 않을까, 혹은 이 사람의 조건은 괜찮을까. 이런저런 이유들로 조금씩 선을 긋고 방어막을 칠 수밖에 없는 관계.

그게 은서가 알고 있던 사랑이었다.

그러나 무아와 함께한 순간부터 '사랑' 그 자체를 제외한 다른 문제들은 그다지 중요하게 여겨지지 않았다. 그가 다른 존재라는 것을 인식한 순간부터, 은서가 이미 그가 다른 종(種)이라는 것을 깨달은 순간부터. 이상하게도 이성의 벽은 모두 허물어졌다. 그녀는 그를 받아들였다. 어떤 조건 같은 건 필요치 않았다.

그는 세상에 용납될 수 없는 존재였다. 그러나 세상에 동화될 수 없다는 생각은 은서 역시 늘 느끼고 있던 것이었다.

"으응."

잠에서 깨어난 듯, 무아가 팔을 뻗어 그녀의 허리를 감쌌다.

"나, 네가 정말 좋아."

잠에서 깨어나자마자 은서를 찾고, 그녀에게 사랑을 고백한다. 그의 삶은 오직 은서를 위해 흘러가고 있었다.

"그런 건 어디서 배웠어?"

"그런 거, 뭐?"

"아까, 그거."

"그거, 뭐?"

"몰라."

은서가 그의 팔에 고개를 묻었다. 무아가 그녀의 귓불에 입을 맞췄다. 바로 옆에서 들리는 촉, 하는 경쾌한 마찰음. 팔 끝에서부터 날카로운 소름이 돋아나고, 발끝에는 한껏 힘이 들어갔다.

"너한테 배웠어."

"난 가르쳐준 적 없어."

"사랑하니까, 알게 된 거야."

"무슨 소린지 하나도 모르겠어."

은서가 나지막하게 웃었다. 사랑이라는 감정을 그는 본능적으로 깨우친 것 같다. 그 어떤 이성도 끼어들 수 없게, 너무나 자연스러운 방식으로 그는 모든 것을 배우고 있는 것이다.

"나 사랑하지?"

무아가 물었다. 조금쯤 어린아이 같은 조급함이 묻어나는 말투였다.

"세상에서 제일."

"나만?"

"당연히, 너만."

"나도 너만. 세상에서 제일."

그녀의 목덜미에 입술을 가져다 대며, 무아가 중얼거렸다.

"너의 세상, 나의 세상, 우리의 세상을 모두 합쳐서, 그중에서 제일."

"무아, 무슨 생각 해?"

"네 생각."

무아는 침대 끝에 걸터앉아 창문 밖을 바라보고 있었다. 창문 밖으로 보이는 달빛, 혹은 별빛. 푸르스름한 밤에 비친 그의 어깨가 희끄무레하게 빛났다. 무아가 침대 위에서 이불로 몸을 감싼 채 웅크리고 있는 은서의 머리를 쓰다듬었다. 느릿한 손. 둘 사이의 관계가 그 어떤 조바심이나 의심 없이 완전함을 방증하는 듯한 부드러운 손길이 뺨에 와 닿았다. 은서는 천천히 몸을 일으켜 그의 어깨에 기대어 앉았다.

"나는 네 옆에 있는데, 무슨 생각?"

"은서야."

그가 팔을 뻗어 은서의 몸을 끌어당겼다. 허리께에 그의 손이 닿자 아늑한 서늘함이 밀려왔다. 세상 그 누구도 이해할 수 없을 종류의 안온함, 그 차가운 포근함.

"나도 뭔가 하고 싶어."

"으응?"

"나도 너한테 도움 되고 싶어."

잠시 밤에, 달빛에, 별빛에, 그와의 교감이 전해주는 아득한 쾌감에…… 도취되어 잊고 있었던 것 같다.

엄마가 다녀간 지 채 하루가 지나지 않았다. 은서가 상처 입은 것처럼, 그 역시 상처받았을 것이다.

"무슨 소리를 그렇게 해."

은서가 그의 손을 잡았다. 길쭉길쭉하게 뻗어 있는 아름다운 손가락들. 손끝에서 당장이라도 청명한 피아노 선율이 울려 나올 것 같은 그의 손을.

"넌 지금도 나한테 정말 많이 도움이 되고 있어. 늘 옆에 있어주고, 행복하게 해주고."

"그런 거 말고. 나도 돈 벌고 싶어. 지금은 너만 벌고 있잖아. 나도 뭔가 할 수 있는 게 있을 거야."

무아가 은서를 돌아보았다. 컴컴한 어둠 속이지만 그의 눈에 떠올라 있는 표정이 이상할 만치 선명하게 '느껴졌다'……. 보이지 않음에도 볼 수 있다는 건, 그만큼 그의 말에 떠올라 있는 진심이 강하게 와 닿았기 때문이었을 것이다.

"그럼 어머니도 나한테 나가라고 하지 않을 거고, 그런 일이 없으면 은서 네가 울 일도 없을 테니까……."

"엄마가 화를 낸 건 너 때문이 아니야."

"아니야, 나 때문이야. 네가 운 것도 나 때문이야."

단호한 무아의 말 앞에 그녀는 잠시 할 말을 잃었다. 그는 조금도 모른다. 자신과 엄마 사이에 지난하게 이어져온 억눌린 비밀들을. 그는 그저 지극히 단순한 인과관계를 따라 생각할 뿐이다.

"네가 할 수 있는 일이……."

없어, 라고 말하려던 은서는 결국 입을 다물었다. 그가 할 수 있는 일이 무엇일지 아무리 생각해도 알 수 없었다.

무아의 존재 자체는 이미 일반적인 기준에 벗어나 있지만, 그건 오히려 그의 사회적인 입장에 비하면 별거 아닌 문제였다. 적어도 그는 사람들 눈에 보이는, 실제하는 인물이었으니까. 그러나 대한민국이라는 국가 안에 속해 있는 무아를 생각하면 완전히 이야기는 달라진다. 그는 애당초 없는 존재이므로.

주민등록증과 같은, 신분을 증명하는 그 무엇도 없는 존재. 사회의 시스템 안에 있는 무아는 말 그대로…….

무엇도 아니다.

"뭘 하면 좋을까?"

어둠 속, 무아의 목소리는 바로 귀 옆에서 들려왔다.

"안 해도 돼, 무아. 굳이 뭘 해야겠다는 부담 같은 거 가질 필요 없어."

"내가 하고 싶어서 그래. 은서 너 혼자 돈 버는 건 옳지 않은 것 같아. 사람들은 다 일을 가지고 살아가고 있잖아."

그가 팔을 뻗어 벽에 붙은 스위치를 툭 건드렸다. 달칵, 하는 작은 소리와 함께 형광등 불빛이 시야 안에 쏟아져 들어와 은서는 눈을 잔뜩 찡그렸다.

가장 먼저 보인 것은 무아의 드러난 몸이었다. 은서는 잠깐 동안 대답할 말을 잃은 채 그를 바라보고 있었다. 그를 처음 만나 얼굴을 마주했을 때 그러했듯이.

무아에게 많이 익숙해졌다고 생각했던 건 완전한 착각이었던 모양이었다. 드러난 그의 몸은 조금도 익숙하지 않았다. 티셔츠 따위를 갈아입을 때 스치듯 본 것이 전부였던 그의 몸이 저런 모습을 하고 있으리라곤 생각지 못했다. 그의 목덜미를 따라 어깨로, 그리고 등으로 이어지는 선은 부드럽다기보다는 미끈했다. 무아의 몸은 대단히 남성적이었다. 코뿔소나 사자같이 강한 남성성을 뿜어내지는 않았다. 동물로 비유한다면 마치 표범이나 재규어 같은 느낌이랄까. 울퉁불퉁 근육이 잔뜩 잡힌 위압적인 체격은 아니었으나, 그의 몸은 확실히 초식동물보단 맹수에 가까웠다.

"은서야."

멀거니 그를 바라보고 있던 은서가 화들짝 놀란 듯 헛기침을 했다.

"내가 돈을 벌게 되면, 어머니도 싫어하지 않겠지?"

그녀가 천천히 눈을 깜빡였다.

그건 굉장히 기묘한 느낌을 불러왔다. 지극히 사람 같지 않은……. 아니, 정확히 말해서 사람이 아닌 대단히 이질적인 존재인 무아. 그의 입에서 세상에서 가장 세속적인 일인 돈 문제가 튀어나온다는 게.

"천천히 알아보자. 나랑 같이."

은서가 어색하게 시선을 피했다. 그건 거짓말이었으니까.

무아는 사회적인 활동을 할 수 없다. 가장 기본적인 문제, 그의 '존재 자체'를 입증할 만한 무언가가 생기기 전에는.

"나도 너한테 예쁜 거 사주고 싶어."

"예쁜 거?"

"이런 거."

무아의 손가락이 목 언저리에 와 닿았다.

목걸이.

그건 지혁이 생일 선물이라며 건네준 작은 상자 안에 들어 있던 물건이었다. 생각보다 비싼 브랜드의 제품이었지만, 심플한 디자인이 마음에 들어 은서는 늘 목걸이를 하고 있었다.

"난 너한테 아무것도 사준 적 없잖아. 넌 나한테 옷도 사줬고, 신발도 사줬고, 먹을 것도 사줬고……."

"그런 거 신경 쓰지 말라니까."

"내가 돈을 벌어 오면, 너도 쉴 수 있는 것 아니야?"

"그건……."

그녀가 고개를 작게 흔들었다. 아니라고 말할 수는 없다. 그와 함께 살게 된 이후, 은서는 평소보다 더 많은 작업 의뢰를 받고 있었다. 하지만 그가 할 수 있는 일이 대체 무어란 말인가.

"세상 모든 사람들이 다 돈을 버는 건 아니야. 돈을 벌지 않고 지내는 사람도 굉장히 많아."

심각하게 받아들일 필요는 없다. 어쩌면 경제활동이라는 새로운 관심사가 그의 마음을 동하게 한 것인지도 모른다.

"그러니까 지금처럼 지내면서 천천히 알아보면 돼. 그리고 나한테 뭘 사준다든가 할 필요 없어. 나는 다 가지고 있잖아. 옷도, 신발도. 너는 그렇지 않았었고."

"필요의 문제가 아니야. 내가 그러고 싶을 뿐이야."

"그냥, 내가 싫어."

"내가 뭐 사주는 게 싫어?"

싫지 않지만, 그건 있을 수 없는 일이니까.

"그게 싫다는 게 아니라, 무아 네가 돈을 벌게 되면 이렇게 집에 같이 있을 시간이 줄어들잖아."

"아아."

진즉에 이렇게 말할걸. 은서가 희미하게 웃었다. 그리고 어쩌면 이건 거짓말이라고 할 수 없었다. 그와 매시간 붙어 있는 것은 이제 완전히 익숙해진 일상이 되었으니까.

무아는 그녀의 대답이 굉장히 마음에 든 모양이었다. 갑자기 그의 얼굴이 은서의 코앞으로 다가왔다.

"나도 싫어. 너랑 떨어져 있는 거."

"언제는 떨어졌던 것처럼 말하네. 우린 항상 붙어 있었어. 딱 한 번 빼고는."

"딱 한 번?"

"벌써 까먹었어? 너 사진 찍는 이상한 여자 따라갔었던 거."

"아아……."

그건 한 달쯤 전의 일이었다. 무아가 생각났다는 듯 고개를 끄덕였다.

"그때 너 찾느라 고생한 거 생각하면……."

은서의 말은 계속되지 못했다. 무아의 입술이 그녀의 말을 삼켜 버렸기 때문이었다. 갑작스럽게 입안 가득 들어차는 차가운 기운에 은서는 훅 숨을 들이마셨다. 그러나 정말 짧은 순간이었다. 그는 곧 그녀에게서 떨어졌다.

"이제는 안 떨어질 거야."

무아가 나지막하게 속삭였다.

"무아 너…… 진짜 이상한 거 알아?"

잠깐 사이, 서늘하게 들어찼다가 사라진 무아의 입술을 바라보던 그녀가 중얼거렸다. 그건 질문이라기보다는 그저 그 순간의 가장 솔직한 느낌 같은 말이었다. 그와 함께 있는 순간은 이렇듯 늘 예측 불가능했다. 감정과는 아무런 상관 없는 일상의 이야기를 하다가 순식간에 코앞까지 들이닥친다. 눈 깜짝할 사이, 묘하게 나른해지는 분위기를 타고 심장이 뛰기 시작하는 것이다. 그건 처음 만났던 날부터 분명했던 무아의 특징이었다.

늘 은서는 무아에게 반응하고 만다. 그리고 이제 그 반응의 영역은 확실히 확장되어 있었다. 살갗 한 부분 한 부분마다 전류가 통하는 것처럼 찌릿해지고, 신경은 예민하게 곤두섰다. 거세게 폭발하던 쾌감을 기억하는 그녀의 몸이 그를 원하고 있었다.

"이상하지 않아, 그냥 조금 다를 뿐이야."

우문현답 같은 말.

그의 입술이 다시금 은서의 입술 끝에 내려앉았다. 마치 처음부터 그녀가 그의 소유였던 것처럼, 이런 감정의 -사랑의- 행위들을 오래전부터 해왔던 것처럼. 무아는 조금도 머뭇대지 않았다.입술 끝에 머물러 있던 그의 입술이 살금살금 영역을 넓혀 나간다. 그건 그가 세상을 알아가는 방식, 습득의 방식과 닮아 있었다.

은서의 두 눈이 나른하게 감겼다. 다가올 다음 순간을 이미 알고 있기에, 기대가 불러오는 설레는 긴장감에 그녀는 발끝을 꿈지럭거렸다. 그러나 그것 역시 오래가지 않았다. 온몸이 죄다 스르르 녹아내리는 것만 같았다. 이대로 완전히 정복되어 흔적조차 남지 않는다 해도 멈출 수 없을 것 같다.

"배고파."

갑자기 튀어나온 무아의 말을 들은 은서의 입에서 바람 빠지는 것 같은 웃음소리가 새어 나왔다. 어떤 쪽으로든, 그는 정말 예측 불가한 존재였다.

"배, 많이 고파?"

"응. 그런데……."

"그런데?"

무아의 입술이 다시금 다가온다.

"네가 더 고파. 나, 네가 정말 고파."

7장. 디스트릭트 9

<신분증 만드는 법>
<주민등록증 발급>
<가짜 주민등록증>
<신분위조>

은서는 한참이나 인터넷 화면을 노려보고 있었다. 그러나 어디에도 그녀가 원하는 답은 나와 있지 않았다.

은서가 찾고 있는 것은 네모난 플라스틱 조각에 지나지 않는 신분증 한 개가 아니었다. 무아는 제도 안에서 죽은 사람이나 다름없는 존재였다. 살아 있지 않다. 살아 있음을 증명할 만한 것이 어디에도 존재하지 않았기 때문이었다.

정말 방법이 없는 걸까.

신경질적으로 인터넷 브라우저를 닫은 그녀가 침대에 다리를 쭉 펴고 누워 휴대폰 게임 삼매경에 빠져 있는 무아를 흘낏 바라보았다.

"재밌어?"

"응. 완전 재밌어."

그는 처음으로 휴대폰을 가지게 되었다. 그건 은서의 선물이었다. 비에 젖어 망가져버린 휴대폰을 새로 구입하기 위해 찾았던 통신사 대리점에서, 저렴한 가격으로 나온 휴대폰을 개통해 무아에게 선물한 것이다. 사실 그들은 24시간 내내 붙어 있었기에 그에게 휴대폰이란 게임기에 지나지 않았다. 무아의 휴대폰에 저장된 전화번호는 오직 하나, 은서의 것뿐이다.

언젠가는 그의 휴대폰에도 새로운 사람의 번호들이 들어찰 날이 올까.

그녀로서는 조금도 상상이 가지 않는 일이었다. 그의 곁에 새로운 사람들이 생기고, 대화하고, 시간을 공유한다는 건. 그런 상상은 굉장히 이상한 기분을 불러왔다. 희미하게 질투 비슷한 감정이 들기도 했다. 그러나 그것보다 더 큰 것은 무아가 세상에 나갈 수 있기를 바라는 소망이었다.

은서는 여전히 무아와 밖에 나가는 것을 꺼리고 있었다. 가끔 장을 본다든가 집 앞에 커피를 사러 나갈 때 함께 나가기는 했지만 그마저도 요즘엔 무척 드물어졌다.

그건, 두려웠기 때문이었다.

그럴 가능성이 대단히 희박하다는 것을 알고 있음에도, 둘이 함께 길을 걷다 멀찍이서 오는 경찰 복장을 한 사람을 보면 그녀의 심장은 쿵쾅쿵쾅 요동치곤 했다. 혹시라도 그가 불심검문 같은 걸

당하지나 않을까 싶은 두려움. 무아는 끌려갈 것이고, 결국 그가 다른 존재라는 것이 밝혀지게 될 것이라는 공포가 그녀의 마음 한 편에 늘 존재했다.

컴퓨터 책상 위에 놓여 있던 휴대폰이 요란하게 진동했다. 휴대폰 화면에 뜬 이름을 본 은서가 미간을 살짝 찌푸렸다. 엄마가 다녀간 지 일주일 가까운 시간이 흘렀지만 연락은 오지 않았다.

그러나 휴대폰에 떠올라 그녀를 긴장시키는 이름은 엄마가 아닌 지혁이었다. 휴대폰을 손에 든 채 망설이던 은서는 결국 마지못해 전화를 받았다.

"네, 오빠."

[은서야.]

"응?"

[잠깐 볼까?]

은서는 입술을 잘근 깨물었다. 그는 어디까지 알고 있는 것일까.

[그때 밥 먹자고 했었는데, 시간이 또 이만큼 지났네. 맛있는 거 사줄게.]

지혁의 말투는 언제나 그렇듯 담백하기 그지없었다.

"언제?"

[나 곧 퇴근이야. 오늘 볼 수 있어?]

"……응."

[집 근처로 갈게.]

"아, 아니. 오빠. 내가 병원으로 갈게."

[그럴래?]

전화를 끊은 그녀가 한숨을 내쉬었다. 언제부터 이렇게 된 것일까.

지혜은 집 근처로 찾아오겠다 말했을 뿐이다. 집으로 들어오겠다거나, 무아를 만나야겠다는 소리 따위는 전혀 하지 않았다. 그럼에도 굳이 지혁의 직장으로 가겠다고 말한 건, '집 근처'라는 말을 들은 순간 날 선 경계심이 고개를 들었기 때문이었다. 영역을 침범당하는 것 같은 느낌. 무아와 그녀만의 공간을, 엄마에 이어 지혁마저 들쑤셔놓을지 모른다는 근거 없는 의심.

그러나 지혁은 그러지 않을 것임을 그녀는 알고 있었다. 그건 어디까지나 은서의 문제였다. 무아를 보호하기 위함이란 명분 속에서, 그녀 역시 폐쇄적인 삶에 길들여져 가고 있는 것이다. 또한 은서는 그 문제의 이유를 너무나 잘 알고 있었다.

세상 속에서 무아가 안전한 곳이란 오직 이 집 하나밖에는 없었기 때문에.

"무아, 나 나가봐야 돼."

"나간다고? 혼자서?"

그가 휴대폰을 내려놓았다.

"으응. 혼자서. 오빠가 찾아와서……."

무아의 표정에 미묘한 변화가 보였으나, 거기까지였다.

"응. 다녀와."

"혼자 있어도 괜찮겠어?"

"게임 하면 되지. 다녀와."

별걱정을 다 한다는 듯 무아의 말투는 평온했다.

은서가 집에서 입는 것보다 아주 조금 단정한 수준의 캐주얼한 옷을 입고, 머리를 질끈 묶고, 화장이라고 하기도 민망한 약간의 외출 준비를 하는 데는 오랜 시간이 걸리지 않았다.

"나 다녀올게."

이런 걸 길들여진다고 말하는 것일까. 세상에 나갔을 때 위험에 처할 가능성을 가지고 있는 것은 무아이지 은서가 아니었다. 그럼에도 잠깐의 외출마저 이렇게 꺼려지는 이유는 대체 뭘까.

"은서야."

현관문을 향해 걸음을 떼는 그녀를 무아가 뒤에서 끌어안았다. 그가 은서의 목덜미에 입술을 가져다 댔다.

"잘 다녀와."

갑자기 이상한 기분이 들었다. 은서가 몸을 빙글 돌려 그를 마주 보았다. 그러나 무아는 웃고 있었다. 기다렸다는 듯, 무아는 그녀에게 입을 맞췄다.

"금방 다녀올게. 집에 있어."

무아는 대답 대신 빙긋 웃었다. 찰칵 잠금장치가 돌아가는 소리와 함께 세상으로 나가는 문이 열렸다.

늦여름의 이른 저녁, 혹은 늦은 오후. 낮과 밤이 교차하는 시간. 옅은 푸른빛 어스름의 얼룩이 낮의 흔적을 천천히 지워가고 있었다. 원룸 건물 복도에 난 창을 통해 저 멀리서부터 몰려오는 흐릿한 밤이 보인다. 서서히 낮의 가장자리를 야금야금 베어 물며 침범해가는.

은서가 오늘따라 유난히 길고 길게 느껴지는 계단을 내려와 건물 밖 진짜 세상에 발을 디뎠을 때는, 아득히 먼 곳에 있는 듯 보였던 밤은 이미 그녀의 머리 위를 짙푸르게 물들이고 있었다.

병원 1층에 온갖 고급스러운 음식점들이 몰려 있는 건 조금 기묘한 풍경이었다. 중식당의 독립된 룸 안에 앉아 있던 은서가 앞에 놓인 물잔을 입으로 가져갔다. 지혁은 아무 일 없는 듯, 혹은 아무것도 모른다는 듯 여느 때와 같은 모습이었다.

"일은 잘돼?"

"으응."

지혁의 질문에 애매모호한 대답을 흘린 후, 잠깐 동안 어색한 침묵이 맴돌았다. 그녀가 황급히 입을 열었다.

"오, 오빠는? 병원 옮긴 지 얼마 안 됐잖아."

"내 일이야 항상 똑같지. 잘되고 말고 할 것도 없어."

지혁은 임상병리사로 일하고 있었다. 사실 그것이 무엇을 하는 직업인지 은서는 잘 알지 못했다. 의사와 연구원의 중간 즈음에 위치한 직업이라고 어렴풋이 알고 있을 뿐이었다.

일부러 적게 먹거나 한 것이 아니었음에도 음식은 반 이상이나 남았다. 은서가 따뜻한 재스민차로 목을 축이고 있을 때였다.

"남자 친구, 같이 산다며?"

그녀가 손에 들고 있던 작은 찻잔을 테이블 위에 내려놓았다. 아무런 마음의 준비 없이 지혁을 만나러 나온 것은 아니었다. 그러나 예상했다 해도, 그의 질문은 과하게 직설적으로 들렸다.

"어머니께 들었어. 걱정이 많으시더라."

"그건, 걱정이라기보단……."

폭력이었어요.

그리 말하고 싶었지만 은서는 결국 말을 삼켰다. 엄마는, 은서의 엄마일 뿐이다. 지혁이 어머니라는 살가운 호칭으로 그녀를 부른다고 해도 본질적으로 그는 타인이었다.

"남자 친구, 어떤 사람이야?"

그녀는 한참 동안 할 말을 찾지 못했다. 은서 역시 무아가 어떤 '사람' 혹은 존재인지 알지 못하는데, 어떻게 그의 질문에 쉽게 대답할 수 있겠는가. 게다가 지혁이 사용한 '어떤'이라는 말 속에 얼마나 많은 의미가 들어 있는 것인지 그녀로서는 알 수 없었다. 어쩌면 그건 엄마가 막장 드라마의 등장인물처럼 쏟아냈던 질문들과 같은 맥락의 것일지도 모른다.

"좋은 애야?"

지혁이 다시 한 번 물었다. 이번 질문은 나쁘지 않았다. 어떤 잣대를 들이대 무아를 평가할 것인지 고민하지 않아도 되는 질문이었으니까.

"좋은 애고……."

하지만 단순히 '좋은 애'라는 말 하나만으로는 뭔가 부족한 생각이 들었다.

"평범한 사람이에요."

평범한 사람.

왜 갑자기 그 말을 덧붙이고 싶었는지는 모르겠다. 무아가 평범하지 않다는 걸 은서는 세상 누구보다 잘 알고 있었다. 그럼에도 불구하고 그 말이 튀어나온 건, 그의 '다름'이 은서의 일상 속에 자연스럽게 녹아 있었기 때문이었다. 남들에게는 괴상해 보이는 모습일지언정 그녀와 무아의 만남은 그들만의 평범성을 가지고 있었다. 무아와 함께 있는 시간. 그 속에서 느끼는 행복감과 열정들. 그녀에게는 그것이 진리이고 일상이며 평범 그 자체였다.

"네가 알아서 잘하겠지. 너도 성인이니까."

지혁의 표정은 담담했다. 어쩌면 담담할 수밖에 없는 것일지도 모른다. 거의 평생 동안 남으로 살아온 사이. 부모님의 재혼으로 인해 갑자기 호적상에 어떠한 관계가 생겼다 해서 실제 남매들처럼 서로를 대할 수는 없는 것이다.

"그래도, 은서야."

디저트로 나온 파인애플 조각을 입으로 가져가던 은서가 지혁을 바라보았다.

"어머니를 이해해야 돼. 너무 야속하게 생각하지 말고. 우리 세대야 동거니 연애니 대수롭지 않게 여길 수 있지만 어머니에게 그런 걸 기대하는 건 힘든 일이잖아."

차가운 과일 조각이 입안을 서늘하게 물들인다. 과일즙이 흘러나오면서 단맛과 함께 저절로 눈을 찌푸리게 하는 강한 신맛이 느껴졌다. 달콤한 향기로 가득 찬 과육 안 어디쯤에 숨어 있었던 걸까. 너무 시어서, 한동안은 말조차 이을 수가 없었다.

"이해해."

무미건조한 말이었으나, 그것 역시 은서의 진심이었다.

"나는 늘 이해해왔어."

엄마가 어떤 결정을 내리더라도, 어떠한 삶을 선택하더라도.

"그렇기 때문에, 엄마도 한 번쯤은 나를 이해해주기를 바랐어."

그녀는 디저트 접시 위에 놓인 파인애플을 가만히 바라보고 있었다. 달콤한 향기가 풍긴다. 그러나 두 번은 속지 않는다. 저건 달지 않다. 저건 신 파인애플이다. 그건 꼭, 은서와 엄마의 관계 위에 덮여 있던 다디단 눈속임을 닮았다.

"오빠는 네 편이야."

그 말은 굉장히 생소하게 들렸다. 대체 지혁은 무슨 이유로 편을 들어준다는 걸까. 그들이 호적상 남매이기 때문에?

"나…… 네 마음 이해하거든."

흰색 테이블보를 내려다보고 있던 은서가 고개를 들었다. 지혁은 마치 딴생각에 잠긴 사람 같았다. 지금까지 늘 겉도는 건 은서의 몫이었는데.

"태워다 줄게."

지혁의 차를 타고 집으로 가는 내내 차 안에는 어색한 침묵이 감돌았다. 은서는 멀뚱멀뚱 창밖을 보고 있었다. 지혁과의 만남이 편치 않게 느껴졌던 건, 그의 문제가 아니라 은서 자신의 문제일지도 모르겠다는 생각이 들었다. 무아와 단둘이 함께하는 공간 속에 파묻혀, 점점 세상과 멀어지고 있는 건 본인일지도 모른다고.

"은서야."

"응?"

"목걸이, 잘 걸고 다니네. 맘에 들어?"

지혁의 시선이 머무는 곳은 그녀의 목 언저리였다. 은서가 고개를 끄덕였다.

"예뻐. 맘에 들고."

내내 무표정하던 지혁이 싱긋 웃었다.

"언제 남자 친구랑 셋이 밥 먹자. 한번 보고 싶네. 잘생겼다고, 어머니가 그러시더라."

"기회 되면……."

차는 무아를 처음 만났던 놀이터 근처를 지나치고 있었다. 대답을 얼버무리며 다시 차창 밖으로 시선을 돌리던 그녀가 눈을 동그랗게 떴다.

익숙한, 너무나 익숙한 모습.

무아가 놀이터 근처를 걸어가고 있었다. 굳이 확인할 필요도 없었다. 큰 키, 반듯한 체형, 멀리서도 한눈에 띄는 흰 피부. 대체 그는 왜 여기 나와 있는 것일까.

"오빠, 나 여기서 내릴게."

"왜, 집 앞까지 태워다 줄게."

"아니, 그냥. 내릴게요."

차가 놀이터 앞에 정지한 순간, 무아가 뒤를 돌아보았다. 그 역시 금세 은서를 발견했다. 그들의 시선이 마주쳤다.

'이상하다'고 은서는 생각했다. 무아의 표정이 어딘지 모르게 떨떠름해 보였기 때문이었다. 굳이 표현하자면, 무언가를 들킨 것 같은 표정이랄까.

"남자 친구야?"

놀이터 앞에서 그녀를 바라보고 있는 무아. 차 안에서 그런 그를 바라보고 있는 은서. 지혁은 단숨에 상황을 파악한 듯싶었다.

"으응. 오빠, 나 내릴게. 태워다 줘서 고마워요."

"소개시켜주고 가."

"……응."

어쩔 수 없는 일이었다. 마지못해 은서는 천천히 차에서 내렸다.

"은서야."

그녀가 차에서 내리는 사이 무아의 얼굴에 떠올라 있던 낯선 표정은 금세 지워져 있었다.

"너, 왜 나와 있어?"

"으응, 너 기다렸어."

"집에서 기다리지 왜……."

"보고 싶어서."

왜 그가 밖에 나와 있는 것인지, 그리고 하필 지혁과 함께 있는 순간 마주친 것인지에 대한 생각들이 스르르 눈 녹듯 사라지는 기분이었다. 저도 모르게 웃음이 나왔다. 이제는 익숙해질 법도 한데. 무아와 함께 있으면 주변 상황이 희미해지는 그런 느낌이 들곤 한다. 그 장소가 집 안이든, 밖이든 관계없이. 세상에 그와 그녀 둘만이 남는 것 같은 느낌이.

"아, 무아……."

그러나 그들 옆에 서 있는 승용차 운전석에는 지혁이 있었다. 잊었던 사실을 상기한 은서가 황급히 표정을 가다듬었다.

"무아야, 우리 오빠야. 인사해."

그녀의 말과 동시에 지혁이 차에서 내렸다. 지혁이 차에서 내리는 건 은서로서는 예상치 못한 상황이었다. 그저 차 안에 앉은 채로 인사 정도만 하고 헤어질 줄 알았는데.

"안녕하세요."

무아가 꾸벅 허리를 숙였다.

"은서 오빠 되는 사람이에요. 안 그래도 보고 싶다고 생각하고 있었는데, 이렇게 마주치네요."

"네, 처음 뵙겠습니다."

은서는 조금 불안한 표정으로 지혁과 무아를 지켜보고 있었다. 지혁의 시선은 조금 무례하다 싶을 정도로 무아의 얼굴 위에 오래도록 머물렀다.

"오빠, 우리 이만 갈게. 다음에 같이 식사해요."

왠지 모르는 조급함에 그녀가 입을 열었다.

"그래. 다음에 봐요. 이름이?"

질문은 무아를 향한 것이었으나, 대답은 은서의 입에서 나왔다.

"무아, 무아예요."

"무아?"

"으응. 외국 살다 와서 이름이 좀 특이해."

"외국 어디?"

그녀의 얼굴에 아차, 하는 표정이 떠올랐다. 애당초 진실을 말할 수는 없는 노릇이었지만, 그렇다고 불필요한 거짓말을 추가할 필요는 없었던 것이다. 거짓말은 곧 또 다른 거짓말을 낳는다는 평범한 사실을 왜 망각했던 걸까.

"외국 어디 살다 왔어요? 나도 여기저기 좀 다닌 편인데."

은서의 머릿속에 수많은 나라들의 이름이 떠올랐다 사라졌다. 미국, 프랑스, 독일, 중국, 러시아, 인도. 어디가 좋을까.

"리히텐슈타인."

"어디?"

"리히텐슈타인. 공국이에요. 스위스랑 오스트리아 사이에 있는."

지혁의 얼굴에는 미심쩍은 표정이, 은서의 얼굴에는 조금쯤 놀란 표정이 떠올라 있었다.

리히텐슈타인 공국.

은서로서는 이름조차 들어본 적 없는 나라였다. 그런 나라가 있기는 한 걸까. 그러나 그 이름을 말하는 무아의 표정은 평온했다. 정말로 그 나라에서 살다 온 사람이라도 되는 듯.

"처음 듣는 나라네요. 아무튼, 은서 잘 부탁할게요. 이만 가봐야겠다."

다행히 더 이상의 질문은 없었다. 은서가 조그맣게 안도의 한숨을 내쉬었다.

"오, 오빠. 조심해서 들어가요."

차에 다시 타려던 지혁이 몸을 빙글 돌렸다.

"반가웠어요. 무아 씨."

지혁이 무아를 향해 손을 내밀었다.

무아와 은서 모두 허공에 내밀어진 지혁의 손을 바라보고 있었다. 몇 초도 안 되는 지극히 짧은 순간이었으나, 그 시간은 굉장히 길게 느껴졌다.

손을 맞잡는 악수. 지나치게 격식을 차리기도 애매하고, 그렇다고 아무렇지 않게 가벼이 여길 수도 없는 지혁과 무아의 관계에 가장 잘 어울리는 인사. 그러나 무아는 지혁의 손을 잡을 수 없다. 잡아서는 안 되었다. 무아 역시 그 사실을 잘 알고 있었기에, 그 역시 손을 선뜻 내밀지 못하고 있었다.

지혁이 한쪽 눈썹을 꿈틀 움직였다. 그의 표정이 조금 미묘해졌다. 지혁의 손은 몇 초간의 짧지만 굉장히 긴 시간 동안 허공 위에 머물러 있었다.

그사이, 뒤에서 다가온 차 한 대가 길을 막고 있는 지혁의 차를 향해 요란하게 클랙슨을 울렸다.

"갈게, 은서야."

"으응, 조심해서 들어가, 오빠. 다음에 봐요."

지혁의 굳은 표정만큼 무안하게 내밀어져 있던 손 역시 빠르게 거두어졌다. 차 문이 닫히고, 지혁의 차가 서서히 출발하는 것을 은서는 긴장된 표정으로 바라보고 있었다. 무아가 꾸벅 허리를 숙여 인사했다. 그러나 지혁은 바라보지 않았다.

지혁의 차가 커브를 틀어 시야에서 완전히 사라지고 난 후, 은서는 천천히 손을 뻗어 무아의 손을 잡았다. 차가운 느낌이 손바닥에서부터 서서히 밀려들었다.

남들에게는 괴상하거나, 믿어지지 않거나, 두려운 것일지도 모르는 것. 그러나 은서에게는 익숙하고, 당연하고, 자연스러운 것. 타인들의 시선과는 관계없이 그녀에게는 가장 소중한 것.

"우리 잠깐 놀이터 갈까?"

그녀가 물었다. 무아가 고개를 끄덕였다.

그들이 처음 만났던 곳을 향해, 은서와 무아는 손을 꼭 잡고 걸어가기 시작했다.

"너, 나 마중 나온 거 맞아?"

많은 기억들이 남아 있는 놀이터의 나지막한 나무 벤치 위. 은서는 조금 미심쩍은 표정으로 무아를 바라보고 있었다.

그녀가 재차 외출의 이유를 물은 것은 무아의 복장 때문이었다. 그는 늘 입던 편안한 반바지가 아닌 청바지를 입고 있었다. 처음 무아와 쇼핑을 나갔을 때 구입했던 옷이었으나, 그가 그것을 입은 것은 실로 오랜만이었다. 그가 데님 원단 특유의 두껍고 빳빳한 느낌을 불편해 했기 때문이었다.

"보고 싶어서 나왔다니까."

"그런데 그 옷은 뭐야? 왜 이렇게 차려입었어?"

그렇게 말하던 은서가 저도 모르게 피식 웃었다. 청바지를 꺼내 입었다고 '차려입었다'는 말을 쓰다니. 제가 생각해도 좀 어처구니 없는 말인 듯 느껴졌기 때문이었다.

"그냥 입어봤어."

하긴, 무아라고 평생 만화 캐릭터가 그려진 반바지 따위만 입으란 법은 없으니까.

"그런데, 무아."

"응?"

"리히……. 뭐라고 했지? 나라 이름 말이야."

"리히텐슈타인."

"진짜 있는 나라야?"

대체 그건 어떤 나라일까. 실제로 존재하기는 하는 것일까.

"응, 공국이야. 리히텐슈타인 공국. 스위스랑 오스트리아 사이에 있어."

"어떻게 알았어?"

"다큐멘터리에서 봤어."

"미국도 있고 프랑스도 있고 이탈리아도 있고. 유명한 나라가 그렇게 많은데, 왜 하필 그런 나라 이름을 대고 그래. 난 네가 지어낸 이름인 줄 알았잖아."

"어딘지 잘 모르는 나라 이름을 대야 할 것 같아서."

"아아……."

은서가 고개를 끄덕였다. 무아 역시 고민했었던 거구나. 지혜의 물음 앞에, 어느 나라의 이름을 말할 것인지에 대해. 그녀가 한참 고민했던 것처럼.

"너 혹시 정말 리히텐슈타인 공국이라는 데 가봤던 거 아니야? 거기서 살다 왔다든가."

"아니. 얼마 전에 다큐멘터리에서 본 거야."

"뭐 하는 나란데?"

"인구는 4만 명 정도고, 주요 산업은 관광이랑 낙농업이야. 독일어를 주로 써. 우표가 유명하고, 입헌 군주제라서 왕이 존재해."

리히텐슈타인 공국이라는 나라에 대해 설명하는 무아는 마치 사전을 통째로 외우기라도 한 것 같았다. 특별히 놀라운 일은 아니었다. 어떤 것이든 새로운 것을 습득할 때면 무아는 모든 데이터를 머릿속에 통째로 저장해버리곤 했으니까.

"되게 작은 나라다. 인구가 4만 명이라니."

"빈부의 차이가 거의 없고 실업이랑 범죄도 없는 나라래."

"되게 평화롭겠다, 그러면."

"응. 그리고 총 인구 중에 3분의 1 이상이 외국 사람들이래. 그래서 외국인이나 다른 인종을 마주쳐도 아무도 거부감을 보이지 않는대."

"좋은 나라구나……."

무아가 말한 이야기들은 리히텐슈타인 공국이라는 실존하는 나라에 대한 것이라기보단, 왠지 이상향을 말하는 것처럼 들렸다. 빈부의 격차도, 범죄도, 다른 인종에 대한 편견도 없는…….

누구도 무아를 이상하게 여기지 않는, 그런 곳.

"나중에 나랑 같이 거기 갈래?"

무아의 팔이 그녀의 어깨를 제 몸 쪽으로 끌어당겼다.

"나중에 언제?"

"음……. 내가 돈 많이 벌면. 거기 가려면 돈이 필요하잖아."

그의 손이 은서의 볼을 살며시 쓰다듬었다. 정말로 소중한 것을 다룬다는 듯이.

사랑이란 그의 눈 속에만 존재하는 것이 아니었다. 무아의 손끝마저도 사랑의 감정을 담고 있었다. 그녀를 만지는 그의 손길은 무용수의 몸처럼 뚜렷한 의미를 표현한다. 그의 눈, 그의 손, 그의 입술, 그의 목소리, 그의 마음, 그의 신체의 모든 것들이 은서를 사랑하고 있었다.

"그래. 가자. 내가 그림 많이 그려서 돈 많이 벌면, 꼭 가자."

하지만 갈 수 없다.

무아는 리히텐슈타인 공국이라는, 머나먼 나라는 물론이거니와 대한민국이라는 나라 자체를 벗어날 수 없을 것이다. 심지어 제주도 같은 곳에도 갈 수 없을 것이었다. 바다를 건너거나 국경을 넘는 것은 그에게 불가능한 일이기 때문이었다.

애당초 그는 무엇도 아닌 남자였기에. 없는 존재였기 때문에.

언제까지 이런 얄팍한 거짓말로 그를 속일 수 있을까. 그는 숨어 살아야만 하는 존재라고, 사람들은 무아를 받아들이지 못할 것이라는 사실을 감춘 채.

"가자, 은서야."

무아가 은서의 손을 잡아끌었다.

"집에 가자."

조금 서글픈 표정을 짓고 있던 은서가 고개를 들어 무아를 바라보았다. 언젠가 저 역시 무아에게 같은 말을 했던 적이 있었다.

가자.

집에 가자.

함께 돌아갈 수 있는 집이 있다는 소박한 사실이 그나마 그녀의 마음을 위로해주었다.

"리히텐슈타인에는 언젠가 갈 수 있을 거야."

"안 가도 돼."

그녀가 조그맣게 중얼거렸다.

"그냥 난 무아 너랑만 있으면 돼."

은서의 말을 들은 그가 환하게 웃었다.

"그래. 나도 너랑 있을 수 있다면 어디든지 좋아."

무아가 독촉하듯 은서의 손을 잡아끌었다. 그와 함께 집으로 돌아가는 길. 조금 어둡던 그녀의 표정 역시 평소처럼 돌아왔다. 그녀가 바라는 것은 거창하지 않았다. 그저 무아와 함께 있는 것. 그가 다르다는 이유로 그녀 곁에서 사라지게 되지 않을까 하는 걱정을 내려놓고, 그저 평온하게 둘만의 세상을 살아가는 것.

가끔 두렵다. 그렇지만, 은서는 지금 이 순간 두려움마저 내려놓기로 했다. 그들만의 공간으로 되돌아가고 있었으니까. 손을 꼭 잡고, 세상에서 가장 안전한 둘만의 집으로.

"나, 너 진짜 사랑해."

주위를 감싸는 푸른 어둠 속에 무아의 목소리가 별처럼 떠다닌다. 그의 입에서 나오는 숨결마저 파르라니 반짝이는 것 같았다.

"내가 꼭 행복하게 해줄게, 은서야."

"난 지금도 행복해."

"그럼 더 행복하게 해줄게."

사랑하는 사람을 향한 그의 약속도, 맹세도 함께 반짝거렸다. 다 지금 은서는 그들을 둘러싼 세상을 잊어버렸다. 그들의 집을 향해 걸어가는 그녀와 무아는 이미 그들만의 세상에 속해 있었다.

여름도 이제 끝물이었다. 열대야는 완전히 사라졌다. 끈적이던 공기는 제법 건조해졌다. 열어둔 창문 틈으로 들어오는 바람 역시 더 이상 후덥지근하지 않았다.

부엌의 작은 보조등만을 켜놓은 원룸 안은 어둑어둑했다. 곳곳에 밤이 스며들어 있었다. 그렇지만 딱 손가락 하나의 거리만을 둔 채 마주 보고 침대에 누워 있는 은서와 무아는 서로의 모습을 뚜렷하게 눈 안에 담고 있었다.

"왜 그렇게 봐?"

은서가 묻자, 그는 대답 대신 싱긋 웃었다. 그가 그녀의 이마 위에 촉 소리가 나게 입을 맞췄다.

"네가 신기해서."

"내가 신기하다고?"

은서가 되물었다.

신기하고, 낯설고, 이상한 존재. 그녀는 무아를 그렇게 생각했었다. 이제는 그의 그 '다름'마저 일상적이고 자연스럽게 느끼게 되긴 했지만. 그러나 그에게서 신기하다는 소리를 들을 줄은 몰랐다.

"뭐가 신기한데?"

"나를 사랑하는 게."

"그게 신기해?"

무아의 손이 천천히 그녀의 머리를 쓰다듬었다.

"사람들은 그렇게 쉽게 타인을 받아들이지 않아. 드라마에서도,

영화에서도, 인터넷에서도, 책에서도 그렇게 배웠거든. 그런데 은서 너는 나를 받아들였을 뿐만 아니라 사랑하게 되었으니까."

그의 팔을 베고 누워 있던 은서가 고개를 들어 올렸다. 생각해 보면 그건 당연한 것이다. 무아는 언어도, 생활 습관도, 살아가는 방식도 믿어지지 않을 만큼 엄청난 속도로 습득해왔다. 그는 무엇이든 쉽게 넘어가는 법이 없었다. 무엇인가에 빠지면 완전히 중독되듯이 몰두했고, 완벽하게 끝을 본 이후에야 그 중독에서 빠져나오곤 했다. 그랬던 그가 모를 리가 없는 것이다.

세상에 들어갈 수 없다는 걸, 섞일 수 없다는 걸.

무아 자신의 존재가 배척당한다는 것을.

그를 위로하고 싶었다. 무아와 은서, 단둘의 사이에서만 통용되는 진실이더라도.

"그렇지 않아."

"그렇지 않아?"

"응. 모든 사람들이 그런 건 절대 아니야. 내가 너한테 거부감을 느끼지 않았던 것처럼, 밖의 사람들 중에서도 나 같은 사람들이 많이 있을 거야."

그녀가 다시 머리를 그의 몸에 기댔다.

"그러니까 미리 짐작해버리지는 마. 좋은 사람들이 많이 있어. 리히텐슈타인에 사는 사람들처럼."

"정말 그랬으면 좋겠다."

"정말이야. 믿어도 돼."

"그래. 믿을게."

은서의 뺨에 그의 살갗이 와 닿았다. 하얗고, 매끄럽고, 체취가 없는 피부. 얼굴 전체로 차가운 기운이 퍼져 나간다. 싸늘한 행복감. 그 누구도 이해할 수 없는 이 완전한 감정.

그녀의 머리를 쓸어내리는 무아의 손길에는 묘한 규칙성이 있었다. 그리고 같은 초 간격으로 반복되는 따뜻한 손길은 아기를 어르는 것 같아, 몸을 노곤하게 만들었다. 은서가 살며시 눈을 감았다. 마치 그가 잠의 가루를 뿌리기라도 하는 것처럼, 그녀는 서서히 잠에 빠져들었다.

"사랑해, 정말로."

나지막하게 중얼거린 무아가 그녀의 이마 위에 입을 맞췄다. 그는 오래도록 움직이지 않았다. 혹시라도 은서가 깰까 봐, 그녀의 단잠을 잠시라도 방해하게 될까 봐.

"저, 기억하세요?"

"그럼요. 당연히 기억하죠. 어떻게 잊어. 꿈에도 나왔다니까."

"돈 벌고 싶어요. 그때, 돈 많이 벌 수 있다고 얘기했었잖아요. 도와줄 수 있어요?"

"도와주고말고요. 여기 서봐요."

"이렇게요?"

"가만히만 있어도 돼. 완전 예술 작품이다……. 정말 잘 왔어."

"아까도 말했지만, 제 몸에 손대면 안 돼요."

"이유라도 있어요? 포즈 잡아주고 싶은데."

"아, 안 돼요! 저, CRPS 환자예요."

"CRPS?"

"복합부위통증증후군. 살갗이 스치기만 해도 아파요. 그래서 은서가 그때 그렇게 화냈던 거고."

"아아, 그랬구나……. 세상에. 미안해요. 그냥 가만히 서 있어요. 어차피 포트폴리오니까."

"네."

"다 배려해줄 테니까, 걱정하지 말고 나를 믿어요."

플래시가 터지는 펑펑 소리와 함께, 카메라에서 퍼져 나오는 새하얀 빛의 줄기가 무아의 얼굴 위로 쏟아져 내렸다. 그러나 그는 눈조차 깜빡이지 않았다.

그에게 흰색 빛은 너무나 익숙한 것이기 때문에.

오히려 그 빛의 소용돌이 안에 서 있는 건, 그에게 편안하기까지 한 일이었다.

은서를 품에 안은 채 낮의 일을 떠올리던 무아 역시 가만히 눈을 감았다.

믿어도 되겠지.

은서의 말은 항상 옳으니까.

잠에서 깨어난 은서가 몸을 뒤척였다. 창문은 손가락 한 마디만큼 열려 있었다. 그 틈으로 들어오는 공기는 이제 완연하게 가을의 냄새를 풍기고 있었다.

여름이 끝나간다. 새로운 계절이 시작되고 있었다.

무아의 체온이 느껴지지 않는다는 걸 깨달은 순간, 욕실에서 쏴 하는 물소리가 들려왔다. 잠이 아직 덜 깨 몽롱한 상태였던 그녀가 눈을 반짝 떴다.

무슨 일로 아침부터 씻고 있는 거지.

무아 역시 샤워를 하곤 했다. 그러나 그건 은서가 가르쳤기 때문에 몸에 밴 습관 같은 거였지, 그에게 꼭 필요한 것은 아니었다. 그에게는 체취도, 땀도 존재하지 않기 때문이었다.

"일어났어?"

머리의 물기를 수건으로 털어낸 무아가 그녀의 곁으로 다가왔다.

"물 떨어져. 저리 가."

"정말 저리 가?"

무아의 얼굴은 금세 그녀의 코앞까지 다가왔다.

"으응."

"싫어. 저리 안 갈 거야."

은서의 입술 위로 무아의 입술이 겹쳐졌다. 눈송이를 혀 위에 올려놓은 것 같은 냉기가 입안에 서서히 퍼져간다. 젖어 있는 그의 머리카락에서 뚝뚝 떨어져 내린 물방울들은 은서의 이마를 타고 뺨을 지나 목 언저리까지 흘러내렸다.

잠과 현실의 경계 어디 즈음을 방황하는 그녀의 몸 위로 쏟아져 내리는 나른한 아침의 햇빛. 온몸을 팽팽한 쾌락으로 긴장시키는 무아의 입술. 그가 은서의 위로 올라왔다. 그의 몸에 밴 물기 때문에 맞닿은 피부가 죽 미끄러졌다.

"그만, 그만."

깊은 숨을 토하며 그녀는 가까스로 무아의 몸을 밀어냈다. 지난 며칠간 엄마에 이어 지혁에게까지 시간을 내느라 작업을 전혀 하지 못했다. 마감이 코앞이었는데, 허비할 시간이 조금도 없었다.

“나 진짜 바빠. 오늘은 그만.”

“다시는 키스 안 해줄 거야.”

불만스러운 듯 중얼거리는 그를 보던 은서가 웃음을 터뜨렸다.

“안 돼. 그런 게 어딨어. 정말 바빠서 그런단 말야.”

그녀가 무아의 얼굴을 다정하게 쓰다듬었다.

“마감 끝나면 맛있는 거 많이 사줄게.”

“그리고 나면 또 마감일 거면서.”

은서가 어깨를 으쓱해 보였다.

“그래서 휴대폰 사줬잖아. 게임 하고 있어. 열심히 마감을 하고 또 하고 해야 맛있는 것도 사 먹고, 리히텐슈타인에도 놀러 가지.”

무아는 대답이 없었다. 단단히 마음이 상한 것 같았으나, 그녀는 애써 그를 외면하며 화구들을 꺼내어 책상 위에 올려놓았다.

정기적인 수입이 없는 상태였기에 요 근래 은서의 경제상황은 좋지 않았다. 오늘은 반드시 목표치 이상으로 작업을 마쳐야만 했다.

“배고프면 얘기해. 햄버거 시켜줄게.”

“게임 할 거야.”

“무아야.”

침대 위에 앉아 있던 무아는, 그녀가 이름을 불렀음에도 고개를 들지 않은 채 휴대폰을 만지작거리고 있었다.

“나 사랑하지?”

은서의 질문에, 그가 천천히 고개를 들었다.

“완전 많이 사랑해.”

“응. 나도 정말 많이 사랑해. 그림 얼른 마감하고 너랑 계속 붙어 있을 거야."

그제야 무아의 표정에 미소가 돌아왔다. 그가 고개를 끄덕이는 걸 본 후에야 그녀는 손에 펜을 쥐었다.

"내가 더 많이 사랑해."

그의 목소리가 들려왔다. 은서의 나지막한 웃음소리가 좁은 방 안에 울려 퍼졌다.

무아는 한참 동안이나 은서의 뒷모습을 바라보고 있었다. 작업에 열중하고 있는 그녀의 팔은 끊임없이 움직이고 있었다. 책상 위에는 언제나처럼 연필과 마카 따위가 흐트러져 있을 것이다.

이곳에 온 이후, 그는 다양한 것들을 빠른 시간 동안 습득했다. 언어, 생활, 예절, 도덕, 해도 되는 것과 해서는 안 되는 것. 그것들을 익힌 후에는 감정들을 배웠다.

그가 느끼고 있는 것은 질투였다. 그녀가 다른 것에 집중하고 있다는 것에서 오는 상대적 박탈감. 은서에게 지금 이 순간 중요한 것은 무아 자신이 아니라 그림을 그리는 행위라는 데 대한 질투. 무아가 느끼는 질투는 평면적이지 않았다. 그가 느끼고 있는 건 그저 은서를 자신만이 소유하고 싶다는 감정 하나만이 아니었다.

책임감. 미안함.

처음에는 자신이 그녀에게 짐이 되고 있다는 사실 자체를 깨닫지 못했다. 그가 먹는 음식, 입는 옷, 심지어 그들의 공간인 이 집에서 살아가는 것 자체에도 돈이 들어간다는 사실을 모르고 있었기 때문이었다. 정확히는, '돈'이라는 게 어떤 의미가 있는 것인지조차 알지 못했었다.

깊은 밤, 잠에서 깨어난 그의 시야에는 종종 지금과 같은 그녀의 뒷모습이 들어오곤 했다. 펜이 종이 위를 스치는 사각사각하는 소리와 함께.

가끔 은서는 책상 위에서 꾸벅꾸벅 졸곤 했다. 그녀의 손에 쥐어져 있던 펜이나 붓이 책상 위를 데굴데굴 굴러 바닥으로 툭 소리를 내며 떨어졌다. 고단함에 취해 책상에 뺨을 붙이고 잠든 그녀를 무아는 한참 동안 내려다보았다. 처음에는 이유를 알 수 없었다. 왜 잠을 포기하고 저 그림들을 붙들고 있는 것인지. 그것이 '일'이고, 살아가는 데 반드시 필요한 경제활동이라는 것을 깨닫게 된 건 얼마 전의 일이었다.

미안했다. 그들의 사랑이 그녀의 삶을 팍팍하게 만들고 있다는 사실을 깨달은 그 순간부터. 너무나 미안해졌다.

무아가 보았던 수많은 드라마들에 나오는 주인공들은 그 자신 같지 않았다. 그들은 사랑하는 여자에게 무언가 좋은 것, 예쁜 것, 맛있는 것을 사주었다. 그 네모난 세상 속에선, 여주인공에게 무언가를 해주지 않고 그저 얹혀 살아가는 사람들은 대부분 나쁜 사람이었다. 그렇기에 무아는 그녀의 어머니가 보였던 격렬한 반응 역시 받아들일 수밖에 없었다.

책임감, 미안함, 그리고 그녀에게 무언가를 주고 싶다는 욕구.

사랑이라는 감정 이후에 뒤따라오는 많은 복합적인 것들을 그는 습득하는 중이었다. 그리고 그것은 어제 무아를 세상 밖으로 나가게 만들었다.

-몸이 안 좋으니까, 단독 촬영으로 일을 잡아볼게요. 조금도 걱정 같은 건 안 해도 돼. 포트폴리오 한 장만 보여줘도 다들 모델로

쓰고 싶어서 개떼처럼 달려들걸.

-돈은 언제 받을 수 있어요?

-바로. 촬영하고 바로 줄게요. 난 사실 광고 같은 거 아무 상관 없어. 그냥 그쪽이 찍고 싶을 뿐이에요. 사진 찍는 사람이라면 누구나 다 찍고 싶을 얼굴이야. 환장할 얼굴이라고, 정말.

어제 만났던 사진작가와의 대화를 떠올리던 그의 휴대폰에 반짝 불이 들어왔다.

<전화 주세요.>

무아가 천천히 자리에서 일어섰다. 침대에서 내려와 은서의 곁으로 걸어가는 데까지 딱 네 발자국. 그녀는 스케치에 색을 입히는 데 완전히 몰두하고 있는 모습이었다.

은서는 얼마 전에 어린이용 교재의 삽화를 맡았다. 숲에서 길을 잃은 소년이 신기한 동물 친구들을 만나는 이야기. 흰 종이 위에는 온통 초록빛 녹음이 흩뿌려져 있었다. 빽빽하게 펼쳐진 연둣빛 잔디와 머리를 위로 쳐든 채 하늘 끝까지 뻗어있는 길쭉길쭉한 진녹색 전나무들, 나무들의 머리 위로 아득하게 펼쳐진 에메랄드빛 하늘. 나무둥치 사이로 구불구불 휘어지는 시냇물의 색마저 옅은 초록빛을 띠고 있었다.

다큐멘터리에서 본 리히텐슈타인의 자연이 꼭 저런 모습이었지. 어디를 봐도 초록색으로 가득 찬.

"은서야, 나 아이스 초코 마시고 싶어. 커피 사다 줄까?"

손에 붓을 쥐고 있던 은서가 고개를 돌려 그를 올려다보았다.

"신기하다. 이제 혼자서 외출도 잘하네."

"단거 먹고 싶어서."

은서가 엷게 웃었다. 그녀는 작은 아쉬움을 애써 밀어내는 중이었다. 그녀 없이는 단 한 발짝도 움직일 수 없을 것 같았던 무아. 그러나 그건 은서만의 착각이었던 것 같다. 무아는 이제 새로운 습득의 단계를 향해 넘어가고 있다. 그는, 세상을 향해 나가고 있는 것이다.

은서가 지갑을 내밀었다.

"편의점에서 과자랑 초콜릿도 사와. 나 금방 이거 끝낼게. 못 놀아줘서 미안해."

"뭐가 미안해."

무슨 말인가를 더 하고 싶었지만 무아의 입에서 다음 말은 잘 나와주지 않았다. 그가 그녀의 목을 가볍게 끌어안았다. 은서의 정수리에 입을 맞추고, 소중한 그녀의 볼을 살짝 쓰다듬었다.

철컹. 무거운 소리를 내며 문이 열렸다. 무아는 세상 밖으로 걸음을 옮겼다.

[내일 오후 한 시까지 데리러 갈게요. 어제 만났던 카페 앞에서 봐요.]

"벌써 일이 잡혔어요?"

[그럼. 내 장담했잖아. 포트폴리오 보고 에디터가 어떤 표정이었는지 무아 씨한테 보여주고 싶어. 아, 내 얼굴이랑 똑같은 표정이라고 하면 알아 들으려나?]

그는 어제 작은 스튜디오 안에서 저를 세워놓고 연신 셔터를 눌러대던 여자의 모습을 떠올렸다. 그 표정은 뭐라고 표현할 수 없는 성질의 것이었다. 확실한 건, 무아의 사진을 찍는 여자의 얼굴이 더할 나위 없을 정도로 행복해 보였다는 것이다.

[잡지사 컨셉트 화보예요. 단독 촬영이고. 무아 씨 상황 배려해서 내 스튜디오에서 진행할 거예요. 미리 얘기해놨으니 불필요하게 몸에 손댄다든가 하는 일 없을 거예요. 정말 완벽하게 준비해놨으니까, 그냥 몸만 오면 돼.]

"돈은 바로 준다고 했죠?"

[원래 잡지사 페이는 한참 기다려야 나와요. 그렇지만 무아 씨 돈 급해 보이니까, 내가 바로 줄게.]

"얼마예요?"

[30만 원. 무아 씨, 돈 많이 급해요? 혹시 병원비 땜에 필요한 건가? 돈 더 필요하면 얘기해요. 내가 빌려줄게.]

30만 원의 가치는 얼마나 될까. 아직 화폐의 가치는 무아가 잘 모르는 영역이었다. 커피가 4천 원. 아이스 초코가 4,500원. 은서가 무엇인가를 적어놓았던 작은 메모지 위에 쓰여 있던 빼곡한 숫자들이 생각났다. 월세 40만 원. 전기세 3만 원. 마트 6만 원…….

은서가 좋아하는 아메리카노를 75잔 살 수 있는 돈. 월세를 내기에는 조금 부족한 돈. 전기세를 10번 낼 수 있는 돈. 마트에서 5번 장 볼 수 있는 돈.

일단 그것이라면 나쁘지 않았다.

[내가 주제넘은 소리 한 건가. 미안해, 무아 씨.]

여자는 무아의 침묵을 불쾌감 때문이라고 생각한 듯했다.

"아니에요. 내일 한 시라고 했죠?"

[응. 그리고, 무아 씨.]

여자가 굉장히 즐겁다는 듯 덧붙였다.

[돈 걱정 같은 거, 이제 정말 안 해도 돼. 이번 컷 잡지에 뜨면 게임 끝이야. 아마 돈이 너무 많아져서 걱정하게 될걸요? 아무튼 내일 봐요. 아, 정말 기대된다.]

전화를 끊은 무아는 잠깐 동안 카페 앞 길목에 서서 휴대폰을 내려다보고 있었다.

너무 많은 돈이란 과연 얼마를 말하는 걸까. 그건, 은서가 다시는 밤샘 작업에 매달리지 않아도 될 만큼 충분한 돈일까?

걱정이 될 만큼의 어마어마한 건 무아에게 필요치 않았다. 그에게 필요한 건 적당한 정도의 돈이었다. 저 앞에 손을 붙잡고 걸어가는 여느 연인들처럼. 사랑하는 그녀를 위해 작고 반짝이는 예쁜 것들을 사주고, 맛있는 것을 사 먹이고, 좋아하는 커피를 사다 줄 수 있을 만큼의 돈. 그녀와 그가 살고 있는 공간에서 소비되는 것들을 책임질 수 있을 만큼의 돈.

잠시 생각에 잠겨 있던 무아의 입가에 엷은 미소가 떠올랐다. 꼭 그렇게 되었으면 좋겠다.

행복하게 해주고 싶어. 잠깐 동안이라도.

“다 그렸어?”

아이스 아메리카노를 책상 위에 내려놓으며 무아가 물었다. 어지럽게 흩어져 있던 화구들은 깨끗이 정리되어 있었다. 책상 위에 남아 있는 건 그녀가 그린 온통 초록빛의 그림 한 장뿐이었다. 아직 물감이 마르지 않은 그림은 표면이 반들거렸다.

“응. 다 됐어. 아, 어깨가 뻐근하다.”

은서가 기지개를 쭉 폈다.

"은서야."

"응?"

"이거 그리면 얼마 받아?"

"돈?"

약간의 의문이 담긴 그녀의 시선이 무아의 얼굴 위에 머물렀다.

새로운 습득의 영역. 세상으로 나가는 것, 그리고 세상을 살아가는 데 꼭 필요한 경제관념을 배우는 것. 그는 정말로 이제 평범한 사람들과 같아지는 걸까.

"30만 원."

"열 번 그리면 300만 원이겠네?"

그녀가 피식 웃었다.

"나도 매달 그렇게만 벌 수 있으면 정말 좋겠다. 이런 일은 잘 안 들어와. 다 자잘한 일들뿐이라서."

무아는 대답 대신 그녀가 그린 그림을 뚫어져라 바라보고 있었다. 넘실대는 초록빛. 그림은 굉장히 아름다웠다. 저런 세상이 실제한다면 그 속으로 들어가 자리를 잡고 싶을 만큼.

그렇지만 저 커다란 그림은 그녀를 힘들게 한다. 그의 눈앞에서, 은서는 인상을 찡그리며 뻐근한 팔을 움직이고 있었다. 30만 원은, 적어도 그녀가 이 그림을 그릴 때 들인 시간과 정성만큼의 가치는 되는 돈이다.

"아이스 초코 사온다더니. 왜 커피만 사왔어? 초콜릿은 왜 안 사오고."

"갑자기 안 먹고 싶어져서."

다 네가 고생해서 버는 돈이니까. 그걸 쓰고 싶지 않았어.

"뭐야. 싱겁게."

자리에서 일어난 은서가 무아의 손을 잡으며 그의 가슴에 얼굴을 묻었다. 그의 차가운 온도가 그립다. 항상 같이 꼭 붙어 있는데도, 오늘은 정말정말 그가 그립다. 이상하게 오늘따라 무아가 조금 낯설게 느껴진다. 그녀 자신이 알고 있는 무아의 세상은 딱 이 공간만큼 작았는데, 그는 이미 이곳을 벗어나 바깥세상으로 나갈 준비가 되어 있었던 걸 이제야 깨달았기 때문일까.

"햄 구워서 밥 먹자. 밥 먹고 나서는 너랑 계속 놀래. 어차피 다음 작업은 내일이나 할 수 있으니까, 이제 하루 종일 무아랑 놀아야지."

그녀는 마치 대단히 미안하다는 듯 그를 향해 종알거렸다.

"안 놀아줘도 돼."

무아의 말에, 은서는 하던 말을 뚝 멈췄다.

"화났어?"

"아니, 아니야. 그런 거 아니고……."

그가 은서의 볼을 다정하게 쓰다듬었다.

"굳이 안 놀아줘도 돼. 이렇게 같이 있는 것만으로도 난 정말 좋아. 정말 행복해."

"너 오늘 좀 이상해."

그가 이상한 건지, 아니면 은서 자신이 이상한 건지 도무지 알 수 없었다. 하지만 생각해보면 그는 늘 이상했다. 그가 은서의 삶 안으로 들어온 이후부터 그녀 역시 그 '이상함' 속으로 들어간 것이고. 그들에게 이상하다는 건 그저 평범한 것에 지나지 않았다.

"그래도 진짜 좋아."

그녀가 발꿈치를 들어 올렸다. 무아의 차가운 입술 위에 살며시 제 입술을 포갰다. 흐릿한 분홍빛 입술. 그의 입술에서는 오묘한 색채가 느껴진다. 분홍색은 분홍색인데, 적(赤)색의 스펙트럼에 속한 것이 아닌 푸른빛의 영역에 가까운 그런 색. 이른 저녁이 내리깔리는 시간, 하늘의 끝에서 볼 수 있는 그런 미묘한 색채가 그의 입술에 존재했다. 파랗던 하늘 위로 진홍빛 노을이 고요하게 섞이며 번져갈 때 만들어지는 붉지만 또한 푸르기도 한 그런 빛깔이.

도저히 말로는 설명할 수 없는 그 아름다운 입술의 말랑한 감촉은 늘 그녀를 행복하게 한다. 살아 있게 하고, 동요하게 하고, 숨 쉬게 만든다.

"밥은 좀 이따 먹자."

무아가 은서의 몸을 꼭 끌어안으며 속삭였다. 이제 곧 깊은 서랍 속으로 숨어들어 돌아올 다음 여름을 기약하게 될 얇은 옷가지들이 바닥에 스르르 떨어져 내렸다. 낮도, 밤도 달리 존재하지 않는다. 그들이 함께하는 공간 속에서는 낮이 밤이 되고, 밤 역시 낮처럼 찬란했다.

열려 있는 창문 틈으로 들어오던 바깥세상의 소음들이 빠르게 꼬리를 감추듯 사라졌다. 그들의 세상 속에서 들려오는 건 다른 소리였다.

서로를 너무나 사랑하는 그들의 소리. 너무나 사랑해서, 아무런 이유 없이 때로 슬퍼지기까지 하는 이들의 낮은 숨소리. 완전하게 소유하고 싶고 영원히 함께하고 싶지만, 가끔 밀려드는 두려움 앞에 나약해지곤 하는 연인들의 소리.

심장이 터져 나갈 것 같은 아득한 희열과 희미한 고통이 교차하는 순간. 은서와 무아는 길게 내뱉는 거친 숨소리와 함께 그들만의 공간 속에 가라앉았다. 사랑한다. 너무나 사랑해서, 알 수 없는 미래를 향한 작은 의구심마저 미칠 만큼 두렵다.

그래서 그들이 함께 있는 순간은 늘 마지막처럼 간절하고 아름다웠다.

"나 서점 다녀와도 돼?"

"서점?"

아직 아침의 맑은 냄새가 채 사라지지 않은 오전이었다. 다시 작업을 시작하기 위해 화구들을 늘어놓고 있던 은서가 무아를 쳐다보았다.

'또 나가게?'라고 물으려 했던 그녀는 곧 입을 다물었다. 은서가 다른 일에 집중하는 사이 집 안에서 무아가 할 수 있는 일이라곤 인터넷 혹은 휴대폰 게임 둘뿐이었던 것이다.

"혼자 갈 수 있어?"

"옷 사러 갔던 데에 있잖아. 지난번에 지나가면서 봤어."

"책 읽으려고?"

"응. 꼭 사지 않아도 된다며. 그냥 깨끗하게 읽고 다시 두면 되는 거라며."

고개를 끄덕이며, 그녀는 지갑을 내밀었다.

"없어도 돼. 뭐 살 거 아니야."

"그래도 모르는 거잖아. 돈 쓸 일 생길 수도 있어."

"아니야. 진짜 필요 없어."

은서의 시선이 허공에 내밀어져 있는 지갑에서 무아의 얼굴로 옮겨갔다.

"무아야, 혹시 내 돈 쓰는 게 싫어서 그래?"

"싫은 건 아닌데……."

미안해서.

"그럴 필요 없어. 혹시 알아? 무아 네가 나중에 돈 많이많이 벌게 될지. 그때 되면 나 네 돈으로 예쁜 옷 잔뜩 사고 먹고 싶은 것도 다 사먹을 거란 말이야. 그러니까 괜히 그런 생각 하지 마."

무아가 옅게 웃었다. 그러나 끝내 그는 은서가 내민 지갑을 잡지 않았다.

"얼마나 있다 올 거야?"

"글쎄. 잘 모르겠어. 서너 시간?"

"어두워지기 전에는 꼭 와야 돼. 휴대폰 잃어버리지 말고."

"알았어."

까치발을 들어, 그녀는 무아의 입술 위에 가볍게 키스했다.

"다녀올게."

"책 많이 읽고 와. 무슨 일 생기면 전화하고."

"응."

빙글, 몸을 돌려 문을 향해 가는 무아의 모습을 은서는 가만히 바라보고 있었다.

익숙해져야겠지.

언제까지나 이 비좁은 공간과 바깥세상 사이에 선을 그어놓을 수는 없다. 좁은 원룸 안에 갇혀 그와 둘만의 파라다이스를 만들어 가는 건 그저 꿈에 지나지 않을지도 모른다. 무아가 밖으로 나가기 시작한 건, 어쩌면 그들에게도 잘된 일이었다. 그는 세상에 익숙해지고, 은서는 세상에 익숙해진 그에게 익숙해져야 한다.

어제 그려놓았던 초록빛 그림은 완전히 말라 있었다. 부드럽게 휘어지던 종이는 마른 물감 탓에 빳빳한 직선을 그리며 펼쳐져 있었다. 은서가 나지막한 한숨을 내쉬었다. 알 수 없는 작은 불안감이 들었다. 그렇지만 아무런 걱정도 없는 관계란 건 존재하지 않을 것이다. 마음을 다잡으며, 그녀는 다시금 붓을 쥐었다.

지하에 위치한 작은 스튜디오는 이상하도록 친근하게 느껴졌다. 그건 스튜디오라는 공간을 지배하는 색채 때문일 것이다. 계단을 걸어 내려가 문을 열었을 때 보이는 것은 회색빛 노출 콘크리트로 꾸며진 칙칙한 벽과 바닥이었으나, 한쪽 벽면을 본 순간 무아는 오랜만에 느껴보는 아늑한 감정에 휩싸였다. 스튜디오의 한쪽은 완벽한 흰색으로 칠해져 있었다. 벽뿐 아니라 바닥에도 역시 널따란 흰색 패널 같은 것이 깔려 있었다.

흰 빛으로 가득 찬 세상. 마치, 그가 떠나왔던 그곳 같은 세상.

무아는 잠시 동안 멍하니 새하얀 벽을 바라보며 서 있었다.

"미친다, 진짜……."

갑자기 들려오는 여자의 목소리에 무아가 고개를 돌렸다. 사진작가의 옆에는 여러 벌의 옷들을 껴안고 있는 젊은 여자 하나가 서 있었다.

"잡지사 에디터예요. 인사해, 무아 씨."

"안녕하세요."

가볍게 고개를 숙이는 무아를 에디터는 넋을 잃은 것처럼 바라보고 있었다.

"임 작가님, 어디서 찾아낸 거예요? 나 숨 막힐 거 같아. 이런 얼굴로 어떻게 지금까지 숨어 있었지? 진짜 소속사 없어요?"
"없어요, 그런 거."
"하자는 사람도 없었어요?"
"몸이 아파서, 밖에 잘 안 다니거든요."
"아아……."
에디터의 입에서 아득한 한숨이 새어 나왔다.
"정말 대박이다, 대박. 뭐라고 말을 해야 할지도 모르겠네. 작가님, 나 지금 진짜 충격 먹었어. 비주얼 쇼크다. 나 쇼크로 돌연사 할지도 몰라. 에디터 경력 10년 동안 이런 얼굴 본 적도 없어."
"원빈보다 잘생겼지?"
"원빈은 무슨……. 아, 모르겠어요. 사람 같지 않아. 무슨 그리스 신화 그런 데서 나온 것 같은데. 사람 맞아요?"
"맞아요."
그러나 대답을 바란 질문은 아니었던 듯, 에디터와 임 작가는 깔깔대며 웃었다.
"심플한 옷으로 가져오길 진짜 잘했다. 요란한 거 가져와봐야 옷 따위 눈에 띄지도 않겠어. 너무 잘생겨도 문제네. 패션 브랜드 모델은 힘들지 싶은데. 옷이 다 죽을 거예요, 임 작가님."
"옷 같은 거 아무 상관도 없다고 할걸. 이 사진 잡지에 실리면, 그야말로 광풍이 불 거야. 내가 말했잖아. 사진 따위 아무것도 아니라고. 실물로 보면 쓰러질지도 모른다고."
"나 진짜 큰일 날 거 같아. 밖에 나가면 남자들이 다 오징어로 보일 것 같아요."

"나도 요즘 그래서 고민이야. 세상에 오징어들이 막 활개치고 다니더라."

멀뚱멀뚱 서 있는 그의 앞에서 임 작가와 에디터는 무엇이 재미있는지 한참이나 이야기를 이어갔다. 그들에게 무아는 살아 있는 존재로 느껴지지 않는 것 같았다. 마네킹이거나, 아름다운 한 폭의 그림이거나, 누군가 혼신을 다해 만들어낸 예술품이거나.

"결정했어요. 옷 같은 거, 배경 같은 거 완전히 없애버리자. 그냥 지금 입은 옷 그대로 가요. 회색 티셔츠에 청바지, 딱 좋다. 신발도 벗어버려요. 맨발로 가자."

한참 동안이나 찬탄에 가까운 말을 쏟아내던 에디터는 금세 직업적 열의에 불타는 모습으로 변모했다. 그녀의 시선이 무아의 얼굴을 다시 한 번 빈틈없이 훑었다.

"모델에게만 집중하는 사진. 배경 처리 같은 것도 필요 없고, 오브제도 필요 없어. 메이크업도 필요 없어요. 포토샵 같은 것도 안 할래. 임 작가님, 그냥 무아 씨 자체를 담아봐요."

"내가 정말 바라던 바야."

임 작가가 카메라를 손에 쥐었다. 에디터가 지시에 따라 무아는 흰 벽을 향해 뚜벅뚜벅 걸어갔다. 새하얀 벽. 새하얀 바닥. 온통 새하얀 세상 속에 갇힌 핏기 없는 그의 얼굴 위로 모든 공간을 삼켜버릴 것 같은 눈부신 흰 조명이 쏟아져 내렸다. 무아는 눈을 감지 않았다. 그건 그에게 너무나 익숙한 광경이었으니까.

간간이 몸을 틀어보라든가, 고개를 들어보라는 식의 주문이 들려왔다.

"살짝 웃어봐요."

임 작가의 요구에 무아의 입꼬리가 어색하게 움찔거렸다.

"지금도 좋긴 한데, 눈빛이 너무 경직돼 있어."

웃는 것은 힘이 들었다. 이곳에 들어온 지 얼마나 시간이 흘렀을까.

"그런 거, 생각해봐. 제일 좋아하는 거. 사랑하는 거. 여자 친구 있잖아? 제일 행복했던 순간. 떠올려보라고."

제일 행복했던 순간.

그런 걸 떠올리는 데는 조금의 고민도 필요치 않았다. 그녀를 만난 이후 그가 행복하지 않았던 때는 단 한 번도 없었으니까. 무아에게는 은서와 함께하는 그 순간 모두가 가장 행복한 순간이었기 때문에.

그냥 은서의 얼굴을 떠올리기만 하면 된다. 그녀의 얼굴을 떠올리면, 그 자체가 완전한 행복의 순간이었다.

"와……."

물끄러미 무아를 지켜보고 있던 에디터의 입에서 나지막한 탄성이 터져 나왔다.

"세상에……. 어떻게 저런 표정이 나오지."

"쉿."

임 작가가 신경질적으로 손가락을 입술에 가져다 댔다. 에디터가 머쓱한 표정으로 입을 다물었다. 임 작가는 완벽하게 몰입하고 있었다. 피사체에 대한 흥분이 고스란히 전해지는 표정. 이 순간을 방해해서는 안 된다.

"눈 감아봐."

들려오는 소리라고는 카메라 셔터를 누르는 찰칵대는 소리뿐.

환영처럼 퍼져가는 빛 속에서 무아는 천천히 눈을 감았다.

언제쯤 끝날까. 은서가 보고 싶다.

그의 입술 위로 엷은 미소가 드리워졌다. 팽팽한 긴장에 휩싸인 스튜디오의 건조한 공기를 가르는 에디터의 낮은 탄성 소리가 들려왔다.

"받아요."

봉투마저 새하얗다. 임 작가가 내민 봉투는 생각보다 두툼했다.

"오늘 페이에, 다음 페이까지 넣었어요."

"다음 페이요?"

"내일모레 또 하나 찍을 거야. 김유현 알죠?"

"모르는데요."

"김유현을 몰라? 특 A급 모델인데. 암튼 걔 잘랐어. 대신 무아 씨 넣었으니까, 그런 줄 알아요."

무아는 대답하지 않았다. 봉투는 손안에 꽉 들어찼다. 꺼내서 확인해보고 싶었으나 그건 예의에 어긋나는 일인지 모르겠다는 생각이 들었다.

"믿고 주는 거야. 보통은 내가 절대 갑이고 모델들이 을인데, 무아 씨는 타고난 얼굴 하나로 순식간에 슈퍼 갑이 되네. 내가 이렇게 생초짜 신인한테 굽실거리게 되다니."

그럼에도 불구하고 임 작가는 기분 나빠 보이지 않았다. 그녀는 웃고 있었다.

"다음 촬영은 브랜드 협찬 들어가니까 페이도 두둑해요. 여기로 오면 돼요."

"혼자서는 못 찾아올 것 같아요."

"진짜 신기한 사람이다, 당신. 외계인, 뭐, 그런 거 같아."

"그런 거 아니에요."

"농담이야, 농담."

무아가 초조한 듯 휴대폰을 내려다보았다. 네 시 반. 아직 어두워지려면 한참 멀었지만 어서 은서에게 돌아가고 싶었다.

"저 좀 태워다주세요."

임 작가가 고개를 끄덕였다. 차 키를 챙기며 그를 바라보는 그녀의 시선은 조금쯤 의뭉스러웠다.

"대중교통을 이용할 줄 모른다든가, 사회생활을 안 해봤다든가 하는 것도 전부 몸이 아파서 그런 거겠죠?"

무아는 굳이 대답하지 않았다. 은서를 제외한 타인에게 많은 말을 해서는 안 된다. 지혁과의 대화가 그랬던 것처럼, 불필요한 거짓말은 상황을 더 나쁘게 만들 뿐이었다.

"저 이거 확인해도 돼요?"

차에 탄 무아가 물었다. 임 작가가 피식 웃음을 흘리며 고개를 끄덕였다.

"은행 가서 새 돈으로 찾아왔어. 확인해봐요."

하나, 둘, 셋, 넷, 열, 스물, 서른, 마흔, 쉰, 예순. 그것을 세는 데는 제법 긴 시간이 걸렸다.

"300만 원."

무아가 중얼거렸다.

"맞아요. 300만 원."

무아는 가만히 손에 쥐어진 60장의 5만 원권 지폐를 내려다보고 있었다. 300만 원.

임 작가는 그의 침묵의 이유를 다르게 해석한 것 같았다. 아마도 금액이 너무 커서 놀랐을 것이라고.

"촬영 페이는 사실 얼마 안 돼요. 특히 신인한테는 더더욱 그렇지. 그냥 일종의 격려금 같은 거라고 생각해요. 아니, 격려금이 아니라 고마움의 표시라고 생각해도 되고. 나 정말 행복했거든. 사진 찍으면서 이런 기분, 처음 느낀 것 같아."

그러나 무아는 그녀의 말에 귀 기울이고 있지 않았다. 300만 원. 그건 정말 큰돈이다. 30만 원이라는 돈의 가치를 가늠하는 것은 무아에게 쉽지 않았다. 커피를 사기엔 많고, 집세를 내기엔 모자란 돈이었으니까.

하지만 300만 원은 딱 떨어지는 금액이었다. 그건 은서가 꿈꾸듯 말했던 금액이었다.

-나도 매달 그렇게만 벌 수 있었으면 좋겠다.

은서의 말이 떠올랐다. 300만 원은 그녀에게 한 달의 휴식을 선물할 수 있는 돈인 것이다.

"고맙습니다."

지폐를 가지런히 정리해 다시 봉투 안에 밀어 넣으며, 무아가 중얼거렸다.

그대로 은서에게 가져다주면 될까?

임 작가의 차는 낯익은 동네에 접어들고 있었다. 거리에 줄지어 선 조그만 상점들의 간판을 멍하니 바라보고 있던 무아의 눈이 반짝 빛났다.

"저 여기서 내릴게요."

"목요일 오후 2시. 잊으면 안 돼요."

"네, 알겠습니다."

그렇게 무아가 말하는 순간, 임 작가가 손을 뻗었다. 무심한 듯, 본인으로서도 의도하지 않은 것처럼. 그녀의 손은 쓱 다가와 무아의 손등 언저리에 닿았다가, 소스라치듯 놀라며 떨어져 나갔다.

"소, 손이……."

"만지면 안 돼요."

예기치 못한 접촉. 반사적으로 무아는 문 쪽을 향해 물러났다. 임 작가의 시선은 그의 손 언저리에 여전히 머물러 있었다.

"손이…… 되게 차갑네. 깜짝 놀랐어."

"병 때문에 그렇다고요."

"그, 그래요. CRPS 환자라고 했었지."

"갈게요."

"저기, 무아 씨."

차에서 내리던 무아가 임 작가를 돌아보았다.

"미안해. 나도 모르게 그랬어. 목요일 약속, 잊지 말아요."

"네, 알았어요."

빨리 벗어나고 싶었다. 진짜 CRPS 환자가 된 것 같은 기분이 들었다. 임 작가의 손이 스치듯 닿았던 순간, 정말로 통증과도 비슷한 감각이 살갗 위에 느껴졌었다. 물리적 고통은 아니었지만 마음의 통증 같은 것이랄까. 은서가 아닌 타인의 손길. 의미 없는 가벼운 접촉일 뿐이었으나 그건 참을 수 없는 거부감을 불러일으켰다. 그 접촉에서 일어난 현상들을 그들이 어떻게 받아들일지 짐작할 수 있기 때문에 더욱 싫었다.

집을 향해, 그를 이해하고 받아들이고 사랑하는 유일한 존재인 은서가 있는 곳을 향해 내달리려던 무아는 아까 차 안에서 보았던 상점의 간판을 발견하고 잠시 머뭇거렸다. 어서 은서를 보고 싶었지만, 그는 마음을 진정시키며 상점을 향해 들어갔다.

처음으로 그녀에게 사주고 싶었다.

정말로 예쁜 무엇인가를.

벨을 눌렀으나 답은 돌아오지 않았다. 두 번, 세 번. 초조하게 네 번째로 초인종을 누른 후에야 철컹 소리와 함께 문이 열렸다.

은서는 잠깐 잠이 들었던 모양이었다. 그녀의 눈꺼풀은 무겁게 내려앉아 있었다. 책상 위에 엎드려 잠들었던 모양인지 은서의 볼에는 꾹 찍어 누른 것 같은 선명한 초록색 물감이 묻어 있었다.

“벨 오래 눌렀어? 깜빡 잠들었어.”

“아냐. 금방 왔어.”

무아는 무엇인가 할 말이 있다는 듯 그녀를 물끄러미 바라보고 있었다. 그의 바지 뒷주머니는 불룩 튀어나와 있었다. 한쪽에는 돈이 든 봉투가, 다른 한쪽에는 은서를 위한 선물이 들어 있다. 정말로 그녀에게 주고 싶었던, ‘예쁜 것’이.

그렇지만 섣불리 꺼내놓을 수 없는 건, 그녀에게 거짓말을 했기 때문이었다. 서점에 가겠다는 핑계를 대며 나와, 은서가 절대 하지 말라 당부했던 사진을 찍었던 것이다. 사실 무아는 무엇 때문에 그녀가 그렇게 사진에 거부반응을 보이는지 잘 이해할 수 없었다. 그는 사진이라는 결과물이 어떤 식의 반응을 불러오게 될 것인지 알지 못했다.

"그림은 다 그렸어?"

"응. 이제 진짜 다 그렸어. 이거 넘기고 나면 또 다른 거 해야지."

"안 힘들어?"

"힘들기는. 이게 내 일인데. 다들 이렇게 일하면서 살잖아."

무심코 말하던 은서가 아차, 하는 표정을 지었다. 요즘 들어 무아는 부쩍 본인이 아무것도 하지 않는다는 데 신경을 쓰고 있었다.

"내가 좋아서 하는 거야. 그림 그리는 거. 정말 재밌고 좋아서."

그런가. 말을 하면서도 스스로 확신이 잘 가지 않았다. 물론 은서는 자신의 직업을 사랑하고 있었다. 일러스트레이터라는 직업. 그림을 그린다는 것 자체를.

그러나 본인이 원하는 그림을 그리는 것과, 남의 요구를 받아들이는 것은 완전히 다른 일이라는 걸 은서는 일찌감치 깨달았다. 더군다나 은서는 빨간색에 심한 거부감을 갖고 있었기 때문에 일을 수주하는 데 제약이 컸다. 색을 자유롭게 사용하지 못하는 일러스트레이터라니. 그건 은서 생각에도 굉장히 모순적인 말이었다.

"책 뭐 읽었어?"

"이것저것 읽었어."

"이것저것, 뭐?"

"꽃선비열애사, 무수리 문복자, 후궁 되다."

"그건 또 무슨 책이래."

"그냥 있어. 되게 재미있는 책이야."

화구들을 정리하던 은서가 고개를 돌려 무아를 물끄러미 쳐다보았다. 요 며칠 사이 자꾸만 그에게서 느껴지는 이 기묘한 기류는 대체 무얼까.

갑자기 성큼 한발 다가선 무아가 그녀를 꽉 껴안았다. 예기치 못한 행동인 데다 그의 팔에 힘이 잔뜩 들어가 있어, 은서의 입에서는 헉, 하고 숨 내뱉는 소리가 났다.

"무슨 일 있어?"

왜 이렇게 불안해 보이지, 무아야.

아니, 불안한 건 나인 걸까. 네가 아니라 그저 내가 불안에 빠져 초조하게 구는 걸까.

"아니야. 그냥 네가 너무 보고 싶었어. 은서 네가 정말로……."

무아가 그녀의 머리에 얼굴을 묻었다. 은서의 길고 찰랑이는 머리카락이 그의 볼을 어루만졌다.

"보고 싶었어. 정말정말 보고 싶었어."

영문을 알 수 없는 기분이 들어, 그녀는 엉거주춤한 자세로 무아에게 안겨 있었다.

"몇 시간 못 봤다고 지금 이러는 거야?"

"응. 몇 시간 못 봐서 이러는 거야. 은서 네가 정말 너무너무 보고 싶었어."

은서의 팔이 그의 허리를 휘감았다. 그의 말을 듣고 있자니 어쩌면 그녀도 그랬던 것 같다. 되게 보고 싶었던 것 같고, 그리웠던 것 같다. 그가 사라졌던 반나절도 안 되는 짧은 시간 내내 마치 그만을 그리고 있었던 것 같다.

"나도 보고 싶었어, 무아."

그는 말없이 고개를 끄덕거렸다. 은서의 몸에서는 포근한 향기가 났다. 그녀는 향수를 뿌리거나 향이 독한 화장품을 바르지 않았다. 그건 은서의 몸에서 풍겨 나오는 그녀만의 체취였다. 그녀의 살 냄새. 나란히 비좁은 침대 위에 누워, 그녀의 부드러운 살갗 위에 얼굴을 묻고 있을 때면 풍겨오는 냄새. 조금 달콤한 것 같기도 하고, 우유 냄새 비슷한 것 같기도 한, 열심히 코를 킁킁대야만 맡을 수 있는 그녀만의 냄새.

무아가 천천히 고개를 숙였다. 그의 입술이 그녀의 입술에 살짝와 닿은 순간이었다. 은서의 손이 멈칫했다. 무아의 허리를 감싸고 있던 그녀의 손이 스르르 미끄러져 내려오다, 예상치 못한 무엇인가와 충돌했던 것이다.

"이게 뭐야?"

은서의 손이 그의 바지 뒷주머니를 더듬었다. 길쭉한 것이 하나, 사각형의 딱딱한 것이 하나. 양쪽 주머니 모두에 무언가가 하나씩 들어차, 뒷주머니는 불룩 튀어나와 있었다.

"으응. 이거……."

무아가 한 발짝 뒷걸음쳤다. 그러나 그녀에게 거짓말을 할 수는 없다. 스튜디오를 찾아가기 위해 했던 작은 거짓말은 선의에서 비롯된 것이었지만, 지금 가지고 있는 돈과 물건에 대해서까지 거짓말을 하는 건 은서를 정말로 기만하는 짓일 것이다. 그녀를 위한 일이었다. 은서가 좋아하지 않을지도 모른다는 불안은 조금 있었지만, 그녀는 언제나 그렇듯 이해해줄 것이다.

은서는 무아의 모습을 멀거니 바라보고 있었다. 곧 두 가지 물건이 책상 위에 놓여졌다. 하나는 두툼한 흰 봉투였고 다른 하나는 직사각형의 푸른 벨벳 상자였다.

무아가 은서에게 상자를 내밀었다.

"이게 뭐야?"

"너 주려고……. 주고 싶어서."

그녀의 손에 놓인 상자는 묵직했다. 무엇이 들어 있을까.

은서는 처음에 장난이라고 생각했다. 무아에게 돈이 있을 리 없었으니까. 어쩌면 어디서 주운 물건일지도 모른다는 생각이 들어, 은서는 천천히 상자를 열었다. 달칵하는 경쾌한 소리와 함께 뚜껑이 열렸다. 안에 들어 있는 것을 본 그녀가 이해할 수 없다는 표정으로 눈을 크게 떴다.

팔찌. 그건 팔찌였다. 굉장히 예쁜 물건이었다. 동그란 뱅글 형태의 팔찌는 금으로 된 것처럼 보였다. 14K 정도 될까.

그러나 무아에게 이런 물건을 살 돈이 있을 턱이 없다. 정말 금으로 된 물건일 경우는 두말할 필요도 없거니와, 설령 금이 아닌 그저 도금을 한 값싼 물건이라고 해도 이야기는 달라지지 않았다.

"이거…… 어디서 났어?"

은서의 시선이 반짝이는 팔찌에서 무아의 얼굴로 옮겨갔다.

"샀어."

"사?"

그녀가 멍하니 되물었다. 팔찌에는 흰색 가격표가 붙어 있었다. 32만 원.

"돈이 어디 있다고 이걸 사."

그렇게 말하던 은서의 시선이 테이블 위에 놓여 있는 흰 봉투로 향했다. 그녀의 손이 봉투를 툭 건드렸다. 봉투 입구가 벌어지며, 안에 들어 있던 빳빳한 5만 원권 지폐들이 비죽 튀어나왔다.

"이게…… 다 뭐야?"

"내가…… 벌었어."

"벌었다고?"

"응. 벌었어."

은서는 도무지 무슨 말인지 알아들을 수 없다는 표정이었다. 5만원권 지폐는 대충 눈짐작으로만 봐도 수십 장 이상이었다.

"주운 게 아니고, 벌었어?"

"으응. 주운 거 아니야."

"어떻게 벌었는데?"

그는 대답을 하지 못했다. 비록 거짓말을 하고 다녀오긴 했지만, 그건 은서를 위한 거였는데. 이렇게 묻기 전에 저 팔찌를 한 번만 쳐다봐주기라도 하면 좋겠는데.

"사진…… 찍었어."

"사진?"

그녀가 무기력하게 되물었다. 마치 '사진'이라는 말이 뭘 뜻하는지 모른다는 것처럼.

"사진."

다시 한 번 은서의 입술 사이로 그 말이 흘러나왔다. 사진.

사진.

어느 밤 마주쳤던 여자. 경이로움으로 가득 찬 눈빛으로 무아를 보며, 그를 향해 끊임없이 카메라 플래시를 퍼부어대던 여자.

"그때 그 여자, 만났구나."

"으응."

은서가 털썩 침대 가장자리에 주저앉았다. 갑자기 다리에 힘이 풀리는 기분이었다.

"무슨 사진을 찍었는데?"

"그냥 사진. 이 옷 그대로 입고 가만히 서 있었어."

"그런데 돈을 이렇게 많이 받았다고?"

"오늘 찍은 거랑, 모레 찍을 것까지 합쳐서 받은 거야."

무슨 말을 해야 할지, 머릿속이 새하얘지는 기분이 들어 은서는 머리를 감싸 쥐었다.

"왜 그랬어……."

그녀가 나지막하게 중얼거렸다. 믿을 수가 없었다. 며칠간 묘하게 신경을 거스르던 불안함의 정체를 마주한 기분이 들었다.

"도움이 되고 싶어서."

기어 들어가는 목소리. 은서는 고개를 들어 그를 바라보았다.

엄마가 다녀간 이후, 확실히 무아는 달라져 있었다. 이전에는 존재하지 않았던 '돈'에 대한 관념이 생긴 것 같다고나 할까. 평소에는 관심조차 가지지 않던 지출 내역이나 은서의 수입에 대해 물었고, 그녀의 돈을 쓰는 걸 거부했었다.

왜 몰랐을까. 왜 미리 설명해주지 않았을까. 왜, 애매모호한 말로 얼버무리며 무아에게 진실을 알려주지 않았을까. 모든 행동에는 원인이 있기 마련이었다. 왜 그걸 알아보려 하지 않았을까…….

"내가 잘못한 거야?"

그의 목소리에는 힘이 없었다. 순수하게 은서를 위해서 시작했던 일. 그녀에게 힘이 되어주고 싶어서 벌였던 일. 그러나 무엇인가가 크게 잘못되었다는 것을 은서의 표정을 통해 알 수 있었다.

"방법이…… 좋지 않았을 뿐이야."

그녀 역시 힘없는 목소리로 대답했다.

"나 도와주려고 했다는 거 알아. 고마워. 그런데 무아……."

무엇인가 말하려던 은서가 말꼬리를 흐렸다.

너는 세상에 나가선 안 돼. 나갈 수 없어.

그렇게 말하는 것은 어쩐지 너무나 잔인하게 느껴졌기 때문이었다. 설령 그것이 진짜 사실이라고 해도. 그러나 이런 일이 생긴 이상 언제까지나 그에게 사실을 숨길 수는 없다.

"사람들은 너를 받아들이지 못해. 네 존재가 이상하다는 걸 깨닫는 순간 사람들은 너를 가만두지 않을 거야. 어쩌면 그건……."

자신을 뚫어져라 바라보고 있는 무아와 시선을 맞추기가 어려웠다. 그녀가 시선을 떨어뜨렸다.

"우리를 떼어놓을지도 몰라……."

그의 눈이 무엇인가를 떠올리듯 투명하게 잠겨 들었다. 그는 그가 보았던 몇 편의 영화들을 떠올렸다. '낯선 존재'들은 영화 속에서 가혹한 대접을 받곤 했다. 그러나 영화를 볼 때는 깊이 생각하지 않았었다. 대부분의 영화들은 해피엔딩이었기 때문에.

그러나 현실은 그렇지 않을 것이다. 은서의 절박한 표정을 통해 그것을 알 수 있었다.

"무아, 전화 좀 줘봐."

휴대폰을 받아 든 그녀가 통화목록을 확인했다. 은서의 번호 단 하나만이 저장되어 있는 휴대폰의 통화 목록에 들어 있는 생경한 번호.

심호흡을 하고, 은서는 통화 버튼을 눌렀다.

"대체 뭐가 문제죠?"

임 작가는 불편한 표정이었다. 카페에 마주 앉은 은서와 임 작가 사이에 냉랭한 기류가 흐르고 있었다.

"먼저 연락한 건 무아 씨 쪽이었어요. 돈이 필요하다고 하더라고요. 몸이 아파서 다른 사람들이랑 접촉할 수 없다고. 그래도 일을 할 수 있겠냐고. 나는 모든 걸 배려했어요. 혼자서 작업할 수 있게 했고, 페이도 정말 두둑하게 건넸죠. 대체 뭐가 문제기에 또 이렇게 방해하는 거죠?"

"방해…… 요?"

은서가 되물었다. '방해'라는 말은 굉장히 낯설게 들렸다. 마치 무아와 임 작가라는 여자 둘 사이의 내밀한 문제에 끼어든 훼방꾼이 된 듯한 기분이었다. 어쩌면 임 작가 입장에서는 전적으로 맞는 말인지도 모르겠지만.

"무아는…… 그런 일을 할 수 있는 상태가 아니에요."

"알아요. 아프다면서요? CRPS라고. 들었어요."

"CRPS?"

은서가 눈을 깜빡였다. 그녀로서는 처음 듣는 이상한 알파벳의 조합. 임 작가의 시선이 그런 은서를 빠르게 훑고 지나갔다.

"거짓말이었네."

"예?"

"CRPS. 복합부위통증증후군. 처음 듣죠? 그게 뭔지도 몰랐을 거야. 나도 무아 씨한테 듣고 나서 검색해보고서야 알았으니까. 그것 때문에 남들과 접촉할 수 없다고. 손가락이 살짝 스치기만 해도 엄청난 고통을 느낀다고 말하던데. 역시 거짓말이었어."

은서가 초조한 듯 아랫입술을 깨물었다. 무아 역시 무작정 벌인 일은 아니었던 것이다. 그는 그 나름대로 자신의 '다름'을 감출 방어막들을 궁리했던 모양이었다. CRPS. 마치, 지혁에게 말했던 리히텐슈타인 공국의 존재 같은 병명으로.

"거짓말…… 아니에요."

"아, 나 지금 안 그래도 몹시 기분 좋지 않으니까 이상한 거짓말 그만해요. 원하는 게 뭐예요?"

임 작가의 목소리는 신경질적이고 날카로웠다. 입술이 바짝바짝 타들어가는 것 같아 은서는 음료수를 단숨에 들이켰다.

"잡지에 사진, 실을 수 없어요. 취소해주세요. 사진도 모두 폐기해주시구요."

"뭐라고요?"

"돌려드릴게요, 돈."

은서가 봉투를 내밀었다. 임 작가가 무아에게 건넸던 봉투 그대로, 안에는 5만 원 권 60장이 가지런히 들어 있었다. 오는 길에 그녀는 은행에 들러 팔찌 값만큼의 돈을 채워두었다.

"허."

임 작가가 기가 막힌다는 표정으로 웃었다.

"남 일이라고 너무 쉽게 생각하는 것 아니에요? 정말 너무하네. 그쪽도, 무아 씨라는 사람도."

"미안하게 생각하고 있어요. 죄송합니다."

"죄송?"

임 작가가 되물었다.

"지난번 놀이터에서 처음 마주쳤을 때처럼 나랑 그쪽 둘이서 해결하면 끝날 일인 것 같죠? 잡지사가 중간에 껴 있어요. 이미 사진은 컨펌됐고, 마감이 코앞이라고. 모레로 예정된 촬영은 어떡할 건데요? 에디터가 김유현을 깠다고! 무아한테 기회를 주기 위해서, 어마어마한 톱모델을 보내버렸다고요. 그건 어떻게 배상할 건데?"

"배상이 필요하다면……."

은서가 자꾸만 갈라지는 목소리를 가다듬었다.

"해드릴게요. 절대로 사진은 안 돼요."

"짜증난다, 진짜."

임 작가는 인내심의 한계에 다다른 듯 보였다. 그녀가 거칠게 휴대폰을 꺼내 들었다.

"여보세요. 응, 난데. 아까 그 모델 있지. 일 못 한대."

휴대폰 건너편에서 속사포처럼 쏟아지는 카랑카랑한 여자 목소리는 은서에게도 대충 들릴 정도로 컸다.

"에이전시에 전화 돌려봐. 몰라. 죽을병이라도 걸렸나 봐. 여자친구라는 사람이 나타나서 촬영 지장 생긴 거 다 배상해주겠대."

은서는 잠자코 테이블 어디 즈음에 시선을 두고 있었다.

"나도 이렇게 피곤하게 될 줄은 몰랐다. 알았어."

전화를 끊은 임 작가가 휴대폰을 테이블 위에 툭 집어 던졌다.

"그쪽, 돈 많아요?"

은서는 굳이 대답하지 않았다. 무슨 말을 할 수 있겠는가.

"아까 내가 넣은 돈이 삼백이었거든. 에디터가 그러네요. 보통 이런 경우 다섯 배 배상이 원칙이라고."

"다섯…… 배요?"

"네. 다섯 배. 천오백."

은서의 시선은 얼음이 녹아들어가는 유리잔 위에서 어지러이 흔들렸다.

1,500만 원. 누군가에게는 우스운 돈일 수도 있겠지만 은서에게는 그렇지 않았다. 그녀의 통장에 들어 있는 예금은 얼마 되지 않았다. 그러나 엄마가 간헐적으로 보내오는 통장 안에…… 어쩌면 그 정도 되는 돈이 있을 것이다.

하지만 그 돈에 손을 댈 수는 없었다. 은서는 지금껏 단 한 번도 엄마가 보내주는 돈을 제 돈이라고 생각했던 적이 없었다. 그랬기에 통장에 쌓인 돈은 그냥 의미 없는 긴 숫자가 되어 잠들어 있었다.

한참을 머뭇대는 은서를 보던 임 작가의 얼굴에 쓴웃음 비슷한 것이 떠올랐다.

"돈 가지고 사람 치졸하게 협박하고, 나 그런 사람 아니에요. 그러고 싶지도 않고. 그렇지만 내 입장도 이해를 해줘야지. 앞서 말했던 것처럼 연락을 먼저 해온 건 무아 씨 쪽이었어요. 본인이 일하고 싶다고 해서 잘나가는 모델 까버리고 꽂아 넣어줬는데, 이제 와서 본인도 아니고 가족도 아니고, 여자 친구라는 사람이 와서 못한다니. 내 기분이 지금 어떻겠냐고요."

임 작가의 표정이 미묘하게 부드러워졌다.

"무슨 이유로 그렇게 남자 친구를 보호하려고 하는지는 모르겠는데……. 성인 남자에게 보호라는 말이 어울리는지조차 사실 잘 모르겠지만요. 아무튼, 잡지에 나가는 건은 내가 책임지고 취소해 줄게요. 얼굴 여기저기 뿌려지는 거 싫을 수 있으니까. 위약금 같은 거 필요 없게 해줄게요. 대신에 부탁 하나만 들어줘요."

"부탁이요?"

"네, 부탁. 무아 씨 사진 찍게 해줘요. 작품 사진으로만 쓸게요.

광고니, 잡지니, 이런 얘기 꺼내지도 않을게요. 그냥 사진만 찍게 해줘요."

테이블 위에 시선을 고정하고 있던 은서가 천천히 고개를 들었다. 대체 임 작가라는 사람은 무슨 이유로 이렇게 무아에게 집착하는 걸까.

단지 그가 아름다워서…… 혹은, 직업적인 열정 때문에?

"무아 씨……. 이상하죠?"

"네?"

은서가 무슨 말이냐는 듯 되물었다.

무아는 이상해.

늘 스스로 되뇌던 말이었으나, 타인의 입에서 나오는 그 말은 굉장히 미묘한 감정을 불러일으켰다. 무엇보다 그 말은 은서에게 정말이지 위협적으로 들렸다.

"이상한 거 맞죠?"

"무슨 말씀을 하시는 건지 모르겠어요."

"몸에 손대지 말라고 한 거, CRPS랑 아무 상관도 없잖아. 조금도 아픈 사람 같지 않았어요."

불안한 듯, 은서는 손을 모아 쥐었다.

"그 사람, 차가웠어요. 이상하게. 맞죠?"

생각지도 못했던 말을 듣는 순간, 찌르는 것 같은 날카로운 통증이 느껴졌다. 실제로 어디가 아팠다든가, 고통이 느껴졌던 것은 아니었다. 은서가 느낀 통증은 일종의 쇼크였다. 그녀는 얼음장처럼 굳은 표정으로 앞에 앉은 임 작가를 바라보고 있었다.

"차가웠는데, 그냥 손이 찬 사람, 그런 게 아니고……."

"무슨 소린지 모르겠어요."

가까스로 입을 열었으나 그녀의 목소리는 떨리고 있었다.

"사실, 나도 잘 모르겠어요. 내가 느낀 게 대체 뭔지. 은서 씨는 알죠?"

입이 바짝바짝 말라온다. 은서가 고개를 저었다.

"모, 몰라요."

갑자기 앞에 앉아 있는 여자가 미친 듯이 두려워졌다. 아무런 생각조차 떠올릴 수 없을 만큼 혼란스러웠다. 동요하는 모습을 보여선 안 된다. 입을 꾹 다문 채, 은서는 표정을 감추려 애썼다. 그러나 심장은 튀어나가기라도 할 듯 요동치고 있었다.

"그러지 말고, 은서 씨……."

갑자기 은서가 휴대폰을 꺼내 들었다. 여덟 자리의 번호를 누르는 손가락은 살짝 떨리고 있었다. 후회할지도 모른다. 그렇지만 지금 생각할 수 있는 유일한 방법은 그것 하나뿐이었다.

휴대폰 너머에서 건조한 기계음성이 들려왔다.

[같은 은행으로의 이체는 111번, 다른 은행으로의 이체는 112번, 잔액 조회는 113번…….]

"적으세요."

은서가 메모지와 펜을 내밀었다. 임 작가의 눈이 동그래졌다.

"뭘 적어요?"

"계좌번호요. 적으세요."

"위약금 말하는 거면, 받을 생각 없다고……."

"적으세요!"

그녀의 목소리에 짙게 배어 있는 절박함. 임 작가 역시 그것을 눈치챘을 것이다. 임 작가의 시선은 잠깐 동안 은서의 얼굴 위에 머물렀다. 굳게 다문 입, 딱딱하게 경직되어 있는 표정, 그리고.

절박한, 너무나 절박한 그녀의 눈빛.

임 작가가 휘갈겨 쓴 메모지를 내밀었다.

"정말 난 모르겠다. 당신들, 두 사람."

은서는 대답하지 않았다. 결심이 흐트러지기 전에, 마음이 변하기 전에, 앞에 앉아 있는 여자가 무아의 존재를 눈치채기 전에.

은서의 손은 한동안 휴대폰의 숫자 버튼을 분주하게 오갔다. 마음 한구석에 정말 통증 같은 것이 느껴졌다. 그러나 이것이 그녀가 아는 유일한 답이었다.

무아를 잃지 않기 위한 방법, 그를 지킬 수 있는 방법.

"이체했어요. 1,500만 원."

휴대폰을 챙기고, 가방을 집어 들고, 은서는 서둘러 자리에서 일어났다.

"다시는, 다시는 무아한테 연락하지 마세요."

"저기……."

"절대로 연락하지 마세요."

은서는 도망치듯 카페를 벗어났다. 걸음이 휘청거렸다. 카페 문을 열고 바깥세상에 발을 디디는 순간, 예상치 못하게 왈칵 눈물이 솟아났다. 그러나 아직은 슬퍼할 때가 아니었다. 지금 그녀에게는 무아에게 돌아가는 것이 먼저였다. 길가에 서 있는 택시의 문을 여는 손길에 초조함이 묻어났다.

확인하고 싶었다. 확신하고 싶었다. 누구도 그를 해치지 못할 것이라고, 그를 구경거리 삼거나, 두려워하거나, 연구대상으로 삼지 않을 것이라고.

무아는 안전할 것이라고.

그들의 사랑은, 안전할 것이라고.

무거운 문을 밀어 열고 집 안으로 들어갔을 때, 은서가 맞닥뜨린 건 그들의 세상을 시커멓게 잠식하고 있는 어둠이었다. 캄캄하다. 사람 사는 집이 이렇게 캄캄할 수 있을까 싶을 정도로, 집 안은 완벽한 어둠 속에 갇혀 있었다.

"무아."

창문 근처 침대가에 희미한 그림자와 같은 그의 모습이 보인다. 그녀는 잠깐 동안 눈을 깜빡이며 어둠에 익숙해지기 위해 애썼다. 손을 뻗어 스위치 하나만 올리면 이 어둠은 순식간에 사라질 것이다. 그녀도 그 사실을 알고 있었지만 이상하게 불을 켤 용기가 나지 않았다. 그의 표정이 어떨지, 혹은 그에게 보이는 그녀의 표정이 어떨지 환한 빛 속에서 마주할 자신이 없었다.

어느 정도 어둠에 익숙해지자, 무아의 길쭉한 실루엣이 눈에 들어왔다. 그는 침대 매트리스에 등을 기댄 채 바닥에 앉아 있었다. 그의 팔은 머리를 감싸고 있었다. 표정 같은 건 보이지 않았지만 외로워 보인다. 슬퍼 보였다. 그냥 그는 가만히 앉아 있을 뿐임에도 그렇게 보였다. 바닥 곳곳에 깔린 슬픔이라는 감정이 그를 집어삼키고 있는 것 같았다.

"왜 이러고 있어."

집 안은 온통 검었다. 슬픔과 고통, 괴로움 같은 생각하기 싫은 감정들이 검고, 질척하고, 끈적끈적하게 살갗 위에 달라붙는 것 같았다. 미친 듯이 몸을 털어내어 모두 떼어내고 싶었다.

"잘됐어. 전부 잘 해결하고 왔어."

은서가 손을 내밀어 무아의 손을 잡았다. 그녀의 작은 손안에 놓인 그의 손이 희미하게 움찔거렸다.

"미안해."

그의 목소리는 나지막하게 공간을 울렸다. 소리에도 색깔이 있다면, 이 순간 무아의 목소리의 색 역시 검지 않을까. 입 밖으로 나온 그의 음성이 블랙홀 같은 어둠 속으로 빨려 들어가는 것 같다. 소리는 순식간에 삼켜지고 다시 까만 침묵만이 남았다.

"미안해하지 마. 미안해하지 않아도 돼."

"나…… 예전에 영화를 하나 봤어."

"영화?"

은서가 되물었다.

"'디스트릭트 9'이라는 영화였어."

은서가 흐릿한 기억을 떠올렸다. 언젠가 다운받아 놓았던 기억이 났지만, 영화의 내용은 오래되어 희미했다.

"그때 나는 몰랐어. 나도 그렇게 될 수 있다는 걸……."

은서 역시 기억이 났다. '디스트릭트 9'. 외계인 격리 구역을 뜻하는 말. 그건 외계 생명체에 감염된 인간에 대한 영화였다. 평범한 인간이었던 주인공이 외계인으로 변하고 있다는 것을 깨닫는 순간 -그가 '다른 존재'가 되는 순간- 사람들은 그를 가두고, 실험하고, 해부하려 한다. 그 영화 속의 주인공은 결국 혼자 남았다. 가족도, 친구도, 동료도 모두 잃은 채. 그가 달랐기 때문에.

"그건 영화일 뿐이야."

"하지만, 너도 그걸 걱정하고 있는 거잖아."

은서는 대답하지 못했다. 그의 말은 속속들이 모두 사실이었다.

"나는 정말…… 몰랐어. 늘 안전하다고 느꼈으니까. 너와 함께 있는 동안 어떤 문제도 없었으니까……."

그의 입에서 나오는 음절들이 낮게 잠겨드는 쉰 목소리와 함께 어그러졌다. 비틀어지고, 깨어졌다.

"내가 보통 사람들과 다르다는 게 알려진대도 큰 문제가 생길 거라고 생각 못 했어. 너처럼 받아들여주지는 않더라도, 그게 위험이 될 줄은 몰랐어."

그녀가 분명히 알아들을 수 있는 언어로 이야기하고 있었지만, 무아의 목소리는 묘하게 그의 언어를 연상시켰다. 마치, 작은 짐승이 내는 소리 같은.

"그냥 아무것도 하지 말았어야 했는데……."

상처 입은 동물이 내는 것 같은 소리가 들려왔다. 그의 나지막한 울음소리가.

무슨 말이라도 꺼내 그를 위로하고 싶었으나, 어떤 말로도 그를 위로할 수는 없을 것이다. 무아의 말은 모두 진실이었다. 현실은 '맨 인 블랙'이나 '별그대'와는 다르다. 현실은 완벽하게 '디스트릭트 9'과 같은 모습을 하고 있을 뿐이다. 차마 꺼낼 수 없는 칼날 같은 말들이 그녀의 입안을 베어냈다. 정말로 아팠다. 그렇지만 지금 무아가 느끼는 고통만큼 아프지는 않을 것이다.

"네 잘못이 아니야."

천천히 팔을 뻗어 그의 몸을 껴안았다. 그의 뺨은 차갑게 젖어들고 있었다.

"정말로, 네 잘못이 아니야. 남들과 다른 건 잘못이 아니야. 그걸 받아들이지 못하는 사람들이 나쁜 것일 뿐이야."

"하지만……."

"여기 있자."

은서의 목에서도 무언가 뜨거운 것이 치밀어 올라왔다.

"여기 있으면 돼. 우리 둘이. 이 집 안에서. 여기서는 누구도 널 해치지 않아. 구경거리로 삼지도 않고, 연구하려 들지도 않아. 여기는 안전해."

그녀의 눈에서도 왈칵 눈물이 솟아났다.

은서와 무아는 다르다. 그의 눈물이 얼음조각처럼 차가웠다면, 은서의 눈에서 떨어지는 눈물은 그녀의 체온보다 더 뜨거웠다. 맞닿은 뺨에 얼룩진 그들의 눈물이 하나로 섞여들었다.

다르지 않다. 차가운 것과 뜨거운 것이 만나, 미지근한 하나의 것이 된다.

그들이 하나가 되었듯이, 그들이 조금도 다르지 않듯이.

"하지만, 은서 너는…… 나 때문에 너까지 갇혀 있는 거잖아."

"갇혀 있는 거 아니야."

은서가 나지막하게 중얼거렸다.

"속해 있을 뿐이야. 여기가 너와 나의 세상이니까. 무아 네가……."

갑자기, 그녀는 팔을 뻗어 침대 옆에 있는 전등 스위치를 눌렀다. 순식간에 캄캄하던 방 안에 밝은 빛이 퍼져 나갔다.

"내 세상이니까."

눈부신 빛 속에서, 은서와 무아는 눈물로 얼룩진 얼굴을 들었다.

"너와 나, 둘만 있으면 돼."

무아가 천천히 고개를 끄덕였다. 그의 어깨에 머리를 기대며 은서는 천천히 눈을 감았다.

누구도 위협하지 않는 그들만의 디스트릭트 9 안에서.

그날 이후 임 작가라는 여자에게서는 몇 번의 전화가 걸려왔다. 은서의 전화로 서너 번, 무아의 전화로 서너 번. 돈을 돌려주고 싶다는 긴 문자 메시지가 여러 차례 도착했다. 은서는 단 한 번, 임 작가에게 전화를 걸었다.

"사진 모두 지워주세요. 부탁이에요."

[이미 지웠어요. 그 사진 들여다보고 있으면, 나 역시 작업이고 뭐고 못 할 것 같아서.]

"고맙습니다."

[저, 저기…….]

휴대폰 너머에서 숨을 고르는 것 같은 소리가 들려왔다.

[그날 이상한 소리 해서 미안해요. 내가 정말 어떻게 됐었나 봐요. 아픈 사람 가지고, 몸이 좀 찬 것 가지고……. 이해해요. 무아 씨 몸이 아프니까, 보호하고 싶은 마음…….]

"무아는 아프지 않아요."

[네?]

"무아는 아프지 않아요. 아무렇지도 않아요. 조금도 다르지 않다구요. 동정할 필요도, 이해할 필요도 없어요."

[그런 게 아니고…….]

"이만 끊겠습니다."

얼마간의 시간이 흐르자, 그녀 역시 임 작가라는 여자에 대한 것을 떠올리지 않게 되었다. 가끔 통장 정리를 하거나 집세를 내야 할 때가 다가오면 불가피하게 그 이름을 상기할 뿐이었다.

1,500만 원. 그 돈이 나간 통장은 은서의 것이 아니었다. 아니, 그녀의 것은 맞았으나 그 안에 들어 있는 돈을 은서는 자신의 소유라 생각하지 않았다. 엄마와 무아의 일로 크게 다투게 되기 이전에도 그녀는 그 돈에는 한 번도 손을 대지 않았었다. 그 돈이 엄마의 죄책감을 상징하고 있음을 알고 있기 때문이었다. 그러나 은서는 그 돈을 써버렸다. 통장에 남아 있는 것은 만 원 단위의 적은 금액뿐이었다.

여전히 엄마와의 연락은 두절된 상태였지만, 은서는 어쩔 수 없이 엄마를 다시 한 번 이해하기로 마음먹었다. 가장 절박했던 순간에, 엄마가 보내왔던 그 '죄책감'이 그녀를 구원했으므로.

은서는 휴대폰 번호를 바꿨다. 무아의 휴대폰의 번호 역시 바꿔버렸다. 그들의 일상에 잠깐 끼어들었던 불청객은 그렇게 사라졌다.

그렇게, 은서와 무아가 처음 만난 계절 여름이 끝났다.

8장. 라푼젤

"안 추워?"

열려진 창문 틈으로 차가운 바람이 들어왔다. 무심코 말을 꺼냈던 은서가 희미하게 웃었다. 무아는 추위를 느끼지 않는다. 한여름에 조금도 더위를 느끼지 않았던 것과 마찬가지였다. 그에게는 추위 역시 침범하지 못했다.

시간은 훌쩍 지나갔다. 계절은 초겨울로 접어들어, 공기에서는 잘 마른 낙엽 냄새와 차가운 비 냄새가 났다.

은서와 무아는 평범하게 잘 지내고 있었다. 그들만의 세상 속에서, 그들만의 '디스트릭트9' 속에서.

그 일이 있은 후, 무아는 한동안 말수가 줄어들었다. 은서를 보는 그의 눈은 자책과 미안함을 담고 있었다. 그러나 그녀는 평소와 다르지 않았다. 언제나 그래왔듯 그를 대하고 그를 사랑했다. 그렇게 시간을 보내는 사이 무아 역시 원래의 모습을 되찾았다.

평온한 나날이었다. 세상 누구도 침범하지 않는 둘의 세상 속에서 시간은 다른 이들의 것과 다를 바 없이 평범하게 흘러갔다.

"뭐 읽고 있어?"

휴대폰 화면을 들여다보고 있는 무아의 어깨 위에 은서가 손을 얹었다. 그녀의 팔목에 걸려 있던 금빛 팔찌가 조명에 반사되어 반짝 빛을 냈다.

사진작가와 얽혀 있던 그날을 기억하게 하는 물건. 환불을 하거나 팔아버리는 방법도 있었으나 그녀는 그렇게 하지 않았다. 그는 은서를 위해서 세상 밖으로 걸어 나갔고, 그것을 전리품으로 들고 돌아왔다. 그날 이후 그녀는 늘 그 팔찌를 착용하고 있었다. 팔찌에는 작은 하트 무늬가 음각되어 있었다. 그녀는 그게 무아의 마음이라고 생각하기로 했다.

"게시판 읽고 있어."

무아가 고개를 들었다. 무엇을 그렇게 열심히 들여다보는지 궁금한 마음이 들어, 은서는 그의 곁에 몸을 붙이고 앉았다. 네모난 휴대폰 화면 위에 떠올라 있는 건 시커먼 돌덩이처럼 보이는 물건의 사진이었다.

"이게 뭐야?"

"진주에 운석이 떨어졌대."

"운석?"

흥미롭다는 듯 그녀는 글을 읽어 내려갔다. 며칠 전 밤, 진주에 있는 어느 비닐하우스 지붕을 뚫고 낙하했다고 하는 돌덩이. 육안으로 보기에 그건 그저 평범한 바위조각같이 보일 뿐이었다.

"무지무지 비싸게 팔린대."
무아 역시 신기하다는 듯한 표정이었다.
"무지무지 비싼 게 얼만지나 알고 하는 소리야?"
그녀가 장난스럽게 물었다. 골똘히 생각하는 듯, 그가 머리를 긁적였다.
"글쎄. 백만 원?"
은서가 웃음을 터뜨렸다. 가을을 지나는 동안 무아는 또 수많은 것들을 습득했다. 그는 이제 한국말뿐 아니라 영어도 네이티브 스피커처럼 유창하게 할 수 있었고, 웬만한 음식은 뚝딱 만들어낼 정도로 요리 솜씨도 늘었다.
그러나 무아는 여전히 금전 문제에 어두웠다. 그가 돈을 쓰는 것은 카페에 나가거나, 마트에 갈 때 정도였기 때문이었다. 무아에게 그 이상을 넘어가는 화폐단위는 모두 '무지무지 비싼 것'일 뿐이었다.
"그냥 보기에는 돌덩이처럼 생겼는데. 이게 운석인 걸 어떻게 알아본 거지? 난 뭔가 운석은 신기하게 생겼을 줄 알았어. 막 이상한 빛이 나고……."
무엇인가가 퍼뜩 떠올라, 그녀는 말끝을 흐렸다.
무아가 소중하게 여기는 돌. 은서는 그것을 떠올리고 있었다. 그 조그마한 돌 위에 떠올라 있던 기묘한 색. 붉으면서 푸르고, 희면서도 검고, 또 그러면서도 붉지도, 푸르지도, 희지도, 검지도 않았던……. 말로는 도저히 설명할 수 없던 그 색채.
"그 돌은 잘 가지고 있지?"
"돌?"

"소중한 거."

"아, 그럼."

그가 고개를 끄덕였다. 확인이라도 하듯, 무아가 침대 옆에 있는 작은 서랍을 열었다. 서랍 한 귀퉁이에는 그가 은서에게 선물한 팔찌가 들어 있던 상자가 놓여 있었다. 무아는 돌을 그 속에 넣어 보관하고 있었다. 그의 손이 상자 위를 부드럽게 쓰다듬었다.

"저거, 어떤 여자가 준 거라고 했지?"

함께하는 시간이 길어질수록 그녀는 무아를 평범하게 생각하게 되었다. 은서는 차가운 그의 체온에 완전하게 익숙해져서, 오히려 밖에서 마주치는 사람들의 온도에 적응이 안 될 때도 있었다. 무아는 더 이상 그의 언어로 말하지 않았다. 특별한 사고가 일어나지 않았기에 피를 볼 일도 없었다. 공중에 떠오른다거나 하는 일도 일어나지 않았다. 그래서 까맣게 잊고 있었던 것 같다. 저 돌의 존재 자체를. 어떤 여자가 주었다는 그것을…….

"저건, 선물이야."

"선물?"

"어머니의 선물."

은서의 입에서 으음, 하는 낮은 소리가 새어 나왔다. 어떤 '여자'가 주었다는 말의 의미는 그러니까…….

"어머니가 주신 거라고?"

"응. 그렇지만, 은서 네가 생각하는 어머니랑 내가 말하는 어머니는 좀 달라."

"어떻게 다른데?"

"내가 말하는 어머니는…… 신이나 창조주와 비슷한 의미야."

그녀가 가만히 무아의 어깨에 머리를 기댔다. 둘만의 공간에서 둘만의 시간을 보내는 동안 지나칠 정도로 둘만의 삶에 익숙해졌나 보다. 그가 다른 존재라는 사실조차도 늘 잊어버리게 된다. 무아는 그녀의 일상 속에 완벽하게 녹아 있었다. 다르다는 말의 의미조차도 이제는 굉장히 모호하게 느껴졌다.

그러나, 그는 다르다. 다른 존재다. 저 네모반듯한 상자 속에 들어 있는 아름다운 빛깔의 돌 조각이 말해주듯이.

"난 아직도 너에 대해 모르는 게 많은 것 같아."

"뭘 모르는데?"

"네가 어디서 왔는지, 정확히 어떤 존재인지……."

"그런 건 필요가 없으니까. 나에게 이전의 생은 중요하지 않아. 너를 만난 이후로, 그냥 내게 중요한 건 은서 너 하나뿐이니까."

"듣기 좋다."

은서가 옅게 웃었다. 이전에도 그랬듯, 그는 과거의 이야기를 입밖에 잘 내지 않았다. 새로운 세상에 도착해 새로운 것들을 습득하는 대가로 그는 자신의 과거를 잊어가는 것일까.

"그리고……."

무아가 한쪽 손을 들어 그녀의 머리카락을 다정하게 어루만졌다.

"이제 내가 살던 곳은 없어졌을 거야. 모든 이들이, 다."

"없어져?"

"내가 떠나오기 이전부터 그건 예정되어 있는 거였거든. 아마 지금쯤은 다 소멸했을 거야. 나만이 살아남았어."

그의 목소리는 평소와 조금도 다르지 않게 담담했다. 오히려 기묘하게 치밀어 오르는 슬픔을 느끼는 것은 은서 쪽이었다.

"소멸……."

은서가 중얼거렸다. 그건 이상할 정도로 슬픈 단어처럼 들렸다. 소멸.

"너는 살아남았는데, 왜 다른 사람들은 다 소멸한 거지?"

"그들이 그걸 선택했으니까."

그녀로서는 잘 이해할 수 없는 얘기였다. 무아가 살던 곳의 사람들이 선택권을 가지고 있었단 말일까. 생과 사의 기로에서, 죽음을 선택할 수 있는 이들이 과연 존재할 수 있을까.

"나는 살아남는 걸 선택했어. 나는……."

그가 은서를 끌어안으며 속삭였다.

"너를 선택했어."

그녀의 눈에서 불현듯 눈물 한 방울이 툭, 하고 떨어졌다. 그건 너무나 달콤한 말이었다. 아름다운 말이었다. 그들이 함께해온 모든 시간들을 표현하는 것 같은 말이었다.

무아는 은서를 선택했다. 그녀가 무아를 보고 지나치지 않았던 것처럼. 그를 발견한 순간 알 수 없는 끌림을 느꼈던 것처럼.

그러나 그 말은 그녀의 감정을 이상하게 요동치게 만들었다. 심장이 뛴다. 설렌다고 표현할 수도 있지만, 단순히 사랑하는 사람이 곁에 있기에 느끼는 몸의 반응이라기에는 과도한 감정의 물결이 밀려왔다. 눈물이 났다. 너무나 아름다워서, 슬픔이 느껴졌다.

"왜 울어."

무아의 손이 은서의 뺨에 흐르는 눈물을 닦아냈다. 뜨거웠던 눈시울은 그의 손길에 금세 서늘해졌다.

"모르겠어. 내가 왜 우는지……."

"이리 와."

그가 그녀의 몸을 끌어당겼다. 그의 손이 가만가만 그녀의 등을 토닥인다.

그 무엇도 위협하지 못하고, 그 무엇도 비집고 들어올 틈 없는 세상.

무아와 은서만의 세상.

그들의 작은 왕국은 완벽하게 평화로웠다.

두 가지 계절을 지나쳐 오는 동안 단 하루도 떨어져 지낸 적 없는 그들이었다. 혼자서 지내왔던 시간들의 기억을 까마득히 잊어버릴 만큼 그녀는 무아에게 익숙해졌다. 그러나 생각과 심장은 완전히 다른 영역이었다. 그의 얼굴이 곁으로 다가오면 여전히 심장은 두근두근 고동친다. 그를 갖고 싶어졌다. 사랑하고 싶고, 사랑받고 싶었다. 충분히 사랑하고 있었고, 사랑받고 있었다.

겹쳐오는 무아의 입술을 받아들였다. 그의 차가운 숨결을 깊이 깊이 들이마셨다. 만족스러웠다. 조금도 불안하거나 외롭지 않았다. 그녀의 사랑에는 가정도 추측도 존재하지 않았다. 은서에게는 오직 확신만이 있을 뿐이었다. 그녀는 영원히 무아에게 보호받을 것이고 그에게 사랑받을 것이다. 외로움이라는 감정이 무엇인지조차 그녀는 까맣게 잊었다. 그들만의 비좁은 세상은 사랑이라는 감정이 만들어낸 충만한 만족감으로 가득 차 있었다.

"사랑해."

열에 들뜬 목소리로 은서가 속삭였다. 볼에 와 닿는 무아의 손가락을 향해 고개를 돌리곤, 그의 손가락을 장난스럽게 깨물었다.

남들에게는 이상해 보일지 모르는 세상이지만 어차피 은서와 무아의 세상에 '남'이란 존재하지 않았다. 세상엔 오직 그들뿐이었다.

지혁에게 전화가 걸려왔다. 엄마와 연락을 하지 않은 지는 이미 석 달이 넘었지만, 간간히 지혁과는 연락을 하고 있었다. 지난번 무아를 지혁에게 소개시켰던 때의 그 어색했던 풍경이 떠올랐다. 그 일 탓에 은서는 지혁과 통화를 할 때마다 마치 바쁜 일이라도 있는 것처럼 서둘러 전화를 끊곤 했다.

"응. 오빠."

[잘 지내?]

"으응."

[은서야.]

가라앉은 그의 목소리가 여느 때와는 조금 달랐다. 평범한 안부 전화가 아님을 말해주는 목소리.

[어머니한테 전화 드려야 하지 않겠어?]

"으응……."

[어머니, 후회하고 계셔.]

은서는 잠자코 지혁의 말을 듣고 있었다. 모녀간의 관계를 끊겠다든가 하는 거창한 생각을 한 건 전혀 아니었다. 단지 본능적으로 한발 물러섰을 뿐이다. 엄마의 존재가 무아와 그녀의 세상에 위협이 되었기 때문에.

[내가 아무리 어머니한테 잘하려고 해도, 사실 어머니께 자식은 너 하나뿐이잖아. 전화 한번 드려, 은서야.]

"알았어요."

[남자 친구랑도 잘 지내고 있지?]

"응."

[그래. 그런데 너, 오빠는 안 보고 싶니?]

"뭐……."

은서는 대답을 하지 못하고 말끝을 흐렸다. 휴대폰 너머에서 지혁의 나지막한 웃음소리가 들려왔다.

[난 너 보고 싶다. 조만간 한번 봐.]

"으응, 오빠."

[잘 자고. 끊는다.]

은서는 사각의 휴대폰 화면 위에서 점멸하다 사라지는 지혁의 이름을 가만히 내려다보았다. 지금껏 살아오면서 무아 외에 그녀에게 이렇듯 무조건적인 호의를 보이는 사람은 없었다. 그들은 그저 서류상의 관계일 뿐이었다. 설마 그 안에서나마 동질감을 느끼는 것일까. 엄마에게 들어 알고 있는 지혁의 모습은 지극히 FM에 가까웠다. 그는 어려서부터 아버지에게 순종적인 아들이었고, 훌륭한 모범생이었으며, 이제는 인정받는 성실한 직장인이 되었다. 또한 그는 재혼으로 이루어진 관계라고 믿을 수 없을 만큼 엄마에게 다정한 아들 노릇을 하고 있었다.

지혁은 늘 은서를 동생이라고 부른다. 마치 정말 피가 섞인 남매 관계라도 된다는 듯 다정한 호칭으로. 그러나 아이러니하게도, 과거 지혁은 그녀가 집을 떠날 때 조금도 은서를 말리지 않았다. 오히려 그는 좋은 선택을 했다는 듯한 기묘한 표정으로 그녀를 배웅했었다.

"무슨 생각을 그렇게 해?"

"으응. 그냥."

언제부터 그러고 있었는지, 무아는 은서의 얼굴을 빤히 쳐다보고 있었다. 그가 이상스럽다는 듯 고개를 갸웃했다.

"오빠한테 전화 온 거지?"

"응."

"너, 그 사람 전화만 받고 나면 꼭 이상한 표정 지어."

"내가 그랬어?"

무아가 고개를 끄덕였다. 여전히 그는 은서의 얼굴에 고정된 시선을 거두지 않고 있었다.

"오빠라는 사람, 어떤 사람이야?"

"응?"

무슨 말이냐는 듯 그녀가 반문했다.

"좋은 사람이야?"

은서는 고민하지 않았다. 지혁은 좋은 사람이다. 가끔은 지나치게 허물없는 그의 태도가 불편했지만, 그건 사람들과 섞이는 걸 어려워하는 그녀의 탓이지 지혁의 탓이 아닐 것이다.

"좋은 사람이고……."

하지만, 단순히 '좋은 사람'이라는 말 하나만으로는 뭔가 부족한 생각이 들었다.

"그것 말고는…… 잘 모르겠어."

대답을 하며, 은서는 기묘한 데자뷰를 느꼈다. 분명히 똑같은 대화를 한 적이 있었는데.

기억은 금세 떠올랐다. 그건 몇 달 전 엄마와의 일이 있은 후 지혁을 만난 자리에서 나눈 대화였다. 지혁은 그때 무아에 대해 똑같은 질문을 했었다.

"그건 왜 물어보는 거야?"

이번엔 은서가 그에게 질문할 차례였다.

"신경 쓰여서."

"뭐가 신경 쓰이는데?"

"그냥. 그 사람이 너 보는 눈이…… 신경 쓰여서."

그녀의 입에서 피식 짧은 웃음이 새어 나왔다. 그러나 무아는 조금도 웃지 않았다. 그는 정말이지 진지한 표정이었다.

"그런 말이 어딨어. 오빠라고."

"그거 알아?"

"뭘……."

은서의 입에서 나오는 소리의 끝이 살짝 떨렸다.

"그 사람이 너 보는 눈, 네가 날 보는 눈이랑 되게 비슷했어."

무엇인가 대답을 하려 했으나 말은 입 밖으로 나와주지 않았다. 그럴 리가 없다. 그건 무아의 오해일 뿐이다. 남매지간이라는 관계를 이해하지 못하기 때문에 생긴 불필요한 오해.

그리 생각했지만, 은서는 이내 당연한 사실 하나를 깨달았다. 그들은 친남매가 아니라는 사실을. 은서 본인 역시 늘 지혁의 지나친 다정함과 친절함에 의문을 품었었다는 것을.

"말도 안 돼."

그녀가 중얼거렸다. 그러나 그건 무아에게 하는 항의라기보단 스스로에게 하는 말처럼 들렸다.

"뭐가 말이 안 돼?"

"그, 그냥 지혁 오빠는 원래 성격이 그래. 다정다감하고……."

왜 변명 같은 말을 주절대고 있는지 스스로도 알 수가 없었다. 그녀는 지혁에 대해 아는 것이 없었다. 31살, 임상병리사라는 낯선 직업. 단 그 두 가지 말고는.

입속에 맴도는 말을 우물대던 은서가 갑자기 들려온 초인종 소리에 화들짝 놀라 자리에서 일어섰다. 그녀의 얼굴에 당황한 기색이 어렸다. 달리 올 사람이라고는 없는 시간이었다.

"누구지……."

떨떠름한 표정으로 그녀는 문을 배꼼 열었다. 문밖 복도에 팔짱을 끼고 서 있는 사람은 정말 오랜만에 마주치는 건물주였다.

"아니, 왜 이렇게 연락이 안 돼?"

"연락이요?"

무슨 소리냐는 듯이 되묻던 그녀가 아차, 하는 표정을 지었다. 휴대폰을 바꾸며 꼭 필요한 연락처 몇 개를 제외하고는 따로 저장을 하지 않았었던 것이다. 얼마 전부터 모르는 낯선 번호로 전화가 몇 번 왔었는데, 아마도 집주인의 전화였던 모양이었다.

"은서 씨, 무슨 일 있어?"

"아……."

집주인이 찾아온 이유는 단 한 가지뿐이라는 걸 깨달은 은서가 머쓱한 표정을 지었다.

"금방 입금할게요. 이번 달 사정이 좀……."

"한 번도 월세 밀린 적 없었잖아. 그래서 지난달은 내 모른 척했다고. 그렇다고 두 달 치나 밀리면 곤란하지."

"죄송합니다. 최대한 빨리 송금할게요."

"자꾸 월세 밀려서 목돈 되면 은서 씨만 더 힘들어지니까, 그런 일 없게 좀 부탁할게."

"네, 아주머니."

걸음을 떼던 집주인이 열린 문틈으로 집 안을 흘낏 살펴보았다. 은서의 뒤편에 서 있는 무아를 발견한 아주머니가 못마땅한 듯 나지막하게 중얼거렸다.

"남자 있구먼. 갑자기 월세 밀리던 이유가 있네."

반박할 틈도 없이 집주인은 성큼성큼 떠나버렸다. 살짝 인상을 찌푸리며, 낮은 한숨을 쉬던 은서가 문을 닫았다.

"왜 그렇게 서 있어. 별일 아니야."

한 발짝 뒤에서 그녀를 바라보고 있는 무아의 눈길을 은서는 애써 피했다.

"으응."

그의 입에서 떨떠름한 대답이 흘러나왔다. 무아는 계속 그 자리에 멀뚱멀뚱 서 있었다.

"이리 와. 무슨 생각 해?"

그녀가 조급하게 무아의 팔을 잡아끌었다.

"무아 너, 이상한 생각 하는 거 아니지?"

"무슨 생각?"

"지난번처럼 사진 찍는다든가 그런 거……. 결제가 늦어져서 밀린 것뿐이야. 이달 말에 돈 들어오면 다 낼 거니까, 이상한 생각 하면 안 돼."

"으응."

무아의 대답은 이번에도 역시 시원찮았다.

은서는 지난번 사진작가에게 5배의 위약금을 물어주었다는 이야기를 하지 않았다. 그 1,500만 원이 어떤 의미가 있는 돈인지, 그것을 꺼내 쓰는 것이 그녀에게 얼마나 고통스러운 일이었는지 역시 말하지 않았다.

그건 그냥 돈일뿐이다. 1,500만 원이라는 돈. 그저 그녀 혼자만의 생각으로 지나치게 많은 의미를 부여했을 뿐, 열심히 그림을 그려서 다시 채워놓으면 되는 것이다.

"약속해. 또 혼자서 누군가 만나거나 일하려고 들지 않는다고."

그녀가 손가락을 내밀었다. 허공에 내밀어진 은서의 작은 새끼손가락을 가만히 내려다보던 무아가 마지못한 듯 손을 뻗었다.

"너 안심시키려고 하는 얘기가 아니고, 정말이야. 이제 시작하는 건도 제법 큰 거야. 잘하면 월급제로 일할 수도 있을 거라고."

은서가 성큼 그에게 다가섰다. 그의 허리 위에 양팔을 감고 껑충한 무아의 얼굴을 올려다보았다. 여전히 조금쯤 떨떠름한 표정이 떠올라 있던 무아의 얼굴 근육이 느슨하게 풀어졌다.

"자꾸 미운 표정 지을 거야? 못생겨 보인단 말야."

"미운 표정 지어도 난 안 못생겼어."

"처음엔 그랬는데, 계속 꼭 붙어 다니다 보니까 이제 익숙해져서 가끔 못생겨 보인다고."

"거짓말."

그의 기분을 풀어주고 싶다. 그녀는 잔뜩 새침한 표정을 지으며 나름의 애교를 부리고 있었다.

"거짓말 아니야. 가끔은 되게 평범해 보인다니까?"

"난 너 아무리 봐도 항상 정말 예쁜데."

"에이……. 그거야말로 거짓말."

"거짓말 아니거든."

무아의 팔이 슬금슬금 은서의 등을 타고 올라왔다. 얇은 티셔츠 안으로 들어와 천천히 살갗을 어루만지는 그의 손길을 느끼며 그녀는 가만히 눈을 감았다. 차가운 기운이 척추를 따라 어깻죽지로, 목덜미로 타고 올라왔다.

그와 사랑을 하는 것은 마치 미지의 세상으로 떠나는 여행과 같았다. 지그시 눈을 감고 까만 어둠 속에 몸을 맡기면, 환경에서 비롯된 모든 소리와 감각은 도망치듯 사라져버린다. 남은 것은 오직 무아와 은서뿐이었다. 그들의 키스, 그들의 숨결, 그들의 체온, 그들의 소리만이 남았다. 단 한 번도 경험하지 못한 낯설고 신비한 세상으로 그녀의 몸은 붕 떠올라 흘러가곤 했다. 차가운 기운이 스며들어 그녀의 몸을 냉각시켰다. 온몸에 소름이 돋아나는 아찔한 순간이 지나면 다시 무아의 몸은 폭염처럼 뜨거워졌다. 그럴 때 둘의 몸은 정말 불같이 달아올랐다. 서로에게 엉겨 붙어 녹아내려 하나가 될 것만 같았다.

익숙하지만 늘 낯선 무아와의 시간. 그녀는 감았던 눈을 떴다. 그의 눈빛에 담긴 무한한 감정들의 주인이 자신이라는 사실에 경이로움을 느낀다. 오직 그녀만을 위해 살아가는 존재가 있다는 것을 새삼 깨닫는 순간, 은서의 입에서 아득한 소리가 새어 나왔다. 그것은 곧 무아의 숨결과 함께 뒤섞여 완전해졌다. 완벽한 소유. 이것을.

잃고 싶지 않아.

갑자기, 그녀는 팔을 쭉 뻗어 침대 위쪽에 있는 전등 스위치를 눌렀다. 모든 빛이 사라졌다. 캄캄한 어둠 속에서 은서는 눈마저 질끈 감아버렸다. 이제 아무것도 보이지 않는다. 그저 그의 체온만이 느껴질 뿐이다.

차라리 보이지 않는 것이 나았다. 무아는 여전히, 처음부터, 절대적으로 너무나 아름다워서 그녀의 마음을 아프게 한다. 아름다워서 그녀를 슬프게 한다. 평범하기 짝이 없는 상처투성이 여자가 소유하기에 그는 너무 완벽한 존재여서, 너무나 순수한 존재이기 때문에.

과분한 것을 소유하고 있었기 때문에 그만큼 더 잃을까 봐 두려웠다. 은서의 입에서 흐느끼듯 애달픈 소리가 새어 나왔다. 그리고 그 목소리마저 완벽한 것의 입술 사이로 삼켜져 점점 들리지 않게 되었다.

깜빡 잠이 들었던 은서가 눈을 떴을 때, 무아는 컴퓨터 앞에 앉아 있었다. 노곤하게 눈꺼풀에 매달려 있는 잠을 쫓기 위해 그녀는 눈을 깜빡였다. 그는 요즘 인터넷 커뮤니티를 통해 사람들과 소통하는 것에 푹 빠져 있었다. 무아는 특히 우주와 자연, 과학 분야에 애정을 갖고 있었다. 커뮤니티 내에서 무아는 굉장히 해박한 사람으로 여겨지고 있었다. 익명성 안에 숨어 있는 무아는 웬만한 대학 교수에 버금가는 신임을 얻고 있었다.

"또 게시판 봐?"

그녀의 말에, 무아가 움찔하며 뒤를 돌아봤다.

"왜 그렇게 놀라. 야동이라도 본 사람처럼."

침대에 누워 컴퓨터 모니터를 바라보던 은서가 눈을 가느다랗게 뜨며 몸을 일으켰다. 모니터에 떠올라 있는 사진이 굉장히 익숙한 것이었기 때문이었다.

"저걸 왜……. 네가 올린 거야?"

은서가 그의 곁으로 다가갔다. 모니터에 떠올라 있는 사진 속, 그 미묘한 색채에 그녀는 다시금 시선을 빼앗겼다.

그것은, 무아가 '선물'이라고 부르던 돌의 사진이었다. 그리고 그 돌은 원래 들어 있던 서랍에서 꺼내져 컴퓨터 키보드 옆에 얌전히 놓여 있었다.

"으응."

"왜 올렸어?"

"그냥…… 궁금해서."

"너만큼 이 돌에 대해 아는 사람이 어디 있어. 뭐가 궁금해서."

"이건…… 지구상에 없는 거니까. 운석처럼."

맥이 풀린 듯, 은서는 무아를 바라보았다. 그는 담담한 표정이었다. 그녀의 시선은 다시금 모니터로 향했다. 대체 이게 무슨 물건이냐는, 반신반의하는 듯한 사람들의 댓글들이 사진 아래 빼곡히 달려 있었다.

<010.4040.****. 연락 주십시오. 구매의사 있습니다.>

비공개로 달린 댓글을 확인한 은서가 낮은 한숨을 내쉬었다.

"그래서 저걸 팔려고 올린 거라고?"

"팔 수 있는지조차 모르잖아. 그냥 한번 알아보고 싶었어. 얼마나 가치가 있는지."

그녀가 잘근 아랫입술을 깨물었다. 그의 마음을 모르는 건 아니었지만, 오히려 그 이유를 잘 알고 있었기 때문에 마음이 아팠다. 그녀를 향한 무아의 어마어마한 사랑의 크기가 느껴져서 마음은 오히려 찌르듯 아팠다.

"그걸 왜 팔아. 너한테 정말 소중한 물건인데."

"예전엔 정말 소중했어."

무아가 작은 돌을 살짝 쓰다듬었다. 그의 눈빛이 조금 흔들리는 것 같았다. 그러나 그건 그녀의 착각이었는지도 모른다.

"이제는 소중하지 않아. 어차피 나는 여기서 너와 살아갈 거니까. 내게는 은서 너와의 삶이 더 소중해."

무아에게 유일하게 남은 과거의 물건. 언젠가 그는 은서에게 말했었다. 그에게 과거 같은 건 존재하지 않는다고.

그는 마지막 남은 그 과거의 상징물마저 없애버리려는 것일까. 다름 아닌 그녀를 위해서.

"하지 마."

은서가 허리를 숙여 무아의 목을 껴안았다.

"그러지 마. 정말로 돈 같은 거 별로 필요하지 않아. 나, 충분히 벌고 있어."

"그건 너랑은 상관없는 문제야. 내가 너에게 뭔가 해주고 싶어서 그래."

"넌 이미 많은 걸 해주고 있어. 나……."

눈에 보이는 것만이 전부가 아니다. 은서를 향해 무아가 쏟아붓는 다양한 감정들이 그들만의 공간에 빽빽하게 들어차 있었다. 그의 사랑은 너무나도 컸다. 무아는 그저 그녀를 위해 존재하고 있다. 그는 은서를 사랑하고, 숭배하고, 염원하고, 갈망한다. 외로움으로 점철되어 있던 초라한 은서의 삶은 무아를 만나며 완벽하게 구원받았다…….

그의 사랑으로 인해서.

"나는 너 아니면 살아갈 수가 없어. 그러니까 넌 아무것도 하지 않아도 돼. 돈을 번다거나, 나를 부양해야 한다거나 이런 생각 안 했으면 좋겠어. 그냥 너는 내 옆에만 있으면 돼. 내가 바라는 건 그것 하나뿐이야."

무아의 압도적인 사랑이 둥둥 떠다니는 그들만의 세상 속에서 사는 동안, 은서의 사랑도 똑같이 덩치를 키워 나갔다. 사랑이 사랑을 불러들였다. 사랑의 마음이, 헐벗어 뼈를 드러내던 그녀의 마음을 살찌웠다.

"그러니까, 저건 그냥 저기 잘 넣어두자. 너를 처음 만났던 때를 기억하고 싶어, 저걸 보면서."

그녀가 작은 돌을 집어 들었다. 손끝이 닿은 순간 알 수 없는 묘한 전율 같은 것이 느껴졌다. 색채만이 이상한 것이 아니다. 가끔씩 이 조그만 돌 조각은.

마치 살아 있는 것 같다.

무아가 고개를 끄덕였다. 돌 조각은 다시 원래 들어 있던 네모난 상자 안에 놓였다. 침대 옆 협탁의 서랍이 스륵 낮은 소리를 내며 닫혔다. 모든 것은 다시 원래대로 돌아갔다.

코끝을 스치는 바람이 제법 싸늘했다. 겨울이 완연해진 거리. 한 달에 두어 번 정도가 그들이 밖에 나오는 유일한 시간이었다. 계절의 변화가 낯설게 느껴졌다. 무아와 함께 있는 동안 그녀의 시간 역시 멈춰 있었다. 그를 처음 만났던 끈적이던 어느 여름날 그대로.

"화방 들렀다가, 장 보고 들어가자."

"두꺼운 옷은 불편해."

그가 중얼거렸다. 무아는 주변 온도에 조금도 영향을 받지 않았다. 그는 은서가 사준 외투를 입고 있었다. 그마저도 그에게는 전혀 불필요한 것이었지만.

평일 낮의 거리는 한산했다. 집 근처 대학가에 위치한 대형 화방까지 걸어가는 데는 아마도 20분 남짓 걸릴 것이다. 처음 그와 함께 길을 나섰던 여름날이 떠올랐다. 그때는 계절이 여러 번 바뀐 후에 또다시 무아와 같은 길을 걷게 될 줄은 몰랐었는데.

갈림길을 지날 때, 갑자기 나타난 검정색 승용차 차 한 대가 그들의 앞에 급정거를 하며 멈춰 섰다.

"아, 깜짝아."

운전석에 앉은 남자가 머쓱한 표정으로 한 손을 들어 보였다. 놀란 은서가 후, 하고 숨을 내쉬었다.

"무아, 괜찮아?"

잡고 있던 그의 손이 움찔한 것을 깨달은 그녀가 무아에게 물었다. 그가 고개를 끄덕였다.

오래전의 일이 되어버렸지만, 무아는 여전히 차에 대한 공포심을 완전히 버리지 못했다. 그가 특히 무서워하는 것은 검정색 차, 특히 SUV 차량이었다. 가끔씩 이렇게 길을 걷다 검정 SUV 차량을 발견하면 그의 몸은 긴장으로 딱딱하게 굳어버리곤 했다. 고치기 쉽지는 않을 것이다. 은서 역시 알고 있었다. 그녀 역시 피에 대한 공포를 떨쳐내지 못한 채 살아가고 있었으니까.

"좀 더 자주 나와야겠다."

그녀가 중얼거렸다. 조금씩이나마 차에 익숙해져야 그의 트라우마를 극복할 수 있을 것 같았다.

집 안에만 틀어박혀 있는 사이, 거리에는 처음 보는 건물들이 몇 개나 새롭게 들어서 있었다. 은서가 고개를 들어 기하학적인 느낌이 드는 낯선 건물을 올려다보았다. 건물은 온통 유리로 되어 있었다. 개장한 지 얼마 되지 않은 듯, 유리벽은 먼지 한 톨 없이 깨끗했다. 겨울 한낮의 햇살 한 움큼이 반짝이는 유리벽에 반사되고 있었다. 평범한 회색 건물들 사이에 비쭉비쭉 솟아오른 유리 빌딩은 거울로 만든 거대한 성과 같이 보였다.

"무슨 전시회 하나 봐."

은서가 건물 입구에 다닥다닥 붙어 있는 포스터를 가리켰다. 유리 건물은 아마도 일종의 전시장인 모양이었다. 그녀가 포스터 아래쪽에 조그맣게 쓰여 있는 글씨를 살펴보았다.

<거울성의 라푼젤 - 젊은 미술가 3인의 프로젝트>

무료 전시회, 라고 적힌 작은 글씨를 발견한 은서가 무아를 돌아보았다.

"우리 이거 보고 가자."

"뭐 하는 건데?"

"전시회래. 미술 전시회. 나 보고 싶어. 나도 예전엔 순수미술에 관심 진짜 많았거든. 지금은 완전히 다른 거 그리고 있지만."

"거울성의 라푼젤."

무아가 포스터에 쓰여 있는 네모반듯한 글자들을 소리 내어 읽었다.

"라푼젤이 뭐야?"

"그거, 동화야. 성에 갇힌 라푼젤이라는 소녀가 나오는 동화."

"왕자가 찾아왔겠네? 백설 공주나 신데렐라처럼."

"응. 마녀가 라푼젤을 성 꼭대기 방에 가둬어. 어느 왕자님이 라푼젤을 발견하지."

"그 둘은 어떻게 돼?"

그녀가 잠시 생각하듯 말을 멈췄다. 라푼젤에 대한 이야기가 흐릿하게 떠올랐다. 매일같이 아름다운 긴 머리를 늘어뜨린 채 노래를 부르던 소녀. 그 노랫소리에 이끌려온 왕자는 라푼젤을 보자마자 사랑에 빠진다.

결말이 어떻게 되었더라. 라푼젤의 머리가 길고 탐스러웠다는 것 외에는 잘 기억이 나지 않았다.

"글쎄……. 행복하게 살지 않았을까? 알고 있었는데, 어떤 이야기인지 기억이 잘 안 나."

거울처럼 반짝이는 투명한 유리문을 밀어 열며 은서가 말했다. 입구로 들어서는 그들의 뒤로 유리문이 스륵 소리를 내며 닫혔다.

"멋지다."

주위를 둘러보던 은서가 낮은 감탄사를 내뱉었다.

전시회 제목이 말해주듯, 건물 전체가 하나의 거대한 조형물의 역할을 하고 있었다. 내부의 모든 벽은 거울로 이루어져 있었다.

거울과 거울들이 끊임없이 서로의 모습을 반사하고 비추는 공간 안에 서 있자니 굉장히 묘한 기분이 들었다. 복층 형태로 이루어진 건물이라, 마치 하늘이 뚫리기라도 한 듯 천장은 드높았다.

널따란 공간 안에는 드문드문 오브제와 그림들이 전시되어 있었다. 내부를 둘러보던 은서는 전시회 타이틀이 '거울성의 라푼젤'인 이유를 깨달았다. 머리가 긴 소녀를 모티프로 삼은 작품들이 도처에 널려 있었던 것이다.

"라푼젤이다."

커다란 캔버스 안에 들어찬 아름다운 소녀 그림을 보며 은서가 중얼거렸다. 창백한 흰 피부, 푸르스름하지만 역시나 거의 흰 빛에 가까운 투명한 눈동자, 그리고 그녀, 라푼젤을 상징하는 길게 굽이치는 은빛 머리카락.

"왕자는 어디 있어?"

"글쎄."

은서가 주변을 둘러보았다. 어디에도 왕자라고 생각할 법한 모습은 눈에 띄지 않았다.

"여기 좀 이상하다."

무아가 중얼거렸다. 그녀가 무슨 소리냐는 듯 그를 바라보았다.

"이렇게 넓은데 사람도 우리뿐이고……."

"잠깐 어디 나갔나 보지. 뭐, 어때. 어차피 무료 전시횐데……."

은서가 말하는 순간, 벽인 줄 알았던 거울 문이 스르르 열리며 관계자인 듯 보이는 사람이 모습을 드러냈다.

"아……. 깜짝이야."

은서가 나지막하게 중얼거렸다.

"전시 보러 오셨어요?"

"네, 지나가다가."

남자가 길쭉한 팸플릿을 하나 내밀었다.

"라푼젤을 테마로 하고 있는 전시회예요. 각 층마다 컨셉트가 있어요. 여기는 라푼젤의 공간, 2층은 왕자와 마녀의 공간입니다."

"라푼젤이 위에 있어야 하는 거 아닌가요?"

은서가 궁금한 듯 되물었다. 꼭대기에 갇혀 있는 건 라푼젤인데, 왜 라푼젤은 1층에 있고 위층에 마녀와 왕자가 있는 걸까.

"라푼젤 동화에 보면, 라푼젤은 마녀에 의해 성 밖으로 쫓겨나거든요. 저렇게."

남자가 손을 뻗어 은서의 뒤편에 있는 그림 하나를 가리켰다.

화폭 안의 소녀는 어딘지 슬퍼 보이는 표정이었다. 다른 그림 속의 소녀가 우아한 공주 같은 모습이었다면, 남자가 가리킨 그림 속 소녀는 쓸쓸하고 우울한 모습이었다. 무엇보다 다른 건, 그 그림 속의 라푼젤은 아름다운 긴 머리 대신 들쭉날쭉하게 잘린 짧은 머리를 하고 있었다는 점이었다.

"그랬었나요."

마냥 아름다운 동화가 아니었던 걸까. 오래전 읽었던 라푼젤 동화가 떠오를 듯 말 듯 했다. 은서가 팸플릿을 내려다보았다.

"위층에 가보세요. 행위예술 퍼포먼스 중이에요. 오늘따라 관람객이 적어서 아쉬웠는데, 다 둘러보고 가세요."

"네, 감사합니다."

그녀가 공간 한가운데 자리 잡은 계단을 올려다보았다. 계단마저 반짝이는 거울로 만들어져 있었다. 거울 계단은 가파른 각도로 위층으로 이어져 있었다.

"2층에 왕자가 있어요?"

무아의 질문에, 남자가 옅게 웃었다.

"왕자도 있고, 마녀도 있어요. 기대하는 모습과는 다를지도 모르지만……."

"무아, 올라가자."

은서가 걸음을 옮기려는 찰나, 남자의 목소리가 들려왔다.

"거울 계단이라 미끄러워요. 조심하세요."

"계단 진짜 높다."

무아가 중얼거렸다. 일반 건물에 있는 계단의 족히 2배는 돼 보이는 가파른 거울산. 거울 조각들을 이어 붙인 계단에 비친 그들의 모습은 잔뜩 일그러져 있었다.

"무섭게 생겼어."

"왕자랑 마녀는 어떻게 생겼을까?"

"왕자야 뭐, 잘생겼겠지. 마녀는…… 글쎄, 무섭게?"

가파른 계단을 오르며 은서가 말했다.

"계단 진짜 위험하게 만들어놨네."

고개를 푹 숙인 채, 제 걸음을 한 발 한 발 들여다보던 그녀가 중얼거렸다. 바닥을 계속 내려다보자니, 거울 계단에 비친 자신의 구겨진 얼굴과 계속 시선이 마주쳤다. 왕자 따위 보지 말 걸 그랬다는 생각이 들었다.

"가방 이리 줘. 바닥 잘 보고 걸어."

"응."

무아에게 가방을 건네는 순간에도, 그녀는 여전히 제 발끝을 내려다보고 있었다.

"라푼젤이 성 밖으로 쫓겨났으면, 왕자는 어떻게 됐지?"

"기억이 날 것도 같은데……."

바닥을 뚫어져라 쳐다보며 걸음을 옮기던 은서가 중얼거렸다.

왕자와 라푼젤이 사랑에 빠졌다는 걸 깨달은 마녀는 라푼젤의 머리카락을 싹둑 잘라버린 후 험한 들판으로 내쫓았다. 그러나 왕자는 라푼젤이 성에 없다는 것을 알지 못했다. 언제나처럼 라푼젤을 찾아간 왕자를 기다리고 있는 것은, 사악한 마녀였다.

마녀는 왕자를 성 꼭대기에서 밀어버렸다. 그의 몸은 날카로운 칼날처럼 솟아난 가시덤불 위에 떨어졌다. 왕자는 가시에 눈을 찔리고 말았다. 그는 시력을 완전히 잃었다.

"대체 이게 무슨 동화라는 거야……."

무심코 중얼거릴 때, 무아의 목소리가 들려왔다.

"은서야……."

고개를 든 순간, 그녀의 눈이 휘둥그레졌다.

마지막 한 계단을 남겨놓은 앞, 정체 모를 남자가 서 있었다. 남자는 은서를 바라보고 있었다.

"으, 무섭다. 행위예술? 아까 말하던 그거……."

무엇인가 말하고 있는 무아의 목소리가 아득한 메아리처럼 귓가에 웅웅대며 울렸다.

가시덤불 위에 떨어진 가련한 왕자.

송곳같이 돋아난 가시들이 왕자의 몸을 찢고 눈을 빼앗아갔다. 새하얀 눈처럼 고귀한 옷을 입고 있던 아름다운 왕자의 온몸에 날카로운 가시들이 파고들어…….

왕자는 피투성이가 되었다.

피처럼 보이는 것을 온몸에 뒤집어쓴 남자와 눈이 마주치는 순간, 은서의 시야에 너무 붉어서 새카매진 캄캄한 장막이 휘몰아쳤다. 순간적으로 정신을 잃은 그녀의 몸이 휘청거렸다. 뒤이어 미끄러운 거울 계단 위에 위태롭게 서 있던 그녀의 발이 허공 위에 떠올랐다.

"은서!"

무아가 팔을 뻗었지만, 잡히는 것은 그녀의 긴 머리카락 한 줌뿐이었다.

송두리째 뽑혀 무아의 손안에 남겨진 길고 긴 머리카락 수십 가닥이 힘없이 축 늘어졌다. 반짝이는 거울 조각들이 와장창 부서지는 날카로운 소음이 거울의 성을 울렸다. 은서의 몸은 깨어지고 부서지고 망가지는 거울 계단을 하염없이 굴러 내려갔다. 깨어진 거울 조각 위에 새빨간 피가 튀었다. 그녀의 몸이 마침내 바닥에 추락하는 순간, 무엇인가 둔탁하게 부서지는 미치도록 소름 끼치는 소리가 들려왔다.

지금껏 그 누구도 들어보지 못한, 울부짖는 짐승의 소리가 거울의 성 안에 울려 퍼졌다.

"제세동기!"

삑 하는 요란한 소리와 함께 움찔 튀어 오르던 은서의 몸이 다시 축 늘어졌다.

"심정지 상태, 의식상태 코마(COMA). 혈압 180."

"뇌출혈, 다발성 골절, 장기 손상 의심됩니다."

"한강대학병원 응급실로 이동합니다."

"한 번 더!"

은서의 몸이 다시 한 번 경련하듯 움직였다.

"바이탈 돌아왔습니다!"

삐 하는 소리와 함께 수평을 그리고 있던 바이탈 사인이 움직이기 시작했다.

은서가 입고 있던 두꺼운 겨울 외투는 피투성이가 되어 있었다. 그녀가 그렇게 두려워하던 피. 은서는 너무 붉어서 새까맣게 보이기까지 하는 핏빛 속에 잠겨 있었다.

"보호자분."

미동조차 하지 않는 은서를 멍하니 바라보고 있던 무아가 고개를 돌렸다. 비좁은 앰뷸런스 안, 그녀를 이송하기 위해 바빴던 응급구조원들은 이제야 무아의 존재를 깨달은 것 같았다.

"외국 사람인 것 같아."

"한국말 못 하나?"

"이상한 말로 소리 지르던데. 어느 나라 말인지도 모르겠어."

"패닉 상태 같네요. 수술 동의를 해야 하는데⋯⋯ 외국 사람이면 어쩌지."

응급구조원의 시선은 무아의 창백한 얼굴을 지나, 그가 손에 꽉 쥐고 있는 가방으로 향했다.

"환자 가방 같네. 안에 휴대폰이나 뭐 있나 보고 보호자 연락해."

말이 끝나기가 무섭게 무아의 손이 가방을 헤집었다. 은서의 휴대폰을 꺼내 드는 그의 손이 덜덜 떨리고 있었다.

"한국말 할 줄 알아요?"

"알아요. 알아요. 은서 살려주세요."

무아의 눈에서 굵은 눈물방울들이 뚝뚝 흘러내리기 시작했다.

"살려주세요. 제발 은서 살려주세요."

"보호자분, 좀 진정하시고요……. 응급실 확보했으니 바로 수술 들어갈 거예요. 병원 가시면 바로 수술 동의서 작성하셔야 해요."

"동의서……."

"예. 신분증 갖고 계시죠? 병원 도착하면 바로 응급실로 가서 수속 먼저 하세요. 한시가 위급한 상황이에요."

"신분증이……."

"신분증 안 갖고 계시면, 일단 주민번호 적으시면 돼요."

꾹 다문 무아의 입술 사이로 거친 흐느낌이 새어 나왔다. 은서가 죽어가고 있다. 피투성이가 되어, 완전히 의식을 잃은 채. 그녀가 죽어가고 있었다. 눈앞에서 은서가 죽어가고 있는데,

아무것도 할 수가 없어.

아무것도, 그 무엇도 할 수가 없다.

요란한 사이렌을 울리며 달리던 앰뷸런스가 멈춰 섰다. 차 문이 거칠게 열렸다. 흰 가운을 입은 의사들이 은서를 이동 침대 위에 옮겨 실었다.

"보호자분, 어서 수속하세요."

응급구조원의 재촉을 받으며, 무아는 비틀대며 앰뷸런스에서 내렸다.

그의 세상, 은서의 세상, 그들의 세상. 모든 것이 송두리째 와르

르 무너져 내리고 있었다.

"이쪽으로 오세요. 환자분 가족한테 연락하시고요."

무아는 떨리는 손으로 은서의 휴대폰을 꺼내 들었다. 전화번호부에서 익숙한 이름을 발견한 그의 입에서 아득한 흐느낌이 흘러나왔다.

그만이 은서를 살릴 수 있다. 오직 그만이, 죽어가는 그녀를 살릴 수 있어.

네모난 화면 위에 떠오르는 지혁의 이름을 바라보며, 무아는 휴대폰을 귀에 가져다 댔다.

"무아라고 했었나."

수술실 앞에 머리를 감싼 채 앉아 있던 무아가 고개를 들었다. 은서가 실려 온 병원은 공교롭게도 지혁이 일하고 있는 병원이기도 했다. 사고가 났다는 무아의 전화를 받은 지혁은 채 5분이 되지 않아 응급실로 뛰어 들어왔다. 수속은 일사천리로 이루어졌다.

"추락 사고라고 들었는데."

"계단에서…… 떨어졌어요."

"옆에 있었다면서……."

지혁이 천천히 호흡을 가다듬었다. 처음부터 기묘한 느낌이 들었던 은서의 남자 친구. 생긴 것부터가 어딘가 이질적이고, 태도마저 부자연스러운 이상한 남자. 그러나 이 순간 그런 것은 아무래도 상관없었다.

"그런 사고가 나도록 방치한 건가."

"잡았는데……."

무아의 뺨을 타고 굵은 눈물방울이 흘러내렸다. 무언가 말하려던 지혁이 입술을 깨물었다. 그 역시 당연히 알고 있었다. 사고란 누군가 옆에 있다고 해서 막을 수 있는 성질의 것이 아니라는 걸. 그러나 탓하고 싶었다. 책임을 묻고 싶었다.

"수속은 왜 안 하고 멀뚱멀뚱 나만 기다리고 있었던 거지?"

무아가 고개를 떨어뜨렸다.

"내가 전화를 못 받았거나, 여기가 아닌 먼 병원에서 일하고 있었거나 했으면 어쩌려고. 은서는 죽어가고 있었다고. 남자 친구, 심지어 같이 사는 동거인이라면서 당신은 그런 은서를 그냥 내버려두고 있었다고. 멍청하게 서서 나를 기다리고 있었다고."

"미안해요."

그 말밖에 달리 할 수 있는 말은 생각나지 않았다.

미안해, 은서야.

너를 구하지 못해서, 지키지 못해서.

네가 죽어가는 걸 그냥 바라볼 수밖에 없는 존재라서.

"은서는 죽을지도 몰라."

무아가 고개를 들어 지혁의 얼굴을 멀거니 바라보았다.

"안 죽어요."

"아니. 죽을지도 몰라. 뇌출혈에, 다발성 골절에, 장기 손상. 심정지도 왔던 상태였고. 죽지 않더라도 어쩌면 평생 아픈 몸으로 살아가야 할지도 몰라."

지혁이 주먹을 꾹 쥐었다.

"수술 잘되기만 기도해. 은서 잘못되면, 내가 당신 죽일 거니까."

미동도 하지 않은 채, 투명하게 잠겨 들어가는 눈으로 무아는 지혁을 바라보았다. 그의 눈을 바라보았다. 이전에도 이미 보았던 그의 눈빛. 그는 진심을 말하고 있다. 은서가 잘못된다면, 그는 정말로 저를 죽이려 들 것이다. 그러나 그런 건 아무래도 상관없었다. 은서가 죽어버린다면 무아 역시 살아갈 수 없을 테니까.

어쩌면, 은서가 무사히 깨어난다고 해도.

그편이 나을지도 모르겠다는 생각이 들었다. 그는 은서를 지켜줄 수 있는 사람이었다.

저 남자는 은서를 사랑하고 있었다.

은서가 수술실로 들어간 지 4시간이 넘었다. 수술실 문 위의 '수술 중'이라는 글씨에는 여전히 환한 불이 들어와 있었다.

무아는 수술실 앞 의자에 앉아 있지 않았다. 그는 어깨를 늘어뜨린 채 무거운 발걸음으로 자리를 피해 먼발치에 서 있었다. 수술실 의자 위에는 지혁과, 지혁의 연락을 받고 도착한 은서의 어머니가 초조한 표정으로 앉아 있었다. 몇 발짝 떨어진 뒤편에 서서 수술실 문을 바라보고 있던 무아에게는 앉을 자리가 없었다. 그는 그 자리에 앉을 자격이 없는 사람이었다.

벽에 기대어 서 있던 무아가 허리를 꼿꼿이 세웠다. 수술실 문이 열리며, 집도의가 마스크를 벗으며 걸어 나왔다. 지혁과 은서의 어머니가 동시에 자리에서 일어섰다.

"선생님, 수술은……."

"수술적인 치료는 잘됐습니다."

어머니가 깊은 숨을 내쉬었으나, 지혁의 얼굴은 미묘하게 움찔거렸다. '수술적인 치료'가 잘되었다는 말이 그 무엇도 보장해주지 못함을 그는 알고 있었다. 중요한 건 은서의 상태였다.

"환자 상태는 어떻습니까."

"출혈이나 골절은 수술이 잘되었습니다만, 문제는 심정지가 되었었기 때문에……."

지혁이 의사를 향해 고개를 끄덕였다. 흐느끼고 있는 은서의 어머니를 본 의사가 입을 다물었다.

"고생하셨습니다."

착잡한 표정의 지혁이 의사에게 고개를 숙였다.

"어머니, 그만 우세요. 수술 잘됐다잖아요. 은서 나올 거예요."

지혁의 말과 동시에, 은서를 실은 침대가 모습을 드러냈다.

"은서야!"

무아의 귀에 은서 어머니의 목소리와 울음소리는 흐릿하게 들려왔다. 몇 발짝 떨어진 곳에 서 있던 무아가 무엇에라도 홀린 것처럼 은서를 향해 다가갔다.

인공호흡기, 가슴 위까지 끌어당겨져 있는 시트에 드문드문 묻어 있는 옅은 핏자국, 그녀의 머리 전체를 둘둘 감고 있는 흰 붕대.

"은서야……."

무아가 나지막하게 중얼거렸다. 그녀의 눈꺼풀은 미동조차 없이 굳게 닫혀 있었다. 늘 그를, 오직 그만을 바라보던 은서의 얼굴은 검붉은 피멍에 물들어 마치 다른 사람처럼 보였다. 감겨진 붕대 틈으로 파리하게 헐벗은 두피가 언뜻 보였다. 은서가 거울의 성에서 아득한 아래로 추락하던 순간 제 손에 남아 있던 그녀의 긴 머리카락 한 줌이 생각났다.

마녀는 라푼젤의 머리카락을 잘라버렸다. 마녀는 라푼젤을 거친 들판으로 내쫓아버렸다.

"은서야……."

스르르, 무아의 무릎이 꺾이며 그의 몸이 무너져 내렸다. 그의 손이 허망하게 허공을 휘저으며 은서가 누워 있는 침대 바퀴를 할퀴고 지나갔다. 무아는 그대로 수술실 앞 바닥에 쓰러져 흐느꼈다. 그의 입술 틈으로 울음소리와 함께 귀를 긁는 것 같은 낯선 소리가 새어 나왔다.

"은서."

차라리 나를 죽여줘. 내 몸을 짓밟아줘. 나를 아프게 해줘. 제발.

왕자는 가시덤불 위로 추락했다. 그의 온몸은 찢겨져 피투성이가 되었고, 가시에 찔린 눈은 시력을 잃었다.

아름답던 긴 머리카락을 모두 잃어버린 라푼젤이 멀리멀리 사라져간다. 사악한 마녀의 눈을 피해서 사랑하고 또 사랑했던, 오직 그만의 것이던 라푼젤이 보이지 않았다. 그녀가 사라진 이후, 왕자는 무엇도 볼 수 없게 되었다.

중환자실 앞에 서 있던 지혁이 옆으로 시선을 돌렸다. 몇 발짝 떨어진 곳에는 고개를 푹 숙인 채 어깨를 늘어뜨리고 있는 무아가 서 있었다. 그는 내내 아무 말도 하지 않았다. 그저 무엇에라도 홀린 것 같은 넋 나간 표정으로 휘적휘적 은서를 뒤따라왔을 뿐이다. 은서의 어머니는 그를 보았으면서도 알은체를 하지 않았다. 철저한 이방인이 된 은서의 남자 친구는 그렇게 먼발치에 서서 중환자실 입구만을 하염없이 바라보고 있었다.

지혁이 지그시 눈을 감았다 다시 떴다. 기억 속에, 수술실에서 나오는 은서 뒤에서 허물어지던 무아라는 남자의 모습이 끊임없이 리플레이 됐다. 어떤 의미로 그건 참혹한 은서의 모습보다 더 처절해 보이는 모습이었다. 어머니의 생각은 다를지 모르겠지만 저 남자는 정말로 은서를 사랑하고 있었다. 사랑하는 정도가 아니라, 마치 그녀를 위해 죽을 수도 있을 것 같은 표정을 짓고 있었다.

"들었겠지만, 일단 수술은 잘됐어요."

무아에게 한바탕 퍼붓느라 말을 놓았지만, 어쩐지 다시 말을 편하게 하기는 힘들 것 같았다. 그의 곁으로 다가간 지혁이 무아의 얼굴을 유심히 살폈다. 그의 피부는 핏기라고는 없이 창백하다. 입술에는 묘한 푸른빛이 돌았다. 패닉 상태인 것 같다. 그는 당장에 픽 쓰러져도 조금도 이상해 보이지 않는 모습이었다.

"깨어나려면 시간이 좀 걸릴 겁니다. 그때까지 식사라도 하고 좀 쉬어요."

"괜찮은…… 거죠?"

무아라는 남자의 목소리에는 이상한 울림 같은 게 있다. 아마도 너무 울어서 완전히 성대가 나가버렸기 때문이겠지.

"심정지가 있었어요. 오랜 시간이 아니기를 바랄 수밖에."

"심정지가 있으면, 어떤 문제가 생기나요?"

"오랜 시간이면…… 뇌손상이 오죠."

무아의 시선이 허망하게 떨어지는 것을 보며, 지혁이 덧붙였다.

"그렇게 긴 시간이 아니었을 거라 믿어요. 바로 앰뷸런스가 출동했으니까. 은서는 아무 문제 없을 겁니다."

무아가 세차게 고개를 끄덕였다. 더 이상 아무런 말이 오가지 않았지만 그 순간의 그들은 같은 마음이었다.

"그거, 은서 가방입니까?"

무아가 꽉 쥐고 있는 갈색 가죽가방을 가리키며 지혁이 물었다.

"주세요. 어머니도 와 계시고, 저희가 가지고 있겠습니다."

지혁이 손을 내밀었으나 무아는 선뜻 가방을 건네주지 못했다. 그저 이건 가방일 뿐인데도, 왠지 그녀를 잃는 것처럼 느껴져서.

"괜찮을 거예요."

한참을 망설이던 무아가 내미는 가방을 받아 들며 지혁이 다시 한 번 말했다. 괜찮을 것이다. 은서는, 괜찮아야만 했다.

무아는 자리를 떠나지 않았다. 오가는 의사들, 간호사들, 병원 직원들, 환자와 보호자들이 그를 흘낏거리며 지나갔다. 굳게 닫힌 중환자실이 잘 보이는 모퉁이 벽에 기대어, 무아는 저녁이 지나 밤이 되도록 그 자리에 서 있었다.

"얘기 좀 하죠."

들려온 목소리는 은서 어머니의 것이었다. 무아가 황급히 자세를 바로 잡았다. 그 곁에는 난감한 표정으로 서 있는 지혁이 있었다.

"학생, 나 이거 하나는 좀 알아야겠어."

"무슨 말씀이신지……."

"왜 은서 통장이 텅 비어 있지?"

무아가 눈을 깜빡였다. 무슨 이야기를 하는 것인지 그는 알지 못했다.

"지혁이가 있어서 말하기 좀 민망스럽긴 한데, 내가 은서한테 꾸준히 돈을 보냈었다고. 은서는 그 돈 손 안 댔다고 했어. 엄마가 준 돈 없어도 자기 수입으로도 잘 살고 있다고. 그런데 봐봐. 통장이 텅 비어 있잖아. 천오백이 넘었는데. 그게 싹 사라졌다고."

"어머니, 그걸 은서도 아니고 이 친구한테 물으면 어떡해요."

불안한 표정으로 서 있던 지혁이 어머니를 제지했으나 그녀는 이미 확신하고 있는 듯했다. 은서에게 빌붙어 살던 무아가 그 돈을 써버린 게 분명하다고. 어머니는 이미 답을 내린 상태였다.

"저는…… 잘 모르는 일……."

그렇게 말하던 무아가 말끝을 흐리며 입을 다물었다. 그는 이전에 몇 번인가 임 작가의 문자를 받은 적이 있었다. 은서 씨가 준 돈 돌려드리고 싶어요. 연락 주세요. 은서는 그 돈이 무아가 받아왔던 300만 원이라고 말했었다. 그러나 그게 아니었나 보다.

아니었던 건가 보다.

"어머니, 이 친구한테 그런 거 물어봤자 답 안 나와요. 은서 사생활이잖아요."

"사생활이 어딨어, 내 딸인데. 내 딸이라고."

"어머니…… 이 친구도 힘들 거예요. 조금만 진정하세요. 은서 사고 당하는 거 바로 옆에서 봤잖아요. 그러니까……."

"바로 옆에서 뭘 했냐고!"

갑자기 은서의 어머니가 새된 소리를 내질렀다.

"내 딸 저렇게 되는 동안, 바로 옆에서 뭐 했냐고! 내 딸은 목숨이 오락가락하고 반신불수가 될지도 모르는데, 넌 대체 옆에서 뭘 하고 이렇게 뻔뻔하게 살아 있냐고!"

고함을 내지르던 은서의 어머니가 허물어지듯 바닥에 주저앉았다. 지혁이 황급히 그녀의 팔을 붙들었다.

"은서 깨어나면 얘기해줄게요. 잠깐 자리 좀 비켜줘요, 무아 씨."

"어디서 낯짝을 들고……. 내 딸이 저러고 있는데……."

은서 어머니의 목소리가 들려왔다. 무아가 주춤주춤 뒤로 물러섰다. 지혁이 간절한 눈빛을 보내왔다. 떠나달라는 눈빛. 여기 있지 말라는 눈빛.

눈물이 차올랐다. 고개를 숙인 채, 무아는 천천히 걸음을 옮겨 중환자실 앞을 떠났다. 은서의 어머니의 말이 맞았다. 진즉에 사라졌어야 하는 건 무아 자신이었다. 어차피 은서가 아니었다면 이미 소멸되어 무(無)로 돌아갔을 삶. 은서로 인해 구원받은 인생. 그를 지키기 위해 그녀는 늘 전전긍긍하며 살았다. 은서는 오직 무아에게만 맞춰 살아가고 있었다.

그러나 그는 그녀를 지키지 못했다. 은서는 무아의 앞에 닥쳤던 모든 위험을 막아주고 해결해주었는데, 그는 그러지 못했다. 그녀는 저렇게 힘든 싸움을 하고 있는데, 저는 뻔뻔하게 얼굴을 들고 무작정 기다리는 것 말고는.

아무것도 하지 못했다.

어디로 가야 할까. 갈 곳 없는 걸음은 이리저리 흔들거렸다. 무아가 걷는 길을 따라, 그의 눈에서 솟아나온 차디찬 눈물이 뚝뚝 떨어져 슬픔의 섬을 만들었다.

<지질전문가 이요한>

명함을 내밀며, 요한은 앞에 앉아 있는 창백한 남자를 주의 깊게 살펴보았다. 요한은 앞의 남자가 인터넷 커뮤니티에서 사용하는 이름 역시 기억하고 있었다. 인터넷 공간 안에서 남자의 닉네임은 '정은서빠돌이'였다.

다분히 장난기가 어린 우스꽝스러운 닉네임. 요한은 약속장소로 나오며, 두꺼운 뿔테 안경을 쓴 학구적인 남자가 기다리고 있을 것이라 생각했다. 그러나 익명성을 걷어낸 남자의 외모는 지나치게 아름다워서 어딘가 비현실적으로 느껴지는 구석이 있었다. 저런 남자가 '정은서빠돌이'라는 유치찬란한 닉네임 뒤에 숨어, 매일같이 게시판에서 우주며 지질에 대한 토론을 하고 있었다니.

"물건, 보죠."

요한이 말하자, 남자는 네모난 상자를 하나 내밀었다. 요한은 긴장된 마음으로 상자의 뚜껑을 열었다. 달칵 하는 작은 소리와 함께 그 '물건'이 모습을 드러내었다.

"아……."

요한이 자기도 모르게 튀어나온 감탄사를 황급히 삼켰다. 거래를 하러 나온 입장이었다. 지나친 찬탄은 흥정에서 우위를 점할 수 없게 만든다. 그러나, 남자가 내민 그 물건은 너무나, 너무나 아름다웠다. 그건 요한이 평생 찾아 헤맨 것이었으니까.

'지질전문가'라는 애매한 타이틀은 그저 편의상 가지고 있는 이름일 뿐이다. 요한은 세계적으로 손꼽히는 운석 컬렉터였다. 운석은 아름답고, 신비롭고, 놀라운 비밀들을 가지고 있었다. 그리고 무엇보다 돈이 되었다.

보통 운석이 발견되면 그 권리는 헐값에 국가에 귀속되기 마련이었다. 그는 그 틈새를 파고들었다. 그는 정부에서 연구 목적으로 운석을 수거하기 전에 재빨리 그것들을 매입했다. 정말로 마음에 드는 운석들은 보관하고 있었지만, 대부분의 것들은 은밀한 접촉을 통해 해외 컬렉터나 연구자들에게 판매되었다. 보통 그가 재판매를 통해 벌어들이는 수익은 매입 가격의 10배 이상이었다.

그러나 이 물건은…….

이것이 진품이라면 요한은 죽을 때까지 이것을 세상에 내놓지 않을 작정이었다. 석질, 철질, 석철질. 혹은 콘드라이트나 어콘드라이트. 운석을 구분하는 어떤 기준에도 속하지 않는 물질. 이것이 진품이라면…….

그러나 물건을 보는 순간 요한은 확신했다. 이것은 절대 지구상에 존재하는 물질이 아니었다. 저 미묘한 빛은, 달이나 화성 같은 가까운 별에서 온 것 역시 아니다. 저것은 인류 역사에 다시는 등장하지 않을 물질임에 분명했다.

얼굴에 드러나는 황홀경을 재빨리 숨기며, 요한은 입을 열었다.

"지금 파실 건가요?"

남자는 즉각적으로 고개를 끄덕였다. 너무나 빠른 반응이어서 오히려 부자연스러웠다. 그것은 동의라기보단 물건에 대한 미련을 버리기 위한 행동처럼 보였다.

"일단 감정을 한 후에……."

"돈이 바로 필요해요."

요한의 눈썹이 까딱, 움직였다. 확신은 가능하지만, 이렇게 엄청난 물건을 거래하면서 덜컥 감정도 없이 돈을 내줄 수는 없다.

"그럴 순 없습니다. 일단 감정이 우선……."

그건, 요한으로서는 예측조차 할 수 없는 일이었다.

남자가 갑자기 요한의 손 위에 제 손을 얹었다. 희고 길쭉한 손가락들을 홀린 듯 바라보고 있던 요한의 동공이 확장되며, 그의 입에서 헉, 하는 거친 소리가 새어 나왔다.

그것을 어떻게 표현할 수 있을까. 남자의 손이 와 닿은 순간, 믿을 수 없는 차가운 기운이 요한의 손에 퍼져 나갔다. 손을 지나, 손목을 거쳐, 팔을 타고 올라가던 찬 기운은 요한의 팔 전체를 휩쓸고 지나가 그의 목 언저리까지 치고 올라왔다.

"이…… 이게."

요한이 말한 순간 남자의 손이 떨어졌다. 그의 손이 떨어짐과 함께 차가운 기운 역시 우수수 빠져나가듯 사라져버렸다.

"저는 당신이랑 달라요."

"다르다면……."

남자가 엷게 웃었다. 그러나 그건 왠지 슬퍼 보이는 웃음이었다.

"그냥, 달라요. 그리고 그 물건도 다른 물건이에요. 지구에는 존재하지 않아요. 감정 같은 건 필요하지 않을 거예요."

조금쯤 겁먹은 표정이었으나, 호기심이 그것을 압도했다. 요한이 고개를 끄덕였다.

"급하게 돈이 필요해요. 지금 아니면 팔지 않을 겁니다."

"사, 사죠. 사겠습니다."

"얼마 주실 건가요?"

놀라운 경험에 완전히 압도된 상태였으나, 장사꾼의 머리는 그 와중에도 재빠르게 돌아갔다.

"두 장."

2억. 터무니없는 금액이었다. 저 물건은 과학계를 발칵 뒤집어 놓을 것이다. 우주와 지구의 기원에 대한 모든 학설이 저 물건에서부터 다시 시작될지도 모른다. 되팔기로 마음만 먹는다면, 2억의 수십 배, 혹은 수백 배까지 가격은 치솟을 것이었다.

그러나 물론 요한은 절대로 저 물건을 되팔지 않을 것이다.

"두 장이면 얼마를 말씀하시는 거죠? 200만 원, 아니면 2천만 원?"

장난을 하는가 싶어, 요한이 살짝 인상을 찌푸렸다.

"200만 원은 곤란하고요. 저는 2천만 원이 필요해요. 정확히는 1,500만 원이 필요해요."

남자의 얼굴을 미심쩍은 표정으로 한참이나 바라보고 있던 요한이 지갑을 꺼내 들었다. 남자는 진심을 말하고 있었다. 망설이지 않고, 요한은 지갑 안에 들어 있던 천만 원권 수표 세 장을 남자를 향해 밀어냈다.

"세 장 드릴게요. 거래합시다. 3천만 원입니다."

일, 십, 백, 천, 만, 십만, 백만, 천만.

수표의 숫자를 확인한 무아가 주머니 속에 그것들을 챙겨 넣었다. 무아의 시선은 잠깐 동안 테이블 위에 오도카니 놓여 있는 작은 돌 위에 머물렀다.

어머니의 선물. 그러나, 이제 지나온 과거의 어머니는 무아에게 의미 없는 존재일 뿐이다.

무아에게는 오직 은서만이 새로운 세상이었으니까.

"고맙습니다. 가볼게요."

"저, 당신……."

무아가 뒤를 돌아보았다. 신비한 존재. 인간이 아닌 존재를 처음으로 눈앞에서 목도한 요한의 눈에 짙은 갈등이 떠올랐다. 그러나 곧 그는 마음을 정했다.

'저 남자는, 내가 관여할 수 있는 영역에 속해 있지 않는다.'

미지의 존재, 다른 존재, 이상한 존재. 그를 곁에 두어봤자 좋을 건 아무것도 없을 것이다. 그가 인간이 아니라는 사실을 알게 되는 순간 정부기관은 저 남자를 갈기갈기 찢어놓을 것이고, 그 불똥은 분명 요한에게까지 튈 것이었다. 그는 그냥 이대로 남자와의 인연을 끝내기로 마음먹었다. 원하는 물건을 헐값에 얻었으면 그걸로 족한 것이다.

"아닙니다. 거래 감사합니다."

요한이 고개를 숙였다. 마지막으로 남자와 눈이 마주친 순간, 그는 처음 남자의 외모를 보고 느꼈던 감상이 잘못되었다는 느낌을 받았다. 남자는 조금도 비현실적이거나 비인간적으로 보이지 않았다. 오히려 그는 완벽하게 인간적인 표정을 하고 있었다.

남자의 얼굴에 떠올라 있는 것은, 너무나 깊고 아득해서 가늠조차 할 수 없는 끝없는 슬픔이었다.

9장. 마법의 성

온통 검은 것투성이였어.

나는 늘 그 속에서 살았어. 늘 아팠고, 늘 슬펐어. 늘 외로웠고, 늘 숨이 막혔어. 난 그냥 살아가고 있었어. 가끔 태어난 걸 저주하면서, 가끔 숨 쉬는 것조차 혐오스러워하면서. 나는 내 존재가 싫었고, 내 가족이 싫었고, 내가 살아 있다는 것 자체가 싫었어.

네가 내 앞에 나타난 이후 내 세상은 환하게 밝아졌어. 네가 살던 곳은 온통 흰 빛으로 가득 차 있다고 넌 내게 말했었지. 나는 곧 알게 되었어. 하얗게 빛나는 세상. 눈부시게 밝고 투명한 세상. 너와 함께하면서 내 주위를 감싸고 있던 까만 어둠은 모두 사라졌어. 너무나 아름다웠어, 너의 모든 게. 너무나 아름다웠어…….

아프지 않았어. 슬프지도 않았어. 조금도 외롭지 않았어. 숨을 쉬고 있다는 사실 자체에 매일 감사했어. 사는 것이 정말 찬란하고 행복했어. 네가 있어서, 네가 내 곁에 와주어서.

무아…….

목 언저리에 뭉쳐 있던 짙은 숨을 가쁘게 토해내며, 은서는 눈을 떴다. 천장에 붙어 있는 조명에서 쏟아지는 흰 빛이 오래도록 어둠 속에 잠겨 있던 은서의 눈 안으로 쏟아져 들어왔다.

"아……."

억눌린 소리가 입 밖으로 나오는 순간, 중환자실의 담당 간호사가 은서의 자리로 뛰어왔다.

"정은서 환자 깨어났습니다."

"무아……."

목 안에 무엇인가가 잔뜩 들어찬 느낌이 들었다. 몸이 움직여지지 않았다. 온몸에 무엇인가가 감겨 있고 꽂혀 있었다. 알 수 없는 온갖 것들이 은서의 몸을 억누르고 있었다.

"자자, 환자분, 움직이지 마세요. 천천히 숨 쉬세요. 호흡이 어려울 수 있고 몸 상태가 이상하게 느껴질 수 있어요."

"무아, 무아는요?"

간호사는 대답하지 않았다. 혼수상태에서 갓 깨어난 환자들은 흔히 의미 없는 말들을 반복하기 마련이었다.

"자, 숨 쉬세요."

"무아! 무아는……."

흰 가운을 입은 의사가 다가오는 것이 보였다. 무엇인가 물어왔으나, 은서에게 의사의 말은 잘 들리지 않았다. 팔의 혈관을 통해 차가운 것이 들어왔다. 차갑다. 익숙하다……고 생각했지만, 그건 무아의 것과는 다른 느낌이었다.

"무아……."

조그맣게 중얼거리며, 은서는 다시금 정신을 잃었다.

"은서야, 정신이 들어?"

팔에 말랑말랑한 감촉이 느껴졌다. 맨살의 느낌. 누군가의 손이 닿아 있는 감촉. 무아일 것이다. 눈을 감고 있던 은서의 입가에 옅은 웃음이 드리워졌다. 천천히, 은서는 눈꺼풀을 들어 올려 어둠을 밀어냈다. 그리웠어. 나 정말 네가 그리웠어.

"정신이 들어?"

지혁의 얼굴을 마주한 은서가 눈을 깜빡였다.

"은서, 우리 딸……."

눈물을 흘리고 있는 엄마의 얼굴이 보였다. 엄마와 지혁의 뒤에 오랜만에 보는 새아버지의 모습도 보였다. 은서가 무거운 고개를 들어 올렸다. 지혁, 엄마, 새아버지. 그 뒤에, 혹은 그 사이 어딘가에서 무아를 발견하기 위해서.

"무아는……."

바짝 마른 입술이 따끔거렸다.

"무아는 어디 있어?"

"깨자마자 엄마 두고 누굴 찾아, 이것아."

"무아는……."

"곧 오겠지. 내내 병원에 있었는데 잠깐 안 보이네. 집에 다녀오거나 하겠지. 곧 올 거야, 은서야."

지혁의 말에, 은서가 안심한 듯 다시 눈을 감았다.

아아, 그가 어디론가 사라져버린 줄 알았어.

"보고 싶어……."

그녀가 조그만 소리로 중얼거렸다. 그는 은서 없이는 안 되는 존재였다. 그녀가 그 없이는 살아갈 수 없듯이.

"매정한 것. 엄마랑 아버지랑 지혁이랑 얼마나 걱정했는데."

그녀가 다시 천천히 눈을 떴다.

"미안해. 걱정하게 해서. 아버지, 죄송해요."

"은서 너, 엄마랑 아버지랑 지혁이랑, 다 알아보는 거지? 누군지 아는 거지?"

은서가 엷게 웃었다.

"나, 괜찮아요. 계단에서 굴러떨어진 거죠? 기억나는데……."

다시금, 계단 앞에서 맞닥뜨린 피투성이 남자의 환영이 떠올라 그녀는 몸을 부르르 떨었다. 미리 조심했어야 했다. 무아가 얼마나 놀랐을까. 얼마나 걱정했을까.

"나 많이 다쳤어요?"

은서의 질문에 지혁이 고개를 끄덕였다.

"다리, 팔, 쇄골까지 부러졌어. 뇌출혈도 있었고, 심정지까지 왔었어. 너 정말로 죽음 문턱까지 갔다가 되돌아온 거야."

"나 뭐 달라졌어? 뇌출혈이라고 하면……."

"수술 때문에 머리 잘랐어. 흉터가 좀 있을 거야. 머리야 금방 다시 자라는데, 뭐."

"응……."

거울로 만들어진 거대한 성 안에 있던 라푼젤이 떠올랐다. 라푼젤 역시 탐스러운 긴 머리를 모두 잃어버렸지. 사악한 마녀는 왕자를 성 꼭대기에서 밀어버렸다. 왕자는 가시덤불 위에 떨어졌고, 눈이 멀었다.

"팔찌."

뻣뻣한 목을 곧추세운 채, 뾰족한 바늘과 두꺼운 반창고에 점령당한 제 팔을 내려다보던 은서가 중얼거렸다.

"내 팔찌, 금팔찌…… 어디 있어요?"

"모르겠어. 사고가 워낙 커서……. 어딘가 떨어뜨리거나 했겠지."

"아아……."

그녀가 서글프다는 듯 한숨을 내쉬었다. 무아의 선물이었는데…….

"오빠, 무아 좀 찾아봐줘요. 나 깨어났다고……. 걱정 많이 할 거야."

"그래."

지혁이 고개를 끄덕였다.

"면회 시간 끝났습니다. 보호자분들 나가주세요."

간호사의 목소리가 들렸다.

"다음 면회 시간에 올게."

"네……. 오빠, 무아……."

"알았어, 은서야."

은서가 고개를 돌려 떠나는 가족의 뒷모습을 바라보았다. 열린 중환자실 문밖에 혹시라도 무아가 서 있을까 싶어 그녀는 고개를 들어 올렸다. 그러나 흰 벽 말고는 아무것도 보이지 않았다.

"영 못 배워먹었구먼. 부모가 와 있는데 남자 친구 나부랭이나 계속 찾고."

중환자실을 벗어나던 새아버지가 나지막하게 중얼거렸다. 초조한 표정으로 뒤를 따르던 은서의 엄마가 아랫입술을 깨물었다.

지혁이 주머니에 들어 있는 흰 봉투를 만지작거렸다. 어제저녁 병원에 왔던 무아가 건네주고 간 것이었다. 은서의 것이라며 건넨 봉투 안에는 천만 원권 수표 세 장이 들어 있었다.

곧 돌아오겠지.

한순간도 은서의 병실 앞을 떠나지 않던 무아는 그 이후로 모습을 드러내지 않고 있었다. 이상한 불안감이 밀려왔으나, 지혁은 곧 자신의 일터로 걸음을 옮겼다.

무아는 돌아오지 않았다.

은서는 중환자실에서 일반 병동으로 병실을 옮겼다. 이제 면회는 자유로워졌다. 그러나 무아는 모습을 드러내지 않았다. 그녀의 부탁을 받은 지혁은 은서의 집을 찾아 무아의 자취를 살폈다. 그러나 어디에도 그의 흔적은 남아 있지 않았다.

"없어……?"

은서의 질문에, 지혁이 고개를 끄덕였다. 그녀의 눈가는 붉게 짓물러 있었다. 은서의 손에 쥐어진 휴대폰이 보였다. 그녀는 깨어 있는 시간 내내 무아에게 전화를 걸고 있었다. 그러나 돌아오는 것은 전화가 꺼져 있다는 단조로운 기계음뿐이었다.

그녀가 머리를 감쌌다. 손바닥에 까끌까끌한 낯선 감촉이 느껴졌다. 수술을 위해 삭발했던 머리는 이제 조금 자라나 있었다.

라푼젤은 머리카락을 잃었고, 왕자는…….

피투성이가 되었어. 그는 아무것도 볼 수 없었어.

갑자기, 은서가 팔에 꽂혀 있는 링거를 거칠게 잡아 뜯었다. 우둑, 살갗이 찢기는 소리. 새빨간 피가 은서가 입은 환자복과 지혁의 흰 가운 위에 튀었다.

피투성이가 되었어. 왕자는 앞을 보지 못하게 되었어.

"내가 찾을래."

갑자기 숨이 콱 막히는 기분이 들었다. 피를 보았기 때문에, 저 새빨간 피에 대한 트라우마를 극복하지 못했기 때문에.

애당초 그 이유 때문에 이렇게 된 것이다. 은서가 아랫입술을 세차게 깨물었다. 비릿한 피 맛이 느껴졌다. 여기나 저기나, 온통 피 천지다. 피투성이다. 하지만 정신을 잃어선 안 돼. 나는 무아를…….

찾아야 하니까.

"은서야!"

"내가 찾아볼래. 나 나가야 돼, 오빠……. 나…… 나가야 돼. 무아 찾아야 돼요. 찾아야 돼."

"이러지 마. 은서야, 일단 진정하고."

"무아 찾아야 돼요. 제발요. 나가게 해줘……. 찾아야 된다고!"

그녀의 새된 목소리가 병실 안에 메아리쳤다. 은서의 눈에서 굵은 눈물방울이 뚝뚝 떨어져 내렸다.

"무아는 나 없으면 안 돼요. 무아는 나 없으면 못 살아. 나도, 나도 무아 없으면 못 살아요. 찾아야 돼, 오빠."

"은서야……."

지혁이 경련하듯 몸부림치는 은서의 몸을 끌어안았다. 지혁의 품 안에서 그녀는 소리 내어 울었다. 숨을 쉴 수 없을 때까지. 더 이상 목소리가 나오지 않을 때까지.

며칠 후, 너무나 오래도록 울고 또 울어, 결국 은서는 앞이 보이지 않을 만큼 퉁퉁 부은 눈으로 퇴원 수속을 밟았다. 그러나 아무리 울어도, 소리쳐도 무아는 돌아오지 않았다.

"정말 괜찮겠어?"

"괜찮아."

"그러지 말고, 집으로 가자."

퇴원 후, 은서는 고집을 부려 제집인 좁은 원룸 안으로 돌아왔다. 엄마도, 지혁도 그녀를 집으로 데려가기를 원했다. 그러나 그녀는 말을 듣지 않았다.

"여기가 내 집이에요, 엄마."

"고집은……. 딸 키워봤자 아무 소용 없다더니."

포기한 듯, 엄마가 낮은 소리로 중얼거렸다.

"은서야, 조금이라도 어디 불편하거나 아프거나 하면 언제든지 바로 전화해. 알았지?"

지혁의 당부에 은서는 고개를 끄덕였다.

"엄마, 오빠. 저 돌보느라 고생했어. 이제 들어가세요."

"아직 몸도 성치 않은 걸 어떻게 두고……."

"혼자 있고 싶어요."

시선을 거두며 은서가 말했다. 그제야 엄마와 지혁은 걸음을 옮겼다.

"가끔 들를게."

지혁의 목소리가 들렸으나 그녀는 대꾸하지 않았다. 철컹, 문이 닫히는 소리가 들렸다. 은서는 고개를 들지 않았다. 그저 멍하니 침대 언저리에 시선을 고정하고 있을 뿐이었다.

"기다려야지."

컴퓨터 의자에 앉아있던 그녀가 나지막하게 중얼거리며 빙글 몸을 돌렸다.

기다려야지. 무아가 올 테니까. 그가 돌아올 테니까. 문을 바라보며 기다려야지.

무아는 돌아올 거야. 아무렇지 않게 싱긋 웃으며, 저 문을 열고 들어올 거야. 그는 늘 엉뚱했었고 나를 당황시켰으니까. 어디로 튈지 모르는 공처럼 며칠의 시간 동안 튀어나갔을 뿐이야.

그는 돌아올 것이다.

그의 자리로, 우리의 세상으로, 그들이 만들어낸 완벽하게 행복한 이 공간으로.

텅 비어버린 집. 그 한가운데 은서는 망연자실한 표정으로 서 있었다.

무아와 그녀가 공유한 일상의 모든 것들이 좁은 집 안 곳곳에 널려 있었다. 그들의 침대, 그들의 부엌, 그들의 식탁, 그들의 책상. 모든 것들은 제자리에 속해 있었다. 오직 그만이 사라졌다. 그래서 더욱 믿기지 않았다. 어느 날 아침, 잠에서 막 깨어나 고개를 돌리면 침대 옆에서 그녀를 물끄러미 보고 있는 무아를 마주칠 거라 생각했다.

그러나 아무리 기다려도 무아는 돌아오지 않았다.

꼭 일주일간 꼼짝도 안 하고 집에서 기다리던 은서는 결국 그를 찾아 나섰다. 꼬박 한 달간 그녀는 미친 여자처럼 무아를 찾아 헤맸다. 그를 처음 만났던 집 앞의 작은 놀이터, 그가 잠깐이나마 방문했던 임 작가의 스튜디오. 그들이 함께 가곤 했던 마트, 카페, 쇼핑몰, 병원. 짧은 시간 스쳐 지나갔을 뿐인 사람들마저 모두 무아를 기억하고 있었다. '아, 그 엄청 잘생긴 분이요?'라고. 그러나 기억할 뿐 어디에도 그를 보았다는 사람은 없었다. 무아가 그녀의 곁에 살았다는, 그들이 한때 하나였다는 사실 말고는 그 어떤 흔적조차 남지 않았다.

악독한 한 달을 보내고 은서는 다시 작은 원룸으로 돌아왔다. 그와 함께할 때는 조금쯤 비좁고 답답하게 느껴졌던 그녀의 집. 아니, 원래 그녀의 집이었지만 언제부터인가 그들의 집이 되었던 곳.

"무아……."

나지막하게 그의 이름을 불러본다. 그는 과연 존재하긴 했던 것일까. 그저 외로움에 지쳐 있던 그녀 자신이 만들어낸 환영에 지나지 않는 게 아닐까. 침대 위에 무기력하게 누워 있던 은서가 비어 있는 옆자리를 살며시 쓰다듬었다. 이 좁디좁은 침대 위에, 정말 그가 있었던 것일까. 실재했던 것일까.

갑자기 초인종이 울렸다. 침대 시트 위에 머물러 있던 은서의 손이 멈칫 정지했다. 다음 순간 그녀는 현관문을 향해 달려갔다.

서 있기를. 그가, 문밖에서 웃고 있기를.

"은서야."

조급하던 그녀의 눈빛은 이내 실망으로 얼룩졌다. 그녀의 시야에 들어온 남자는 무아가 아닌 지혁이었다.

"얼굴이……. 대체 언제까지 그러고 있을 거니."

지혁은 일주일에 한두 번씩 은서의 집을 찾아왔다. 매번 포장된 음식이나 과일 같은 것들을 사들고서. 그건 은서에게 고문과도 같았다. 초인종이 울릴 때마다 미친 듯이 달려 나갔다가, 지옥까지 떨어지는 것 같은 실망감을 느끼게 되는 건.

집 안으로 들어오기 위해 지혁이 걸음을 옮겼으나, 그녀는 문 앞에 버티어 선 채 꼼짝도 하지 않았다. 은서의 비어버린 시선은 지혁이 아닌 복도에 난 창으로 보이는 먼 하늘을 바라보고 있었다.

눈이 내리고 있었다. 세상이 온통 하얗게 변해간다.

그가 있었을 때는, 그녀의 세상 역시 저렇게 희고 아름다웠었는데.

은서의 몸이 스르르 바닥으로 허물어졌다. 놀란 지혁이 팔을 뻗었으나, 그녀는 그 팔을 밀어내었다.

"오빠."

은서의 공허한 목소리가 텅 빈 복도에 울려 퍼졌다.

"오지 마. 제발."

"은서야……."

"제발 부탁이니까, 오지 마요."

그녀의 마른 볼 위로 뜨거운 눈물이 쏟아져 내렸다.

"초인종이 울리면, 문밖에서 사람 지나가는 발소리라도 들리면, 누군가 실수로 우리 집 문을 툭 치고 지나가기라도 하면……. 나는 미친 사람처럼 문으로 달려와야 해. 무아가 온 것 같아서, 무아가 서 있을 것 같아서……. 문밖에 있는 게 무아가 아니라는 걸 깨달을 때마다 죽을 것 같아. 죽어버렸으면 좋겠어. 누가 나를 좀 죽여줬으면 좋겠어."

"은서야!"

무너져 내린 은서를 바라보며 지혁은 입술을 깨물었다. 손을 뻗고 싶은데, 일으켜서 안고 싶은데.

그럴 수 없다. 그래선 안 된다.

지혁은, 은서에게 손을 대서는 안 되는 사람이었다.

"그러니까 제발 오지 마. 부탁이야."

은서가 천천히 두 눈을 감았다.

"나 좀 살려줘……."

툭, 바닥으로 무언가 떨어지는 소리가 들린다. 지혁의 발소리가 천천히 멀어져 갔다.

창밖을 하얗게 물들이며 떨어져 내리던 눈송이들은 점점 커지고 조밀해졌다. 세상은 온통 흰 눈 속에 잠겨버렸다.

은서 역시 잠겨버렸다. 한때 위대한 사랑으로 충만했던 집 안에서, 그녀는 폭설처럼 쏟아지는 슬픔에 잠긴 채 살아 있는 유령이 되어버렸다.

6개월 정도의 시간이 흐른 후, 서서히 실낱같던 희망도 엷어져 갔다. 무아가 사라졌듯이 은서라는 여자 역시 사라졌다. 쓸쓸하게 남아 있던 기다림이라는 감정도 오래된 그림처럼 희미하게 바래져갔다.

결국 그들의 집에는 무엇도 남지 않았다.

은서는 멍한 표정으로 컴퓨터 모니터를 들여다보고 있었다. 불조차 켜지 않은 작은 원룸 안, 모니터에서 나오는 푸르스름한 빛이 가까스로 어둠을 밀어내고 있었다.

<오랜 헤어짐 끝에 재회한 연인의 포옹. 남자의 품 안에 안겨 있는 여자는 마치 울 듯한 표정을 짓고 있다. 여자의 손은 남자의 목에 단단히 휘감겨 있다. 다시는 그를 놓아주지 않겠다는 듯, 팽팽하게 힘이 들어간 여자의 손. 여자의 표정에는 복잡한 감정이 고스란히 드러나 있다.>

일러스트 외주처에서 남긴 이메일을 은서는 계속 읽고, 또 읽었다. 꼬박 1년 만에 다시 시작하는 일러스트 작업. 일러스트레이터가 직업이었다는 것이 믿기지 않을 정도로 무엇을 해야 할지조차 감이 오지 않았다. 예전 같으면 해도 그만 안 해도 그만이라고 여겼을 작은 일거리였지만, 지금의 은서에게 이것은 어쩌면 마지막 기회일는지도 몰랐다.

멀거니 메일을 곱씹던 그녀가 책상 위에 세워져 있는 접이식 거울을 흘깃 보았다. 어둑어둑한 방, 모니터 빛에 드러난 초췌한 얼굴이 거울 위에 어른거린다. 그가 있었던 시절과는 너무나 다른 모습. 그가 조심스레 쓰다듬곤 하던 긴 머리카락은 흔적도 없이 사라졌다. 머리는 마치 남자처럼 짧아졌고, 그 아래 있는 얼굴은 그녀 스스로도 낯설게 느낄 만큼 생기가 없었다. 윤기라고는 조금도 없이 바스라질 듯 푸석한 머리카락이 이마 위에 흘러내렸다. 은서가 얼굴을 찡그리며 머리를 아무렇게나 쓸어 넘겼다.

정은서, 너 참 지쳐 보인다.

거울에 비친 얼굴은 퍽 슬퍼 보였다. 아무 때나 자고, 아무 때나 깨어나는 불규칙한 생활의 대가가 그녀의 얼굴에 고스란히 드러나 있었다. 눈 밑의 거무스레한 그림자와, 덕분에 더욱 퀭해 보이는 눈, 죽은 사람처럼 어두운 안색. 거울 안에 있는 제 얼굴이 무척 보기 싫었다. 은서가 거친 손길로 세워져 있던 거울을 엎어놓았다. 갑자기 무언가가 속에서 차오르는 듯 울컥했으나, 그녀는 깊은 심호흡을 하며 감정을 다스렸다. 일단 지금은 일을 해야만 하니까. 힘들게 얻은, 어쩌면 마지막이 될 기회를 놓칠 수는 없다.

오늘 그려야 하는 것은 긴 시간 동안 헤어져 있던 연인이 극적으로 재회하는 장면이었다. 여기서 가장 중요한 것은 정면에 드러나는 여주인공의 표정일 것이다. 슬픔, 기쁨, 놀라움, 두려움이 혼재된 불안한 표정. 그러한 복잡한 심경을 과연 표현해낼 수 있을까.

아, 너무 어둡다.

그제야 불을 켜기 위해 은서가 자리에서 일어났을 때 갑자기 초인종 소리가 들렸다. 실로 오랜만의 작업 앞에 잔뜩 날이 서 있던 신경의 줄기가 툭 끊어지는 것 같은 느낌에, 그녀의 표정이 순간 어두워졌다.

"두고 가세요!"

그녀의 집은 좁았다. 문까지 걸어가는 데는 채 10초도 걸리지 않을 것이지만 지금 은서는 그것마저 귀찮았다. 어차피 방음 따위는 되지 않는 좁아터진 원룸이니 그녀의 목소리는 충분히 바깥까지 들렸을 것이다. 보나 마나 택배 따위가 온 것이겠지 싶었다.

달칵. 전등 스위치를 올리자 순식간에 형광등의 환한 빛이 눈 안에 쏟아져 들어왔다. 그녀가 반사적으로 눈을 찌푸렸다. 그 순간 두 번째 초인종이 울렸다.

"문 앞에 두고 가시라고요!"

입에서 나온 말이 채 끝나기도 전에 은서는 깨달았다. 요 근래 아무것도 주문한 적이 없었다는 것을.

지난 몇 달간, 아주 드물게 엄마나 오빠를 만나기 위한 외출을 한 것을 제외하고 은서는 내내 집 안에만 틀어박혀 있었다. 집 밖에 나갈 일이 없었으니 옷 같은 것을 쇼핑할 이유도 없었고, 음식과 생필품들은 몇 주에 한 번씩 몰아서 배달을 시키곤 했다. 그러나 요 근래에는 무엇도 구입하거나 배달시킨 적이 없었다. 며칠 전 가스 점검을 받았으니 검침원 역시 아닐 것이었다. 잡상인이나 사이비 종교를 전파하는 사람들이 엘리베이터도 없는 4층까지 올라올 것 같지도 않았다.

혹시 뉴스에 줄기차게 나오는 여자 혼자 사는 집을 노린 범죄 같은 것이 일어나려는 것은 아닐까.

왠지 불안한 마음에 그녀는 스위치 옆에 애매한 표정으로 서 있었다. 누구냐고 물을까 고민하는 순간, 세 번째 초인종이 울렸다. 누가 보고 있는 것이 아닌데도 불구하고 은서는 몇 발짝 되지도 않는 현관문을 향해 몸을 어색하게 구부린 채 살금살금 걸어갔다. 진즉에 인터폰을 달지 않은 것을 후회하면서.

"누구세요?"

스스로 정말 멍청이 같은 짓이라고 생각하면서도 그녀는 엉거주춤한 자세로 현관문에 귀를 갖다 대었다. 밖에서는 아무런 소리도 들리지 않았다. 조금, 무서웠다.

그녀가 숨을 죽이고 차가운 철문에 귀를 대고 있을 때, 갑자기 문밖의 누군가가 문을 똑똑 두드렸다. 그 바람에 은서는 화들짝 놀라 다다다 뒤로 물러섰다.

"누구세요? 대답 안 하면, 겨, 겨, 경찰에 신고할 거예요."

은서는 정말로 두려워졌다. 오랜 칩거 생활로 인해 밖에 나가는 것, 사람들을 만나는 것에 약간의 공포심을 느끼고 있던 차였다. 그녀가 휴대폰을 가져오기 위해 몸을 돌렸다.

그때, 은서의 귀에 그 목소리가 들려왔다.

인간의 언어가 아닌 말. 속삭이는 듯 낮은 어조이지만, 그르릉거리며 귓가를 간지럽게 울리는 그 이상하고 낯선 말.

단 하루도 잊어본 적 없었던 그의 목소리.

몇 초간 그대로 그 자리에 정지해 있던 은서에게 다시 한 번 초인종 소리가 들려왔다. 딩동 하는 경쾌한 소리를 들은 순간, 생각과 사고마저 하얗게 굳어버린 머리보다 먼저 반응한 것은 그녀의 몸이었다.

그녀의 의지라기보다는 완벽히 본능에 가까운 반응. 은서의 손이 다급하게 문을 열기 시작했다. 손이 덜덜 떨리는 탓에 몇 번이나 그녀의 손은 잠금장치 위에서 미끄러졌다. 기껏해야 몇 초 정도의 시간이었지만, 문이 열리기까지의 시간이 은서에게는 지난 1년보다 더 길게만 느껴졌다. 결국 철컥하는 작은 소리와 함께 잠금장치가 풀어졌다. 그녀의 떨리는 손이 문을 왈칵 밀어 열었다.

그가 거기 서 있었다.

"무아……."

꿈꾸는 듯한 갈색 눈동자, 반듯하게 얼굴 중앙에 자리 잡은 콧날, 부드럽게 곡선을 그리는 엷은 분홍빛 입술. 복도에 나 있는 창문으로 스멀스멀 밀려 들어오는 군청색 어둠이 무아의 주변을 떠돌고 있다. 어두컴컴한 복도에 서 있는 그의 얼굴은 오늘따라 유난히 더 하얗게 보였다. 기억 속에 남아 있던, 단 한순간도 잊지 않았던 모습보다 더.

무아가 돌아온 것이다. 1년 만에.

그가 한 걸음 성큼 다가와 그녀의 얼굴을 손으로 감쌌다. 무아의 손은 여전히 싸늘하고 얼음장처럼 차가웠다. 그러나 냉혈 동물의 것처럼 기분 나쁜 냉기는 아니다. 그것은 온몸에서 열기가 치솟는 무더운 여름날, 차가운 물병을 뺨에 가져다 대는 것처럼 기분 좋은 서늘함이었다.

그리고 곧 그의 손이, 살갗이, 몸이 따뜻해질 것이다. 그럴 것임을 은서는 이미 알고 있었다.

"기다렸구나."

그녀의 귓가에 생생하게 들려오는 무아의 목소리. 맑고, 깊은 울림이 있는 그의 부드러운 목소리.

대답을 하고 싶었지만, 말이 나오지 않아 은서는 가까스로 고개를 끄덕거렸다. 목구멍 가운데 무엇인가가 꽉 막힌 듯, 말이 되어 나오지 않았다.

"내가 와서 슬퍼?"

그녀가 고개를 저었다. 여전히 말은 소리가 되어 나오지 않고 입안에 갇혀 맴돌기만 했다.

"그런데 왜 울 것 같은 표정이야?"

치밀어 오르는 격한 감정을 꿀꺽 삼키고 은서는 가까스로 입을 열었다.

"기뻐서 우는 거야. 인간은, 너무 기쁘면 울기도 해."

"아, 알 것 같아."

과거에 무아가 은서의 곁에 있을 때, 새로운 것을 가르쳐줄 때마다 늘 그랬던 것처럼. 그가 고개를 작게 끄덕였다.

"나도 좋아. 정말 좋은데…… 이상하게 눈물이 나올 것 같아."

무아의 목소리가 부드럽게 진동했다. 은서처럼, 그 역시 떨고 있는 것이다.

"은서."

1년 만에, 다시 그가 은서의 이름을 불러주고 있다.

은서의 볼을 어루만지던 무아가 팔을 활짝 벌려 그녀의 몸을 힘껏 안았다. 단단하게 몸을 감싸는 그의 팔 안에서 은서가 스르르 눈을 감으며 제 팔을 무아의 목에 휘감았다. 다시는 놓치고 싶지 않았다. 그의 품 안에 안겨 있다는 사실이 미치도록 행복했고, 무아가 또 사라질까 미치도록 두려웠다. 은서가 그의 목 뒷덜미에 놓인 양손을 아프도록 꼭 맞잡았다.

그녀의 팔이 서서히 위로 들려졌다. 무아의 키가 조금씩 자라나듯 커지고 있었다.

아니, 정확히 말하면 무아의 몸이 서서히 공중에 조금씩 떠오르는 중이었다.

"또 이러네."

멋쩍은 듯한 그의 목소리가 그녀의 귓가에 울렸다. 은서를 안은 무아의 팔에 힘이 들어가며 단단한 근육들이 움찔거리는 것이 느껴졌다. 그가 은서를 들어 올리자, 그녀의 발도 바닥에서부터 한 뼘 정도 공중으로 떠올랐다.

"기다리게 해서 미안해."

"괜찮아. 다시 왔으니까."

안도의 한숨과도 같은 낮은 소리와 함께 은서의 눈에서 눈물 한 줄기가 흘러내렸다. 무아가 없었던 시간들이 떠올라 슬펐고, 그가 다시 돌아왔다는 사실이 기뻤다. 이 순간이 놀라워 믿어지지 않았고, 지난번처럼 그가 갑작스레 사라져버릴까 봐 두려웠다. 그녀의 손가락들은 움찔거리며 무아의 목덜미와 어깨 언저리를 살그머니 쥐었다 놓기를 반복했다. 꿈이 아니란 걸 확인하기라도 하듯.

은서를 가만히 보고 있던 그가 갑자기 고개를 숙였다. 무아의 서늘한 입술이 그녀의 입술 위에 포개졌다. 차갑다. 무아의 냉기. 은서의 온기. 천천히 섞이고 충돌하여 곧 미지근해진다. 그리고 입 안은 이내 따뜻해졌다.

모든 것이 꿈만 같았으나, 모든 것이 현실이었다.

무아가 돌아왔다. 그녀의 곁으로.

과거에 그랬듯, 공중에 떠올랐던 무아의 몸은 쿵 하는 소리와 함께 바닥으로 내려왔다. 그의 팔 안에 단단히 안겨 있던 은서가 훅 숨을 들이마셨다. 놀라운 경험이었다. 그러나 그런 것은 아무래도 좋았다. 무아가 돌아왔다. 무아가, 그녀의 곁으로 돌아왔다.

은서의 손은 끊임없이 그의 몸을 어루만졌다. 확인하고 싶었다. 정말 그가 곁에 있는 것이라고, 환영이나 상상이 아닌 현실이라고.

"가자."

그녀가 조급하게 속삭였다. 무아의 목을 휘감고 있던 팔로 그의 몸을 잡아 끌었다.

"집에 가자."

영원히 놓지 않겠다는 듯, 서로를 끌어안은 채 무아와 은서는 열린 문 안으로 들어갔다. 문을 통과해 그들의 집으로 들어가며 그녀는 팔을 뻗어 열린 현관문을 밀어 닫았다. 집은 이제 비어 있지 않았다. 순식간에 그녀의 세상은 다시 희고 아름다워졌다. 무아가 돌아왔기 때문에.

"은서."

무아의 목소리가 부드럽게 공간을 울렸다. 귓가에서 들려오는 그 아름다운 진동을 느끼며, 은서는 그의 품 안으로 파고들었다. 밀착된 몸을 통해 그의 차가운 기운이 밀려들었다. 그의 입술이 그녀의 입술에 와 닿았다. 그와 함께 호흡하며, 그의 차가운 숨을 들이마시며, 밀려들어오는 그의 입술을 끝없이 받아들이며, 은서는 눈을 감지 않았다. 잠깐이라도 눈을 감을 수 없었다. 깜빡하는 순간에 그가 사라질까 봐. 스르르 녹아 없어져버릴까 봐.

다시 혼자가 될까 봐.

바로 눈앞에 있는 그의 얼굴이 반짝인다. 그의 눈에서 뺨을 지나 턱 끝으로 차가운 눈물방울들이 후두둑 떨어지고 있었다.

"얼마나 시간이 지났어?"

"1년."

"아……."

낮은 숨을 토해내며, 그는 은서를 세게 끌어안았다. 그의 시간은 그렇게 길지 않았다. 자신의 세계와 은서의 세계의 시간은 같지 않았다. 오랫동안 그녀는 혼자 외롭게 무아를 기다려온 것이다.

"다친 건 다 나았어?"

"다 나았어. 1년이나 지났는걸."

그녀의 얼굴에서 입술을 떼어내고 찬찬히 얼굴을 살펴보았다.

등을 덮던 은서의 머리카락은 이제 깡총하니 귀 언저리에 맴돌고 있었다. 무아가 손을 뻗어 그녀의 머리칼을 쓰다듬었다. 그의 눈에 여전히 은서는 아름다웠지만, 그녀는 정말 많이 수척해졌다.

"보고 싶었어……."

그의 목소리가 들려왔다. 믿어지지 않는다는 듯, 은서는 천천히 눈을 감았다. 살며시 손을 뻗어 무아의 얼굴을 어루만진다. 그의 뺨을 타고 천천히 움직이는 손끝, 너무나 그리웠던 서늘한 체온이 살금살금 따라붙었다.

"돌아오지 못하게 될까 봐 얼마나 걱정했는지 몰라. 다시는 은서 너를 보지 못하게 될까 봐, 영원히 너를 잃어버릴까 봐……."

슬픔이 켜켜이 쌓여 있던 좁은 침대 위로 나지막한 무아의 목소리가 내리깔렸다. 그의 부드러운 음색이 특유의 진동과 함께 공기 중에 떠올랐다. 헤엄치듯 나풀거리며 은서의 귓속으로 빨려 들어온 아름다운 목소리는 그녀의 목구멍을 타고, 혈관을 타고 비어 있던 모든 공간을 채워버렸다. 온몸이 간질간질하고 자꾸만 심장이 떨려온다. 껍데기만 남아 있던 초라한 몸 안은 그의 소리로 가득 들어찼다. 그녀는 다시금, 완전해졌다.

무아의 서늘한 손길이 그녀의 머리를 쓰다듬고, 뺨을 어루만지고, 목덜미를 쓸어내렸다. 파삭대는 껍데기를 감싸고 있던 옷가지들이 후두둑 떨어져 내렸다. 그의 입술이 살갗 위에 와 닿는 순간 은서는 전율하듯 흠칫 몸을 떨었다. 살아가기 위해서 떠올리지 않으려 애쓰던 그의 차가운 기운이 서서히 드러난 살갗을 통해 스며들었다. 뺨에, 목덜미에, 팔에, 배 위에, 머리부터 발끝까지.

처음부터 그녀의 것이었으나 한동안 그녀의 곁에 있지 않았던 그와 뒤섞이고 하나가 되는 순간, 그들이 공유했던 모든 기억들은 제자리로 돌아왔다. 시간의 흐름은 무의미해졌다. 들려오던 일상의 소음들이 모두 사라졌다. 뜨거운 숨결과 차가운 숨결이, 더운 열기와 서늘한 냉기가 비좁은 침대 위에서 뒤엉켰다.

초라하게 먼지가 피어나던 외로운 라푼젤의 낡은 집 위로 다시금 반짝이는 거울의 벽과 아름다운 첨탑이 솟아났다. 모든 것들이 눈부시게 반짝이기 시작했다. 무아와 은서가 함께 있는 공간은 곧 마녀조차도 들어올 수 없는 그들만의 세상이 되었다.

"가끔은, 꿈같았어."

창밖은 어둑어둑해졌다. 침대에 나란히 누워 서로를 향해 몸을 웅크린 채, 은서와 무아는 오래도록 낮은 목소리로 이야기를 나누었다. 그들 사이를 가로지르는 1년이라는 시간의 틈새를 빼곡하게 채우고 싶었다. 얼마나 서로를 그리워했는지, 함께 있지 않으므로 얼마나 불완전했는지 함께하게 된 후에야 비로소 실감이 났다.

"처음에는 네가 없어져버린 게 꿈같았어. 그런데 시간이 지나니까……. 네가 있었던 것 자체가 꿈처럼 느껴지기 시작했어. 너는 무엇도 아니었던 게 아닐까, 그저 내가 만들어낸 환영이었던 게 아닐까…… 하는 생각이 들곤 했어."

그녀의 눈꼬리를 타고 뜨거운 눈물 한 방울이 또르르 굴러떨어졌다. 끔찍했던 사고는 은서의 몸 곳곳에 지워지지 않을 상처를 남겼다. 무아가 나른하게 쓰다듬던 긴 머리를 잃었고, 머리며 몸 곳곳에는 수술로 인한 붉고 길쭉한 흉터들이 남았다. 팔이며 다리며 곳곳의 뼈들이 부서지고 조각났다. 그러나 삭발했던 머리는 조금씩 자라기 시작했고, 눈에 보이는 흉터들은 시간이 지나면서 차차 아물어 불그스름하고 흐릿한 선만을 남겼다. 아물지 않고 남아 있던 건 그녀의 찢긴 기억이었다.

무아를 잃었다는 것에서 시작된 고통은 곧 그의 존재 자체에 대한 불확실로 이어졌다. 의사와 가족들이 걱정했던 뇌손상은 없었지만, 은서 자신은 항상 자신의 뇌가 무언가를 잃어버린 것 같다는 불안에 잠겨 살았다. 한동안 그녀는 확신할 수 없었다. 그가 정말로 그녀의 곁에 있었는지, 혹은 그저 여름을 지나며 꾸었던 슬프도록 아름다운 꿈일 뿐인지조차.

그래서 은서는 늘 죽고 싶었다. 살아가고 싶지 않았다. 둘 중 어느 쪽이라도 마찬가지였다. 그를 다시 못 보게 되든가, 혹은 무아라는 존재 자체가 처음부터 없는 것이든가 어느 쪽이라도.

처음으로 살아 있다는 기쁨이 밀려들었다. 살아 있어서 다행이라고. 그가 환영이 아니었음을, 그리고 돌아왔음을 살아서 만끽할 수 있어서 정말 다행이라고.

"다시는 사라지지 않을 거야."

은서의 몸을 당겨 안으며 무아가 속삭였다.

"미안해. 나로서도 예상치 못한 일이었어. 그렇게 갑자기 돌아가게 될 줄은……."

"돌아갔다고?"

그녀의 질문에, 무아가 고개를 끄덕였다.

"다시 돌아갔어. 내가 왔던 곳으로. 내 의지로 돌아갔다기보단, 그들이 나를 불러들였어."

"왜?"

"나……."

잠시 머뭇거리던 그가 입을 열었다.

"어머니의 선물을 팔아버렸거든."

그녀의 표정이 변하는 걸 본 무아가 황급히 덧붙였다.

"너는 그러지 말라고 했었지만…… 그렇게 해야 한다고 생각했어. 정말로, 그건 나에게 이제 별 의미가 없는 물건이 되어버렸으니까. 그걸 다른 사람에게 넘긴 것을 후회하지 않아. 단지 그것 때문에 일어날 일을 예측하지 못한 걸 후회할 뿐이야."

은서는 조용히 그의 이야기를 듣고 있었다. 병원에서 퇴원할 때, 지혁이 건네주었던 그녀의 물건들 중 통장에는 예상치 못한 큰 금액이 들어 있었다. 그 돈의 출처가 어디였는지를 은서는 이제야 깨달았다. 그건 무아가 소중히 여기던 물건에 대한 대가였다. 비록 지금은 아니라 해도 과거에 소중히 여겼던 물건에 대한 대가.

"그게 다른 사람에게 갔기 때문에, '그들'이 너를 불러들인 거라고?"

"그런 거지만, 뭐라고 표현해야 할지 잘 모르겠어."

"하지만 너는 그들이 소멸했을 거라고 말했었잖아."

"그랬을 줄 알았어. 시간의 흐름이 여기와는 조금 달라서……. 그들은 정말로 이제 끝을 맞이하고 있어. 이제 내가 내 의지는 물론이거니와 다른 이유로도 사라지는 일은 없을 거야."

그가 말하고자 하는 것이 무엇인지 은서는 잘 이해할 수 없었다. 그러나 그의 마지막 말이 그녀를 안심시켰다. 어차피 처음부터 무아가 어떤 존재인지에 대해 완벽하게 이해하는 것은 불가능한 일이었다. 중요한 것은 그가 다시는 사라지지 않을 거라는 확신에 찬 말이었다.

"이제 난 너와 함께할 거야."

영원히, 함께할 거야.

은서를 끌어안으며 무아 역시 눈을 감았다. 은서의 어깨에 코를 묻고, 달콤하게 밀려드는 포근한 살 냄새를 맡았다.

이전까지의 그는 두 가지 세상에 속해 있었던 것 같다. 은서를 위해 살아가고 있었지만, 그럼에도 예측하지 못한 순간에 그는 원래 그가 속했던 세상으로 빨려 들어가야만 했다. 그건, 무아에게 주어졌던 '어머니의 선물' 때문이었다.

종족의 마지막 아이에게 주어졌던 선물. 새로운 삶을 찾아 떠나는 마지막 아이를 위해 '그들'이 준비했던 선물. 그것이 선물이라는 이름으로 불리는 이유는, 그 미묘한 색체의 작은 돌 안에 무아의 모든 것이 들어차 있기 때문이다. 그 조그만 돌은 완벽하게 무아와 연결되어 있었고, 머나먼 광년을 지나 종족에게로 연결되어 있었다.

그것이 무아가 아닌 타인의 소유가 되자 그들은 마지막 아이를 불러들였다. 종족의 걱정과는 달리 그는 새로운 생을 개척하고 있었다. 무아는 되돌아왔고 종족은 변함없이 그들의 마지막 시간을 준비하고 있다. 이제는 정말 얼마 남지 않았을 소멸의 시간을.

그것은 이제 어떤 식으로든 무아가 돌아갈 수 없음을 의미한다. 또한 그것은……

영원히 그가 은서의 곁을 떠나지 않으리란 것을 의미한다.

갑자기 그의 몸이 공중으로 떠올랐다. 무아가 가볍게 인상을 찌푸렸다. 과거에는 무엇 때문에 이런 일이 생기는지 그 역시 알지 못했었기에 몹시 당황했었던 것 같다. 놀란 은서의 손이 떠오르는 그의 몸을 붙들었으나, 그의 목소리는 침착하고 부드러웠다.

"중력 때문이야. 며칠만 지나면 괜찮아질 거야."

"예전에는 무서워하더니."

"그때는 아무것도 알 수 없었거든. 다시 땅 위로 돌아갈 수 있으리란 확신 같은 게."

평온한 표정으로 무아는 눈을 감았다. 잠시 후, 그의 몸은 원래의 있던 자리로 되돌아갔다. 아무런 불확실도 존재하지 않는 세상으로. 그가 사랑하는 은서의 곁으로.

"사랑해."

무아가 나지막하게 중얼거렸다. 은서에게 1년의 기다림이 길고 지난했다면, 무아에게도 그녀에게 돌아오는 여정은 피로하고 고단한 것이었다. 행복한 잠이 쏟아졌다. 그녀를 품에 꼭 끌어안고, 그녀의 온기를 느끼며, 영원히 그녀를 잃지 않을 것이란 평화로운 확신으로 가득 찬 잠이.

그들은 다시 하나가 되었다. 그들의 집은 다시 안식처가 되었다. 둘이 함께 있는 것 말고는 그 무엇도 바라지 않았기에, 둘이 함께 하게 되자 모든 것은 완벽해졌다.

꿈결 같은 며칠이 흘러갔다. 잠깐 사이 은서의 집은 원래의 견고한 그들만의 세상으로 변모했다. 지쳐버린 기다림과 사라진 희망이 힘없이 부유하던 공간 속에 다시금 웃음소리가 울려 퍼졌다. 좁은 집 안에서 한 발짝 걸음을 뗄 때마다 은서는 웃고 있었다. 몇 걸음만으로 집의 끝과 끝을 왕복할 수 있는 비좁은 세상 속에서 무아는 그런 그녀의 뒤를 계속 쫓아다녔다. 눈이 마주칠 때마다 입을 맞췄고, 틈이 날 때마다 팔을 뻗어 서로를 끌어안았다. 집 밖으로는 한 발짝도 나가지 않았다. 함께하고 있었기에 그들의 세상은 동화처럼 아름다웠다.

잠에서 깬 순간, 바로 코앞에서 그녀를 내려다보고 있는 무아의 얼굴을 마주친 은서가 나른한 미소를 지었다. 아침의 햇살이 침대 위에 투명하게 가라앉아 있었다. 매일 반복되는 다디단 잠이 끝날 때마다 그녀는 새로운 생명을 부여받는 것 같은 감동에 사로잡히곤 했다. 눈앞에 그가 있었기 때문에, 숨이 막힐 듯 아름다운 그들의 세상에서 시작하는 하루가 기다리고 있었기 때문에.

갑자기 들려온 초인종 소리에 은서는 자리에서 일어났다. 예고도 없이 찾아올 사람을 유추하는 것은 사실 어렵지 않은 일이었다. 그녀가 조금 불안한 표정으로 무아를 바라보았다. 그러나 지혁에게 언제까지 사실을 숨길 수는 없는 일이었으므로, 그녀는 긴장한 표정으로 문을 열었다.

"오빠."

은서의 얼굴 위에 머물던 지혁의 시선은, 이내 그녀의 몇 발짝 뒤에 떨어져 서 있는 무아에게로 향했다.

"돌아…… 왔구나."

"안녕하세요."

무아가 지혁에게 고개를 숙였다. 지혁의 시선은 한동안 그의 얼굴을 향하고 있었다. 다시금 은서를 바라본 순간, 지혁의 마음 한편에 쿡 찌르는 듯한 날카로운 느낌이 머물렀다.

은서의 얼굴이 너무나 달라져 있었기 때문에.

너무나…… 아름다웠고, 또 행복해 보였기 때문에.

"그냥…… 들렀어. 잘 지내고 있나 해서."

"잘 지내고 있어."

조심스럽게 입을 여는 은서의 목소리는 차분했으나, 그 어조에서마저 숨길 수 없는 행복감이 묻어 나왔다. 지난 1년간 보았던 그녀의 모습들이 지혁의 기억에 스쳐 지나갔다. 죽고 싶다고 울부짖던 은서의 모습이, 집 안에 틀어박힌 채 유령처럼 초췌하게 말라가던 그녀의 모습이.

지금의 은서는 완벽하게 다른 사람처럼 보였다. 그녀의 얼굴은 지혁이 은서를 알고 지낸 지난 몇 년의 시간들 중 가장 반짝반짝 빛나는 모습을 하고 있었다. 여전히 수척한 모습이었지만 그녀는 진심으로 행복해 보였다. 그녀를 이렇게 완벽하게 변화시킨 건 물론 무아라는 사람일 것이다. 무아라는…… '사람'이라고 할 수 있을지 지혁으로서 확신할 수 없는.

며칠 전의 기억이 떠올라, 지혁은 잠시 머뭇거렸다. 오랜만에 은서를 찾았을 때 복도 끝에서 목격했던 그들의 모습. 그건 정말이지 순수하게 비현실적인 장면이었다. 주변의 모든 것들이 뒤틀려버리는 것 같은 광경. 영화 속 한 장면처럼 서서히 공중으로 떠오르던 무아와, 그의 품에 안겨 바닥에서 떨어진 채 조용히 흔들리던 은서의 발이 다시금 떠올랐다. 그녀를 다시 찾아오기 위해 지혁은 며칠간 밤을 새워 고민해야만 했다.

"들어가도 돼?"

지혁의 물음에, 그녀는 고개를 끄덕였다. 무아와 눈이 마주친 지혁이 어색하게 시선을 피했다. 지혁은 도무지 말로 설명할 수 없는 기괴한 감정을 끌어안은 채 그들의 집 안으로 들어섰다. 본능적인 공포와 기묘한 호기심을 더욱 선명하게 부각시키는 것은 은서의 존재였다. 그 괴상한 감상들이 떠다니는 집에서 그녀는 세상 모든 것을 다 가진 듯 찬란한 표정을 짓고 있었다.

"무아 씨는……."

지혁이 잠긴 목소리를 가다듬었다. 그들을 둘러싼 낯선 공기 안에 서 있는 무아의 모습은 자연스러워 보였다. 은서는 대체 무슨 생각으로 저 무아라는 이상한 남자를 받아들인 걸까.

그녀에 대한 감정이 무엇이냐고 누군가가 묻는다면, 지혁은 쉽게 대답할 수 없을 것이다. 그건 의붓 여동생에 대한 뒤틀린 욕망 같은 것과는 다른 모습을 하고 있었다. 지혁은 지키고 싶었다. 자격이 되는지는 모르지만, 그녀를 지켜주고 싶었다.

은서를 처음 보았던 때가 떠올랐다. 겁먹은 작은 짐승처럼 고개를 떨어뜨린 채 눈조차 마주치지 못하던 말간 얼굴의 소녀. 그때 지혁은 생각했었다. 저 아이를 지켜주고 싶다고. 이미 상처받은 표정을 하고 있는 소녀를…….

자신이 살고 있는 지옥 속으로 끌어들이고 싶지 않다고.

그녀는 지혁이 머무르고 있는 곳에 남지 않았다. 찢어진 날개인 듯 보였지만, 위태로운 모습을 한 채 그녀는 잠시 머물던 그의 집에서 벗어났다.

하지만 이제 은서는 도저히 말로 표현조차 할 수 없는 괴상한 세상에 머물러 있다. 역시나, 너무나 낯선 이상한 존재와 함께.

"무아 씨는, 어디 갔다 온 거죠?"

"사고가 좀 있었어."

은서가 재빨리 끼어들었다.

"어, 엄마랑 아버지도 잘 계시지, 오빠?"

"잘 계셔. 네 걱정 많이 하신다."

"오빠, 엄마한테 무아 돌아온 거 당분간만……."

"알았어. 비밀로 해줄게."

"고마워요."

대답하는 은서의 목소리는 진심 어린 감사를 담고 있었다. 지난 1년 동안 고통에 차 울부짖는 소리만을 내던 그녀의 입술이 예쁘게 휘어지며 행복한 미소를 짓는다. 대체 무엇이 그녀를 저렇게 기쁘게 만드는 걸까. 그녀의 곁에 서 있는 무아 역시 은서처럼 행복한 얼굴을 하고 있었다. 그의 얼굴에 떠올라 있는 너무나 순수한 기쁨이 낯선 이질감을 불러왔다. 저렇게 완벽하게 인간적인 감정을 표현하고 있지만, 그는 어쩌면 인간이 아닐 것이기에.

"그냥 잠깐 들렀어. 기분이 좋아 보여서 다행이다."

"나, 정말 좋아, 오빠."

은서가 해맑게 웃었다. 처음으로 보는 표정이었다. 그녀는 조금도 외로워 보이거나 슬퍼 보이지 않았다.

"화장실 잠깐만 써도 될까?"

"응, 오빠."

달칵, 욕실 문을 닫은 지혁이 깊은 숨을 내뱉었다. 본인이 무슨 일을 하려는 것인지조차 확신이 들지 않았다. 공중으로 떠오르는 무아의 모습을 본 순간 그의 모든 이성의 회로가 마비되어버린 것 같았다.

그러나 변하지 않는다. 은서를 지켜주고 싶었다. 그것이 어떤 이유에서 기인하는 것인지, 감정의 실체조차 파악하지 못한 채이지만.

그러려면, 무아라는 남자의 존재가 무엇인지 확인을 해야만 했다.

지혁이 주머니에서 작은 핀셋과 비닐봉투 하나를 꺼내 들었다. 수채 구멍 근처에는 몇 개의 머리카락이 떨어져 있었다. 은서의 머리 역시 짧았기 때문에 길이로는 확신할 수 없었지만, 한쪽은 새까만 검정색이었고 한쪽은 말간 갈색이었다. 핀셋으로 머리카락을 집어 든 지혁이 주의 깊게 머리카락의 상태를 점검했다. 모근이 붙어 있는 머리카락을 발견한 그가 조심스러운 손길로 그것을 봉투 안에 넣었다.

그는 표정을 숨기고 욕실을 나섰다. 집을 떠나던 지혁이 뒤를 돌아보았다. 지혁이 그들의 세상에서 떠나가자마자, 은서와 무아는 다시금 손을 잡고 서로를 보며 행복하게 미소 짓고 있었다.

"선배."

생각에 잠긴 채 카페에 앉아 있던 지혁이 고개를 들었다.

"어쩐 일이에요? 선배가 먼저 보자는 소리를 다 하고. 이번 주 운세에 귀인을 만난다더니."

"그래, 오랜만이다. 하나야."

지혁이 인사를 건넸으나, 애써 웃으려던 그의 입꼬리는 어색하게 당겨졌다 이내 제자리로 돌아왔다.

"요즘 바빠요? 엄청 피곤해 보이는데. 다크서클이 턱 끝까지 내려왔어."

"으응."
무엇인가 말을 꺼내려던 지혁이 입을 다물었다.
"정말 무슨 일 있어요? 표정이 왜 그래."
"하나야."
한참을 머뭇거리던 지혁은 가까스로 입을 열었다.
"부탁 하나만 하자."
"부탁이요? 해요. 선배 부탁이라면 들어줘야지. 빚보증, 그런 거예요?"
하나가 장난스러운 표정을 지어 보였으나, 지혁의 얼굴은 여전히 딱딱하게 굳어 있었다. 마침내 지혁은 주머니에서 작은 샘플 봉투를 내밀었다.
"뭐, 분석 맡기려고?"
"응. 우리 연구실엔 장비가 없어."
"이게 뭔데 그래요? 설마 선배 애 낳았다는 미모의 여성이라도 나타났어요?"
지혁이 그제야 엷게 웃었다. 그가 천천히 고개를 저었다.
"무슨 검사를 원하는 건데요? 친자확인? 유전자확인?"
"하나야."
"네?"
"비밀…… 지켜준다고 약속할 수 있어? 이게 어떤 샘플일지 몰라서 그래. 어렵다면, 부탁 철회할게."
한결 진지한 표정으로, 하나는 한참 동안이나 지혁의 얼굴을 바라보고 있었다.
"지킬게요. 약속할게요."

하나가 고개를 끄덕였다.

"사람 머리카락이잖아요. 이게 어떤 샘플일지 모르겠다니, 무슨 뜻이에요?"

분명히 약속을 들었음에도 지혁은 한참 동안 입을 떼지 못했다. 결국 그가 결심한 듯 천천히 입을 열었다.

"확신이 없어."

"무슨…… 확신이요?"

"사람의 것이라는 확신이."

커피를 입으로 가져가던 하나의 손길이 멈칫했다. 대체 이게 무슨 농담인가 싶어 그녀는 지혁의 얼굴을 바라보았다. 그가 진심임을 깨달은 그녀가 다시 커피 잔을 내려놓았다. 떨리는 손으로 하나는 지혁이 내민 샘플 봉투를 집어 들었다.

평온한 일요일 아침이었다. 곤하게 잠들어 있던 은서가 잠에서 깨어났을 때, 무아는 바닥에 앉은 채 침대에 턱을 괴고 그녀를 가만히 바라보고 있었다.

으응, 하는 낮은 소리를 내며 은서는 팔을 뻗어 그의 뺨에 손을 가져다 댔다. 무아가 그녀의 손가락 위에 살짝 입을 맞췄다.

"뭘 그렇게 보고 있어?"

"너 보고 있어."

"내가 신기해?"

"아니, 예뻐."

그녀의 입가에 나른한 미소가 솟아났다. 잠이 채 달아나지 않은 눈꺼풀을 들어 올리곤, 누운 채로 이영차 소리를 내며 무아의 곁으로 몸을 옮겼다. 은서가 다가오기만을 기다렸던 것처럼 그의 입술이 부드럽게 그녀의 뺨 위에 내려앉았다.

"나, 궁금한 게 있는데……."

그의 말간 얼굴을 바라보던 은서가 입을 열었다.

"너, 몇 살이야?"

"나도 몰라."

"자기 나이도 몰라?"

무아가 고개를 끄덕였다.

"내가 온 곳에는 나이라는 개념 자체가 없어. 설령 그런 게 있다고 해도, 시간의 흐름이 완전히 다르기 때문에 이곳의 나이로 환산하기는 힘들 거야."

"그럼 넌……."

잠시 머뭇거리던 은서가 물었다.

"얼마나 오래 살아?"

"글쎄."

무아는 정말로 모르겠다는 표정이었다.

"나는 마지막 존재였어. 그 말은…… 내가 그렇게 오랜 시간을 살아온 건 아니라는 거야. 아무것도 알 수 없어. 내가 얼마나 살게 될지."

"나보다는 오래 살았으면 좋겠다."

그렇게 말하던 은서가 다시금 말을 정정했다.

"아니, 똑같이 오래 살았으면 좋겠다."

갑자기 이상하게 눈물이 차올랐다. 그가 돌아온 이후 처음으로 느끼는 울컥 차오르는 슬픔. 은서의 눈꼬리를 타고 흘러내린 눈물방울이 침대 위에 뚝뚝 떨어졌다.

가까운 미래에 일어날 일이라 여겨지지는 않았지만, 그가 죽는다면 난 어떡해야 할까. 반대로 내가 그보다 먼저 죽는다면 그는 그것을 받아들일 수 있을까.

"왜 울고 그래."

그의 손가락이 눈물이 흘러내린 길을 따라 움직였다.

"나는 네 곁에 영원히 있을 거야. 영원히 너와 함께 있기 위해서 돌아온 거야."

은서가 고개를 끄덕였다. 그가 말하는 '영원'이 얼마나 긴 시간을 말하는지 그녀로서는 알 수 없는 일이다. 그들에게 주어진 시간은 1년일 수도, 10년일 수도, 수십 년일 수도 있었다.

알 수 없는 미래를 두려워하는 데 현재를 낭비하지 말아야지.

지금 그녀의 곁에는 무아가 있었다. 그녀의 찬란하게 아름다운 지금이 얼마나 오랜 시간일지, 무아가 말하는 영원이 얼마나 먼 미래를 말하는 것인지 조금도 알 수 없지만.

소중한 지금을 만끽해야지. 사랑해야지. 그와 있는 모든 시간들이 얼마나 꿈결 같은지, 그녀의 눈에 비친 그의 모습이 얼마나 아름다운지, 그가 그녀의 삶 속에 들어왔다는 것이 얼마나 행복한 일인지. 잊지 말아야지.

이 순간을 기억하고, 또 기억해야지.

눈물을 지운다. 무아의 얼굴을 바라보면서, 살짝 미소 짓는다. 천천히 그에게 입을 맞췄다. 그녀의 모든 순간들을 완벽한 것들로 만드는 무아에게 영원히 기억될 잊지 못할 키스를 선물하고 싶다. 시간은 이 순간에도 변함없이 재깍재깍 흘러가고 있었지만, 움직이는 초침의 사이사이 틈새에마저 그녀와 무아의 사랑의 시간들을 끼워 넣고 싶었다. 순간순간이 의미 없이 소모되지 않기를 바랐다. 그들이 함께 머무는 안식처에서는 흘러가는 시간마저 그들의 것이어야만 했다. 여한 없이 사랑하고 싶었다. 지금 당장 눈을 감아도 조금도 후회되지 않도록, 세상이 당장 끝난다 해도 그 사랑이 있었기에 행복했다고 말할 수 있도록.

사랑한다고 말하는 것은 불필요한 확인일 뿐이다. 둘 중 하나가 사라지는 순간 나머지 하나마저 사라져버리고 말 것이라는 것을 그들은 잘 알고 있었다.

다시는 오지 않을 어느 청명한 겨울의 아침 속에 은서와 무아의 간절한 사랑이 촘촘히 아로새겨졌다.

[잠깐 보자.]

"어디서?"

[동네 커피숍에서 보자. 그리로 가고 있어.]

"무슨 일 있어, 오빠?"

[만나서 얘기하자.]

지혁이 맞나 싶을 정도로 그의 목소리는 건조하고 무뚝뚝했다. 은서가 불안한 듯 휴대폰을 내려다보았다. 사고 이후 엄마와 지혁은 가급적 그녀의 심기를 건드리지 않기 위해 노력하고 있었다. 그러므로 눈에 띄게 확연한 지혁의 태도 변화가 어떤 문제를 의미한다는 걸 은서는 잘 알고 있었다.

"나가?"

"으응. 잠깐 오빠 만나러 가."

"그 사람, 너를 사랑해."

외투를 꺼내던 은서의 손이 멈칫했다.

"그렇게 말하지 마. 그냥 오빠일 뿐이야. 친남매는 아니지만……."

"보고 느낀 그대로 말할 뿐이야."

"나, 나가지 말까?"

외투를 만지작거리던 은서가 중얼거렸다. 그가 돌아온 이후 잠깐이라도 이 집을 벗어났던 적이 없었다. 그 이전의 1년 역시 거의 다르지 않았다. 본의였든 아니든 간에 그녀는 그야말로 은둔자가 되어 있었다.

"나는 상관없어. 그건 그 사람의 마음일 뿐이니까. 그건 너나 내가 어떻게 할 수 없는 문제야."

가끔 무심한 듯 툭 던지는 무아의 말 안에 어떤 진리 같은 것이 들어 있다고 느낄 때가 있다. 마치 지금 이 순간처럼.

"그럼, 다녀올게."

두꺼운 겨울 코트를 꺼내 입은 은서가 그의 곁으로 다가섰다. 그저 한 시간이 채 되지 않을 짧은 외출일 뿐이다. 그러나 괜히 떨어지기 싫었다. 그녀가 두 팔을 뻗어 무아를 꼭 끌어안았다.

"금방 올게."

"그래, 빨리 와."

무아가 그녀의 머리를 쓰다듬었다. 이제 은서의 머리카락은 짧은 단발이라고 주장할 수 있을 정도까지 자라났다. 그가 그녀의 머리 위에 부드럽게 입을 맞췄다. 정수리 위에 남아 있던 순간의 서늘함은 문을 나서자 흐릿하게 사라졌다.

문이 닫히고, 무아는 혼자 남았다. 항상 은서와 둘이 함께하던 공간에 홀로 남는다는 것은 묘한 느낌을 불러일으켰다. 집을 떠난 그녀의 발소리가 들리지 않게 된 후 그는 창가에 몸을 기대고 익숙한 집 앞 거리를 바라보았다. 잠깐 동안 창밖 풍경을 바라보고 있을 무렵 은서의 뒷모습이 시야에 들어왔다. 건물을 빠져나간 그녀는 종종걸음으로 카페로 향하는 길을 걷고 있었다. 하얀 털모자를 눌러쓴 은서의 뒤통수가 보였다.

불현듯, 그녀가 뒤를 돌아 무아가 서 있는 집 창가를 올려다보았다. 조그만 점처럼 보이는 은서는 걸음을 멈춘 채 무아를 보고 있었다. 물론 그녀에게 그의 모습은 보이지 않았을 것이다. 무아에게도 은서의 표정은 보이지 않았다.

무아가 천천히 손을 들어 올렸다. 그녀에게 보이지 않아도 상관없었다. 그러나 다음 순간, 마치 그 행동을 보고 있기라도 한 듯 은서 역시 손을 들어 흔들었다.

"얼른 다녀와."

무아가 나지막하게 중얼거렸다.

"벌써 보고 싶잖아."

그녀가 다시 뒤를 돌아 걷기 시작했다. 평화로운 겨울의 거리에 섞여 들어가는 은서의 뒷모습을 무아는 한참 동안이나 바라보고 있었다. 곧 그녀의 뒷모습은 멀리 사라져 보이지 않게 되었다.

시간이 어서 갔으면 좋겠다. 빨리 은서가 돌아왔으면 좋겠다.

그렇게 생각한 순간, 초인종 소리가 들려왔다.

무아의 얼굴에 미심쩍은 표정이 떠올랐다. 은서의 모습이 시야에서 사라진 지 몇 분이 채 되지 않았다. 그녀가 돌아온 것은 아닐 것이다. 누군가 찾아올 만한 사람이 있는 걸까. 혹시 은서가 무언가를 주문했다거나, 혹은 지난번처럼 밀린 집세를 독촉하기 위해 찾아온 집주인인 걸까.

"누구세요?"

문 앞으로 다가간 무아가 물었다. 건너편에서 돌아온 목소리는, 조금도 예상치 못한 뜻밖의 인물의 것이었다.

무아는 긴장이 역력한 표정으로 식탁 의자 위에 앉아 있었다. 그의 건너편에 앉아 있는 지혁의 표정 역시 편안해 보이지는 않았다.

"은서가 기다리고 있을 텐데요."

"금방 갈 거예요."

무아의 시선은 지혁의 손을 향하고 있었다. 지혁은 식탁 위에 놓인 손을 초조한 듯 비틀고 있었다.

"저한테 볼일이 있으신 건가 봐요."

그의 말에 지혁이 고개를 끄덕였다.

어떤 특정한 의도나 의지를 가진 방문은 아니었다. 지난 며칠간 지혁의 일상은 완전히 뒤틀려버렸다. 하나를 통해 알아낸 사실은 지혁으로서 상상조차 해보지 않은 것이었다. 과학, 혹은 의학의 영역에 속한 사람으로서 납득할 수 없는, 혹은 감당할 수 없는 진실. 지혁은 지금 그 진실을 바로 눈앞에서 목격하고 있는 중이었다.

"당신은…… 누구지?"

지혁의 목소리가 낮고 건조하게 들려왔다.

"저는…… 무아예요."

지혁이 원하는 대답은 이런 통성명이 아니라는 걸 그는 본능적으로 깨달았다. 그러나 어떤 대답을 해야 할지 감이 오지 않았다. 그가 어디까지 알고 있는 것일지도 확신할 수 없었다.

"이름을 묻는 게 아니야."

무아는 대답하지 않았다. 그의 시선은 그저 식탁 한편에 머물러 있을 뿐이었다. 그런 무아를 바라보는 지혁의 시선은 갈피를 잡지 못한 채 흔들리고 있었다. 지혁의 기억 속에 며칠 전 하나와의 만남이 떠올랐다.

DNA와 유전자 분석표를 건네는 하나의 손은 가느다랗게 떨리고 있었다.

-DNA 염기서열은 같아요. 인간과 완벽하게 일치해요. 하지만 유전자가 달라. 대체 이게 뭔지 알 수조차 없는 유전자가 10가지 넘게 있어요. 뭔지 모르겠어. 이런 게 가능해? 선배, 대체 나한테 가져다준 게 뭐죠? 이게 대체 누구 거죠?

마른침을 삼키며 하나는 덧붙였었다.

-이건……. 새로운 종(種)이에요. 인간 같은데……. 인간이 아니에요. 인간이 변이된 어떠한 새로운 종류의……. 다른 인류랄까요.

"당신은, 대체 뭐지?"

다시 한 번 지혁이 물었다.

"내가 무엇인지가 중요해요?"

천천히, 무아가 입을 열었다.

"내가 무엇인지 말해주면, 나를 이해할 수 있어요?"

여전히 혼란스러운 표정으로 지혁은 무아를 바라보고 있었다. 무아라는 존재의 입술 틈으로 새어 나오는 말 역시 그에게는 비현실적으로 들렸다. 이런 건 영화 속에서나 있을 수 있는 일이라고 생각했다. 매일같이 조직 세포들을 살펴보는 것이 그의 직업이었으나, 그건 이미 세상에 공개되어 있는 데이터를 분석하는 작업에 지나지 않았다. 눈앞에 앉아 있는 존재는 완전히 다른 종이었다. 인간과도 다르고, 그 어떤 동물이나 식물과도 다른 존재. 그의 몸을 구성하는 세포들은 지구상엔 없는 것들이었다.

"당신은…… 어디서 왔지?"

존재할 것이라 여겨본 적 없는 새로운 생명체는, 입을 꾹 다문 채 지혁을 바라보고 있었다.

"당신은 인간이 아니야. 당신의 유전자는 인간이랑 달랐어."

"나는……."

침묵을 고수하던 무아가 입을 열었다.

"나는, 인간처럼 사고하고 인간과 같은 감정을 가지고 있어요."

"인간처럼 사고하고 인간과 같은 감정을 가졌을 뿐 인간은 아니지."

눈앞의 남자는, 인간과 똑같은 DNA 염기서열을 가졌기 때문에 그저 인간의 모습을 하고 있을 뿐이다. 염기서열이 같다는 건 그저 외형을 결정지을 뿐이었다. 무아라는 존재의 내부는 인간과는 완전히 다른 모습을 하고 있었다. 그는 속속들이 다른 생명체였다.

"그게 중요해요?"

무아가 되물었다.

"나는 인간과 같아요. 같은 생각을 하고, 같은 마음을 가지고 있어요. 인간들이 누군가를 사랑하듯이 나 역시 은서를 사랑해요."

당신이 은서를 사랑하듯이.

"나는 다르지 않아요. 나는 그저……."

무아가 나지막하게 중얼거렸다.

"은서와 함께하고 싶을 뿐이에요."

지혁이 쓴웃음을 지었다. 자신이 처해 있는 상황이 몹시 이질적으로 느껴졌다. 인간이 아닌 존재에게 가장 인간적인 감정인 사랑에 대해 듣고 있다는 것이.

"당신은 은서를 불행하게 해."

무아의 눈에 이해할 수 없다는 듯 짙은 감정이 떠올랐다. 그런 무아를 바라보며 지혁은 천천히 말을 이었다.

"당신이 은서를 사랑한다는 걸 알아. 내가 보아온 당신의 모습이 인간적이라는 것도 알고 있어. 하지만 당신 때문에 은서는 완전히 망가지고 있어. 이 좁은 집 안에 갇혀서 세상과 단절된 채 살아가고 있다고. 당신은 인간이 아님에도 인간적이지만, 인간인 은서는 당신 때문에 인간적이지 못하게 살아가고 있다고……."

무엇인가 말을 하려던 무아의 입술 끝이 움찔 움직였다. 무아는 대답을 하지 못했다.

'인간인 은서는 당신 때문에 인간적이지 못하게 살아가고 있다고.'

은서는, 나 때문에 세상을 벗어나 이 집 안에 고립되어 있다. 마치 그녀 자신마저 인간이 아닌 것처럼.

"언제까지 이렇게 살아갈 건데? 당신은 모르겠지만, 은서는 서서히 나이를 먹게 될 거야. 은서는 평범한 인간이니까. 은서가 나이를 많이 먹었을 무렵에 지난번처럼 당신이 갑자기 사라진다거나, 죽는다거나, 떠나버리게 되면."

여전히, 무아의 얼굴에는 너무나도 인간적인 표정이 떠올라 있다. 감정이라는 거대한 폭풍우에 휘말린 갈 곳 없는 난파선 같은 그런 표정이. 마치 그에게 칼을 꽂는 것 같은 기분이었으나, 지혁은 이 말을 해야만 했다.

"은서는 완전히 외롭게 죽어갈 거야. 지켜줄 가족도, 친구도, 그 누구도 없이. 쓸쓸하게, 외롭게. 당신이 없을 때 그랬던 것처럼."

무아의 흰 손가락이 움찔거렸다. 그의 손이 천천히 머리를 감싸 쥐었다. 그리고 지혁은, 무너져 내리는 그를 바라보고 있었다.

"당신이 어디서 왔는지 나는 알 수 없어. 설명해준다고 해도 이해할 수 없을지 몰라. 모든 인간들은 이해하지 못해. 당신이라는 존재를, 지구상에 존재하지 않았던 새로운 종을."

"내가 뭘 어떻게 하기를 원해요?"

"당신과 함께 있는 이상 은서는 안전하지 못해. 미안하지만, 나는 당신 걱정은 하지 않아. 내가 걱정하는 건 은서일 뿐이야. 당신이라는 존재를 곁에 두었다는 것 때문에 은서가 받아야 할 고통이 걱정될 뿐이라고."

지혁의 마음속에 지극히 인간적인 양심의 가책이 밀려왔다. 그러나 또한, 그것을 밀어내는 것은 인간을 가장 충동적으로 만드는 또 다른 감정이었다.

무아는 그것을 '사랑'이라고 말했지.

"떠나. 당신이 왔던 곳으로. 이곳에 당신이 들어갈 자리 같은 건 없어. 당신과 함께 있다는 이유만으로 은서 역시 불행해질 거야."

"떠나라고요……."

머리를 감싸고 있던 무아가 천천히 손을 떼었다. 그는 오늘따라 유난히 말간 갈색빛을 띠는 투명한 시선으로 지혁을 마주 보았다.

그리고 무아는, 천천히 고개를 저었다.

"떠나지 않아요."

다시 한 번, 무아가 힘주어 말했다.

"떠나지 않아요. 은서에게 약속했으니까. 다시는 떠나지 않겠다고, 영원히 곁에 있겠다고. 나는 그녀를 다치게 하지 않아요. 아프게 하지 않아요. 나는 은서 없이 살 수 없어요. 그리고 은서 역시, 나 없이는 살 수 없어요."

갑자기 무아가 물었다.

"당신의 인생에서 중요한 건 무엇인가요?"

뜬금없는 물음에 지혁의 표정이 굳어졌다.

"당신에게는 오래오래 살아가는 게 중요한가요? 나와 은서에게 그런 것은 중요하지 않아요. 어떻게 될지도 모르는 미래 따위, 우리에게는 아무런 의미 없어요. 우리에게 중요한 건 지금 이 순간이에요. 올지 오지 않을지 모르는 먼 훗날 때문에 지금 은서를 떠나라고요? 나중에 은서가 불행해질지 모르니까, 나를 사랑하는 은서를 두고 가버리라고요? 아니요. 나는 그렇게 안 할 거예요."

확신을 담은 어조로, 무아가 덧붙였다.

"'우리'는, 그렇게 안 할 거예요."

지혁은 멍하니 무아를 바라보고 있었다. 인생에서 중요한 것이 무엇이냐는 무아의 질문이 그의 마음을 흔들었다. 평범한 인간인 지혁이 평생을 살아오며 한 번도 고민한 적 없었던 물음을 그는 던지고 있었다.

그는 놀랄 정도로 인간적이다. 그러나 그의 말들은 너무나 지나칠 정도로, 절대적으로 인간적이기 때문에 그래서 오히려 비현실적이었다.

갑자기 들려오는 전화벨 소리가 기묘한 침묵을 깨뜨렸다. 지혁이 휴대폰을 꺼내 들었다. 사각의 화면 위에서 반짝이는 은서의 이름을 지혁은 묵묵히 내려다보고 있었다.

"받으세요. 은서가 기다려요."

평온한 표정으로, 무아가 말했다.

"은서가…… 오빠를 기다려요."

"금방 온다더니, 왜 이렇게 늦었어, 오빠."

은서는 초조한 표정이었다. 이미 그녀의 커피 잔은 비어 있었다. 은서는 계속 휴대폰에 표시된 시계를 힐끔거렸다.

"일이 좀 생겨서."

"집에 무슨 일 있어, 오빠?"

유난히 침울해 보이는 지혁의 얼굴을 빤히 바라보던 은서가 물었다. 비록 연락조차 드물어진 모녀 관계이긴 했으나. 무슨 일이 생긴 건 아닌지 덜컥 걱정이 되었다.

"……아니야."

"엄마한테 무슨 일이라도……."

"아니야, 그런 거."

이상한 기분이 들어, 그녀 역시 잠시 동안 입을 다물었다. 카페를 오가는 사람들이 문을 열고 드나들 때마다 아무런 말도 오가지 않는 둘 사이로 냉랭한 겨울바람 한 줌이 불었다.

"은서야."

"응?"

"네 인생에서 중요한 건 뭐야?"

"인생?"

은서의 얼굴에 조금 의아한 표정이 떠올랐다.

"인생…… 내 인생에서 중요한 거. 음……."

그리고 다음 순간, 은서는 맑게 웃었다.

"행복한 거. 지금 이 순간, 행복한 거. 사랑하는 사람이랑 함께 있는 지금 이 순간을 행복하게 보내는 거."

"후……."

지혁의 입에서 나지막한 헛웃음 소리가 새어 나왔다. 그런 지혁을 은서는 말똥말똥한 눈으로 바라보고 있었다.

"왜 그래, 오빠?"

"아니야."

정말 이상한 기분이 들어, 지혁은 눈앞에서 저를 빤히 보고 있는 그녀의 존재마저 잊어버렸다.

다른 것, 같은 것, 그 기준을 만든 것은 대체 누구일까.

무아라는 낯선 생명체와 은서는 같다. 너무나 같다. 그들은 완벽히 똑같은 사람들이었다.

"나, 갈게."

"오빠, 대체 뭐야. 갑자기 불러내더니 이상한 소리만 하고. 여기까지 찾아와서……."

"그냥, 보고 싶어서."

무어라 조그맣게 투덜거리던 은서가 말을 멈췄다.

"너 보고 싶어서 왔어. 봤으니까 됐다."

그냥 말해보고 싶었다. 한순간만이라도, 표현해보고 싶었다.

"갈게. 어서 집에 가."

너를 행복하게 해주는 그의 곁으로 가.

뒤돌아 카페를 떠나는 지혁은 미묘한 표정이었다. 지금껏 생각해본 적 없었던 많은 것들을 그는 떠올리고 있었다. 천천히, 그의 입가에 옅은 미소가 솟아났다.

집을 향해 걸어가던 은서가 목을 움츠렸다. 나름 중무장을 하고 있었음에도, 짧아진 머리카락 탓에 드러난 목덜미로 여과 없이 찬 바람이 들이쳤다. 차가워진 손에 호호 입김을 불곤 다시 손을 주머니 속에 넣었다. 걸음은 점점 바삐 움직였다.

"무아."

집에 다다랐을 무렵, 길가에 서 있는 무아를 발견한 그녀가 그의 이름을 불렀다. 무아는 성큼성큼 다가왔다. 갑자기, 그는 팔을 벌려 은서를 품 안에 꽉 끌어안았다.

"왜 나왔어."

"보고 싶어서."

그의 품에 안긴 채 은서는 나지막하게 웃었다. 오늘따라 나를 보고 싶어 하는 사람이 어쩜 이리 많지.

걸음을 옮기기 위해 그녀가 가볍게 무아를 밀어냈으나 그는 꿈쩍도 하지 않았다. 그의 팔이 더욱 단단하게 은서의 몸을 안았다.

"잠깐만 이대로 있자."

"으응……."

그의 숨소리가 바로 귓가에서 들려왔다.

드문드문 거리를 오가던 사람들이 겨울의 풍경 속에 정지한 채 꼭 끌어안고 있는 그들을 힐끔거렸다. 세상은 초 단위로 바삐 흘러

가지만, 그 순간 무아와 은서의 시간은 완전히 정지했다. 꼭 끌어안은 채 서로의 숨소리에 가만히 귀를 기울인다. 머릿속, 마음속, 그리고 몸 안 곳곳에서 사랑으로 충만한 행복감이 솟아올랐다. 겨울바람이 위잉 소리를 내며 스치고 지나가고, 오가는 사람들의 눈길이 그들을 훑어보며 지나가고, 눈에 보이지 않는 대기 중의 먼지들이 주변을 떠돌고, 일상에서 발생하는 수천 가지의 소음들이 속닥거린다. 그러나 그들에게는 아무것도 느껴지지 않았다. 고요라는 것이 존재하지 않는 세상 속에, 그들은 그렇게 고요하게 서 있었다.

오직 이 순간을 기억하며. 둘이 함께하고 있는 다시 돌아오지 않을 이 순간의 무한한 행복을 고스란히 느끼면서.

"오늘 진짜 이상해."

집으로 돌아온 은서가 중얼거렸다.

"오빠도 이상하고, 너도 이상하고."

정말 알 수 없다는 듯 뾰로통한 표정을 짓고 있던 그녀의 얼굴에 의아한 표정이 떠올랐다. 은서의 시선은 식탁 의자 위에 머물러 있었다.

"이거……."

그녀가 베이지색 머플러를 집어 들었다.

"지혁 오빠 건데."

지혁이 자주 착용하던 캐시미어 머플러. 무아의 표정이 미묘하게 변하는 것을 은서는 놓치지 않았다.

"지혁 오빠 물건이 왜 집에 있어?"

"그 사람, 다녀갔어."

"집에 왔었다고?"

무아가 마지못한 듯 고개를 끄덕였다.

"너 나가고 나서, 왔다 갔어."

"왜?"

"글쎄……."

"나한테 거짓말하지 마. 그러지 않기로 했잖아."

그의 입술 사이로 낮은 한숨이 새어 나왔다. 어서 말하라는 듯, 그녀는 무아를 뚫어져라 바라보고 있었다.

그래, 은서에게 거짓말을 해서는 안 돼.

"내가…… 다르다는 걸 알고 있어, 그 사람."

"뭘…… 안다고?"

"DNA, 유전자…… 뭐, 그런 소리를 했어. 내가 인간이 아니라는 거, 알고 있어, 그 사람."

은서의 손에 들려 있던 지혁의 머플러가 스륵 소리를 내며 바닥으로 떨어졌다.

"어디까지, 어디까지 알고 있어?"

"그냥 다 알고 있어. 내가 널 불행하게 만든다고…… 말했어."

"오빠가……?"

무아가 천천히 고개를 끄덕였다. 그녀는 늘 생소하게 느껴졌던 지혁의 직업을 떠올렸다. 임상병리사. 엄마는 그게 의사 혹은 과학자와 비슷한 직업이라고 그랬었지. 환자의 조직이나 혈액 같은 걸 검사하고 분석하는 직업이라고.

"오빠가 다 알고 있다고……."

그녀가 망연자실한 표정으로 중얼거렸다. 카페에서 만났을 때 지혁이 보였던 기묘한 태도는 바로 그것 때문이었을까. 그가 알고 있다는 사실보다 더 중요한 건 그가 무슨 행동을 할지에 대한 것이었다. 지혁은 은서와 헤어지며 무슨 생각을 하고 있었을까. 무슨 행동을 하려고 마음먹고 있었을까.

휴대폰을 꺼내 든 그녀는 떨리는 손으로 지혁에게 전화를 걸었다. 초조함에 입술을 물어뜯었지만, 몇 번을 걸어도 단조로운 통화음만 들려올 뿐 그는 전화를 받지 않았다.

"가봐야겠어."

초조한 손길로 은서가 외투를 꺼내 들었다.

"어디 가?"

"집에. 오빠한테 가봐야겠어."

소매에 팔을 끼워 넣던 그녀가 갑자기 행동을 멈췄다. 만약 지혁이 무아의 존재를 다른 사람에게 알리기라도 한다면? 아까 지혁이 보였던 이상한 태도가 그 불길한 행동의 전주곡이었다면…….

"무아, 같이 가자."

그를 혼자 두어서는 안 된다. 지혁이 무엇인가 행동을 취했다면, 그를 혼자 두는 것은 정말이지 위험한 일이었다.

"너희 집에?"

"응. 같이 들어갈 건 아니니까 걱정하지 마. 오빠랑 연락이 안 돼. 일단 봐야 돼. 무슨 생각을 하고 있는 건지 모르겠어……."

"그 사람, 나쁜 사람 아니야."

그녀가 고개를 돌려 무아를 바라보았다.

"그래. 지혁 오빠 나쁜 사람 아니야. 나도 알아."

지혁이 나쁜 사람이라서 걱정하는 것이 아니었다. 걱정의 원인은 오히려 그가 나쁜 사람이 아니라는 그 지점에서 기인한다. 그가 나쁜 사람이 아니기 때문에, 그녀를 보호하려는 선의로 어떤 행동을 할지 모르기 때문에.

"가자."

무아에게 코트를 건네며 그녀는 조급하게 문을 열었다. 따라 나오는 그의 손을 은서는 꼭 붙잡았다. 아무런 일도 없을 거야. 오빠는 너를 해치지 않을 거야.

우리를 해치지 않을 거야.

"눈 온다."

무아가 중얼거렸다. 택시를 타기 위해 큰길가로 나서는 동안 드문드문 떨어져 내리던 눈의 입자들은 점점 크게 불어났다. 바람에 실린 눈송이들이 은서와 무아의 얼굴에 달라붙었다.

택시를 기다리던 그녀가 무심코 하늘을 올려다보았다.

"세상이 다 하얗다."

은서가 나지막하게 중얼거렸다. 하얗다. 너무 하얘서, 아무것도 보이지 않을 만큼 하얗다. 내내 집 안에만 틀어박혀 있던 그녀로서는 오랜만에 올려다보는 하늘이었다. 예상치 못하게 쏟아지는 눈 때문에 하늘의 풍경은 묘하게 낯설었다. 세상을 뒤덮을 듯 쏟아져 내리는 눈의 장막에 가려져 태양도, 구름도, 하늘도 잘 보이지 않았다. 끝없이 내리던 어느 여름의 빗줄기처럼 눈 역시 그렇게 쏟아지고 있었다.

무아가 손을 뻗어 은서의 얼굴 위에 드문드문 쌓여가는 흰 눈을 쓸어냈다. 택시가 도착했다. 행선지를 말하며, 그녀는 다시금 무아의 손을 꼭 쥐었다.

폭설 탓에 느리게 움직이던 택시는 내부순환로에 진입한 후에야 속력을 냈다. 몇 번이나 지혁에게 전화를 걸었지만 그는 전화를 받지 않았다. 은서의 엄마와 새아버지와 지혁이 살고 있는 집은 서울 근교에 위치하고 있었다. 마지막으로 그 집에 갔던 건, 기억조차 나지 않는 몇 년 전이었던 것 같다.

그녀는 쏟아지는 눈보라에 가려진 창밖에 시선을 두고 있었다. 차가 빠르게 움직일수록 창밖의 풍경은 덩어리지고 어그러지며 휙휙 뒤로 물러갔다. 지금 은서는 또 다른 의미의 고립감을 느끼고 있었다. 넓디넓은 세상 속으로 뛰쳐나왔으나, 길도 사람도 보이지 않고 홀로 떨어져 있는 것 같은 느낌을. 어떤 의미의 외로움을.

"은서야."

갑자기 들려오는 무아의 목소리에 고개를 돌렸다. 포개져 있는 그의 손이 움찔거리더니, 지그시 힘을 주어 은서의 손가락 틈으로 파고들었다.

그래, 그가 있다. 두려운 걸음이었으나 지금의 여정은 무아를 위한 것이었다. 그를 지키기 위해서, 그들의 사랑을 지키기 위해서. 그녀가 무아의 어깨에 머리를 기댔다. 은서가 천천히 눈을 감았다. 흰 것이거나, 검은 것이거나. 어차피 그것은 무엇도 보이지 않게 하는 색의 장막에 지나지 않았다. 그들의 시간은 그렇게 가려진 채 도로 위를 질주했다.

서울을 벗어나자 쏟아지던 눈은 기세가 한풀 꺾여 잠잠해졌다.

그제야 주변 풍경들이 눈에 들어왔다. 택시에서 내리며 은서는 오랜만에 방문하는 장소를 새삼스러운 눈길로 둘러보았다.

고급 주택들이 늘어선 거리는 네모반듯한 모양으로 깔끔하게 정돈되어 있었다. 잎사귀들이 죄다 떨어져 원래 무엇이었는지 알 수 없는 가로수가 줄지어 서 있었다.

“잠깐만 여기 있어.”

“금방 올 거지?”

“응. 조금만 기다려.”

그와 함께 집에 갈 수는 없다. 그 어떤 안전도 보장되지 않는다. 게다가 엄마 역시 무아를 색안경을 끼고 바라보는 상황이었으니까. 은서는 집 근처의 작은 카페에 무아를 남겨둔 채 걸음을 옮겼다. 가지런한 보도블록을 따라 몇 분인가 걷자, 회색 콘크리트 담으로 둘러싸인 이층집이 모습을 드러냈다.

집.

이라고 말하기엔, 너무나 짧은 시간 머물렀던 곳. 애당초 여기가 은서의 집이었던 적은 한 번도 없었다. 그저 엄마의 집, 지혁의 집, 새아버지의 집일 뿐. 잘 알고 있는 사람들, 혹은 가족이라 부르는 사람들이 살고 있다 해서 그곳이 내 집이 되지는 않는다.

외부주차장에 서 있는 두 대의 차. 새아버지의 차임이 분명한 검은 SUV 옆에 지혁의 차가 나란히 주차되어 있었다. 지혁은 집에 있을 것이다. 높은 대문 앞에 서서 잠시 망설이던 그녀는 다시 한 번 지혁에게 전화를 걸었다. 그러나 여전히 그는 전화를 받지 않았다. 대신 엄마에게 전화를 걸었으나, 역시나 묵묵부답이었다.

망설이던 그녀가 초인종을 누르려던 순간이었다.

"아버지! 아버지!"
"놔! 이 미친놈의 새끼야. 이거 안 놔?"
"아버지!"
은서의 손가락이 초인종 바로 앞 허공에서 멈췄다. 거친 고성과 욕설이 들려왔다. 잘 이해되지 않는 상황이었지만, 소리가 들려오는 곳은 대문 안이었다. 대문 사이에 나 있는 좁은 틈으로 은서가 눈을 가져다 댔다. 겨울바람에 얼어붙은 차가운 금속의 느낌이 눈가에 쩍 달라붙었다. 쭈뼛 소름이 끼쳤다.
"아버지!
"야, 이 병신 같은 새끼야. 고작 몇 년 같이 살았다고, 그것도 네 어미라고 편들고 자빠졌냐? 이거 놔. 내가 오늘 저년이랑 끝장을 보고 말 테니까. 내가 저년 죽인다. 죽인다고! 안 놔?"
"아버지, 또 왜 이러세요!"
"놓으라고!"
차가운 대문 위에 올려져 있던 은서의 손이 툭, 하고 떨어졌다.
새아버지의 얼굴은 평소에 알던 자상한 사람처럼 보이지 않았다. 새아버지는 술에 취한 듯 보였다. 늘 신사적이던 그의 입에서 끔찍한 단어들이 쏟아져 나오고 있었다. 그런 새아버지를 저지하려는 듯 팔을 붙들고 있는 지혁은 마치 무기력한 어린아이 같은 표정을 짓고 있었다.
"아버지, 제발요."
"뭐가 제발이야! 내가 내 마누라 단속한다는데, 아들새끼가 이제 머리 컸다고 반항이야? 당장 나가! 지금껏 먹여주고 재워줬으니 당장 나가라고! 머리도 나쁜 새끼가 어디 아비 앞에서 잘난 척이야. 너한테 들어간 돈이 얼만지나 알아?"

"그게 중요한 게 아니잖아요, 아버지."

새아버지의 손이 지혁의 뺨 위에 득달같이 떨어졌다. 그의 고개가 휙 돌아갔다. 은서의 무릎이 덜덜 떨리기 시작했다.

"남들은 척척 붙는 의대 하나 못 가서 아비 얼굴도 못 들게 하는 너 같은 새끼가 무슨 자식이라고. 나가라고! 저년 네 어미 아니야. 내 마누라라고. 그러니까 당장 나가, 이 새끼야!"

새아버지가 지혁의 몸을 밀어 넘어뜨렸다. 지혁이 참담한 표정을 짓고 있는 새, 새아버지는 씩씩대며 전차처럼 마당을 가로질러 걸어왔다. 믿을 수 없는 광경에 온몸을 떨고 있던 그녀가 미처 물러날 틈도 없이, 무거운 대문이 철컹 소리와 함께 열렸다.

은서는 멍하니 서 있었다.

문턱을 사이에 두고 그녀와 마주 보게 된 새아버지의 표정이 일그러졌다. 기묘하게 뒤틀린 그의 얼굴에서 과거의 신사적인 중년 남자의 모습은 조금도 찾을 수 없었다. 독한 술 냄새가 코를 찔렀다. 새아버지는 입을 열지 않았다. 무언가를 들켰다는 듯한 비굴한 표정과, 채 화를 억누르지 못한 분노의 표정이 그의 얼굴 위에 차례대로 떠올랐다 사라졌다.

갑자기, 은서는 대문 앞에 버티고 서 있는 새아버지를 밀치고 집 안으로 들어섰다. 몸을 일으키던 지혁의 눈에 경악의 빛이 떠올랐다.

"은서야……."

그녀는 지혁 쪽을 바라보지 않았다.

"엄마!"

은서가 마당을 가로질러 달리기 시작했다. 과거의 망령처럼 눈 앞에서 되풀이되고 있는 끔찍한 데자뷰에 사로잡혀 미처 생각지 못하고 있었던 것이다. 저 남자의 미친 분노는, 다름 아닌 그녀 자신의 엄마를 향해 폭발하고 있었다.

"엄마, 엄마!"

현관문은 열려 있었다. 넘어지듯 집 안으로 뛰어 들어간 은서의 눈에 바닥에 주저앉아 있는 엄마의 모습이 보였다.

"엄마……."

그녀가 자리에 멈춰 섰다. 엄마의 얼굴은 피투성이였다. 늘 단정하던 엄마의 머리는 엉망으로 헝클어져 있었다. 거실 바닥에는 정체를 알 수 없는 깨진 유리조각들이 흩어져 있었다.

"은, 은서야……."

왜 그 순간 엄마는 웃었을까. 그런 몰골을 하고서, 아무 일도 없었다는 듯 꾸며낸 태연한 미소를 짓기 위해 입가를 움찔댔을까.

왜 엄마는, 긴 시간을 돌고 돌아 여전히 지옥에 살고 있는 것일까.

"엄마……."

은서의 무릎이 풀썩 꺾였다.

그녀는 이런 장면을 이미 본 적이 있다. 그때의 은서는 작디작은 어린아이였다. 그때도 엄마의 머리에서는 피가 튀었었고, 눈두덩에는 검붉은 피멍이 들었었고, 입가에는 어린 은서를 안심시키기 위한 가짜 미소가 실룩였었다. 그때도, 지금처럼 바닥에는 괴물이 집어 던진 술병이 산산조각 나 칼날을 세우고 있었다.

그리고 그때도 은서는 이렇게, 무기력하게 주저앉아 있었다.

갑자기 들려오는 인기척에 현관 앞에 주저앉아 있던 은서가 뒤를 돌아보았다. 새아버지는 보이지 않았다. 그녀의 뒤에는 죄인과 같은 표정을 짓고 있는 지혁이 어깨를 늘어뜨리고 서 있었다.

"은서야…… 어, 엄마가 넘어져서……."

그래. 엄마는 20년 전 즈음의 어느 날인가도 저렇게 말했었지.

엄마가 넘어져서, 계단에서 굴러서, 유리를 깨서…….

아니라는 걸 알면서도 어린 은서는 고개를 숙이고 집을 빠져나와 도망쳤었다. 괴물이 없는 곳으로, 피 흘리는 엄마가 보이지 않는 곳으로.

조금씩 떨리고 있는 손을 은서는 꽉 쥐었다. 자꾸 꺾이는 다리에 온 신경을 집중하며 그녀는 자리에서 일어섰다.

상처는 치유되지 않는다. 아무리 예쁘게 치장하고 꾸며놓아도, 그저 눈에 보이지 않을 뿐 깊은 상처는 낫지 않는다. 오히려 더욱 더 곪아가고 썩어갈 뿐이다.

상처는 치유되지 않았다. 그녀가 모른 척했기 때문에, 맞서지 못하고 도망쳤기 때문에.

그러나 이제는 그렇게 하지 않을 것이다.

"가자, 엄마."

"은서야……."

"일어나, 나랑 같이 가자."

은서가 집 안으로 걸어 들어갔다. 유리조각들이 발에 밟히며 우두둑 섬뜩한 소리가 났다.

"뭐 해, 엄마."

그녀가 엄마의 팔을 잡아당겼다. 그러나 엄마의 몸은 움직이지 않았다. 모녀의 눈이 마주쳤다. 시선을 피한 건 엄마 쪽이었다.

"미안해, 은서야. 이런 꼴 보여서……."

"그런 소리 말고……."

"은서야…… 엄마한테는 여기가 집이야."

무엇인가에 세게 얻어맞은 듯, 엄마의 팔을 붙잡고 있던 그녀의 손이 힘없이 늘어졌다.

"집."

은서가 나지막하게 중얼거렸다. 집.

"엄마한테는…… 여기가 이제 집이야. 아빠, 나쁜 분 아니야. 술을 먹어서, 속상한 일이 있어서…… 엄마가 잘못해서……."

은서의 입에서 낮은 헛웃음이 새어 나왔다. 조각나고 부서진 물건들과 화려하고 고풍스러운 물건들이 공존하는 기묘한 공간이 은서의 주변을 빙글빙글 돌고 있었다. 갑자기 숨을 쉬는 것이 고통스러워졌다. 미쳐버린 집 안의 공기가 그녀의 폐부를 움켜쥐는 것 같았다. 그녀의 유년 시절을 족쇄처럼 얽매고 있는 과거의 풍경이 생생하게 되살아났다. 왜 그때 엄마는 은서를 데리고 떠나지 않았을까, 왜 그 지옥을 벗어나지 않았을까. 20년간 한시도 잊어본 적 없는 슬픈 질문이 머릿속에 메아리쳤다.

"나에게는 지옥이었는데……."

은서의 목소리가 허망하게 깨어진 공간을 울렸다.

"엄마한테는…… 집이었구나."

집이기를 바랐던 거구나.

그것이 아무리 찢어지고 깨어진 환영일 뿐이라도.

가까스로 입을 열었을 때, 그녀의 몸이 휘청였다. 뒤에 서 있던 지혁이 그녀의 팔을 붙드는 순간 은서는 그의 팔을 세차게 뿌리쳤다.

"은서야……."

"오빠는 위선자고, 방관자고, 비겁자야. 나한테 손대지 말아요."

그녀가 천천히 몸을 돌렸다. 엄마는 은서를 바라보고 있지 않았다. 엄마의 시선은 비어버린 채 깨어진 유리조각들이 나뒹구는 대리석 바닥 어느 즈음에 멈춰 있었다.

"다시는 나를 찾지 말아요."

"은서야!"

지혁의 목소리가 들려왔다. 은서의 시선이 지혁의 얼굴 위에 잠시 머물렀다. 나약한 얼굴. 그 역시 지옥을 살고 있었겠지. 어린 시절의 그녀처럼.

회피하고, 모른 척하고, 애써 시선을 돌리며, 방관하며.

그렇게 살고 있었겠지. 그도 나처럼, 외로웠었겠지.

"나에게 이제 가족 같은 건 없어. 나한테는 오직 무아 하나뿐이에요. 그러니……."

눈물이 차오른다. 진즉부터 가족 같은 건 존재하지 않았다. 달라질 건 아무것도 없다.

"우리를 그냥 내버려둬. 나는 지옥에서 빠져나갈 테니까."

이를 악물며, 은서는 걸음을 내디뎠다. 오랜 시간 되풀이되어 온 악취 나는 고리를 끊지 못하고, 왜 엄마와 지혁은 괴상한 가족을 이루며 머물고 있는 것일까.

현관을 지나 마당을 가로지르던 은서가 걸음을 멈췄다. 다음 순간, 은서의 입에서 비명 비슷한 소리가 터져 나왔다.

"무아!"

새아버지라는 이름의 괴물 앞에 무아가 서 있었다. 그의 창백한 얼굴은 마치 흰 종이처럼 파리하게 질려 있어, 그 어느 때보다 이 세상 사람의 것처럼 보이지 않았다. 달려간 그녀가 새아버지와 무아의 사이를 막아섰다.

"이 사람……."

이상할 정도로, 은서의 등에 닿은 무아의 몸이 떨리고 있었다.

"저 차……."

무아가 떨리는 손을 들어 올렸다. 그 손가락이 가리키는 곳을 따라가던 은서의 시선이 멈춘 곳은, 새아버지의 검정색 SUV 차량 위였다.

"이 사람이었어."

무아가 낮은 목소리로 중얼거렸다. 그의 목소리에서 지금껏 들어보지 못한 기묘한 진동이 느껴졌다.

공포의 소리. 두려움에 잠식된 작은 짐승의 소리가.

"무, 무슨 소리를 하는 거야!"

불안하게 흔들리는 새아버지의 눈을 본 순간 은서는 깨달았다. 무아를 다치게 했던 검은 차에서 내렸던, 평범한 중년 사내의 정체를.

"당신이 그랬구나……."

은서가 중얼거렸다.

"당신이…… 무아를 치고 도망쳤어."

"이, 이년이, 어미를 닮아 헛소리를 지껄이네. 다, 당장 나가, 내 집에서 나가!"

"기억나죠? 무아 얼굴……."

"뭐가 기억이 나!"

이성을 잃은 새아버지가 은서에게 달려들었다. 그의 커다란 손이 그녀의 머리채를 휘어잡으려던 순간, 무아가 은서를 끌어안으며 새아버지의 앞을 막아섰다. 은서에게 닿지 못한 그의 손이 퍽 소리와 함께 무아의 어깨 위로 떨어졌다.

붉게 달아오른 새아버지의 얼굴이 일그러지며, 그의 입에서 헉 하는 소리가 새어 나왔다. 순간의 시간이 정지한 듯 누구도 움직이지 않았다.

뛰쳐나온 지혁이 그의 몸을 붙들었다.

"아버지……."

새아버지는 자신의 손을 내려다보며 몸서리를 치고 있었다. 믿어지지 않는 경험 앞에, 무아의 존재 앞에.

"당신이 무아를 치었어. 죽어가는 무아를 두고 도망친 거야."

무아의 품에 안겨 있던 은서가 중얼거렸다.

"양주, 한밤중, 작년 초여름……. 기억나죠……? 이 얼굴, 기억나죠?"

"양주……."

지혁이 갑자기 입을 열었다.

"아버지…… 작년에…… 그리로 낚시 다니셨죠……."

지혁의 말이 떨어짐과 동시에 새아버지의 얼굴이 기괴하게 일그러졌다. 자신의 손을 물끄러미 내려다보던 그의 시선이 무아의 얼굴과 은서의 얼굴을 어지럽게 오갔다.

"양주에 좋은 저수지 있다며 매주 가시더니…… 언제부턴가 안 가셨어요."

지혁이 괴물의 몸을 붙들고 있던 손을 천천히 떼어냈다.

"……여름부터."

새아버지는 반박하지 않았다. 그의 눈빛은 무아의 얼굴 위에 머물러 있었다.

"그러고도 살아남았으면……."

새아버지가 중얼거렸다.

"그게 괴물이지, 사람이야?"

울컥, 무엇인가가 은서의 목구멍 깊숙한 곳에서 치밀어 올랐다. 저를 끌어안고 있는 무아의 팔이 움찔거리는 것이 느껴졌다. 무아의 몸도, 그녀의 몸도 같이 떨리고 있었다. 깊은 곳에서 지독한 쓴맛이 올라왔다.

이전에도 누군가 말했었지. 무아는 괴물이라고.

우연히 무아를 마주친 사람들은 하나같이 그의 아름다움에 마음을 빼앗긴다. 그러나 그의 아름다움을 찬미하던 사람들은, 그가 다른 존재라는 것을 깨닫는 순간 그를 손가락질하며 그렇게 부른다.

그는 괴물이야. 그는, 허락받을 수 없는 존재야.

"무아는…… 괴물이 아니야."

자신들이 괴물인지는 꿈에도 모른 채. 자신들의 입을 통해서 튀어나오는 칼날들이 얼마나 그를 아프게 하는지, 얼마나 지독한 악취를 뿜어내는 지는 조금도 모르는 채.

"무아는 괴물이 아니야. 괴물은, 바로 당신 같은 사람이야."

은서가 무아의 손을 잡았다. 차갑다. 그는 남들과 다르다.

그러나 다른 게 나쁜 것이라는 생각은 어디서부터 시작된 것일까.

"가자."

떨고 있는 그의 손을 잡아당겼다. 망설임 없이 은서는 무아와 함께 걸음을 옮겼다. 벗어나자. 이 지옥 같은 세상에서. 제 얼굴이 피칠갑인지는 꿈에도 모르는 채, 남의 상처를 비웃고 후벼 파는 악마들이 배회하는 세상을 벗어나서.

돌아가자, 너와 나의 세상으로.

"나는 괴물 아니야."

무아의 목소리가 귀를 울렸다. 은서가 힘차게 고개를 끄덕였다.

"응. 너는 괴물 아니야."

너는 조금 다른 존재일 뿐이야. 그리고 그 다름은 너를 정말 아름답게 해.

나의 세상을 아름답게 해.

눈이 내린다. 은서와 무아의 걸음이 지나치는 곳마다 소복하게 쌓인 눈 위에 발자국이 생겨났다. 그 징검다리는 그들이 만들어낸 아름답고 비좁은 세상을 향해 이어져 있었다. 마음을 열고 노크한다면 누구나 들어설 수 있지만, 대부분의 사람들이 그렇게 하지 않는 그 세상 속으로.

그렇게 그들은 손을 꼭 잡고 눈길을 걸었다. 눈이 쌓여, 그들이 남긴 발자국은 이내 보이지 않게 되었다.

마법처럼 잠시 이어졌던 세상을 향한 통로가 닫혔다.

10장. 소멸

그날은, 모든 것이 고요하게 정지되어 있었다.

많은 생각들로 뒤척이던 은서는 날이 희끄무레하게 밝을 즈음에야 잠이 들었다. 잠에서 깨어났을 때 이미 해는 하늘 높이 떠올라, 투명한 빛줄기는 침대 쪽이 아닌 문을 향하고 있었다.

"으음."

은서가 낮은 숨을 내쉬었다. 무아는 침대 가에 앉은 채 그녀의 얼굴을 가만히 바라보고 있었다. 그가 돌아온 이후, 그를 마주하는 모든 아침은 이렇게 밀려오는 행복감과 함께 시작하곤 했다. 그녀가 이제는 습관이 된 미소를 지었다. 그의 손이 은서의 머리카락을 정성껏 쓰다듬었다. 아직 잠을 채 떨쳐버리지 못한 신경들은 더욱 느슨해졌다. 무아는 아무런 말도 하지 않았다. 그저 그녀를 바라보며 머리를 쓰다듬을 뿐이었다. 규칙적인 그의 손길을 느끼자 다시 잠이 밀려왔다. 스르르 눈이 감기려는 찰나에 힐끔 시계를 바라보니 이미 점심때가 지난 시간이었다.

"이상하지."

눈을 감으며, 은서가 중얼거렸다.

"아무런 소리도 들리지 않아."

"아무런 소리도 들리지 않아."

그녀의 말을 따라 하듯 무아 역시 중얼거렸다. 그의 목소리가 고요한, 너무나 고요한 방 안을 배회하듯 긴 여운을 남기며 주변을 맴돌았다. 은서가 다시 눈을 떴다. 다시 잠의 세계로 돌아가길 원하는 눈꺼풀을 들어 올리며, 그녀가 몸을 일으켰다.

"아무런…… 소리도 들리지 않아."

그녀가 속삭이듯 말했다. 온 세상이 너무나 적요해서, 혼잣말 같은 제 목소리마저 크게 소리치는 것처럼 느껴졌다. 무아가 침대 위로 올라와 그녀의 곁에 앉았다. 그의 움직임을 따라 들리는 침대 매트리스의 작은 삐걱 소리 역시 굉장히 크게 들렸다. 그가 은서의 몸을 가만히 끌어안았다.

"아까부터 이랬어. 모든 게 조용해졌어."

그 역시 최대한 소리를 낮추고 속삭인다. 무아의 목소리 특유의 미묘한 진동은 고요함 속에서 더욱 존재감을 발휘했다. 그의 목소리는 긴 꼬리를 끌며 자신만의 세상을 유영하는 인어처럼 그들의 공간을 가득 채웠다. 소리 같지 않은 소리. 소리이지만, 고요함과 다르지 않은 그런 파장을 가진 소리.

그러나 그의 목소리에 취해 있기에는, 무언가가 너무나 낯설었다.

"이상해."

말을 마침과 동시에, 은서는 무아의 팔을 벗어나 침대에서 뛰어 내렸다. 나지막한 쿵 하는 소리의 진동마저 주변에 늘어선 물건들에 부딪혀 반사되며 튀어 오른다. 이건, 있을 수 없는 고요함이었다. 누군가 만들어낸 적막함, 세상의 모든 것들이 한순간에 증발해 버렸다거나 세상이 멸망했다거나 하지 않은 이상 있을 수 없는 비정상적인 침묵.

갑자기 휴대폰에서 들려온 진동 소리에 놀란 은서가 손으로 입을 막았다. 이해할 수 없었지만 조금 떨리는 손으로 그녀는 휴대폰을 집어 들었다. 휴대폰에는 지혁의 이름이 떠올라 있었다. 어제의 일을 생각했다. 당연히 받지 말아야겠다고 생각했지만, 주위를 둘러싼 기묘한 기류 속에서는 무엇이 옳은 판단인지 알 수 없었다.

"여보세요."

[은서야…….]

다음 순간, 들려온 지혁의 말은 굉장히 낯선 것이었다.

[도망쳐.]

이상한 일투성이였다. 상황이 도무지 이해가 가지 않아, 그녀는 불안한 표정으로 눈을 깜빡였다.

"무슨 소리야……?"

[무아의 유전자 분석표가 기관으로 넘어갔어. 그렇게 될 줄은…… 꿈에도 몰랐어.]

"뭐가 넘어가?"

[시간이 없어. 무아가 위험해.]

"무아가……."

그는 '무아가 위험해'라고 말했다.

[어서 도망쳐. 사람들이 가고 있어. 벌써 갔을지도 몰라.]

갑자기 모골이 송연해지는 느낌이 들었다. 쭈뼛 머리카락이 서는 것 같은 느낌. 은서는 휴대폰을 가만히 내려놓았다. 깨어난 순간부터 세상을 뒤덮고 있는 기이한 침묵의 정체, 한 번도 느껴보지 못했던 적막함의 정체는 대체.

무엇인 걸까.

"밖에 사람들이 있어."

무아가 손가락으로 창밖을 가리켰다. 허공에 들어 올려진 그의 손가락은 반 바퀴 방향을 틀어 현관문으로 향했다. 쏟아지는 한낮의 햇빛이 속절없이 그의 손가락 위에 머무른다. 반짝이는 손가락의 끝에…….

"문밖에도 사람들이 있어, 은서야."

그녀가 멍한 얼굴로 무아를 바라보았다. 무아의 엷은 분홍빛 입술 끝이 희미하게 움찔거린다. 그리고, 그의 입술은 살짝 구부러져 웃는 모양을 만들었다. 쓸쓸해 보이기도 하고, 허탈해 보이기도 하는 미소 비슷한 것이 떠올랐다. 웃고 있는 것 같기도, 왠지 울고 있는 것 같기도 한 표정이었다.

"아까부터 와 있었어."

"누가……."

"나 때문에 온 게 아닐까."

갑자기 다리에서 힘이 쭉 빠져나가, 은서는 침대 헤드를 붙잡고 비틀거렸다. 무아가 다가온다. 그의 팔이 그녀의 몸을 끌어당겼다. 경련이라도 이는 것처럼 몸이 미친 듯이 떨리기 시작했다. 은서가 고개를 세차게 저었다.

"아니야, 아니야."

"나는 괴물이니까……."

그녀가 고개를 들어 올렸다. 무아의 눈을 바라본다. 그의 눈에는 투명한 눈물이 가득 고여 있었다. 반짝, 빛을 발하며 눈물은 주룩 흘러내려 은서의 이마 위에 떨어졌다. 차갑다. 이상하게 오늘은 더욱더 차갑다. 차갑고…….

아프다.

"그런 소리 하지 마."

"알아."

무아가 나지막하게 속삭였다. 은서의 머리를 끌어안으며, 그녀의 머리카락에 얼굴을 묻고서.

"너에게는 괴물이 아니라는 거. 하지만 그것만으로 충분하지 않았나 봐."

"무슨 소리를 하는 거야!"

은서가 큰 소리로 외쳤다. 주변을 감싸고 있던 모든 고요를 산산이 깨부숴버리겠다는 듯. 터져 나온 외침은 귀가 울릴 정도로 크게 들렸다. 거짓말처럼 이 이상한 적막이 사라지기를, 깨져버리기를. 다시금 일상의 소음들이 들려오고, 모든 것이 여느 때와 같은 오후로 돌아오기를.

"누가 왔다는 거야! 아무도 우릴 찾아오지 않았어……."

순간 거짓말처럼 초인종 소리가 들려왔다. 그녀는 그대로 얼어붙어버렸다. 짧은 간격을 두고, 다시 한 번 초인종이 울렸다.

단조로운 기계음이 사라지자 다시 믿을 수 없을 만큼 아득한 적막이 찾아왔다. 심장이 뛴다. 조금 전까지는 무슨 수를 써서라도 몰아내고 싶은 고요였으나, 이제 은서는 소리가 들려올까 봐 두려웠다. 알 수 없는 누군가가 저 벨을 다시 한 번 누를까 봐, 혹은…….

[정은서 씨.]

문을 두드리는 둔탁한 소리와 함께 낯선 남자의 목소리가 들려왔다.

[정은서 씨.]

은서가 주춤주춤 뒤로 물러섰다. 바깥세상과 그들의 공간을 가로막고 있는 저 철문 뒤에 기다리고 있는 것은 어떤 사람일까. 모든 것이 꿈이었으면 좋겠다. 가스 검침원이거나, 그저 자기네 종교를 믿으라고 강요하는 사람이거나. 누구든 좋았다. 무아와 그녀를 갈라놓으려는 누군가가 아니라면.

무아를 해치려는, 누군가가 아니라면.

그녀는 창문까지 도망쳤다. 좁디좁은 집 안에서, 그나마 문에서 가장 멀리 떨어진 곳. 그러나 그건 열 발짝이 채 되지 않는 의미 없는 도피였다.

[안에 계신 거 압니다, 정은서 씨.]

문밖에서 들려오는 목소리가 이상하게 웅웅거렸다. 무아의 손을 꼭 잡은 채 두려운 표정으로 그의 얼굴을 바라보던 은서가 고개를 돌렸다. 창문 밖 하늘은 여전히 야속할 정도로 파란 빛이었다. 그러나 아래를 내려다본 순간, 그녀는 다시 몇 걸음 뒤로 물러섰다.

검은 옷을 입은 사람들. 그들은 군인처럼 보였다. 그들의 세상 속에 성큼 침범했던 기이한 무음은 아마도 그들에게서 비롯된 것이리라. 그들은 위압적인 복장으로, 위협적인 것들을 잔뜩 짊어진 채 은서의 집 창문을 노려보며 서 있었다.

은서는 오도 가도 못한 채 방 한가운데 고립되었다. 등 뒤로 다가온 무아가 그녀의 허리를 끌어안았다.

"무아……."

어떡하지. 어떻게 해야 하지.

[정은서 씨, 문 여세요.]

[이러시면 문 부수고 들어가는 수밖에 없습니다.]

[정은서 씨, 다시 한 번 경고합니다. 문 안 여시면 강제 진입하겠습니다!]

쾅, 하고 거칠게 문을 두드리는 소리가 들렸다.

"잠깐만, 잠깐만요!"

은서가 다급하게 소리쳤다. 문밖에서 들려오던 난폭한 소음이 멈췄다.

[정은서 씨, 문 여세요. 안에 '그 사람'과 함께 있는 것 알고 있습니다.]

"대, 대체 뭐 때문에……."

[정은서 씨.]

"뭐 때문에 이러시는 거예요……."

[해치지 않습니다. 그저 잠시 확인이 필요할 뿐이에요. 문 여세요.]

"대, 대체 당신들이 누군데……."

잠깐의 침묵 끝에, 남자의 목소리가 다시 들려왔다.

[계속 시간 끄시면, 강제 진입 시작하겠습니다.]

갑자기 무아가 입을 열었다.

"잠깐만요. 시간을 좀 주세요."

은서가 멍한 눈으로 무아의 얼굴을 바라보았다. 무슨 시간을 달라고 하는 건지, 무엇 때문에 시간을 달라고 하는 건지 이해가 가지 않았다.

[5분, 드리겠습니다. 이후에도 문 열지 않으면 바로 강제 진입합니다.]

그는 너그럽게 선심을 쓴다는 듯 말하고 있었다.

여기는 우리만의 세상인데. 바깥의 그 누구도 침범할 수 없는.

무아와 은서만의 집인데.

"은서야."

그녀가 몸을 돌려 무아의 얼굴을 올려다보았다.

"너랑 있어서 행복하다."

무아가 천천히 말했다. 그의 얼굴에 희미한 미소가 떠올랐다.

"나……. 지금 이 순간 말이야. 은서 너랑 함께 있을 수 있어서, 정말 행복해."

무아의 팔이 그녀의 몸을 가만히 끌어당겼다.

"그러니까 슬퍼하지 마. 순간이 지나가잖아."

주변 상황과 관계없이 그의 표정과 그의 손길은 너무나 부드럽고 평온했다. 언제나 그들의 세상이 그러했듯이. 미쳐 돌아가는 바깥세상과는 관계없이 그들의 비좁은 도피처가 늘 안온하고 포근했듯이.

"우리의 순간이, 지나가잖아."

무아의 입술이 다가왔다. 그의 서늘한 기운이 입안으로 밀려들었다. 겹쳐진 입술 틈새로 은서의 거친 흐느낌이 새어 나왔다.

"사랑해."

그가 속삭인다.

"내 거, 우유빛깔 정은서."

"무아……."

"나한테는 오직 너 하나뿐이야."

눈물이 끊임없이 흘러내리는 은서의 뺨 위에 무아가 살며시 손을 얹었다.

"처음부터 오직 너 뿐이었어."

뜨거운 눈물과 차가운 그의 체온이 만나 뒤섞였다. 살갗에 스며들던 찬 기운은 곧 미지근해지고, 결국 어느 쪽이 차갑거나 어느 쪽이 뜨거운지조차 알 수 없는 완벽한 하나가 된다.

이 순간이, 그와 나의 온도가 하나가 되는 순간이 다시 올까.

밖에서 다시 문 두드리는 소리가 들려왔다.

무아가 팔을 벌려 그녀를 꽉 끌어안았다. 그의 손이 은서의 머리와, 목덜미와, 등을 부드럽게 쓰다듬었다.

"다녀올게."

"무아, 무아……."

"부탁 하나만 해도 돼?"

은서가 무아를 바라보았다. 눈물이 쏟아져 앞이 흐렸다. 그의 얼굴이 이상하도록 비현실적으로 느껴진다. 눈물 안에 갇힌 그의 얼굴은 자꾸만 흐릿해지고 일그러졌다.

"나 가는 거…… 보지 마."

"안 돼……."

쿵, 쿵, 다시 두 번의 문 두드리는 소리가 들렸다.

"마지막 아니야. 돌아올 거야."

무아의 몸이 그녀에게서 떨어졌다. 순간 은서는 바닥에 그대로 주저앉았다. 무아가 걸음을 옮기기 시작했다. 한 걸음, 두 걸음, 그가 멀어져 간다. 달려가 그의 다리라도 붙들고 매달리고 싶은데 몸이 움직여지지 않았다. 자꾸만 숨이 가빠온다. 무엇인가가 목 언저리를 꽉 틀어쥐고 있는 것 같아, 은서는 숨을 헐떡이며 움직이지 못했다.

세 걸음, 네 걸음.

문고리를 잡던 무아가 뒤를 돌아보았다.

"사랑해, 은서야."

철컥, 현관문의 잠금 장치가 열리는 소리와 함께 굳게 닫혀 있던 바깥으로의 문이 열렸다. 복도에 난 창으로부터 이상하리만치 밝은 빛이 쏟아져 들어왔다. 흰 빛이 그의 몸 위로 쏟아져 내렸다. 차디찬 바람이 열린 문틈으로 밀려들어왔다.

"무아!"

자리에서 일어나려던 은서의 무릎이 풀썩 꺾이며, 그녀는 다시 바닥에 주저앉았다. 은서의 손이 허망하게 바닥을 휘저었다.

"거기 멈춰! 손 머리 위로 올리고, 움직이지 마!"

"무아!"

"움직이지 마! 거기 그대로 서 있어!"

다시 한 번, 이를 악물고 자리에서 일어난 은서가 무아를 향해 가기 시작했다. 조급하게 달리던 그녀가 바닥에 다시금 나동그라졌다. 은서의 손이 바닥을 긁어댔다. 조금 더, 조금 더 다가가면.

무아에게 손이 닿을 것 같아.

그 순간, 그녀가 평생 들어본 적 없는 요란한 소리가 들려왔다.

무엇인가가 폭발하는 것 같은 소리. 냉랭하게 가라앉아 있는 공기의 입자들을 갈기갈기 찢어버리는 듯한 거친 소음이.

그리고 그 소리와 함께, 무아의 몸이 바닥으로 무너져 내렸다.

"무아!"

그의 다리에서 투명한 액체가 주룩 흘러나왔다. 무아의 무릎이 털썩 꺾였다. 그의 고개는 은서를 향하고 있었다. 투명한 갈색 눈동자 안에 그녀의 얼굴이 가득 차 있었다. 무아가 천천히 팔을 뻗었다. 은서를 향해서, 바닥에 넘어진 채 그의 이름을 하염없이 불러대고 있는 그녀를 향해서.

"은서."

"무아, 무아!"

"은서……."

손끝이 맞닿으려는 순간, 검은 옷을 입은 남자 하나가 들이닥쳐 은서를 무아에게서 떼어놓았다. 몸부림치는 그녀의 비명이 적막이 사라진 공간 속에 울려 퍼졌다. 순식간에 나타난 검은 복장의 군인들이 무아의 몸을 들것에 실어 옮겼다.

"무아……."

아무런 답도 돌아오지 않았다. 무엇도 남아 있지 않았다.

"마셔요."

남자가 종이컵에 담긴 커피를 내려놓았다. 그러나 은서는 흘낏 시선을 던졌을 뿐이었다. 표정도, 자세도 반응하지 않았다. 그저 은서는 무표정한 얼굴로 고개를 숙인 채 앉아 있을 뿐이었다.

"오해하시는 것 같아 말씀을 드리지만, 발사된 총은 살상용이 아닌 진압용 마취탄이었어요."

그녀가 어딘지 알 수 없는 장소로 끌려온 이후, 방 안에 들어온 남자의 태도는 부드러웠다. 그의 목소리는 누군가를 어르고 달래는 용도로 훈련받아오기라도 한 것처럼 매끄러웠다. 은서가 앉아 있는 공간 역시 영화에서 보았던 것처럼 무시무시한 고문도구들이 널린 밀실은 아니었다. 그냥 그곳은, 사방이 막혀 있는 평범한 회의실 같은 공간이었다.

"그리고 이것 역시 오해하신 것 같아 말씀을 드리지만, 우리는 그를 해치려는 게 아니에요."

그제야 은서는 천천히 고개를 들었다. 남자는 무표정하지도, 그렇다고 태평하게 미소를 짓는 것도 아닌 그 중간쯤의 애매한 표정으로 그녀를 바라보고 있었다.

"그저 정보가 필요할 뿐입니다. 그가 안전한 존재라는 것이 밝혀지는 대로 우리는 그를 석방할 거예요. 앞으로 정부가 그를 보호할 겁니다. 물론, 은서 씨도 그와 함께 살아갈 수 있어요."

거짓말.

그의 말이 진실이라면, 그들은 그렇게 갑작스럽고도 폭력적인 방식으로 무아를 데려가지 말았어야 했다. 이제 와서 박애주의자 같은 소리를 늘어놓는 그를 믿을 수 없었다.

그러나, 믿고 싶었다.

"살려…… 주세요."

은서가 중얼거렸다.

"살려만 주세요. 무아를 아프게 하지 말아요. 제발 살려주세요……."

"그럼요. 그렇게 할 거예요. 우리는 그 같은 존재를 잃어버리는 걸 원치 않아요."

어떤 필요에 의해서, 라는 말은 생략되어 있었다. 그러나 은서는 무슨 일이든 할 생각이었다. 무아를 살려준다면. 다시 만날 수 있게 해준다면.

"은서 씨는 그와 제법 오랫동안 함께 지냈죠? 질문에 대답해주시면 돼요."

남자가 친절한 미소를 지어 보였다.

"오래 걸리지 않아요. 며칠 안에 다시 만나게 될 겁니다."

남자가 두꺼운 파일을 집어 들었다. 수백 가지 질문들이 흰 종이 위에 빼곡하게 프린트되어 있었다.

"거기 쓰여 있는 질문들은…… 그런 거겠죠. 무아가 어떻게 다른지, 그의 어떤 점이 인간과 다른지……."

그녀의 호흡이 조금 가빠졌다. 그는 결코 이해하지 못할 테지만, 그 질문에 대한 그녀의 답은 하나뿐이었다.

"하지만 그는 다르지 않아요. 그래서 무엇이 다르냐는 질문에는 대답할 수가 없어요. 그는 그냥 평범해요. 그는 오히려 나 같은 사람보다 훨씬 평범한 존재예요."

은서의 눈에 눈물이 차올랐다.

"무아는…… 그 어떤 인간보다 더 인간적이에요."

은서가 몇 시간의 조사를 마치고 풀려났을 때 세상에는 짙은 어둠이 내려와 있었다. 그들의 검은 차는 은서를 집 앞에 내려두고 떠났다. 그녀가 끌려갔던 일종의 안가(安家)는 생각보다 멀지 않은 곳이었던 듯, 차에서 보낸 시간은 30분 남짓이었다. 몸도 마음도 몹시 피로했으나 오직 한 가지 약속만은 마음속에 남아 있었다.
-며칠 안에 다시 만나게 될 겁니다.

남자는 그렇게 확언했었지. 그의 표정과 말투는 거짓처럼 느껴지지 않았다. 거짓과 진실 중 어느 쪽이었다고 해도, 그녀에게 달리 선택의 여지란 존재하지 않았다. 그저 그 남자의 말을 계시처럼 믿으며 기다리는 것밖에는.

"은서야."

지친 걸음으로 계단을 올라가려던 은서가 앞에 서 있는 지혁을 바라보았다. 오늘따라 그의 모습은 정말이지 낯설게 보였다. 그녀의 시선은 마치 처음 마주친 타인을 보듯 그의 얼굴 위에 머물렀다. 몇 시간 전의 풍경이 머릿속에 스쳐 지나갔다. 그는 말했었지. 도망치라고.

"어떻게 알았어?"

은서가 물었다.

"그들이 올 거라는 거, 어떻게 알았어……?"

지혁이 고개를 떨어뜨렸다. 모든 것은 그로부터 시작되었기 때문에, 어떤 변명으로도 책임을 회피할 수 없다는 것을 그는 알고 있었다.

하나에게 유전자 감식을 의뢰했던 건 그녀를 믿었기 때문이었다. 그러나 사실 지혁은 샘플을 건네는 순간에도 실제로 무아의 유전자가 인간과 다를 것이라 생각지는 않았다. 그가 알아오고 배워온 모든 지식과 관념을 뒤집어엎는 결과를 감히 기대할 순 없었기에. 그랬기 때문에 그는 무아의 샘플을 넘길 수 있던 것이었다.

하나는 결국 달콤한 유혹에서 빠져나오지 못했다. 역사에 한 획을 긋는 제보자가 될 수 있는 기회 앞에, 지혁과의 약속은 대의를 위한 소의가 되어 사라졌다. 새로운 종의 발견, 혹은 인류가 상상해온 새로운 존재와의 조우. 낯선 생명체와의 '제3종 근접조우'의 열망이 하나를 무너뜨린 것이다.

그러나 그 책임은 전적으로 지혁의 것이었다.

"미안해……."

은서가 고개를 돌렸다.

"무아를 해치지 않을 거라고 약속했어. 무아는 곧 돌아올 거야."

그녀의 걸음이 위태롭게 계단을 오르기 시작했다.

"그러니까…… 나중에 얘기하자."

지혁은 힘겹게 다리를 끌며 멀어지는 그녀의 뒷모습을 바라보고 있었다.

무아가 무사히 돌아올 것이라는 말.

지혁이 고개를 떨어뜨렸다. 같은 종류의 일을 하고 있기에 너무나 잘 알고 있는 사실. 그러나 두려움이 밀려와 차마 입이 떨어지지 않았다.

무아는 돌아오지 않는다. 그는 실험의 대상이 되고 탐구의 대상이 될 것이다. 무아가 가지고 있는 생명체로서의 존엄성은 연구라는 대의 아래 희생되어야 할 소의가 되어 갈기갈기 찢겨질 것이다.

이 죄를 어떻게 씻을 수 있을까.

지혁이 풀썩 무릎을 꿇었다. 뜨거운 눈물이 그의 뺨을 적셨다.

은서는 다시금 혼자가 되어 집으로 돌아왔다. 바깥과 안 사이에 결계처럼 버티고 있던 철문에는 움푹 파인 자국이 남아 있었다. 누군가 그들의 세상으로 진입하려 했던 흔적. 아무런 합의나 양해 없이, 무조건적으로 밀어 들어오려던 고통스러운 흔적.

이상하게 눈물은 더 이상 나오지 않았다. 그저 무아가 없다는 사실이 집을 썰렁하게 만들고 있을 뿐이었다.

"안 울어."

은서가 나지막하게 중얼거렸다. 울지 않는다. 그는 돌아올 것이니까. 그녀는 아무런 기약도 없이 갑작스럽게 그가 사라졌던 1년의 기간도 버텨냈었다.

-마지막 아니야, 돌아올 거야.

그의 말이 떠올랐다. 그는 돌아올 것이라 말했고, 은서를 조사했던 남자 역시 그를 해치지 않을 것이라 약속했다. 그러니 무아는 당연히 돌아올 것이다. 아무런 일도 일어나지 않을 것인데, 미리 큰일이라도 난 것처럼 바보 같이 엉엉 울어서는 안 된다.

그러나 혼자라는 사실이 너무나 마음을 아프게 했다.

무아와 은서의 순간. 이 집의 곳곳에 그들이 나눠온 순간의 기억들이 존재한다. 이미 제법 오래전의 일이 되어버린 여름부터 그들이 사랑하며 공유한 모든 순간들이 그녀의 곁을 떠다니고 있었다. 침대에도, 책상에도, 의자에도, 바닥에도, 창가에도. 어디에나 무아가 있다. 어디에나, 무아와 몸을 맞대고 있는 은서가 있다. 공간은 그들로 가득 차 있었다.

침대에 몸을 누이며, 그녀는 가만히 눈을 감았다. 그의 아름다운 목소리가 들려오는 것 같다. 돌아올 것이라는 그의 약속이 메아리치며 좁은 그들의 성 안을 가득 채웠다.

무아, 나는 지금 너와 함께 있어. 네가 남겨두고 간 순간들과 함께.

너를 기다리고 있어.
너를 기다리고 있어.
너를 기다리고 있어.

-은서.

소리는 비어 있는 공간을 가로질러 세상으로 퍼져 나갔다. 투명한 물잔 안에 누군가 물감 한 방울을 떨어뜨린 것처럼, 다채로운 색의 그림으로 퍼져 나가던 소리의 잔해는 곧 공간 속에 녹아들어 하나가 된다. 눈에 보이지 않았지만 그 소리는 은서의 주변을 가득 채우고 있었다. 손을 뻗으면 한 움큼 딸려온 소리의 파동이 손바닥 위에서 튀어오를 것만 같다.

-은서.

그건, 무아의 목소리였다. 그 소리가 가진 아름다운 진동을 처음 감지했던 어느 여름밤의 풍경이 생생하게 되살아났다. 오렌지빛 조명 아래서 반짝이던 그의 흰 얼굴과, 그들의 주변을 기묘한 진공 상태로 만들던 그 조용한 장막이. 살아 있기라도 한 듯 꿈틀대며 은서의 귓속으로 파고들던 그르렁거리는 작은 짐승의 속삭임 같은 그의 언어와, 그들을 감싸 안던 서늘한 냉기가. 영원히 멈춰진 시간 안에 머물러, 결코 잊히지 않을 순간으로 남아 여전히 세상을 떠돌고 있는 눈부신 한때가. 그들의 세상이 완벽하게 아름답던 그 순간이.

치밀어 올랐다.

-은서.

그들이 아무런 걱정도, 슬픔도 없이 평범하게 서로를 사랑하던 그날이.

"무아!"

잠에서 깨어난 은서가 울음을 터뜨렸다. 그의 목소리는 여전히 주변을 맴돌며 그들이 함께하던 공간을 깨우고 있었다. 그저 꿈이 아니라, 실재하는 진짜 소리가 들려왔다.

-은서.

"무아……. 무아."

목소리는 계속 들려왔다. 귀로 들릴 뿐 아니라 그녀의 온몸을 통해 그의 목소리가 전달되어 왔다. 눈으로, 입으로, 살갗으로, 손바닥으로, 모든 세포 하나하나의 틈을 비집고 그의 아름다운 목소리가 들려온다. 그가 은서를 부르고 있었다. 무아가 그녀를 찾고 있었다. 분명히, 그는 곁에 있었다. 침대에서 뛰어내린 은서가 미친 듯 주변을 둘러보았다. 욕실 문을 열어젖히고, 침대 밑을 들여다보았다. 무아는 보이지 않았다. 그러나 그의 목소리는 여전히 들리고 있었다. 여전히 그녀를 부르고 있었다.

-은서…….

그리고 조금씩 멀어지고 있었다. 꼬리를 끌며, 그녀의 이름을 부르는 그의 목소리가 잦아들고 있었다.

"무아!"

그의 이름을 토해내며 은서가 현관문을 열었다. 어딘가, 그는 분명히 있다. 그는 분명히 있어서…….

"은서야."

밖으로 뛰쳐나가던 그녀의 몸은 문 앞에 서 있던 지혁과 세게 충돌했다. 다급히 고개를 들던 은서의 얼굴에 기묘한 표정이 떠올랐다.

지혁은 울고 있었다.

"은서야."

"무아가, 무아가 왔어. 목소리가 들려. 나를 찾고 있어."

그러나, 이제는 들리지 않았다.

"무아가, 무아가……."

"은서야…… 무아가."

정신없이 주변을 두리번대던 은서의 행동이 그 순간 완벽하게 정지했다.

"무아가……?"

"하나를 통해서 들었는데, 무아가……."

지혁의 아랫입술이 부르르 떨리는 것이 보였다. 그녀는 그의 입술 틈으로 새어 나올 말을 기다리고 있었다. 공포에 질린 채, 두려움에 잠식된 채.

"사라졌대."

"사라져……?"

은서는 멍하니 지혁의 말을 되풀이했다. 사라졌다는 건, 그가 도망쳤다는 의미일까.

지혁은 충격에서 채 헤어 나오지 못한 채 말을 더듬던 하나의 목소리를 떠올렸다. 은서에게 진실을 말해주어야 할지 확신이 들지 않았다.

[서, 선배. 그 사람……. 사라졌대요.]

"사라지다니, 무슨 소리야?"

[시, 실험 중에…… 표본 채취 중에 갑자기…… 사라졌대요. 흔적도 없이. 마치……. 녹아버린 것처럼. 그, 그러니까…… 그 자리에 있던 사람들 말에 의하면……]

하나의 깊은 숨소리가 들려왔다.

[완전히 소멸한 것처럼.]

"은서야, 어디 가."

복도로 뛰쳐나가는 은서를 지혁이 붙들었다. 한겨울임을 까맣게 잊은 듯, 그녀는 맨발에 외투조차 걸치지 않은 모습이었다.

"무아, 찾아야지. 사라졌다며. 도망쳤다며. 차, 찾아와야지."

지혁에게서 벗어나기 위해 그녀가 몸을 비틀었다. 둘의 시선이 부딪친 순간이었다.

"그런데 오빠, 왜 울어……?"

"은서야……."

차오르는 눈물 때문에 소리가 잘 나오지 않았다. 너와 그에게 어떻게 속죄해야만 할까. 그게 가능하기는 할까.

"무아는……."

지혁의 목소리가 빈 복도를 울렸다.

"소멸했대."

소멸.

무아는 늘 말했었지. 그의 종족은 '소멸'할 것이라고.

"소멸……."

그건 어려운 말이었지만, 그녀는 그 말의 의미를 이미 오래전에 이해하고 있었다. 무아와 같은 종류의 생명체들은 오래도록 소멸

을 준비하고 있었다. 그들에게 소멸이란,

죽음을 의미한다.

피식, 은서의 입에서 웃음이 새어 나왔다.

"말도 안 되는 소리를."

천천히, 그녀는 지혁의 몸을 밀어냈다. 그의 몸이 한 걸음 뒤로 물러나자, 은서는 문고리를 잡아당겨 현관문을 닫았다. 철컹하는 소리가 비어 있는 공간을 울렸다. 다시금 그녀는 안전해졌다. 바깥의 그 무엇도 그녀 곁으로 침범하지 못한다.

그녀와 무아의 공간 안으로 침범하지 못한다.

무아가 앉아 있던 의자, 무아와 걸터앉아 내다보던 창틀, 무아와 함께 누워 뒹굴던 좁은 침대. 모든 물건들에 그와의 순간이 아로새겨져 있다. 그녀의 무아는 죽지 않았다. 그녀의 무아는 소멸하지 않았다. 영원을 약속했던 그녀의 무아가 소멸했을 리 없다.

갑자기, 은서의 입에서 비명과 같은 날카로운 소리가 터져 나왔다. 거친 비명 소리와 함께 공간 속에 머물던 기억들이 어그러지고 깨져 나가기 시작했다. 그들이 함께했던 아름다운 순간들이 기괴하게 일그러지며 산산이 부서진다. 무너져 내린다. 그녀의 울부짖음이 공간 속에 스며 있는 모든 기억과 순간들을 무너뜨렸다.

한때 오직 은서만을 사랑했던 남자가 살고 있던 집은, 그가 무엇도 아닌 것으로 돌아간 순간 소멸하여 무엇도 남지 않은 폐허가 되었다.

11장. Replay

<이번 사연은, 수원에 사는 안정빈 씨가 보내주셨습니다. 오늘이 안정빈 씨의 생일이라고 하네요. 마감에 쫓기느라 이렇게 라디오를 통해서나마 본인의 생일을 자축하고 싶다고……>

카페에서 틀어놓은 라디오 소리에 귀를 기울이고 있던 은서가 나지막하게 중얼거렸다. 7월 20일.

그건, 은서의 생일이었다.

무아가 소멸한 지 1년하고도 반이 지났다. 시간은 돌고 돌아 다시 여름이 되었다. 그를 처음 만났을 때 은서는 26살이었다. 그녀는 이제 스물아홉이 되었다. 그러나 시간의 흐름 같은 걸 느끼지 못한 지 무척 오래된 것 같다. 계절의 변화 역시.

무아가 소멸을 맞이한 그날 은서는 깨달았다. 그가 정말로 죽었다는 것을. 무아와 그녀 사이에 연결되어 있던 어떠한 끈 같은 것이 툭 끊어져버렸음을. 집 안 곳곳에 남아 있던 그에 대한 기억들 역시 모두 소멸하듯 사라져버렸다. 아무것도 남지 않았다. 그녀는 그 집을 떠났다.

특별히 하는 일도, 하고 싶은 일도 없이 그렇게 은서는 시간을 흘려보내고 있었다. 가끔 그가 떠올랐다. 그러나 생각만큼 자주 떠오르는 것은 아니었다. 그의 죽음 앞에서 흘렸던 눈물 이후, 은서는 감정을 잘 느끼지 못하는 단조로운 사람이 되었다.

그녀가 자신의 앞에 놓인 커피 잔을 들어 올렸다. 머그잔은 빨간색이었다. 그러나 아무런 감흥도 느껴지지 않았다. 은서는 피에 대한 두려움도 이미 오래전에 잃어버렸다. 그건 극복했다기보다는 말 그대로 잃은 것이었다. 모든 것이 무의미했다. 살아 있다는 것이 기쁘지 않았다. 그러나 죽는 것 역시 별다른 흥미를 불러일으키지 못했다. 무아가 소멸한 이후의 삶은 그저 앞으로 나아가고 있을 뿐이었다. 은서는 흐릿한 형체의 유령이거나, 뿌연 공기 같은 그런 존재가 되어버렸다.

생일이란 건, 과거에도 별 의미가 없는 날이었다. 그러나 단 한 번 생일은 정말 아름다운 선물을 가져다주었었지.

그녀는 그를 '무아'라고 불렀었다.

불현듯, 은서는 휴대폰을 꺼내 들었다. 그녀가 '가족'이라 부르던 사람들과 연락을 끊은 지도 이제 1년이 넘어간다. 집에서 이사를 나와 서울에서 먼 도시로 떠나며 은서는 휴대폰 번호 역시 바꿔버렸다. 지옥 속에서 나오기를 거부했던 엄마와 지혁. 그들이 오랜만에 떠올랐다. 생일이기 때문일까. 어쩌면 그들이 무아를 기억하고 있는 몇 안 되는 사람들이기 때문일지도 몰랐다. 그들은 무아가 은서 곁에 있었다는 것을 증명해줄 수 있는 유일한 자들이었기에.

[여보세요]

"……엄마."

[은서니? 은서야……]

단 한마디 나눴을 뿐인데, 휴대폰 너머 엄마의 목소리는 울먹이고 있었다.

[건강해? 잘 지내니? 내 딸……]

"건강해. 잘 살고 있어."

잘, 이라는 말은 빼야 할지도 모르지만.

살아가고 있어요. 그냥 그뿐이라 해도. 아무튼 살아가고, 살아내고 있어.

[엄마, 이혼했어.]

은서는 잠시 동안 침묵했다. 엄마는 지옥에서 빠져나온 모양이었다. 남들에게는 그게 당연한 결정이겠지만, 엄마의 세상에서 어쩌면 그것은 큰 결단을 필요로 하는 행동이었을지도 모른다.

엄마도 엄마의 세상을 떠나왔나 봐요.

[이혼한 지 좀 됐어. 너 이사 가고 얼마 안 돼서……. 지혁이가 많이 도와줬어. 지혁이가 그 사람 신고했거든……. 이제 그 사람, 엄마 옆에 얼씬 못 해.]

"아."

그 말밖에 할 수 없었다. 어쩌면 지혁 역시…… 바깥으로 나온 것일지도.

[은서야, 엄마가 잘못했어.]

"……엄마."

[미안해, 엄마가. 나, 좋은 엄마 아니었지? 너를 위해서라도 용기를 냈어야 하는데…… 너를 늘 내버려뒀었어.]

대답은 쉽게 나오지 않았다. 자꾸만 눈가가 뜨거워졌다. 무아가 떠난 이후, 이런 감정에 빠져드는 건 정말 오랜만의 일이었다.

그러나 엄마를 원망하지는 않는다. 사람들에게는 때로 고통보다 변화가 더욱 두려운 것임을 깨달았기 때문에.

[지혁이 미워하지 마, 은서야. 그 애도 너처럼 상처가 참 많아서…….]

"미워하지 않아요."

나는, 누군가를 미워할 자격 같은 거 없어. 엄마를 용서할 자격 같은 것도 없어요.

내 삶에는 오직 무아 하나뿐이었는걸요. 엄마에게도, 지혁 오빠에게도 한 번도 진심으로 마음을 열어본 적 없어요. 그러니 그 어떤 감정에 대한 자격도 가지고 있지 않아요.

[참, 은서야…… 지혁이가 너 굉장히 열심히 찾아다니고 있어.]

"저를요?"

[응. 얼마 전부터……. 꼭 찾아야 한다고 여기저기 수소문하고 다닌다. 연락 한번 해봐.]

"알았어, 엄마."

[한 번…… 보고 싶어, 내 딸.]

"그래요."

통화 종료 버튼을 누르려던 은서가 휴대폰을 다시 귓가에 가져다 댔다.

"엄마?"

[응, 응.]

"난 그냥 엄마가…… 행복했으면 좋겠어."

불행으로 점철된 엄마의 삶에, 단 한 번이라도 지워지지 않을 행복한 순간의 기억이 존재했으면 좋겠어.

내 삶에 무아가 있었듯이.

전화를 끊고, 주소록에 남아 있는 지혁의 번호를 내려다보던 은서가 휴대폰을 다시 주머니 안에 넣었다. 오랜만에 밀려드는 감정들이 낯설고 버거웠다. 오늘의 통화는 이쯤에서 족하다.

고개를 든 그녀가 카페 밖의 풍경을 지그시 훑었다. 서울에서 조금 떨어진 소도시. 주택가의 풍경은 한가로웠다. 멀리 작은 놀이터가 하나 보였다. 그네에 올라탄 아이 하나의 모습이 작은 점처럼 위아래로 오르락내리락 움직였다.

그리워.

네가 그리워. 세상 속에 파묻혀서, 아무런 일도 겪지 않은 사람처럼 이렇게 무색무취로 살아가고 있지만, 그래도 가끔 이렇게 네가 못 견디게 그리워.

내가 왜 아직까지 아무런 의욕도, 열정도 없이 말라비틀어진 채 삶을 살아내고 있는지 아니?

너와 함께 살던 집, 너와 함께 가던 곳, 그리고 너라는 존재 자체가 없어졌음에도, 이렇게 초라한 삶이나마 멈추지 못하고 이어가고 있는 건.

내 안에 여전히 네가 존재하고 있기 때문이야.

너를 기억하는 나를 버릴 수가 없기 때문이야.

여전히 무아 너를 사랑하기 때문이야.

보고 싶어. 네가 미치도록 보고 싶어…….

해외 출장을 마치고 집으로 돌아온 요한은 언제나처럼 자신의 컬렉션을 보관하는 서재 안으로 들어섰다. 견고한 장식장은 운석 박물관을 방불케 하는 놀라운 발견물들로 채워져 있었다. 그중에서도 그가 가장 소중하게 여기는 물건은, 몇 년 전 기묘한 남자에게 구입했었던 미묘한 색채의 돌이었다. 그는 그 돌에 대한 감정조차 의뢰하지 않았다. 누군가의 손에 잠시라도 넘기기에 그것은 너무나 아름답고 또 위험한 물건이었다. 그 돌은 그저 영원히 요한의 서재 안에 잠들어 있어야만 했다.

그 돌 위에 가만히 손을 얹을 때면 믿을 수 없는 서늘한 기운이 팔을 타고 퍼져 나갔다. 그건 과거 그 돌을 팔았던 남자의 느낌과 정확하게 일치했다. 가끔 그 돌은 마치 살아 있는 존재처럼 느껴지기도 했다. 그 안에 어떤 신비가 잠자고 있는 것인지 요한은 상상조차 할 수 없었다. 그저, 그 절대적인 아름다움을 손에 넣었다는 사실 하나면 충분했다. 다른 것은 중요치 않았다.

"어……."

서재에 들어선 요한의 얼굴이 경악으로 일그러졌다. 장식장 하나의 유리가 완전히 박살나 있었다.

"안 돼!"

요한이 외마디 소리를 토해냈다. 깨어진 장식장은, 요한이 목숨처럼 소중하게 여기는 그 미지의 돌이 들어 있던 것이었다. 그는 미친 사람처럼 눈을 희번덕대며 돌을 찾아 헤맸다. 모든 것은 그대로 있었다. 그러나 단 하나, 그 돌만이 흔적도 없이 사라졌다. 망연자실한 표정으로 요한은 바닥에 털썩 주저앉았다.

경찰을 부를 수는 없었다. 이 방 안에 들어차 있는 컬렉션이 발각된다면 그가 아끼던 모든 것들을 한순간에 잃게 될 것이다. 서재의 운석들을 모두 다른 곳에 숨기고 경찰에 의뢰해볼까 하는 생각이 잠시 들었지만 그 역시 안 될 일이었다. 누군지 모르는 범인을 잡게 된다 해도 그의 입에서 요한의 컬렉션에 대한 것이 발설된다면 결과는 다르지 않을 것이기 때문이었다.

요한의 입에서 거친 욕지거리가 쏟아져 나왔다. 모든 것을 잃어도 상관없었다. 오직 그것 하나만 있다면, 적어도 이렇게 분노하지는 않았을 것이다.

그러나 이미 엎질러진 물이었다. 바닥에 주저앉은 채, 요한은 깊은 숨을 토해내었다.

왜 다시 이곳을 찾아왔을까.

무아를 처음 만났던 곳.

깊은 밤, 술에 취해 택시를 잡아타고 도착한 놀이터의 풍경은 고즈넉한 밤 속에 잠겨 있었다. 오랜만의 방문이었지만 변한 것은 아무것도 없었다. 타임머신을 타고 3년 전 그 밤으로 되돌아온 것 같은 데자뷰를 느꼈지만, 벤치는 텅 비어 있었다. 은서는 그 비어 있는 벤치를 바라보며 한참을 망연히 서 있었다.

벤치 위에 무너지듯 주저앉던 그녀의 입술 틈으로 낮은 흐느낌이 새어 나왔다. 세상은 변함없이 똑같다. 사람들은 변하지 않고, 풍경들도 그대로 남아 있으며, 계절 역시 똑같은 열대야에 시달린다.

단지, 그녀가 사랑하는 무아만이 곁에 없을 뿐이다.

"안녕."

갑자기 들려오는 목소리에 고개를 숙인 채 흐느끼던 은서가 천천히 고개를 들었다. 오렌지색 가로등 불빛 아래 남자의 길쭉한 실루엣이 보였다. 취기 때문에 어지럼증이 일었다. 눈물 때문에 시야가 흐려 그의 모습은 어딘지 비현실적으로 보였다.

"은서."

다음 순간, 그녀는 벌떡 자리에서 일어섰다.

"은서."

세상이 빙글빙글 돌았다. 눈앞의 모든 것들이 지진이라도 난 듯 거세게 흔들렸다.

오직 그만이, 또렷하게 서 있었다.

무아만이.

"무아……."

술에 취한 탓이야. 그의 환영이 찾아온 거야.

아니면 모두가 걱정했듯 뇌의 어딘가가 망가져 버린 것일지도 모른다.

그렇지만, 이렇게라도 볼 수 있어서 기뻐.

은서가 팔을 뻗었다. 손이 닿는 순간 너는 투명한 연기처럼 사라져 버리겠지. 꼬리를 끌며 멀리멀리 떠나버리던 너의 그 목소리처럼.

그러나, 은서의 떨리는 손은 무아의 가슴 언저리에 부딪혀 멈췄다.

"나, 매일 여기서 너를 기다렸어."

"무아……."

그의 가슴과 어깨 사이에 놓인 손바닥에 지그시 힘을 주어본다. 뼈와 살과 근육으로 이루어진 사람의 몸. 그건 유령이 아니었다. 그는 분명히 살아 있는 존재였다.

"말했었지. 마지막이 아니라고. 돌아올 거라고."

"아……."

은서가 무아의 품 안으로 뛰어들었다. 격렬한 호흡이 차올라 갑자기 숨 쉬기가 힘들었다. 무아의 팔이 그녀의 등을 부드럽게 어루만졌다. 그녀가 그의 목 언저리에 머리를 가져다 대었다. 그의 몸은 미세하게 떨리고 있었다. 아니, 떨고 있는 건 은서일지도 모른다. 무아의 팔이 그녀의 머리를 어루만졌다. 그의 손길을 느끼며 은서는 고개를 들었다. 가로등불 아래 서 있는 그의 얼굴을 다시 마주한 순간, 그녀는 똑똑히 깨달았다.

무아다. 나의 무아가, 돌아왔어.

"무아……."

간신히 그의 이름을 말하는 것이 전부였다. 더 이상 어떤 말도 나오지 않았다. 무아의 입술이 은서의 이마 위에 부드럽게 내려앉았다. 그리고 다음 순간, 은서는 놀란 표정으로 그에게서 한 걸음 떨어졌다.

"차갑지가…… 않아."

그의 몸에서는 조금의 찬 기운도 느껴지지 않았다. 여전히 그의 목소리는 아름다웠으나, 그 소리에 배어 있던 낯선 울림 역시 사라졌다.

그러나 그는 무아였다. 그저 그를 빼닮은 다른 사람이 아닐까

하는 의심은 조금도 떠오르지 않았다. 무엇으로도 설명할 수 없는 완벽하게 아름다운 존재. 그는 그녀의 무아였다.

"응. 이제 차갑지 않아."

무아가 팔을 뻗어 그녀의 뺨에 가져다 대었다. 따뜻한 온기가 느껴졌다.

"이거, 볼래?"

갑자기 그가 손가락 하나를 내밀었다. 손가락에는 밴드처럼 보이는 무엇인가가 감겨 있었다. 그가 천천히 그것을 벗겨냈다. 불빛 아래 드러난 것은 빨갛게 딱지가 앉은 베인 듯 보이는 상처였다.

"책을 읽다 종이에 베여서 피가 났어."

"피……?"

"피, 무서워하지?"

가만히 그의 손가락을 내려다보던 은서가 고개를 저었다. 이제는 더 이상 피 같은 건 무섭지 않다. 그녀가 손을 뻗어 그의 손가락 위에 그어져 있는 작은 상처의 흔적을 어루만졌다. 과거 그의 몸을 뒤덮고 있던 반투명한 흉터가 기억났다. 지금 무아의 손가락 위에 있는 것은 그것과는 완전히 다르다. 그건 완전히 인간의 몸에 나 있는 상처와 같은 모습이었다.

"이상해……. 어떻게 된 거야?"

갑자기, 무아가 그녀를 끌어안았다. 그의 팔 안에 다시 갇혀 있게 되자, 한순간 믿어지지 않는 현실이 머리 위로 우르르 쏟아져 내리기 시작했다.

체온이나, 상처나, 피 같은 게 대체 무슨 상관이란 말인가.

무아가 돌아왔다. 그가 다시 그녀 곁으로 돌아왔다. 그것 말고 중요한 것은 아무것도 없었다.

"이거."

무아가 무엇인가를 내밀었다.

"잃어버린 줄 알았어."

"그때 그거, 아니야. 새로 샀어. 너 주려고 계속 가지고 다녔어."

가로등불에 비친 팔찌는 과거 그가 선물했던 것과 거의 같은 모양을 하고 있었다. 그 금속성의 빛마저 따뜻하게 느껴진다.

잃어버린 줄 알았던 것들이 돌아온다. 돌아오고 있다.

삶의 가장 아름다운 순간들을 그대로 간직한 채. 조금도 훼손되지 않았으나 또한 새로운 모습으로.

"샀다고?"

"나, 일하거든. 번역이랑 이것저것."

"일도 해?"

"천천히 얘기해줄게."

무아의 나지막한 목소리가 귓가를 울렸다. 여전히, 조금도 변함없이 아름다운 그의 목소리가.

"우리에게 시간은 정말 많으니까."

그녀가 고개를 끄덕였다. 팔에 지그시 힘을 주어 그의 몸을 단단히 안았다. 살아 있음을 확인한다. 그가 살아 있는 것처럼, 그녀 역시 살아 있었다. 살아 있기에 다행이었다. 은서가 고개를 들어 무아를 바라보았다. 그의 갈색 눈동자는 온통 은서로 가득 차 있었다. 그녀 역시 늘 그러했다. 무척 길게 느껴지는 길지 않은 삶 속, 그녀에겐 무아만이 유일하게 아름다운 것이었기에.

그의 얼굴이 천천히 다가왔다. 입술이 닿는 순간, 서늘한 냉기를 지니고 있던 과거의 무아가 사라졌다. 입술이 포개지고, 숨결이 섞였다. 그저 무색일 뿐이던 그녀의 세상에 색채들이 돌아온다. 밤의 검정색, 머리 위를 비추는 따뜻한 주황색, 그의 살결처럼 말간 흰색, 그리고 찬란한 모든 색상들이.

따뜻한 것과 따뜻한 것이 만나 체온은 더욱 뜨거워졌다. 눈물이 솟아났다. 뺨을 타고 흐르는 눈물 역시 뜨거웠다.

"내가 읽은 책이 뭐였는지 알아?"

"뭔데?"

"라푼젤."

거친 들판으로 쫓겨난 라푼젤과 눈이 멀어버린 왕자는 시간이 흘러 재회했다. 라푼젤의 눈물이 왕자의 눈을 적시자, 왕자는 다시 시력을 되찾았다.

잊고 있었던 이야기가 떠오른다.

그들은 왕자의 성으로 돌아가 오래도록 행복하게 살았다는, 비로소 모든 것을 동화로 만든 그 결말이.

"가자."

"집으로?"

"어디든지."

어디든 상관없었다. 이제 누구도 그들을 위협하지 않는다.

세상은 이제 거대한 리히텐슈타인이 되었다.

무아가 은서의 손을 잡아끌었다. 열대야가 지배하는 깊은 밤의 놀이터에서, 다시 그들의 아름다운 순간이 시작되고 있었다.

에필로그 : 뜻밖의 선물

“정은서가 누구지?”

“처음 듣는 이름인데…….”

“정은서, 정은서……. 연예인 마케팅인가?”

마트 계산대 앞에 줄서 있던 은서가 고개를 갸웃했다. 주변 사람들의 입에서 자꾸만 튀어나오는 자신의 이름 때문이었다.

“정은서가 대체 뭐 하는 사람이야?”

“나도 몰라. 다들 난리가 났어.”

다시 한 번, 들려오는 제 이름.

카트에 담겨 있던 식료품이며 생필품들을 계산대 위에 올려놓던 은서가 미심쩍은 표정을 지었다. 그러나 사실 ‘정은서’라는 이름을 가진 것이 그녀 하나만은 아닐 것이다. ‘정은서’란, 발에 채일 듯 흔한 것은 아니었지만, 그렇다고 대한민국에 오직 한 명이 가질 법한 이름도 아니었다.

"고객님, 죄송한데……."

계산대에 서 있던 여직원이 우물쭈물 입을 열려던 순간이었다. 아, 아, 마이크 테스트 중입니다- 라는 소리와 함께 장내 방송이 흘러나왔다.

[고객 여러분들께 안내말씀 드립니다. 현재 전 국가적인 전산망 해킹으로 인해 계산이 불가능합니다. 다시 한 번 알려드립니다. 현재 전 국가적인 전산망 해킹으로……]

"계산을 못 한다는 말이에요?"

은서가 되물었다. 여직원이 한숨을 내쉬며 계산대 앞의 모니터를 가리켰다.

<정은서 비피더스 딸기맛 (1+1행사상품) 3800원
국내산 정은서 앞다리살 (냉장) 1팩 기획초특가 4500원
순간흡수 정은서 울트라슬림 (날개형) 9000원
정은서 님의 만족을 최선으로 하는 정은서 마트입니다.>

모니터 위에 떠 있는 글자들을 멀거니 바라보던 은서가 목이 막힌 듯 요란하게 헛기침을 했다.

"이, 이게 다 뭐예요?"

"저희도 모르죠, 고객님. 오늘 아침부터 온 천지가 이래요. 인터넷에도 정은서, TV를 틀어도 정은서. 공황 상태예요. 고객 카드 제시해주시면, 사과의 의미로 1000포인트 적립해드립니다."

무언가 설명할 수 없는 감정이 그녀를 엄습했다. 무의식적으로

지갑에서 마트의 고객 카드를 꺼내던 은서의 손이 멈칫했다.

카드 앞면에 쓰여 있는 그녀의 이름 석 자, 정은서.

"다, 다음에 올게요."

그렇게, 그녀는 도망치듯 마트를 떠났다.

1. 정은서
2. 우윳빛깔 정은서
3. 정은서가 누구죠?
4. 정은서 다리는 백만 불짜리 다리

집으로 돌아오는 길, 휴대폰으로 인터넷에 접속해 실시간 검색어를 확인한 그녀의 얼굴이 경악으로 물들었다. 온 세상에 그녀의 이름이 떠돌고 있었다.

오전 10시를 기점으로 시작된 전 국가적인 전산망 해킹은, 포털사이트와 TV 채널을 순식간에 점령했다. 이 정도의 대규모 해킹을 한순간에 해낼 수 있는 사람-사람들-이 누구인지, 어떤 전문가들도 답을 내놓지 못했다. 북한의 소행이다, 어나니머스(anonymous)의 짓이다…… 등등 온갖 말들이 떠돌았다.

그러나 누구도 원인도, 해결책도 찾아내지 못했다.

"무아!"

문을 열자마자 그녀는 현관을 가로질러 무아에게 돌진했다. 그러나 그들이 작업실로 쓰는 작은방은 비어 있었다. 열린 침실 문 사이로 침대 위에 누워 있는 그의 발이 보였다.

"무아!"

"왔어?"

스윽- 몸을 일으킨 그가 은서의 몸을 잡아당겼다. 곧 중심을 잃은 그녀는 무아의 품 안으로, 침대 위로 나동그라졌다.

"네가 그랬지?"

"뭘?"

"정은서, 정은서, 정은서! 인터넷이니 뭐니 난리 난 거 말이야."

"그런 일이 있었어?"

무아가 눈을 동그랗게 떴다. 시치미를 뚝 떼듯, 그의 입술 끝이 치켜 올라갔다. 그가 은서를 번쩍 안아 들어 가슴팍 위에 올려놓았다. 입을 맞추려고 고개를 들어 올렸으나, 은서는 빳빳하게 목을 곧추세운 채 그를 내려다보고 있었다.

"거짓말할 거야?"

"선물이야, 선물."

"선물은 무슨……. 너, 미친 거 아냐? 지금 나라 전체가 공황에 빠져 있다고."

"금방 돌려놓으면 되지. 그냥, 잠깐이라도 온 세상이 너로 가득 찼으면 좋겠다는 생각을 했어."

무언가 대꾸하려던 은서가 흐응, 소리를 내며 입을 다물었다.

"그래도 이런 건 하면 안 되는 일이야. 다른 사람들이 엄청 곤란해진단 말이야. 빨리 복구시켜야 돼."

"키스먼저 하고."

"안 돼. 저것 먼저."

"쳇."

서운한 듯, 그는 예쁜 입술을 비죽 내밀고 있었다.

"빨리 복구해놓으면, 키스보다 더 좋은 거 해줄게."
"정말?"
"응, 정말."
"좋았어."
무아가 몸을 일으켰다. 작업실을 향해 가는 그의 뒤로 은서의 목소리가 따라붙었다.
"몇 분 걸려?"
"5분."
그렇게, 대한민국을 점령했던 때아닌 정은서의 역습은 5분 만에 깔끔하게 해결되었다.
"더 좋은 거 줘."
"정말 다 원래대로 돌려놓은 거지?"
"나한텐 일도 아니야."
그의 말을 듣고서야 은서는 침대에서 폴짝 뛰어내려 그의 곁에 다가섰다. 두 팔을 활짝 벌려 무아의 허리를 끌어안았다. 무아는 몇 년 새 조금 살집이 붙었다. 그러나 여전히 그는 대단히 보기 좋은 몸매를 가지고 있었다.
"넌, 내가 그렇게 좋아?"
살금살금, '거미가 줄을 타고 올라갑니다-' 하고 노래를 부르듯 손가락은 그의 배를 거쳐 가슴을 지나 목까지 다다른다. 옅은 하늘색 셔츠의 맨 윗 단추를 푸는 은서의 손길이 곰살맞게 움직였다. 무아가 깊이 숨을 들이마신다. 눈을 감으며, 그녀의 목덜미에 얼굴을 묻었다.
"좋아. 사랑해. 너무 좋아서, 여기에도 저기에도 오직 너만 있었으면 좋겠어."
"난 가끔 무서워."
"뭐가 무서워?"
두 번째, 세 번째, 네 번째 단추를 풀던 그녀의 손이 장난스럽게 그의 살갗을 톡, 건드리고 지나갔다.
"네가 나랑 똑같이 생긴 클론 같은 걸 만들어서, 온 세상을 채워버릴까 봐서. 너는 천재잖아. 그렇게 하고도 남을 것 같아."
"그럴 리가."
스륵, 셔츠가 바닥에 떨어졌다. 은서의 허리를 끌어당기며 무아가 속삭였다.
"오직 유효한 건 너뿐이야. 무엇도 너를 대체할 수가 없어."
그가 은서의 팔을 번쩍 치켜들었다. 조바심이 난 듯 급한 손길로 무아는 은서의 빨간색 스웨터를 잡아당겼다. 만세를 하고 있는 그녀의 얼굴이 스웨터에 가려지는 1초의 순간조차 참을 수가 없다. 은서의 얼굴이 순식간에 그리워졌다가, 다시 그의 눈 속으로 쏜살같이 밀려들었다. 매끈매끈한 그녀의 몸을 쓸어내리며 무아는 은서의 입술을 입안 가득 머금었다.
"너뿐이야. 너한테 미쳐 있는 것 같아. 도저히 멈출 수가 없어."
"멈추지 않아도 돼."
생긋, 웃으며 은서가 그의 손을 잡아끌었다. 허기가 밀려온다. 배가 고파서 밀려드는 허기가 아닌, 사랑하는 남자를 소유하고 싶다는 허기가.
금세 뜨겁게 달아오른 무아의 몸이 묵직하게 가슴을 짓눌렀다.
먼 과거, 그들은 함께 공중으로 떠올랐었지. 그건 정말이지 판타지 같은 기억이었다. 그러나 침대 위의 유영은 중력을 거슬러 공기 속을 헤엄치는 것 보다 오히려 더 매혹적이었다. 그들은 매일매일을 탐험하며 살아가고 있었다. 서로의 몸을, 마음을, 새롭게 부여받은 생에 주어진 최대치의 아찔한 고조를.

"미칠 것 같아."

열에 들뜬 무아의 목소리가 들려온다. 그가 그녀의 귓불을 깨물었다.

"네가 좋아서, 미칠 것 같아."

은서는 대답하지 않았다. 대답하지 않아도 그들의 마음은 충분히 전해진다. 완전하게 하나가 되었기 때문에, 서로를 완전하게 소유했기 때문에.

"이게 뭐야?"

무아가 테이블 위에 내려놓은 건, 스위스행 비행기 티켓이었다.

"가자, 리히텐슈타인."

"그런데 왜 네 장이야?"

"어머니랑 지혁 형님 꺼."

"돈이 어디서 나서?"

무아에게선 대답 대신 싱긋, 상큼한 웃음이 되돌아왔다. 은서가 눈을 가느다랗게 떴다.

"너 혹시…… 이상한 짓 한 거 아냐?"

"무슨 이상한 짓을 해."

"누군가의 계좌를 해킹 했다든가……. 스위스까지 비행기값이 얼만데."

“그런 거 아니야. 게임 개발한 게 대박 났다고. 이번 달에만 얼마가 들어온 줄 알아? 스위스 정도야, 껌값이지.”

“얼마나 들어왔는데?”

무아가 은서의 귓가에 입을 가져다댔다. 소곤소곤, 속삭이는 그의 목소리를 들은 은서의 동공이 두 배쯤 커졌다.

“그렇게나 많이?”

“좋지? 채널백 사줄까?”

순간, 휴대폰의 진동이 울렸다. 휴대폰 화면 위에는 ‘엄마’라는 글씨가 떠올라 있었다.

[은서야.]

“응, 엄마.”

[무 서방이, 같이 스위스 여행 가자고…….]

“응. 나도 지금 얘기하고 있어요.”

[덥석 이렇게 따라가도 돼?]

“안 될 게 뭐 있어, 엄마.”

[그래, 그러자. 엄마가 사위 잘 둬서 이렇게 호강을 다 하네. 안 그래도 그 인간 판결 때문에 영 마음이 싱숭생숭한 게……. 무 서방한테 고맙다고 해.]

“알았어요, 엄마.”

오랜만에 상기하게 된, 과거 그녀가 ‘새아버지’라 불렀던 괴물의 이름. 그는 그가 저지른 죄과에 비하면 터무니없을 정도로 가벼운 처벌을 받았다. 그것이 법 제도의 현실이었다. 아쉬웠지만, 은서로서는 어쩔 수 없는 일이었다.

은서가 새삼스러운 눈길로 무아를 바라보았다. 그는 그녀의 인생을 바꿔놓았다. 그리고 어쩌면, 그녀뿐 아니라 그녀의 어머니와 지혁의 인생까지 그에게 빚을 진 것 같다.

"고마워."

"뭐가 고마워?"

"내 앞에 나타나 줘서, 나를 사랑해줘서."

나를 구원해줘서.

"나야말로. 너로 인해서 나는 새로운 삶을 얻었어."

은서, 네가 나를 구원했어.

"리히텐슈타인, 드디어 가보는구나."

나지막하게 중얼거린 은서가 무아의 입술에 입을 맞췄다.

테이블 위에 놓인 비행기표를 흘낏 바라본 무아가 의미심장한 미소를 지었다.

은서와 그녀의 어머니, 그리고 지혁을 고통스럽게 했던 사람. 그리고 무아에게 결코 잊지 못할 악독한 기억을 남겼던 괴물.

법은 그의 죄에 상응하는 벌을 내리지 못했다. 그러나 그의 인생은 앞으로 꽤나 고달파질 것이다. 십 수억 원이 들어있던 통장의 잔고가 18만원밖에 남지 않았다는 사실을 발견하면 그 괴물은 어떤 표정을 지을까.

"사랑해."

은서를 품에 꼭 끌어안으며, 무아가 속삭였다.

무엇도 그들을 갈라놓을 수 없을 것이다. 그들의 순간은 온통 행복으로 가득 차 있었다. 그들의 사랑은 너무나 견고하고 빽빽해서, 다른 것이 끼어들 틈 같은 건 조금도 존재하지 않았다.

완전한 사랑은, 영원히 계속될 것이었다.

외전

반짝. 눈을 떴다. 무아. 나의 무아.

“무아.”

그 두 음절을 작은 소리로 말하자마자, 눈물이 쏟아졌다. 꿈이었던 거겠지. 수백 번 꾸었던 꿈을 또다시 꾸었던 거…….

“이리 와.”

갑자기 허리께를 끌어당기는 손길에 소스라치게 놀란 은서가 짧은 소리를 내질렀다. 그리고 곧바로 그녀는 깊은 숨을 토해내며 돌아누웠다. 바로 코앞에 보이는 무아의 얼굴. 그녀가 그의 목을 감싸 안았다.

“꿈인 줄 알았어.”

“확인시켜줄까?”

무아가 그녀의 목덜미를 깨물었다. 세게 문 것은 아니었지만, 치아가 살갗을 지그시 누르자 뭉근한 고통이 느껴졌다. 이 순간 그녀는 그 고통마저 미치도록 반가웠다. 그 날 선 자극을 통해 살아있음을 느낀다. 모든 것이 현실임을, 맹렬하게 느낀다. 그리고 그 행복한 고통은 곧 쾌락으로 바뀌어 그녀의 몸을 긴장시키기 시작했다.

"얼마나 보고 싶었는지 알아?"

입술이 와 닿는다. 이마에, 눈꺼풀에, 볼과 콧잔등을 거쳐 애끓는 소리가 흘러나오는 입술 위에 와 닿는다. 은서는 간절하게 그의 입술을 받아들였다. 밀려든다. 그가 안으로 밀고 들어와, 텅 비어 있던 모든 것을 채웠다. 남은 것이라고는 아무것도 없었던 빈껍데기 속이 빼곡하게 들어차기 시작했다. 무아로 가득 차기 시작했다.

"가지 마."

"아무 데도 안 가."

"그래. 가지 마, 가지 마……."

그들은 미친 듯이 서로에게 매달렸다. 하나가 되었다가 멀어지는 순간의 그 1초조차 참을 수가 없었다. 이전의 사랑의 행위에서는 느껴보지 못했던 또 다른 감각이 눈을 떴다. 등줄기 아래 우묵한 지점에 고이는 땀방울과 열기에 젖어 달라붙은 살갗이 끈끈하게 치덕대는 소리. 무아의 이마에서 흐른 땀방울이 은서의 얼굴위로 후두둑 떨어졌다. 혀를 내밀어 입술을 핥자, 찝찔한 맛이 느껴졌다.

"사랑해, 은서야……."

고해성사처럼 아득한 고백과 함께 무아는 은서를 으스러지게 끌어안았다. 낮은 흐느낌처럼 들리는 신음 소리가 뒤섞였다. 결코 사라지지 않을 것처럼 뱃속에서 요동치던 감각이 머리끝부터 발끝까지 몸 전체를 휘감고 지나갔다. 땀에 젖어 미끌거리는 몸이 하나로 뒤엉켰다.

거친 호흡이 조금 정리되었을 때는, 그들은 모두 웃고 있었다. 행복해서, 너무나 행복해서.

"배고파서 죽을 것 같아."

은서의 목덜미에 코를 묻은 채 무아가 중얼거렸다. 그러나 손 하나 까딱하기 싫은 듯, 그는 축 늘어져 은서의 몸을 누르고 있었다.

"밥 먹자. 뭐 먹을까?"

"글쎄……."

"뭐 먹고 싶은 거 없어?"

"복분자나, 홍삼이나……. 아, 장어구이. 장어가 남자 몸에 그렇게 좋다던데."

"……그런 것도 먹어, 이제?"

끄응, 소리를 내며 무아가 상체를 일으켰다.

"오래오래 살아야 하니까. 오래오래 너랑 행복하게 살아야 하니까."

그가 다정한 눈빛으로 그녀의 볼을 쓰다듬었다. 인간이기에 느껴지는 그 온기에, 은서는 가만가만 볼을 비볐다. 지극히 인간적인 모든 것들이 새롭다. 그러나 인간의 특징을 가지고 있든 아니든 간에 무아를 사랑한다. 예전에는 그가 인간과 다르다는 것을 특별하게 생각했었던 것 같다. 그러나 이제는 그것마저 아무런 의미가 없어졌다.

무아를 사랑한다. 그를 둘러싼 모든 것을 걷어내고, 오직 그를. 그 자체를.

"사랑해."

나른하게 중얼거리는 그녀의 입술에 입을 맞추며, 무아가 나지막하게 속삭였다.

"영원히 사랑해, 은서야."

은서가 다시 눈을 떴다. 그녀의 눈동자 안에 무아가 있다. 무아의 눈 안에 비친 것은, 오직 그만을 눈에 담고 있는 그녀 자신이었다. 두 쌍의 눈동자는 순간을 지나 영원히 서로에게 머무른다. 무한하게 끊이지 않을 고리처럼, 그들은 서로를 소유하고 살아갈 것이다.

무아와 은서는 사라지고, 다르지만 같으며 변함없이 아름다운 것이 생겨났다. 은서의 세상, 무아의 세상. 합쳐져 하나가 된다. 그렇게 그들은 세상마저도 완전하게 소유했다. 오직 둘만의 사랑으로 존재하는, 그들만의 세상을.

-마침-

[무아 씨의 혈액형은, O형이네요. 건강 상태도 아주 양호하고.]

"은서도 O형인데."

[저……. 궁금한 게 있어요.]

"말해보세요."

[과거에……. 그러니까, 무아 씨가 소멸하기 전에. 무아 씨의 유전자를 검사했던 사람이 이런 말을 했었어요. 당신의 유전자는…… 인간이 변이된 어떤 신인류 같은 모습을 하고 있다고.]

"신인류?"

[네, 그렇게 말했었어요. 당신은 어떤 미지의 존재로부터 재생되었다고 말했죠? 그런데 지금 당신의 몸은 그때와 완전히 달라졌어요. 무아 씨는 완벽한 인간으로 다시 태어났어요. 정말로 그때의 당신은…… 인간으로부터 변이된 형태로 태어난 거였나요?]

"아니요."

[그렇다면…….]

"반대의 경우를 생각해보지 않았다는 게 더 이상하네요."

[어떤 경우를…….]

"인간이 변이했던 게 아니에요. 나와 같은 종족의 유전자가 변이된 것뿐이에요."

[무아 씨가 처음이 아니라는 의미예요?]

"네, 오래전 그들은 변이해서 최초의 인간이 되었어요."

[최초의…… 인간.]

"말하지 않았었나요?"

[무엇을요?]

"나는 당신과 다르지 않다고."

작가 후기

안녕하세요. 『완전한 소유에 대하여』의 작가 김정화입니다.

『완전한 소유에 대하여』는 '무엇도 아닌 남자'라는 제목으로 2014년 여름부터 겨울까지 연재가 되었던 소설입니다. 굉장히 바쁜 상황이어서 출간이 이리 빨리 진행될 줄은 몰랐는데, 우여곡절 끝에 이렇게 책이 나왔습니다.

로맨스 소설치고는 조금 색다른 주제가 아니었나, 감히 생각하고 있고요. 또한 그렇기에 낯설게 여기실 독자분들도 계시리라 생각합니다. 제게도 역시 모험이었고, 또한 새로운 경험이었습니다. 쓰는 동안 정말 행복하게 몰입했기에 개인적으로 만족합니다. 독자님들께도 만족을 드리는 책이었으면 좋겠습니다만, 모든 분들께 사랑받는 건 사실 불가능한 일이니까요. 좋아하시는 분들이 계시다면 많이 아껴주시길, 싫어하시는 분들도 냄비받침으로 써야겠다는 생각만은 안 하셨으면 좋겠습니다.

다소 무거운 이야기였어요. 그렇지만 어느 한 구절이나마 독자님들께 아름답게 기억되었으면, 하는 작은 바람을 가져봅니다.

대표님과 김은지 편집장님 외 와이엠북스 직원분들, 엄마, 제훈, 조윤희 님, 친구들, 글계단 동료들, 사랑하는 엣지, 연두, 호밀, 큰 도움을 준 조니다이바(안정빈) 작가, 본의 아니게 제목에 등장하게 된 S급 제독 한소유, 그리고 꾸준히 블로그를 통해 따뜻한 마음을 건네주셨던 독자님들. 모두에게 깊은 감사를 전합니다. 특히 편집장님, 말 안 듣는 작가 때문에 고생 많이 하셨어요. 결혼 진심으로 축하드립니다.

올해 하반기에 한두 질의 책으로 또 인사드리게 될 것 같습니다. 다음 만남을 기약할게요. 다음번엔 조금 더 발전된 글을 가지고 돌아올 수 있기를 희망합니다. 읽어주신 독자님들께 무한한 감사와 사랑을 전합니다.

마지막으로, 이 이야기는 무아라는 이름에서부터 시작되었습니다. 무아無我란, 불교의 범어입니다. '일체의 존재란 다 무상한 것으로, 나라는 것 역시 존재하지 않는다.'

2015년 3월, 진심을 담아

작가 김정화 드림.